家を　せおって　歩いた

揹著家上路

村上慧——著
林欣儀——譯

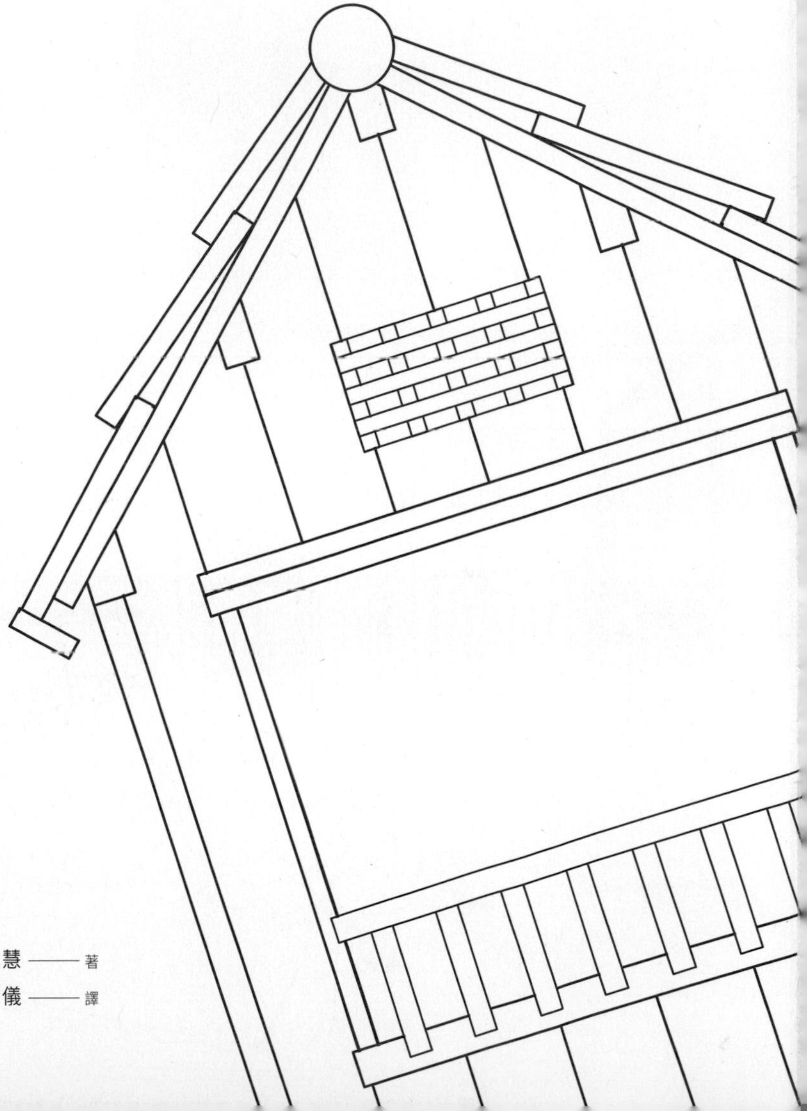

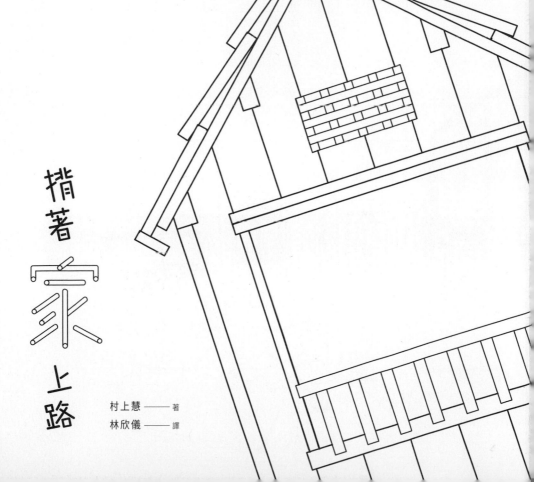

台灣版前言

我二〇一一年從東京的美術大學建築學系畢業，這年日本發生了東日本大地震，日本遭受海嘯與核災的傷害。我在電視新聞上看到房子被海嘯沖走，核電廠爆炸的畫面，就覺得我必須去了解自己的生活究竟是怎麼回事。爲了理解「目前的生活」，我必須跳脫現狀來打造「新的生活」。所以我去五金修繕賣場買了保麗龍板，在當時居住的一坪半小房間裡，又做了一間小小的房子，然後揹著這間小房子到處走，過起「移居生活」。

這本書就是我走過大半個日本的日記，記錄了二〇一四年四月到二〇一五年四月間的移居生活。

移動之家簡介

房子是我自己做的。保麗龍板這種材料又輕又好加工，而且有隔熱效果。房子裡面有睡袋，還有露營用的地墊當作地板，都掛在牆壁上。而且房子有神龕，也有郵箱，有門、有屋頂，也有窗戶。我的房子比普通房子更小，更容易壞，但是對我來說很重要。製作方法在此簡單介紹。

準備材料

1 保麗龍板
182cm×91cm 厚 3cm ｜八片左右

2 房子骨架用角棒
截面約 2cm×2cm 長 2m ｜七支

3 木工用黏膠（要大容量的）

4 幫房子上色用的油性麥克筆｜數支

5 擔架用角棒
截面約 4cm×2cm 長 2m ｜兩支

6 鐵絲｜一捲

7 白色封箱膠帶｜十五捲左右

8 膠合板
90cm×90cm 厚 2.5mm ｜一片

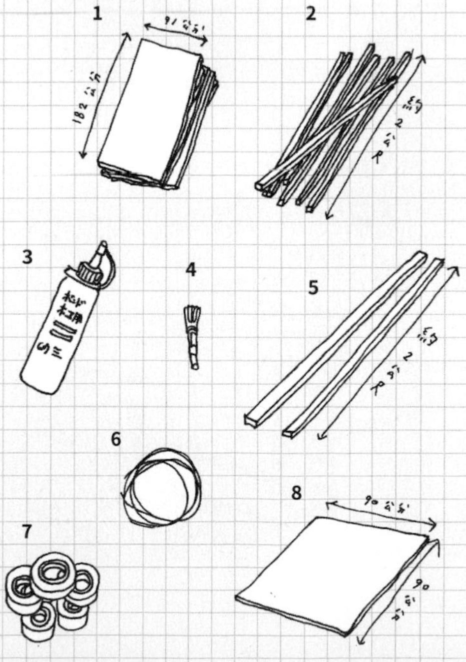

如何製作

A 使用六片全新保麗龍板，裁切出四面牆壁。

B 用封箱膠帶全部貼滿，為了提升強度。

C 牆壁刷上白油漆。

D 在牆上開出門與窗戶。

E 組裝角棒，貼上牆壁，用封箱膠帶跟黏膠固定。

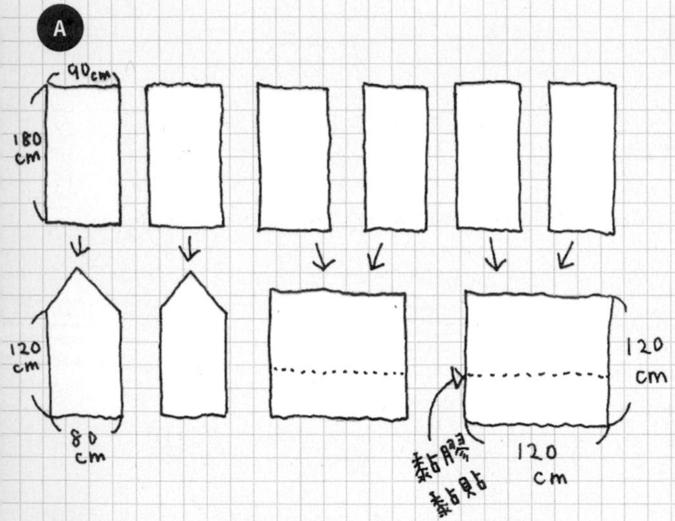

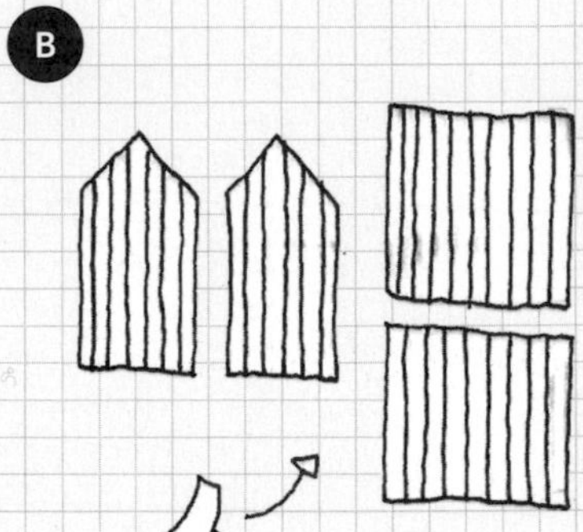

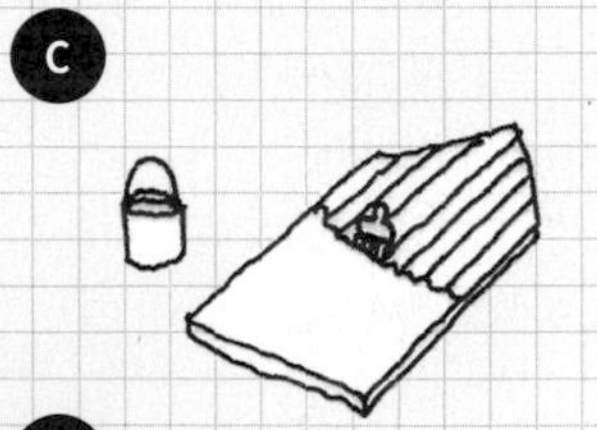

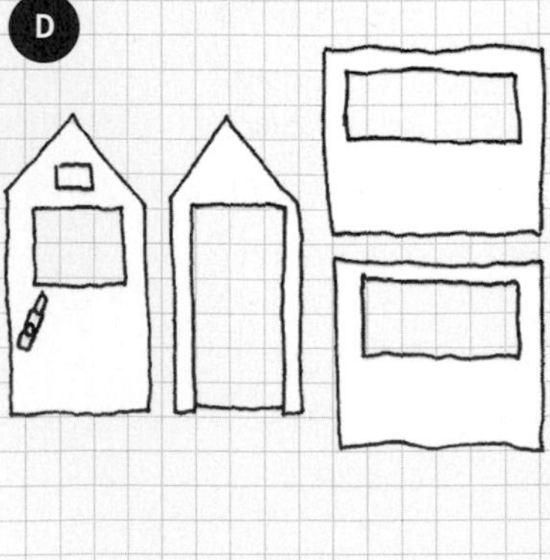

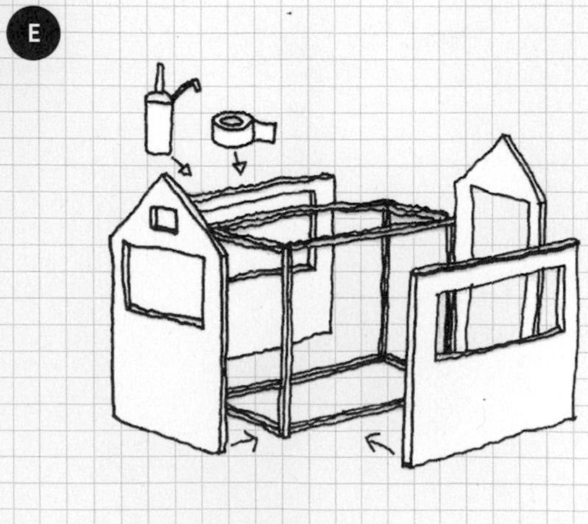

F 用全新保麗龍板切成小塊，製作瓦片，瓦片上也要貼封箱膠帶。

G 裁來當屋頂的保麗龍板，用鐵絲插上瓦片，屋頂就完成了。

H 把屋頂放到牆壁上，用鐵絲固定，之後加裝欄杆等配件，用黏膠黏貼即可。

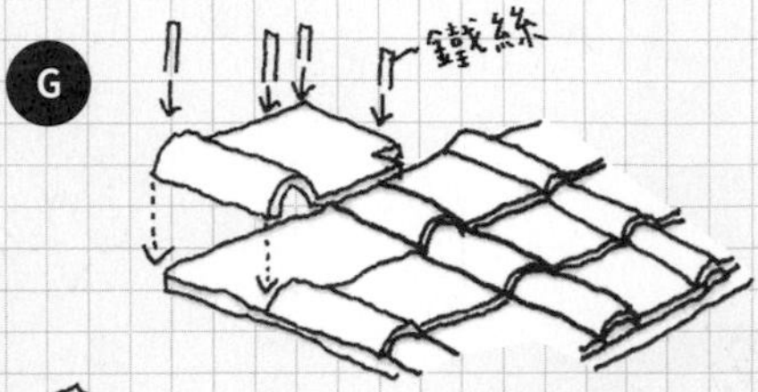

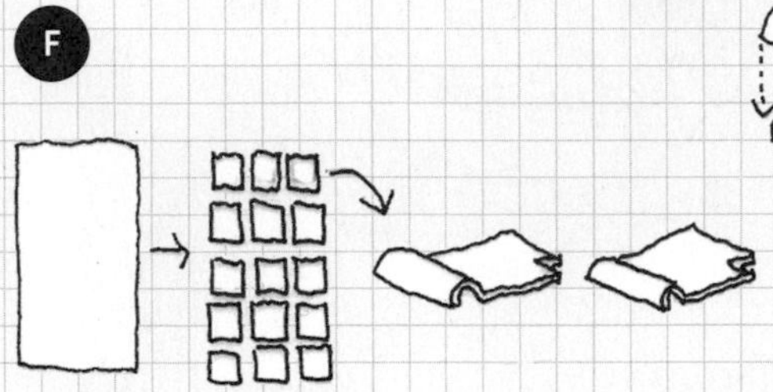

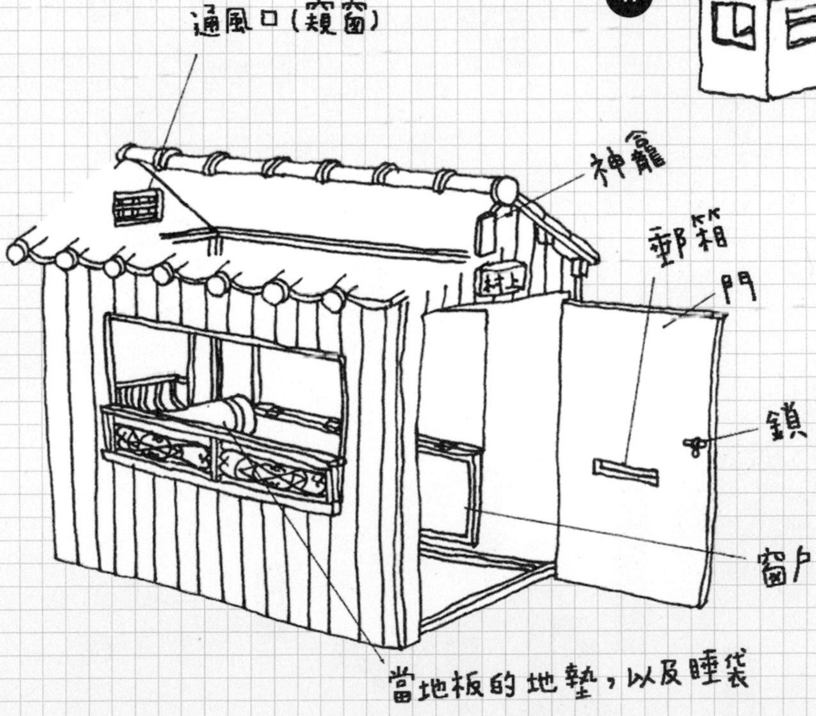

行李

上衣 大船渡獲贈物
木工黏膠
45公升容量的背包
膠帶
螺絲釘
短褲
三天分的內衣 T恤、內褲、襪子
連帽T 福井縣獲贈物
圖畫紙
BOTANICAL
長褲
筆記本
檔案夾
羽絨外套 大分縣獲贈物
螺絲起子
腿套 大分縣獲贈物
美工刀
橡皮擦
各種筆

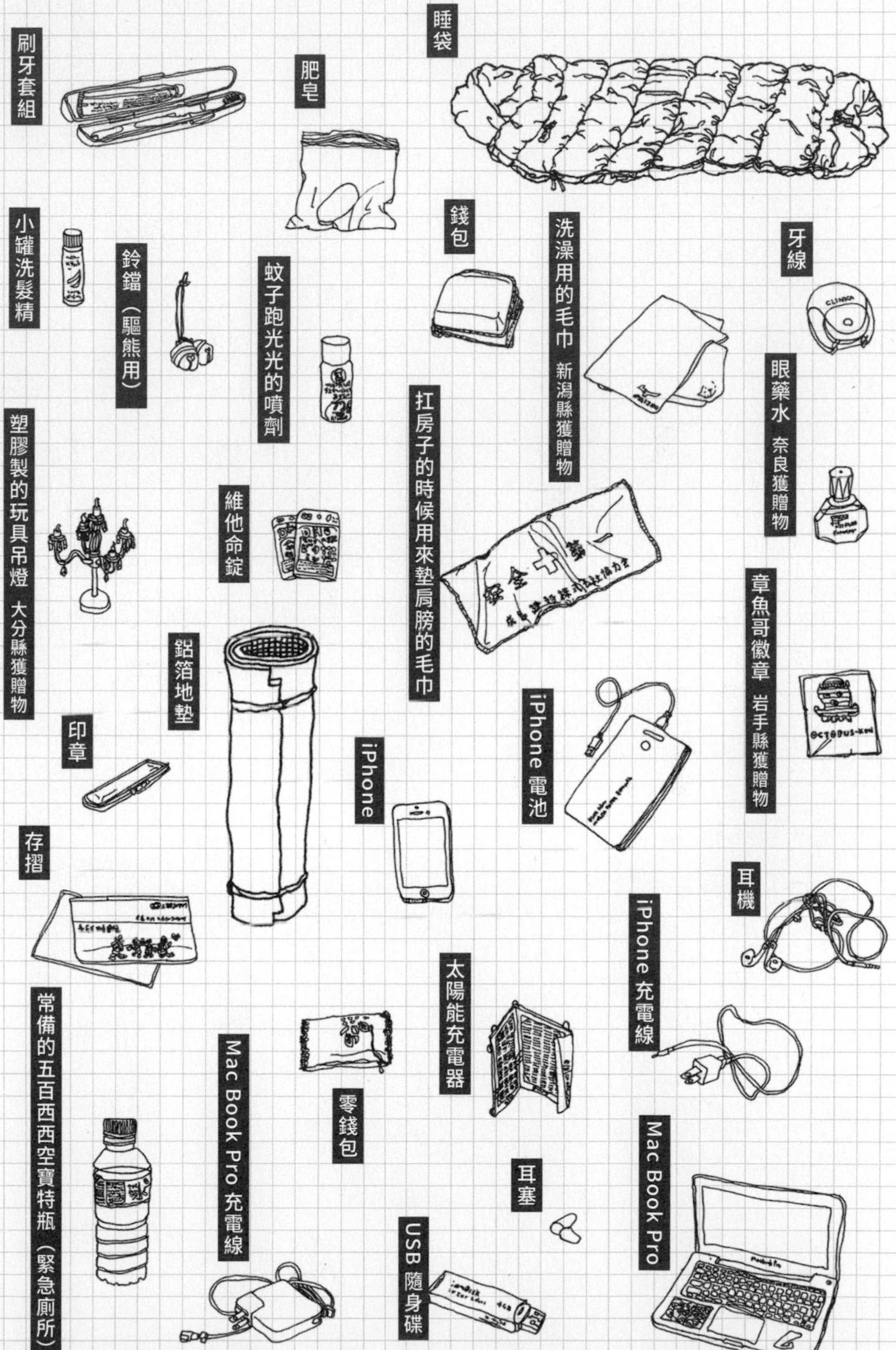
刷牙套組
肥皂
睡袋
小罐洗髮精
鈴鐺（驅熊用）
蚊子跑光光的噴劑
錢包
洗澡用的毛巾 新潟縣獲贈物
牙線
眼藥水 奈良獲贈物
塑膠製的玩具吊燈 大分縣獲贈物
維他命錠
扛房子的時候用來墊肩膀的毛巾
章魚哥徽章 岩手縣獲贈物
鋁箔地墊
印章
iPhone
iPhone 電池
存摺
耳機
iPhone 充電線
太陽能充電器
常備的五百西西空寶特瓶（緊急廁所）
Mac Book Pro 充電線
零錢包
耳塞
USB 隨身碟
Mac Book Pro

日記

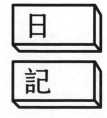

目錄

15 春 二〇一四年四月五日～六月十三日

你就是我，我就是你／逃離那封閉的生活／沒辦法笑自己的人，就笑別人／隨時都是「已經上路」／開始北上／沒辦法裝什麼車輪／讓身體消失在公衆之中／被風打臉／「我已經是藝術家了」／跟對面人家一起做的咖哩／下市交流會／往「那裡」靠近／「得幫房子畫幅畫」／過不了海岸線／不可以限定自己的住所／速度的落差／不能靠這個吃飯，世界是怎麼了？／搭哈雷的邊車兜風／澡堂變少了／有間像樣的房子／自己唱歌就贏得過貨車／「這樣社會沒辦法做事啦」／我不需要「任意門」／屋瓦飛了

夏 二〇一四年六月十四日～八月三十一日

有人關心我／不能太安靜／我正在被日常生活回收／只剩地基的房子／想像「有一間會走路的房子」／怎麼會有地方沒鋪人行道？／每天都在跟人家拿些什麼／埋入自己的住所／裝置與現場的隔閡／感慨萬千的塑膠溫室／公共人／悅喜來南地區復興據點／釜石拉麵／我的身體成了大黑柱／「有資訊嗎？」／讓移動成爲常態／燈籠與砂石車／風景很漂亮，但是蚊子多／逛溫泉／走路，就是與土地共舞／一個人也要熱鬧／建立車站是種暴力／十和田湖的十字路口／繞一大圈感覺很有趣的那一刻／這裡是鹿角旅館／日本的未來／土地的歌，就在與地名不同的地方／先吃到叭噗，還是先碰到熊？／「這位旅人哪，來吃吧」／像遊樂園的房子／沒仔細欣賞就錯過的無數城鎮／不速之客／休憩站的居民／「有蛇死在這裡啊！」／得先動起來才行／我想看看從自己算起的第三個故事／爲了結束日常／盂蘭盆假期／回歸走路的日子／寫著「麥」字的寶特瓶／「日本繞十圈」／全都只是「假裝」／每天住在不同的家裡／雨一直下／土地帶不走／「不好意思喔」／愈快的交通工具應該要愈便宜

173

秋　二〇一四年九月一日〜十一月三十日

糯米飯事件／前往浴室的冒險／「我是已經要完蛋的人啊」／下雨天，沒衣服／她講個沒完／等死了再去頭痛吧／想見的人還能再見／住在被編輯的世界裡／感謝那一晚／「松代現代美術節」／災區並非遠在天邊／「感覺速度不是很夠喔」／每個人的日常開始了／我想消除對迷惘的迷惘／「我個人是很想支持你啦」／「你看大家都有房子啊」／如何在狀況中玩樂／爲了攻擊敵人而畫房子的畫／當蒼蠅就好啦／贏不了規矩／親不知隧道／十九號颱風／「你在搞遷徙喔？」／找不到承辦人的日子／扛神轎／幸好我敢說自己喜歡美術／國家不就是我們嗎？／日本正準備過冬／不斷逃避理解／兩條河之間的城鎮／更新的身體感覺／「你很有趣，不過還能做很多事」／越前市的家具癮／待在高雲寺的廂房／感慨的歸宿／「寺廟就是這種地方啊」／在山上自給自足的夫妻／不知道該找誰出氣／使用最少的燈光／「從福島學到什麼？」／過山關進都城／「可以幫我搬花盆嗎？」／整個日本變成自己的身體／冷歸冷，我還活著

257 **冬** 二〇一四年十二月一日～二〇一五年四月八日

一切都是爲了平安過冬／運轉系統／章魚燒派對／橘子眞是便宜好吃又方便的最佳食物了／一群小學生／去清算往事／「這是手提行李，不必加錢託運喔」／大分比神戶還冷／身體進入年底模式／「是人就沒關係啊」／時薪打工／我啥都搞不清楚，總之走就對了／一點的路口／別忘記燃燒的怒火／睡在分銅金大廈裡／心癢癢／奇蹟出現了／土地是Joyful的停車場／能聽土地的故事眞開心／走舊線呢，還是新線呢／躺了一星期／舟出湯／春天近了／公告／不是假的，也不是聽人講的日子／隨波逐流／藝術的技術面／慢的沒資格對快的按喇叭／糊里糊塗總之很想死的狀態／「人生就是重整世界的過程」／懷抱希望，放鬆心情／打造自己的生活

302 **移居生活** 1～182 二〇一五年四月十七日～四月二十九日

306 **後記**

春

二〇一四年四月五日～六月十三日

二〇一四年 四月五日

我接下來要試著過「移居生活」，這是爲了俯瞰我過往的人生。

人生之所以會封閉，一切的元兇在於所謂的「不動產」或者「房屋」。就算對腦袋打一拳，我也要逃脫這個概念，俯瞰我的人生，所以我要挑戰「好幾棟房子的鋼筆畫」以及「從鋼筆畫誕生的家」。

回顧這一年，眞是不可思議啊。

去年三月左右，我突然覺得「這樣下去我一定會完蛋」，所以離開了共同工作室，拒絕了展覽與專案的邀請，開始打工當起啤酒花園的外場或者清潔員。於是我發現大多領時薪的兼差工作，基本上都在否定人性。

當我打工，以往所堅持的人性、思想和信念，全都毫無意義。職場只注重行爲是否與他人相同，是否能完美地跳出職場所規畫的「舞步」，如果想些與衆不同的事情，就會討人厭。以往我命令自己創作些什麼，觀察自己走過的足跡，思考下一次要挑戰哪些製作，如今都毫無意義。打工過程會給我一種「錯覺」，只用自己當標準的行爲，等於什麼都沒做。

那一年來我都在打工，視過去的生活如糞土，把這種自己痛恨的經歷，再也不想重返的人生，深深烙印在自己心裡。這是爲了拓展我的心靈，如果要潛得更深，就必須處在極度膚淺的環境裡。只有透過勞動，我們才能獲得個別的特色。

十月我搬到香川，開始第二階段的打工生活，打到我整個都糊塗了。我爲什麼會在香川的海鮮餐館工作呢？爲什麼我會在這裡對人家說「歡迎光臨」呢？現在是怎樣？我那陣子要是不緊張點，隨時都會笑出來。

剛開始我很佩服，心想「這個世界怎麼設計得那麼完美啊？」後來我慢慢感覺到疑問，就是「金錢與糧食應該是『等價交換』的，爲什麼提供食物的人要對提供金錢的人畢恭畢敬呢？」我讀了麥克安迪的書，才知道「正利息」的概念把金錢的力量放得太大了。所謂「存款」的概念，就是錢存著不動也會愈來愈多。也就是說社會設定了居住的地界，劃分自己與他人的資產，透過競爭不斷成長，直到今天。

據說日本人從繩文時代開始定居，並發展出陶器文化，也就是說日本人從這時候開始累積物資，定居在同一個地方。後來開始農耕，有了各行各業，也就開始儲蓄。

我慢慢覺得，我們的生活比想像中更封閉。我們工作，是爲了保持自動販賣機全天候運轉，爲了一個一百日圓的漢堡，爲了快點抵達十公里之外的職場。努力於今天的工作與生活，是爲了替明天的工作與生活做準備。

天底下沒有什麼絕對的壞人，一隻指頭指著別人，至少還有三隻指著自己。你就是我，我就是你。造成核災的人是我，大喊反核電的人是我，但支持核電的人也是我。人們口中的「你們」其實就是「我們」。我們無法擺脫這個循環，但至少可以找到一個對象，或許我們可以把逃離的志向變成明確的形式。我不想變成一個活動範圍很小的機器人，不想讓身體「樂意」跳著人家規定的舞步。

爲什麼我無法堅定反對重啓核電？當我要推薦人做點什麼，或者批判某件事情，爲什麼會有一種「那你又怎樣」的感覺？我想找個方法釐清那種感覺。

我今年二十五歲，已經活了四分之一個世紀，所以一個世紀應該遠比我想像得更加短暫。最近我看了有島武郎的短篇小說〈給渺小的人〉，這已經是快一百年前的文章，眞的一下就過去了。什麼一百年，什麼有限的歲月，都不值得一提。

四月七日

今天是「動起來的日子」，我所謂的「移居生活」就是挑戰「在移動中偶爾停留」，接下來我要揹著保麗龍做的房子，在日本國內到處流浪過生活。我要邊走，邊畫下各地的民房。

最後我要將「日本各地的房屋鋼筆畫」與「我家」展示在同一個空間裡。我選擇在白色牆上畫黑線，是爲了呼應「房屋鋼筆畫」。固定在各地土地上的「房屋鋼筆畫」，以及我保麗龍做的「鋼筆畫風格屋」要放在一起展示，我一直有這樣的展覽概念。

聽說把房屋放在路邊或公園裡過夜是違法的，所以我要把房子放在某個人家的庭院或室內才能過夜，然後不斷前進。

我移動的行程還沒決定，大概就是炎熱的夏天往東北走，到了北邊，在變冷之前南下。

我不會像之前一樣拍影像，我的用意並不是要「溝通」，這次探討的問題與之前不同。我探討的對象更加原始，是我們以定居與儲蓄爲前提的日常生活，我要試著逃脫這種封閉生活，逃脫爲了生活而過的生活。

這個社會，可以說是裝滿了人類的智慧和慾望，藉此發展起來，所以結構看來非常精巧，但是只有表面。爲什麼店員要無條件對客人畢恭畢敬呢？爲什麼啤酒花園下雨天應該馬上打烊，卻還是強迫店員擦桌子呢？自然資源與金錢的數量應該要互相對應，但我們卻拚了命的工作，只爲了保持超商二十四小時營業，爲了在十分鐘內趕到公司，爲了無止境地增加金錢，爲了經濟能無限膨脹。結果就是電車脫軌，核電廠爆炸，不是嗎？我們一生下來就要報戶口，認爲幸福就是有固定的住址，能囤積金錢和物質，結果讓情況更加惡化了不是嗎？有沒有辦法別去使用物品，不靠儲蓄囤積過生活呢？

所以我開始挑戰。我身上眞的沒有什麼錢，希望接下來能靠賣我畫的房屋畫來過日子，請大家多多關照。

今天我在吉原的展覽認識了川田，他找我去參加蟻鱒鳶大樓（譯註：蟻鱒鳶ル，於東京三田建築師岡啟輔獨立搭建的自建屋）屋主岡先生他們的賞花會，我們就從吉原前往三田。

半路上想到，昨天跟岸井先生聊過「房屋牆壁的外側就是公共空間」這件事，如果人類將未分隔的區域用牆壁分隔開來，創造出「隱私」，那麼「公共」只是隱私的結果罷了。

這麼說來，我們根本無法打造「公共空間」。話說北川富朗所舉辦的大地藝術祭很成功，但是抽出其中的「藝術專案」卻沒辦法好好執行，好像就是這種感覺。不然就是伊東豐雄先生跟川俣正先生，對災區的重建概念不同。伊東先生一開始就想建立起「公共事物」，川俣先生則明白「要先有個人行爲，才會誕生公共」。我揹著房子旅行，等於隨時處在公共之中，「活動公共」比「活動隱私」更適合形容我這樣的生活。因爲我這間房子只有外牆做得像樣，裡面慘不忍睹，只有赤裸裸的大力膠帶跟螺絲釘。

路上有拿著攝影機的小哥找我說話，我說了我的理由，他送我一束花，聽說他是東京電視台「日曜大綜藝」的節目企畫。

比原定時間早很多抵達三田，我把房屋放在路邊舒展筋骨，結果一位在附近念大學名叫水上的人來找我說話。我解釋之後，水上叫我要加油，我就在紙上寫了自己的姓名電話跟網站，交給水上。

之前認識一位在附近念大學的石山，在推特上說「我人就在附近」，相隔一年的會面去了星巴克喝下午茶。我平常幾乎不去星巴克，裡面剛好可以讓我放房子，太棒了。

陌生號碼來電，是剛才找我聊的水上，水上說「我回家看了村上的網站之後，想再見你一面。」所以我們就在星巴克會合。我、石山和水上三個人，開心地喝了下午茶。

原來水上是個硬派登山家，看到我房子裡的鋁箔隔熱墊就說「超心動的」。我還沒問，人家就主動說「我知道有不錯的自助洗衣店」，這個人眞內行。

後來又有個跟石山念同一間大學的久保田來會合，我們四個聊著聊著，運找我去賞花的川田也來了，所以我們五個就前往賞花場地。

我們去得很突然，但是岡先生一樣熱情歡迎。人愈來愈多，水上也跟大家聊了起來，眞有趣。岡先生是個心靈開放到極點的人，實在有帥到。

我把房子借放在水上家，睡覺。

四月八日

早上送水上去上學，然後前往神保町。

有來過吉原展覽的小田嶋，正寄住在美術學校大樓裡，我就往那裡去。

聽說小田嶋住在樓頂加蓋的房間裡，我就把房子搬到頂樓去。走在外面不覺得我這房子大，但是搬進人家家裡就覺得好大，水上說這個現象「跟IKEA樣品屋一樣」。

後來我們兩個一起去附近的天丼屋吃飯，神保町是個辦公大樓區，午餐時間每家餐館都大排長龍，我們也等了十五分鐘左右。

餐廳裡的桌子不是ㄇ字形就是L字形，客人要照順序坐才能提升翻桌率，才能提昇吃天丼的「效率」，所以我們吃飯的時候，不斷感受到後面排隊人龍傳出的壓力。沿著河邊走，突然見到一棟巨大的圓形水泥塊，應該有七層樓高，原來是首都高速公路大橋的交流道，整個用水泥包圍起來。最頂端有個叫做「目黑天空庭園」的設施，旁邊連接一棟摩天大樓的九樓。這裡很多闔家出遊的遊客，但是大家站在那麼高的地方，我看起來覺得很假，沒有腳踏實地的感覺。住在大廈高層很幸福這種價值觀，我覺得整個失衡了。

回家，更新昨天的日記，就寢，今天肩膀有夠痠。

四月九日

從小田嶋那拿到大丸燒後，我就出發，臨走前他說「我們幾個十二號晚上要在這裡（美術學校樓頂）辦火鍋大會，有空來吃喔。」

我離開神保町，再次前往三田，水上說他在「大江戶溫泉物語」打工，五百日圓就可以進去，我就跟石山、久保田一起去，房子先借放在水上家裡。

我走在彩虹橋上，彩虹橋近看真的有夠巨大。從水上家出發一個小時，抵達「大江戶溫泉物語」，我想這就是所謂的「超級澡堂（譯註：附設飲食娛樂設施的新型澡堂）」，親眼一看更是超乎想像。

一不小心就待了三小時，在浴池裡大概泡了四十分鐘吧，其他就是就跟水上和石山聊天，吃吃喝喝。我跟水上才認識兩天，想不到這麼熟。是說我好像過太爽，這樣真的好嗎？

回來之後，把房子從水上家搬到久保田家，跟水上道別。

石山也跟我們同住，就寢。

四月十日

繼續借住在久保田家。久保田介紹我一本書，是國分功一郎寫的《空閒與無聊的倫理學》。馬丁海德格說過「所謂人類，就是會定居的生物」。而無聊的感覺，應該就是從定居之後才發生的。我想有了定居，也就有了看家，而且我認爲看家與憂鬱症有關，眞希望出發之前先看過那本書。

我揹著房子旅行的時候，或許也覺得有些無聊，除了視野不夠開闊之外，可能揹著房子破壞了「走路」的感覺，我覺得不是自己在走，而是地面在後退。

四月十一日

離開久保田家，往四谷方向前進。

途中經過永田町，被五六個警察包圍，我給警察看駕照，解釋清楚，警察對我說「抱歉讓你不愉快了」。

「畢竟我們在替國會戒備，看你這個樣子實在不是很正常啊。」

看來之後應該避開這類場所才對。

我在新宿區原町畫了一幅畫，被國中生跟高中生嘲笑，笑吧笑吧。騎腳踏車載小孩的媽媽，替我打氣說「要加油喔」。

「我們家住大樓，所以應該沒辦法讓你放房子，大家都住得很擠了。」

傍晚走到日本橋一帶，一位「村上哥」叫住我，我解釋之後，這位住在兩國的村上日吉哥覺得很好玩，對我說「要是到了兩國站就給我通電話吧。」

我在車站附近跟日吉哥會合，他把我介紹給鄰居認識，我想因爲下町人愛辦廟會，所以街坊鄰居都很熟。

於是町會長的店門口，願意讓我借放房子一晚。町會長給我名片，跟我說「要是有人問你，你就給他看名片，說我批准的。」日吉哥他們說，這張名片在這一帶等於水戶黃門的令牌，町會長的決定沒有人會抱怨。

後來日吉哥、日吉哥的太太，還有個年輕人阿工，跟我一起去壽司店喝酒吃飯，是日吉哥請我

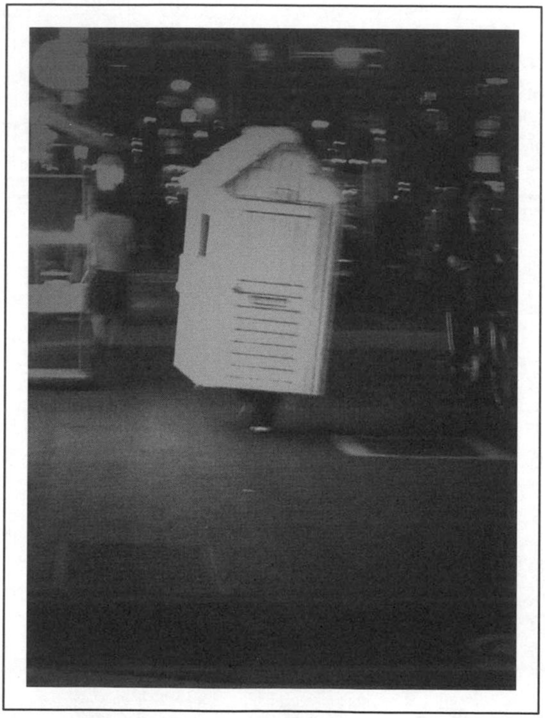

去秋葉原錄音室的路上，看到一棟會走路的房子，但是我不敢去搭話，所以就偷拍了。這個城市好炫喔。我要去Bang-Doll樂團排練了。

茉由@mayudara 2014年4月11日

的。大家對我的計畫抱怨連連，說實在太天真了。

睡覺之前，日吉哥推薦一間很老的相撲鍋店說「想畫房子的話，這間不錯。」

原本打算這個月在東京都內到處逛，但是感覺差不多該北上了。

四月十二日

受到日吉哥的介紹，我畫了兩國町會長的家，送給他們。

對面的「國技堂」老闆娘送我早餐吃，有甜甜的熱咖啡眞好。然後我也畫了相撲鍋店「川崎」，「川崎」的豐老闆買了我這張畫的影本。

接著前往神保町，途中在「Creative hub 131」休息，一樓部分是藝廊，叫做「Gallery CAUTION」我與這裡的老闆濱田先生聊天。濱田先生也掏錢，買下我剛才畫的「川崎」房屋畫。

先前人家邀我去美術學校樓頂開火鍋派對，所以我去了美術學校，水上也順便參加。大概六個人一起吃鍋，聊著登山、美術、戲劇與愛，原來大家的人生都有著深深的苦衷啊。

水上做了水果塔給我，聽說做了三天，好厲害。草莓上面有個餅乾小屋，小屋裡還有人形餅乾呢。

四月十三日

啤酒花園的打工同事邀我去上野喝酒，房子先放在美術學校。這下子同事問我「村上你目前在幹啥？」就很難解釋了。

接著去Arts千代田3331的「Island」參觀阿勝的個展，伊藤跟阿勝都在，我們聊天。

今天在Gallery CAUTION過夜。

我想起在永田町被警察包圍的經過，他們有什麼權力攔住我呢？警察說「你打扮成這個樣子，怎麼能怪我們攔你呢？」那我又該怎麼辦才好呢？你們希望我怎麼辦呢？我想不到其他方法，而且這個方法應該也沒錯。

有些人聽了我的解釋，笑得很僵，不然就是一臉狐疑地盯著我。因爲不敢笑自己，所以笑別人，所以挑別人毛病。不要隨便吐槽別人啊，拿自己搞笑啊，笑一笑，把這些事都忘了吧。我寫下來，也警惕自己。

四月十四日

我整個上午都在日本橋一帶亂逛。

找到一個感覺像老鎮殘存角落的地方，畫一張圖。

然後前往水上的老家玩，他家是葛飾區立石的咖啡廳 RenoLoCoCo（レノロココ），一樣住在立石的新藤也來會合。水上也從三田家過來，新藤介紹野村的家，說是我今晚的住處，我們三個一起過去。之前新藤所介紹的作家，好像在那裡住過半年。

大家請我吃咖哩，水上跟新藤回去之後，聽野村說他們夫妻相識的經過，突然覺得很想哭。離開原本的住處，在新天地碰到對方，然後決定共組家庭，眞是太辛苦，太美好，我從他平淡的描述中窺見那壯大的格局，所以才會感動吧。

四月十五日

上午在龜有跟新藤會合，一起去看展。中午畫了野村家的畫，在影本上簽名送他，他請我吃午餐。

然後新藤介紹我去日暮里的「HIGURE 17-15 cas」看一場叫做「Gameboy」的展覽。這次參展的作家我都是第一次見到，但是值得看。多摩美的佐藤拚了命創造作品，聽他描述起來，他好像認爲自己是天生的作家，我也相當敬佩。石井提到自己的家庭，他說創作、家庭與居住地是相連的，我認爲很神奇。我自己應該無法拿家裡的事情，創造什麼作品出來。

石井和廣瀨表現得很自然，不會緊張，努力讓自己的創作作品更加貼近所謂的藝術，我很羨慕他們。

尤其廣瀨跟我更是聊到半夜，他跟我是完全不同的人，如果在學校是同學，我們肯定不會交上朋友，但是在這種創作場合認識，我們對自己的天命有共鳴，自然就聊開了。他曾經採訪在網咖生活的人，抗議媒體把這些人稱爲「網咖難民」。像這樣理直氣壯地替人發聲，好神氣啊。

晚上大家一起去喝酒，我在 HIGURE 17-15 cas 過夜。

四月十六日

我不能限定自己的住處，不能停留在原地，而放棄思考下個地點的可能性。人認爲「好」的事物，不可能包含創造性。一旦被需要，我就得立刻離開，就得立刻停手。

今天把房子借放在就讀藝術大學的長澤的工作室裡，地點是上野。

碰巧遇見高田冬彥，我們一起去吃飯。

四月十七日

我目前的活動，是爲了最後能舉辦一場展覽，這不是某種朦朧的「企畫」，而是單純爲了辦一場展覽所進行的創作活動。這很傳統，是現代主義之前的畫家心境。

我沒跟別人說過，有些人的創作企畫，注重無止境的程序，或者追求更多的人際交流，但是他們的程序沒有盡頭，所以能夠不斷逃離批判。他們不讓人判斷自己創作的價值，太賊了。

我想相信更具體的，一種印象的能量，清晰的故事能量，簡單一張畫的能量。

今天也在藝術大學過夜，爲了另一件工作畫一張圖。

四月十九日

接著把房子借放在杉並，在御茶水的美術學院教了一小時的藝大前端課程，像這樣對人說話可以整理自己的思緒，不錯。大家都還只是高中生，就已經在替作品集創作作品了。有個孩子說「我還不敢說這就是自己的作品」，我記得自己也想過，自己的感性或許只是借來的，所以當時很討厭介紹自己的作品。美術大學也有很多人是這樣，爲什麼會變成這樣呢？

今天我第一次在離房子頗遠的地方過夜，聊著聊著突然想到，二〇一一年大地震的時候，我明明想著要逃命，卻沒有動作。或許剛貸款買新房的壓力很大，但是更覺得自己已經被東京這塊土地給綁住了。

我甚至覺得貸款買的房子，還有當地的人際關係，都會妨礙我生存下去。像現在揹著走的保麗龍房子，我也覺得超麻煩。我必須獲得人家許可，借放房子，才能放心離開房子，代表我得隨時待在房子附近。就算借放在某處，也得擔心房子出事，總不能離得太遠。

我把這個東西叫做「房子」，但其實是將大地震當時把我綁在東京的某種東西，具體呈現出來。我想這不是房子，而是我這輩子都必須揹著走的大包袱。

四月二十日

之前在吉原辦展有某人來幫忙，今天就把房子借放在這人家裡，一樣是杉並區。

公寓門很小，房子沒辦法進門，但是放在路邊會被警察罵，一定要放在私人土地上。所以我試著從圍牆上面搬進陽台，結果放不下，只能斜放。

這樣勉強算是在私人土地裡，過關，但是放得歪歪斜斜太顯眼，只好留張字條，另一半放在隔壁戶的陽台上。

四月二十二日

今天放房子的地方是坂田哥的裝潢設計事務所「夏水組」的門前，坂田哥是我武藏野美術學校的學長，我在坂田哥夫妻新入住的大廈住家借住一晚，今天也是跟房子分開睡。

「放一晚沒關係啊。」每次聽人家這麼說，借放房子時，都讓我覺得相當解放，好像擺脫了一個千斤萬斤的重擔。

我開始移動才過了兩個多星期，就開始慶幸打工時期養成寫日記的習慣。現在回頭去看，就想起好多事情，相信自己現在開始做的事情沒有錯，就會有精神。

如果我參與農業，應該會更容易感覺到自己的人生被土地拘束，但實際上每個人的工作（無論是賺取金錢、物品或者人際關係）與儲蓄，都是被土地給拘束住的。我不能否認，這個方法可以減少社會發展過程中的人際衝突，也有人在這樣的生活中找到伴侶，生育後代，並且感覺到幸福。

每天去一樣的地方工作，人的信用與薪水就會提升。回家之後喝啤酒，來忘記職場上的不愉快，而房租也是由打工薪資所支付的。

我想說明這樣的人生，這樣封閉的人生，只是一個選項。爲了思考其他的人生模式，我才要辦這個展覽。

四月二十三日

今天借放房子的地方，是巢鴨的繪本出版社「福音館書店」。我之前經過這裡幾次，編輯部有不少人見到我的房子，有一位看到照片的高松編輯還用推特聯絡我。

高松編輯一看到我房子的屋瓦造形就恍然大悟：「這個人不是瘋子，而是搞美術的。」

福音館書店是很積極的出版社，出過《古利和古拉》和大竹伸朗先生的《傑瑞阿伯》，高松編輯也很喜歡現代美術，所以跟我聊了很多趣事。

跟之前固定住所的時期比起來，目前我躁鬱兩極的落差更大，說開心也挺開心的，只是每天早上襲來的絕望最難熬。

「什麼時候開始環遊日本呢？」常常有人這樣問我，我總是說「我已經出發了。」我覺得「我的旅程並沒有明確目標」難免會走到一個結論是「其實我還沒出發」。如果我沒發現自己已經出發了，而是想著我哪天要出發，那心靈就會被侷限住，所以我要小心，隨時提醒自己「已經出發了」。

由於保全問題，我晚上不能睡在公司裡，所以借住在福音館書店某員工夫妻的家裡。

四月二十四日

早上跟讓我借住的員工夫妻一起去上班。

我的房子借放在編輯部，我則是去參觀朋友有參加的展覽。

目前的生活分成兩個移動階段，一個階段是揹著房子「移動」，另一個是放著房子「外出」。每次有機會「外出」，聽到人家說可以借放房子的時候，那個解放感眞是暢快，眞是爽，今天天氣也很棒。

話說我本來想去藝廊，但是莫名覺得「我不想搭地鐵」，而且那場展覽要動腦去看，突然就沒興致了。不過難得有機會外出，我就去了電影院。

我去涉谷看了《殺人一舉》（*The Act of Killing*），這部電影眞厲害，不能隨便去討論它，我甚至覺得沒看可能還比較好。

我覺得片中人物扭曲到不行，每個人都冷眼旁觀面前的事物，但是所有哭泣、歡笑和哀號都轉變爲心理的防衛機制。所以我要是用「影像作品」的方式去探討這部電影，比方說「這一幕是怎麼切入的」，感覺自己也會在不知不覺之間，吸收了劇中人物的扭曲，所以這不允許我去討論本片。這種電影只能一個人看，一個人想。

外出途中突然覺得房子很棒，因爲「我不能在裡面睡覺，但是基本上什麼責任都沒有」。這只是一件很重、很顯眼，長得像房子的行李。

大塚車站月台裡有鴿子的屍體，毫無預兆、突然就插入了死亡風景，讓我緊張起來。看完電影回去，路邊有老鼠在發呆。

回到福音館書店拿回房子，出發。

路上巧遇了之前在御茶水美術學院聊過的高中生。

之前在吉原展覽時的工作人員茂原，家住中野，晚上就把房子借放在他家。

四月二十五日

今天一樣把房子借放在茂原家，去他打工的咖啡廳藝廊「馬食町 ART+EAT」吃飯，爲工作畫了一張畫。

晚上跟人去新宿喝酒，很久沒來了，感覺人眞的好多，然後眞的好蠢。每個人走在路上，都怕撞到別人。

大家都好拚命，每個人都有不爲人知的深深苦衷，怕人家誤會所以不敢說。並不是不想說，而是眞的很想說，比什麼事情都更想說出口，但也是因爲太想說，希望說的時候不會讓人誤會，結果就說不出口了。所以最後呢，還是不要提比較好。

我覺得《殺人一學》裡面的人物說話，一開始就有種放棄的感覺，不知不覺連自己都忘了究竟想說什麼，甚至根本沒注意到「自己已經忘了」。

回去一看，我發現路燈的燈光灑在我的房子裡面。

四月二十六日

今天借放房子的地方，是西荻窪一位朋友的大廈住家停車場。

前往西荻之前，我把房子放在中野就「外出」去看兩場展覽。

第一個展覽是在「TOTO 藝廊．間」工作的乾，他的研究室辦了一個展覽叫做「從小風景學習」。

這場好累，看得我心跳加速，整個人都累了。我想每張照片都看，但是照片太小，而且照片之間的間隔好窄，結果同時看到別的照片，完全無法專心。這場展覽展的就是大量的分類工作，我覺得他的分類工作量超大，幫他做分類的學生們，應該可以攝取到往後做設計的養分，但也難免要想「又怎樣？」最後的展出模式，選擇影片或其他方式不就好了？這場展覽應該要跟實際布展的人一起看，當事人應該會在會場聊上好幾個小時，我覺得他們聊天才有看頭。

然後是國立新美術館的中村一美展覽，主題是「存在之鳥」。一整個鳥的系列圖像太強了。作品數量多，版面又大，實在震撼。感覺好像大批的民俗工藝品，我翻著展覽目錄，發現有句話是「不會飛的就不算數」。

後來去中野站跟人碰面，人家要給我看五月四號東京電視台的節目表。因爲我這個月七號碰巧被攝影機拍到，影片會上節目，節目表上面介紹我是「奇人」，我噗哧了。

奇人啊，我變成奇人了啊，這應該不是某個人的錯，而是電視這種媒體的本質問題。每個人看到有趣的人，一開始都想介紹給更多人知道，但是上了電視，爲了讓觀眾更好理解，必須先消化編輯才能播出（有時消化過頭了）。

也是因爲這樣，我討厭「娛樂（entertainment）」這個詞。表演者都是賭上人生，賭上性命在表演，說這是「娛樂」感覺太沒禮貌了。既然他們是賭命在表演，我們也應該眞心去看待才對。

我不想把自己喜歡的音樂和電影稱呼爲「娛樂」或「興趣」，我是以更嚴肅、更深刻的理由去聽音樂、看電影，甚至認爲抱持這樣的態度才不會死。

04270535

某天女朋友跟我說了：「日復一日，年復一年，上班就只是爲了下班能去喝個酒，我覺得這樣的人生也不賴。」當時我聽女朋友這樣說，也覺得有同感。就算我隱約覺得人生很封閉，還是接受這樣的人生，然後在其中找樂子。

我們死的時候都是一個人走，所以人與人之間必然會面臨深刻的斷絕。所以我們只有與他人相處，時間才有了意義，如果我們沒有與他人共處，就什麼事情也沒得做。

我完全不想去否認那段交往時光，但這應該是所謂的報應，不禁要痛恨這樣自作自受的自己。

四月二十七日

今天把房子放在久我山的朋友家（應該說朋友大廈住家的房門前），離西荻窪的朋友家走路二十分鐘。

晚上去了二十分鐘路程的超級澡堂，朋友打算搬家，前往澡堂的路上一直說「這裡很安靜，不錯」還有「這裡車子噪音很吵」還有「離車站太近也不太好……」什麼的。

聽說他公司裡有個朋友，辭職了，我相當意外，記得之前聽別人說過「爲什麼職場上的同事都不會工作倦怠呢？」

不管什麼事情，做久了都會煩，但是另一方面，堅持才會成功，所以世界就在厭煩與堅持之間搖擺成形。

好像聽人說過，滾石樂團的基斯．理查茲之所以偉大，是因爲他會警惕自己，吉他不要談得太好。而我看他的現場吉他獨奏，確實也有點生澀，有點像新手。

決定把房子借放到後天。

四月二十九日

今天從久我山移動到國分寺，之前傳訊給我的作家前輩田原哥，讓我把房子借放在他家裡。

晚上邊喝酒邊聊天，我跟田原哥都是建築學系出身，然後轉戰美術。我們聊著之前認識的朋友，他說「房子可以在我家放三天」，超開心的。

四月三十日

今天房子還是借放在田原哥家裡，晚上去西荻找人，一個是去年辭掉設計公司工作，做起自由業的人，另一個是打算今年辭掉設計公司工作的人。一群辭職的人碰面，眞有意思。

時間過得太快，過完了才會察覺。我想得愈多，一切就讓我愈煩惱，只要稍微放鬆，惶恐就會迎面而來。

我想不到奇蹟般的一手好棋，一開始就知道這樣很勉強，應該早就知道，人一出生就是一連串的不講理。總有一天我要掀翻棋盤，翻轉局勢。

五月一日

今天房子還是借放在田原哥家裡，但是我要外宿，外宿當然可以啊。既然生活是以房子為起點去延伸，我就不必給自己太多規矩，比方說「晚上必須睡在自己家裡」之類。

我在別人家裡聊某個很嚴肅的話題，聊到快天亮，腦袋裡想到幾句話，但是說不出口。就算想到好話，說出來了，又能如何呢？

當人決定自己要死，決定由「生」走向「死」，當那個珍貴的天秤承受不住，歪向某一邊，我想像了那一刻的心境，怕得沒辦法聊到最後。

五月二日

田原哥要去武藏野美術學校教課，所以我帶著房子去找他玩。我見到大學時代的恩師，土屋公雄老師，土屋老師負責的學院有一堂二年級的「基礎造形」課，我在課堂上講了幾句話。

人數二三十個，有點多，上次對這麼多人說話，是幾年前在武藏美教課的時候了。記得當時我好緊張，連話都講不好，但這次講得很順。剛開始我邊說邊看學生的反應，結果發現大家鴨子聽雷，所以我後來就隨便講了。

在下課之前，變成我跟土屋老師的對談，老師提到我使用「旅行」這個詞，就這麼問我了。

「要先有地方回去，才叫做旅行，吉普賽人不會說自己在旅行。如果你的活動是旅行，你要回哪裡去呢？」

我把這次的創作活動比擬為飛機的航程，目前才剛起飛，起飛的飛機總要降落，所以這項活動遲早會結束。飛行途中，總有些只能從上空看見的景色，這就是我目前所畫的房屋畫。我希望在航程之中盡量多畫些畫，降落之後辦個展覽給大家看。從那個生活圈起飛，又回到那個生活圈，要說是旅行的話或許也沒錯。

我說「這間保麗龍房子麻煩到不行」，土屋老師很喜歡，認為這句話很真實，然後說了一段話。

如果孩子小時候家裡有準備兒童房，小孩長大之後兒童房就沒用了。隨著人生過去，對房子的觀點也會改變。然而房屋是不動產，不能像汽車那樣隨便交易，而且改建修繕都要花錢，愈來愈麻煩。目前日本的空屋多達六百七十萬戶，成為一大問題，建築系學生聽了或許不舒服，但我們真的有必要繼續蓋新房嗎？

從我認為房子很麻煩的觀點，直接跳到空屋問題，超強的。

然後在土屋老師的建議之下，我把房子借放在甲谷這位學生的家裡，結果他當天過生日，我就見證了他們的驚喜生日派對。

如果一群男學生聚集在某個同學家裡，就會有種懶散的氣氛，我好久沒體會了，感覺很新奇。我念大一的時候，把一群男生聚在獨居朋友家裡，無所事事喝酒打混的狀況，稱為「泡溫水」。我想起那段超級沒有建設性，只有消耗沒有生產的時光，倒不至於想要回去那段日子，但確實有點嚮往什麼都不去思考的時間。

五月三日

開始北上的第一天。

十一點左右起床，從甲谷家出發，接下來就開始北上。目前打算前往茨城縣常陸太田市，我有個朋友正駐在當地的藝術館。用 iPhone 查了路線，大概一百六十公里，如果一天前進十五公里，大概十天就會到。出了東京狀況可不同，不知道每天該把房子借放在哪裡，所以我應該早點出發去找借放房子的地方，但是畫完圖已經下午兩點，出發也就晚了。

下午五點左右在清瀨市內發現一座神社，今天才移動了十公里左右，但是太陽快下山了，所以我拜託神社讓我把房子借放在停車場。我向神社的宮司（譯註：神社管理員）解釋，這種時候說自己是「畫家」比較好溝通。宮司用既嚴肅又親切的口氣說：「好吧，答應你，但是這裡什麼都沒有，沒水也沒廁所可用喔。」太好了。

然後，「你早上大概幾點要出發？」

「我沒有特別敲定幾點，應該八點或九點吧，看這裡方便。」

「這樣啊，只要你能早點出發，對我們來說就方便了。」

「那我就提早出發。」

「保險起見，請給我個緊急聯絡方式，怕出事了找不到人。」

（我寫了一張姓名與電話號碼的紙條給他。）

「你最好準備一張切結書，說一旦出事由你自己負全責，不然沒人會相信你喔。」

「啊，對喔，不好意思。」

有這樣一段對話。

我去附近的超商買飯糰來吃，然後去澡堂洗澡。能夠放下房子外出實在很爽，其實我從來沒到過這一帶，這裡綠色植物很多，而且今天風很大。我把昨天的事情寫進日記就睡覺，但是晚上風太大，

2014年5月3日 東京都清瀨市
中青戶某神社的停車場

一直被吵醒。

五月四日

早上七點半左右離開神社，往北走了大概六公里，九點多抵達新座一帶。

這裡有一條防野火的水道，水道旁邊有一條漂亮的綠色步道，不時有人遛狗或慢跑經過。我把房子暫時放在水道邊，幫附近的房子畫圖，突然有位小姐興高采烈地過來問我：「這棟房子是做什麼的啊？」我解釋之後，她說：「我也喜歡現代美術，而且也有在畫圖喔。」我們愈聊愈開心，問她：「那今晚可以把房子借放在妳家嗎？」她竟然答應了，聽說她跟老公就住附近。

我們約好傍晚碰面，就先道別。

我把房子揹到附近的公園，繼續畫圖，公園裡的大人小孩都跑來玩我的房子，開開門開開窗，就算我在旁邊他們也照玩不誤，難道以爲我的房子是某種遊樂器材嗎？

有一群小朋友跑過來了，總共三個人，分別是國一、小五和小二，看來常常玩在一起。「你們可以玩，但是不要弄壞喔。」我對他們這麼說，結果國一的小朋友超激動：「咦！這是大哥你做的嗎？」「對啊，我要揹著它邊走邊過活，到處畫圖喔。」「這……感覺好特別喔！」國一小子超囂張，竟然還有女朋友，還一起去迪士尼樂園約過會。另外兩個小朋友催說：「我們快點去〇〇〇家啦」國一小子不肯，說：「你們不懂藝術的嗎？」結果又補充一句：「其實我也不懂……」他們大概看我畫圖看了十分鐘，總算滿意地說：「再見啦，我不會忘記這段緣分喔。」就離開了。

突然有人打電話給我，是從武藏美畢業之後當上高中美術老師的高貫，我說我人在新座，他就來找我玩。我問了她各種近況，原來她從畢業到當上老師的這條路走得很苦，不過她說工作很開心，人好了。

這天晚上，我在新座站前的居酒屋跟田谷夫妻會合，加上高貫共四個人一起喝酒。

田谷是個畫圖跟做銅版畫的作家，她先生則是個喜歡搖滾樂的編輯，年輕的時候總說「某年的某場演唱會，現場音源超酷，超想聽的。」然後跑去買盜版的披頭四、滾石唱片，結果發現被坑了很失望。我從來沒體驗過這種抽籤碰運氣的音樂選法，現在只要網路夠快，搭配YouTube，就不需要帶著音樂檔案到處跑，但是也就因爲有人這樣努力搞到音源，YouTube的音源品質才會提升吧。

田谷夫妻倆互相接話的感覺很妙，我們聊得很開心。田谷太太喜歡魯道夫．史坦納（Rudolf Steiner），高貫也喜歡，兩人聊得很開心。

我提到「揹著房子走的時候好閒喔，而且神奇的是不覺得自己在移動，而是整個世界從我身邊經過呢。」田谷說這感覺有道教的玄妙，好像我們對應地球運轉的行動速度有快有慢，世界尤如往我們靠過來，而我們也往世界靠過去。喜歡史坦納的田谷才會有這種解釋，很有意思。我不太懂史坦納，之後多看一點好了。

幾位朋友帶了馬克．羅斯科（Mark Rothko）跟康奈爾（Cornell）的畫冊，還有史坦納的書、《半農半X》以及大竹伸朗的散文集，我就看著這些書睡覺。

五月五日

不知道爲什麼，常常有人叫我幫房子裝輪子，裝上輪子應該會更好活動，但是我就不喜歡，我的行爲是「讓大家看見我移動所謂的房子」。沒錯，這房子眞的很麻煩，不過我要讓大家看見，我硬揹著房子也要過活。這個「讓人看見」房子的過程，靠人類扛起來移動是必要的，所以不能裝什麼輪子。

回想起來，我選擇瓦片式屋頂也是必要的。瓦片感覺很重，會把房子壓在地面上，而我更應該靠人力揹起這間房子往前進。

今天呢，每次被汽車超車就很不爽，汽車那麼重又那麼硬，竟然可以跑那麼快，太快又太危險了。

田谷跟我一起想接下來幾天要把房子借放在哪，訂出計畫，這過程開心又有趣。

總之今天打算去浦和的咖啡廳藝廊，那裡應該沒問題，我就跟高貫一起走過去。接著田谷騎腳踏車過來會合，我們大概前進了十二公里。

進入埼玉市，傍晚跟目標咖啡廳商量，能不能在打烊之後借放房子一晚，竟然被拒絕了。應該早點問才對，其實白天我也問過很多地方，想說眞的不行還有神社寺廟可以考慮，結果到埼玉已經是晚上，神社寺廟都關門了。原以爲咖啡廳可以借放，想太美了。

我有點慌，可是田谷比我更慌，一直說「冷靜，你冷靜！」感覺眞好玩，但是田谷好像也樂在其中，是錯覺嗎？

我在推特上呼救，發現大學時代有位很照顧我的建築師老師就住在浦和，立刻找他求救，他一口答應讓我借放房子。田谷大喊「太好啦！」看起來比我更感動，眞好玩。

不過後來出了些狀況，我沒有在浦和過夜，而是再次回到新座的田谷家去了。

五月六日

中午從浦和的齋藤老師家出發，前往越谷的柳家，昨天高貫幫我聯絡柳，柳說可以住那裡。高貫跟柳是在越谷藝廊「ＫＡＰＬ」認識的朋友，他們在電話裡聊到我的事情，笑得好開心啊。

從浦和往東北走了十六公里左右，抵達越谷，途中差點撞到一群兇巴巴、三人並排的國中男生三人組，完全不打算讓路，還好我閃開。

傍晚六點多抵達柳家，柳帶我去附近的超級澡堂。

今天是黃金周連假最後一天，很多人是闔家來泡澡玩樂（有三代同堂和兩代同堂），應該很多人想說，兒孫明天就要回去了，帶他們來大澡堂玩玩吧。大多日本人對黃金周的印象，都是爸爸明天就要上班了。我想起小時候，一家人也是去神奈川的堂哥家玩。

柳是個資深背包客，跑遍日本所有縣市，還有亞洲各國。柳說去伊斯坦堡的時候，明顯感受到亞洲與歐洲的界線，海峽兩岸的生活水準完全不同。

五月七日

我跟四個阿伯一起看著某個阿伯在附近的逆川

釣魚，邊看邊聊，不錯。

我在借放房子的地點附近散步，生活在當地的人，儘管做些小事看來都很耀眼。有個阿姨在家門前掃地，跟騎腳踏車路過的另一個阿姨聊天氣；房屋裡傳來小孩的嘻笑聲，買菜的人提著購物袋，袋裡裝滿青菜豆腐。這些動作全都反映出在當地生活的時光，好耀眼。

今天中午左右離開柳家，前往流山。田谷幫我到處求救，看流山一帶有沒有地方借放房子，感恩喔。

半路上看到自己出現在彎道鏡裡，拍了張照片，好玩。我揹著房子的時候，「臉」就是「房子的外觀」，必須透過路邊的窗戶或彎道鏡才能自拍，不借助城市就無法自拍。揹著房子前進，就算經過一面落地窗，也看不到自己，只能看到房子。感覺我的身體消失了，我讓身體消失在「房子外觀」這個公共元素裡面了。

人家說三鄉很多不良少年，叫我要小心，我走在路上東看西看，想著該怎麼應付，幸好沒人來找我麻煩。畢竟我經過的都是水田旱田，根本沒碰到人。

下午四點左右跨過江戶川進入流山市，今天也走了十六公里，感覺身體挺疲倦了，想在這附近找地方落腳，結果發現一座大廟，叫做赤城山·光明院。

我按了門鈴，開門見山地說：「我路過這裡，請問有師父在嗎？」結果廟方覺得很有趣，一口答應讓我借放。

我把房子借放在廟裡，準備出去吃飯，結果廟方送了啤酒跟礦泉水給我，嚇我一跳。看來師父也有看我的部落格，一聲門鈴牽起我們的緣分，真開心。

0508 1725

黑夜總會天明，所以夢總會清醒。夜晚總要過去，天總會亮起來，人總是會變，這就是人生。我們不可能永遠跟同一個人同樣地笑著，這就是天地的道理，我們必須變強。變強不是說不怕痛，那是變笨，還是要確實感覺到痛。感覺痛，但壓不垮心靈的彈簧，負擔愈大反彈力道也愈大，就是強。

當我客觀審視過去的生活，就無法維持過去的人際關係。這就是所謂的客觀，躲不掉的。這是我所追求的目標，無論發生什麼事，都是我自找的，這是尼采賭命告訴我的事情。

五月八日

去流山的大衆餐廳Denny's吃飯，碰到人家在面試兼職。

突然想到，我扛著房子已經過了一個月，目前還是每天都畫圖，現在我已經完全不怕鬼，只怕生病或出意外了。

上午十點左右離開流山的大廟，前往取手。田谷介紹的德澤，幫我找好了今天的落腳地，聽說還會爲我辦場餐會。人際之間的緣分不斷牽連，還沒整理好昨天的事情，新的事情又來了，我根本不知道現在發生什麼事。

今天的風也很大，流山到取手有十七公里，沿路強風吹得房子東倒西歪。進入水戶街道之後人行道比較寬，比較好走，不然沿路都沒什麼人行道的。

想在強風中直直走，結果輸了。我把自己當成風向雞，感覺風從哪裡來，然後正面抵抗強風。我漸漸發現該怎麼抵抗風，還有風速超過每秒九公尺就很危險。

傍晚抵達取手，跟德澤會合，房子借放在德澤認識的中藥房裡面，然後我們聊聊天。突然有位奶奶好奇走了過來，她說：「阪神大地震告訴我啦，房子還是用租的就好。我看到有些人貸款還沒繳完，房子就垮了，又要借更多錢去蓋新房，眞是的。」我在三宅島也聽說過很多雙重房貸的故事。

這位奶奶聽我提到「工作讓生活封閉」，跟我說了這樣的故事。

「我以前在大醫院當藥劑師，每天的工作，就是調配輸送帶送來的藥。過了一陣子啊，我這裡（奶奶指著腦袋瓜）有個聲音說非得辭職不可。我爸媽說要去大公司上班，大公司才不會倒，所以我這裡（指腦袋）說不該辭職，但是這裡（這次指胸口）卻說想辭職，原來我的腦袋跟心靈慢慢分開啦。我又撐了一陣子，某天想像自己一輩子就這樣結束掉，終於開口說我要辭職了。」

後來德澤找了幾個取手當地的朋友，在西式居酒屋 Papeete（パペエテ）爲我辦了場晚餐會。

大家不斷提到「環遊日本」這個詞，我聽他們說有個男的拉著黃包車跑日本一圈。我自己完全沒有環遊日本的打算，但是他們好像認爲我是這種人。我想起自己在東京閒逛的時候，常常有人問我說「何時出發啊？」我覺得自己已經出發了，但是沒有前往某個明確的地點，還眞的不覺得已經出發了呢。

居酒屋的人找來了《朝日新聞》報的記者，來採訪我。

之後我把房子借放在居酒屋附近的藝文空間，我則是在取手市小文間的「なるほ堂」（譯註：音為 naruhodou）過夜。

這個なるほ堂是個好玩的地方，老闆是笑樂哥，我不太好解釋這個地方，沒有見過笑樂哥的人肯定不會懂。笑樂哥便宜租下空屋，來養狗養蛇養烏龜，還在田裡種向日葵，製作原創的塔羅牌，雕木刀，去公司演講培育人才。他所有面向都太創新了，要解釋都不知道怎麼解釋才好。

五月九日

好大的雷陣雨，幸好今天沒有要移動。

傍晚在なるほ堂附近閒逛，畫畫圖，附近就是東京藝術大學的取手校區，怎麼會蓋在這種地方呢？

傍晚來到取手市區，聽說取手的居民要舉辦迎新會歡迎藝大新生，我去看看，發現德澤竟然替我做了名片，大恩大德啊。

當我沒帶房子，在現場完全就是個普通人。迎新會請了ＤＪ，所以我跟學生們跳舞，跳超猛，隔天脖子痠痛到沒辦法轉頭。我喜歡跳舞，喝酒之後跟著旋律，盡情擺動身軀。

晚上，笑樂哥的搭檔貝塚幫我做了「聲音掃描」，就是分析聲音判斷屬於什麼顏色，來看這個人有什麼特色。我的紅色跟紫色很濃，聽說紅色象徵生命力，紫色象徵使命感。之前人家幫我做靈性彩油（aura-soma）的時候也說過，我的「使命感」顏色比「表現自我的慾望」更強烈。

五月十日

早上九點左右離開取手，接下來要一口氣趕路二十四公里，前往市松代。笑樂哥、貝塚還有另外一個人，來幫我送行。

人家告訴我，我上了今天早上的《朝日新聞》茨城版。

「不知道有沒有結論。」我有這樣說過嗎？我確實沒有打算做什麼結論，但是報紙說我這趟是「素描之旅」讓我恍然大悟，好像眞的是這樣沒錯。我這段日子，等於是將單純的房屋素描昇華爲「繪畫」。

很多人問我「你怎麼洗澡？」「你怎麼洗衣服？」「你怎麼吃飯？」這些問題，而這些問題也反映出提問人平常的生活，很好玩。當我過這樣的生活，就深刻體認到房子最大的功能是「有地方睡覺」，人只要有地方睡覺，什麼洗衣洗澡煮飯，都可以在外面處理了。

我來到筑波未來市，將房子借放在某家超商的停車場，突然有兩個男的來找我搭話，好像是大學生。「你在旅行嗎？」他們問，我正在解釋的時候，又有個女的走過來指著我的房子說：「你應該沒有要把這個放在這裡吧？」我說「我沒有要放在這裡啊。」心想這個女的問的問題好怪。女的聽了，滿意地離開了。結果其中一個男大學生嘀咕說：「她白痴喔，怎麼可能放在這裡？看也知道這不是垃圾啊。」我聽了好開心，是個好人。

在路上走了一陣子，有個小姐來找我聊天，她是住筑波的建築師，還說看了今天的早報。我們挺聊得來，她說：「明天晚上到我家來吧。」聽說她先生是做營建的。

傍晚進入市松代，路上碰到用推特聯絡過我的小姐，她給了我兩罐營養飲料。聽說她看了今天的早報，又看到這間小房子經過家門前，就追上來了。沒來由的，今天收到四罐飲料，眞厲害，而且大家都喜歡送飲料，眞好玩。

之前在東京認識的福音館書店高松編輯，老家住在這裡，今天就讓我借放房子。高松編輯周末會回老家，所以找我來住，太開心了。這房子裡有好多繪本、玻璃飾品跟盆栽，還有高松伯父養的很多隻鳥。

伯母說：「其實我有個計畫。」想不到她訂了附近飯店的自助餐，我就跟高松一家三口一起去吃自助餐，超好玩。

我跟高松編輯認識不到一個月，對伯父伯母來說，我應該是個來路不明，怪裡怪氣的人，但是人家很歡迎我。我邊吃邊說自己爲什麼要這樣做的經過，兩位邊聽邊點頭。

自助餐廳很熱鬧，很多家庭跟情侶來吃飯，有人精心打扮，有人家的小孩穿著運動服就來了，還有十幾個人的大全家福。每個家庭應該都有像伯母這樣的一個人，提議要來吃自助餐，訂了飯店，然後來這裡大快朵頤吧。眞棒，這個光景棒透了。

等垃圾車的時候跟鄰居聊天，阿伯在河邊釣魚，一家人來吃自助餐，這種在地扎根的生活看起來好耀眼。當我這麼說，伯母回答：「那是因爲你正在吃苦，吃著苦，看人家過生活才耀眼啊。」

睡前，人家讓我看了好多繪本。

修爾維滋（Uri Shulevitz）這個繪本作家的《黎明》（*Dawn*）好好看，不到五分鐘就看完了，每一頁只有一張圖跟一句話，總共十幾頁，我從來沒發現繪本竟然這麼有力量。

五月十一日

上午，高松編輯帶我去參觀國土地理院的資料館和JAXA，看著國土地理院的大地圖，想像接下來要走的路，心都涼了，怎麼到處都是山啊。

下午離開松代，去找昨天在路上認識的女建築師成島姊，大概八公里。

這戶人家好驚人啊，聽說是成島姊她老公的老家，屋齡挺老舊，但是窗玻璃的花樣跟浴室設備都很新，甚至還有裝地板暖氣系統。她老公也在，我們就搭車去串燒店吃飯。

聽說他們家總共有三間房，一間租人，一間自住，最後這間空著。這間房子養了三隻貓，她老公每天早晚會來餵貓。成島姊說：「我對房子很隨便，所以我懂你的想法。」

這棟房子周圍還有幾間小倉庫，一間民房，看來都沒人使用。這樣一間大宅往後會怎麼樣呢？我在取手也想過，這一帶的空屋實在有夠多。

五月十二日

常常有人對我說「年輕才能冒險，好好喔」「如果我還年輕就會去衝了」，我都不知道該怎麼回答。他們說這個是什麼意思？像我就不會跟打槌球的老爺爺說：「老了才可以打槌球，好好喔。」也不會去跟小學生說：「你們這麼年輕，才可以跟朋友玩躲貓貓，好好喔。」這個「年輕才能冒險，好好喔」是什麼意思？我完全不懂，我可以當成他們其實什麼也沒講嗎？

今天整個上午在畫房子，下午出發前往土浦。

風好大，德澤傳訊替我打氣說：「北關東是強風地帶，多多小心。」原來如此啊。

風眞的很大，我離土浦大概十二公里遠，沿路只有農田，地形開闊，強風全吹在身上。風速大概每秒十到十一公尺，不太妙。幸好風向是從車道吹往人行道，我想被吹倒頂多就就摔進田裡，才敢繼續前進。如果風向相反，我應該會放棄前進吧。我頂著強風往前慢慢走，不斷有車超過我，眞的很火大。

那麼龐大的東西卻一點都不怕風，還跑得那麼快，尤其是大貨車高速超過我的時候，又多送我一陣逆風。貨車超過我的那一刻，感覺一股力道把我撞開，接著又把我吸回馬路去，汽車跑起來果然是各種粗暴。

下午五點半左右來到土浦，把房子借放在鈴木家門前，之前在石岡市參加「Artsite 八鄉」的時候，鈴木幫過我忙，這次鈴木看到五月十號的早報就聯絡我。我計畫要經過土浦，就來鈴木家叨擾了。

我把剛才畫的玉取房屋畫（成島姊她老公的房子）給鈴木看，鈴木說：「從這個屋頂的格局跟角度來看，原本是茅草屋喔。」原來如此，我還眞沒發現。

2014年5月11日 茨城縣筑波市，
玉取大宅址

頂著風走路很累，所以九點多就睡了。

五月十三日

繼續把房子借放在鈴木家，從五月七日起就沒有寫日記，今天畫完畫之後要全部補完。我不知道在日記裡面提到「寫日記」算不算好，總之先去土浦站的美食街寫，寫到一半再去漫畫咖啡廳寫。

到了傍晚，當地的高中生們來美食街念書，男生坐一起，女生坐一起。大家都很用功念書，但是偶爾會有其中一人跟異性集團搭話，不錯。

五月十四日

九點半左右離開鈴木家，走了大概十三公里來到石岡站附近。

今天大概有兩間廟願意讓我借放房子，但是兩位住持都不在，白天應該都出門去了吧。我打算休息一下再出發，將房子放在藥妝店門口，結果有個帶小孩的媽媽來找我搭話。聽說這位太太開了一家店鋪，是當地的地標建築，而且還登記成古蹟，我就去看看了。

石岡好像有很多地標建築兼古蹟，還有觀光地圖，我都不知道。

這家店鋪叫做「麥克J」（Mc.J），裡面的女店員對我的房子超有興趣，問個沒完。

「這用什麼做的？」我說是保麗龍，她就做筆記，又問：「還有呢？」我嚇一跳，第一次有人抄下我用的材料，我說還有木頭、大力膠帶、油漆什麼的……她全都抄下來了，甚至還畫了素描。

我商量房子該放哪，聽說她朋友在附近的蔬果市場上夜班，今天晚上可以借放，然後我在市場拿到一顆哈密瓜。

附近沒有民營澡堂，我就去五公里外的市民澡堂。

五月十五日

從石岡到水戶的途中，路過一家蕎麥麵店，這裡是水戶街道上的工業區，工廠林立，麵店裡的客人不是貨車司機就是穿工作服的工人。隔壁桌二人組在聊說「天氣這麼熱，你怎麼還點熱的？」「對喔，傻了我。」眞不錯。

今天又有人對我說「你將來要當藝術家啊？」「這個經驗會是你未來的資產喔。」未來是啥？這樣講的人，未來永遠不會來，所以我回答「沒有啊，我已經是藝術家了。」

我覺得人們一聽說我在旅行，就會覺得我處在過渡階段，既年輕又不成熟之類的。我弟弟好像今天也出發去旅行了，或許要去某處追求某些東西吧。

或許我不該把這趟創作活動稱爲旅行，感覺這麼說會讓人誤會，我畢竟是跟自己的房子一起走，不管走多遠都帶著「移動」的感覺。

話說我好歹有個開展覽的目標，看起來或許像是旅行。但是就算這次展覽結束了，也不代表其他事情跟著結束。當我回到定居生活，過膩了可能又會搞這個，不然就是想別的方法，又過膩了再去找更不一樣的方法。我希望是這個樣子，關鍵就是「找別的方法」。

我計畫明天抵達水戶，但是今天早上提早離開石岡，所以乾脆今天趕過去好了，總共三十公里。

結果我想太美了，三十公里眞的有難度，正常來說連續走七個小時就會走完，但是途中會累，加上休息花了十個小時，到水戶的時候已經是下午五點了。我眞是精疲力盡，邊走邊想，寺廟應該都關門了，今天該把房子借放在哪裡呢？

總有人找我說話，幫我打氣，送我吃的喝的，但是提到要不要讓我去家裡借放房子一晚，幾乎都會猶豫。這種反應我看多了，也就不敢主動提問。說得也對，要讓今天剛碰面的人進到自己的領地，需要的勇氣可大了。

我幾乎快走不動了，想說頂多只能再走三十分鐘的時候，後面突然有人說「不好意思——」回頭一看，有幾個小朋友走過來，還有一個像媽媽的太太，媽媽說了。

「總算追上啦——可以借看這棟房子嗎？你要往哪裡走呢？」

「我正在找地方去啊。」

「啊，就是人家前院之類的？」

「妳眞清楚啊。」

「我有看到報紙喔，你願意的話可以來我家喔。」

眞是天大的驚喜，我都懷疑自己聽錯了。

「那可以借用廁所之類的嗎？」於是我就跟著去了，都快哭了。

這位太太姓川俁，我的房子就借放在她家的停車場，她家對面的堀口家，拿了柯曼（Coleman）的露營桌椅過來。

想不到兩戶人家合作了炸雞咖哩飯（川俁家的盤子，堀口家的咖哩飯，再加上川俁家的炸雞）請我吃，超棒，兩戶對門鄰居做的飯呢。

我晚上跟五歲的阿良玩，看著小六的阿廣做功課。

今天跟人交談，難得有人問了我一個比較嚴肅的問題：「我覺得尋找住宿的地點，也算在創作企畫裡面吧？」仔細想想確實沒錯，如果我隨便把房子放在路邊（代表我稍稍違背了法律），邊露宿邊畫圖，我想這些圖就沒有說服力了。我猛然想到，一路走來都借住在某人的私有地上，如果哪天眞的必須露宿野外，當天最好就不要畫圖了。

五月十六日

上午六點半左右，阿良來「我家」玩，看來他很喜歡這間房子。

玩了一陣子，我送阿良離開，看著阿良跟她媽媽去幼兒園。聽說阿良現在讀幼兒園大班，今天要去歷史館辦親子遠足。阿良好像不想跟我分開，都快哭了。

昨天那一趟眞的很傷身體，畢竟昨天揹著房子走了三十三公里，放下房子之後又走了五公里，我還是第一次一天內就走了快四十公里。所以睡醒之後，身體一直不太舒服。

上午離開川俁與堀口家，先前往水戶藝術館。我把房子放在腳踏車停車場，欣賞「擴張時裝展」。聽到時裝，我馬上就聯想到「消費」與「流行」，但事實上掌握了人類更深層的生活，展覽告訴觀眾時裝包含的範圍有多廣。COSMIC WONDER 公園裡的時裝秀也很棒。

警視廳的管樂團在水戶藝術館的中庭演奏，有聽眾在聽，感覺確實很像星期六的下午。大家還不時幫忙打拍子，眞好。

在水戶逛了逛，去腳踏車停車場拿回房子，正在著裝的時候，水戶藝術館的森山來找我搭話，我解釋自己的活動，森山很有興趣。

「大家都問我，你那個是什麼東西呢。我想說，你應該是個藝術家吧。」

森山帶我去附近的「水戶向日葵莊」。

大學老同學鈴木說「有空來找我玩啊。」所以我就去他家，離水戶藝術館五公里，房子借放在腳踏車停車場。

五月十七日

上午，水戶藝術的森山打電話來，說水戶的「ぴょん太文庫」（譯註：發音為 pyonta）藝文空間，今天傍晚會舉辦一場下市交流會，希望我有空能去參加，我一頭霧水，但還是決定去了。

我接下來準備去常陸太田市，先打給正在當地的藝術家林友深，人家說有空，我就搭鈴木的車去常陸太田玩。房子放在昨天的腳踏車停車場，外出去了。

汽車好快，又快又穩，而且不太會受到風吹影響。不過坐在車上，很難理解外面的風有多強。三十公里眨個眼就過去，其實開過頭八公里，但很快就回來了。眞是了不起的發明，當我走在路上，看到汽車就很火，但是坐上車又很舒適，百感交集啊。

我跟林小姐會合之後，去了常陸太田的觀光名勝，龍神吊橋，很大的吊橋跟很多鯉魚旗。

過了這座吊橋並沒有抵達某個地方，怪了，橋應該是爲了連結兩個目的地對，尼采也說過「人就是橋」代表「人類是應該被克服的」。但是過了這座橋，卻哪裡都沒去，勉強只有個丟一百圓就會響的鐘。旁邊寫著「如果情侶牽手敲響這鐘，愛情或許會更濃？」眞是太糟糕了，這座橋竟然只是爲了看風景，還有看橋本身而搭建的。搭橋應該要花很多錢，過橋都要花三百一十圓，這樣划得來嗎？虧你們有膽子花錢搭橋喔，不過風景眞的很漂亮。

林小姐說：「沒有從高處俯瞰過樹木吧？挺新奇的。」

聽說這座橋最近開始辦高空彈跳，好多人從橋邊往下跳，一次收費一萬四千圓。好高喔，看人家跳下去很好玩，但是這些人彈啊彈的害我分心，無法專心看鯉魚旗。

觀景用的橋，大量鯉魚旗，高空彈跳。全都沒有連貫，亂七八糟，但是人有夠多（主要是家庭跟情侶），確實很像觀光景點。看來大家都認爲放假要來這裡玩，現在也確實在玩，我不能挑人家毛病，這是個好觀光景點。

傍晚回到水戶，跟鈴木參加「下市交流會」，大概有二十個人來。

這個集會是要討論水戶站南邊的下市區該怎麼繁榮起來，參加的人有公所職員、零食舖老闆、雜貨店老闆，眞是五花八門，大家邊談邊交換近況。森山介紹我就是「（房子）裡面的人」，結果幾乎所有人都知道「走路的房子」，搶著跟我合照，怎麼搞的？

看來這場集會是大家用心聊天，討論市政的場合。好像有固定參加的成員，但是不一定要參加，而且大家彼此不是很熟，一樣有很多新人。

交流會解散之後，森山帶我去一家印度餐館「業」（Karuma）。咖哩好吃，店裡的人聽了「下市交流會」問說：「那啥？」今天有哏了，眞好。

五月十八日

我畫畫圖，寫寫日記，到下午四點左右。然後整理些行李寄回老家，比方說上衣跟口袋書，還有畫好的七十幾張畫。

我帶著尼采的《查拉圖斯特拉如是說（下）》給自己打氣，但是幾乎沒時間看，成爲沉重的包袱。我發現如果要打起精神，與其帶著書旅行，不如盡量減少行李重量，行李少了，身體的負擔截然不同。

今天是水戶藝術館時裝展的最後一天，有四個從東京來的朋友兩個人一組說要來玩，我就離開鈴木家，帶著房子前往水戶藝術館，走了五公里。

我認識了常陸太田市的居民，我們聊到「我明天要去常陸太田喔。」「這我的地盤啦！要我送點吃的喝的給你嗎？」「眞的嗎？有蔬果汁就太好了。」

然後，昨天交流會坐我旁邊的山田哥開了家雜貨店「Belly Button」，我就去那邊玩，今天把房子借放在那裡。山田哥說：「我打算下個月開始賣叉燒，正在研究，方便的話跟朋友一起來吃晚餐吧。」所以四個東京朋友跟鈴木，和我一起去參觀雜貨店，裡面賣的東西都很有特色。

其中一項商品是在咖啡裡攪拌砂糖的小匙（右撇子用），這用途也太有限了吧。朋友飯田說：「對餐具沒興趣的人，就會打造出這種餐具對吧？」這家雜貨店眞有趣。

然後我們在雜貨店停車場鋪起塑膠布，大家一起去採買。山田哥帶了叉燒蓋飯來，他兒子帶了坦都里雞（酸酪烤雞）來，都很好吃。

五月十九日

我覺得重力會妨礙思考，人之所以會肩膀痠痛，走路疲倦，都是因爲土地上所附加的重力，我覺得住址與重力的語感差不多。

上午十點半左右，我離開 Belly Button 要前往常陸太田市，藝術家林友深跟宮田有紀正在那裡的藝術館活動，我要去她們家。

二十七公里，減少行李眞的差很多，我可以連走兩個半小時不必休息。

路上有人送我薄荷糖，還捐給我一千圓。

昨天認識一個住在常陸太田的菊池，傳了訊息給我。

「說好要送你蔬菜汁，打算拿給你，你在哪裡？」

想不到眞的送蔬菜汁給我了，好厲害，我當人家在開玩笑，要反省。我正要前往松平町，聽說菊池就住那附近，我說要過去，這可不是開玩笑的。

我走到一座公園，這裡有林畫的壁畫，有一位吉澤開貨車載我去林家。第一次有人開貨車載我，我決定說這是瞬間移動（warp）。

晚上跟林辦餐會，聽說林跟宮田在高速公路上出過大車禍，我問了當時的經過。

那天晚上，林跟宮田在高速公路上開車，結果路邊停了一輛車，連燈都沒開，兩人差點撞上，用力閃開但是車子打滑，被後面好幾輛車追撞。林打開車窗大喊「救命啊！」但是一點用都沒有，連iPhone都被拋出車外。林想說死定了，在車上打電話跟警察說：「我不知道自己在哪，但是再被撞一次就死定了。」

幸好兩個人都沒死，全身挫傷骨折，但現在都康復了。幸好大家都沒死，要是一時慌張衝下車，後面的車子閃不開而撞上，或者再多一輛車開過來，不是丟掉小命，就是終生殘廢，幸好兩人都活下來了。

後來我聽宮田說，她爲了閃避停在路邊的車子，用盡吃奶的力氣，等車子打滑停住，突然失憶一段時間。當下她覺得自己看見六顆氣球，其中兩顆寫著「友美」跟「高知」，其他四顆寫什麼就不記得了。

聽說人類突破極限之後，大腦只能記住六個詞，她說剩下四個不記得，感覺相當眞實。

五月二十日

宮田、林和其他常陸太田的人帶我逛市區，我將房子放在小貨車上，另外一輛車有五個人搭乘，就在市內亂逛到黃昏。

我一想到藝術家是被請來振興觀光，就覺得不太舒坦。看來常陸太田的藝術村，是常陸太田振興計畫的一環，最近眞的在國內各地都看到「藝術」跟「振興」配套出現呢。

基本上，美術創作只能發於個人內心的衝動，跟「振興城市」這種公共建設好像挺搭的。必定先有個人內心的衝動，才能催生出公共的創作，所以個人的美術創作不可或缺。

但是我一直認爲公所，尤其是「○○市公所○○分所○○課」這種小地方小單位的人，必須先有「上面撥下來的公共預算」，才會考慮該怎麼用。這種順序與美術創造相反，兩者合作難免會顯得尷尬。比方說公所要派公務車，必須取得「藝術家與兒童交流」或「藝術家與居民暢談」的照片，那就變成一種「爲了拍攝交流過程照片而交流」的詭異狀況。我想到處都有因爲這樣的狀況，這樣被耗費掉的金錢肯定也不會瞑目吧。

五月二十一日

上午接受《讀賣新聞》旗下在地刊物《茨城城市報》的採訪，記者問我「這趟活動有包含『探索自我』的意義嗎？」我突然愣住了。這實在太超乎想像，我根本答不出來。竟然有人會這樣看？我倒是死命在拋棄自我呢。

五月二十二日

有件畫插畫的工作，但是不太順利，所以我今天都待在常陸太田的林家做事。眞的很不順，看來畫雜誌封面插圖，跟普通繪畫有不同的竅門。

外面大風又大雨，還突然發出巨響，我心想不妙，一看，果然我的房子翻了，而且還掉了一片瓦。外面太危險，所以請人家讓我借放在屋內，然後瓦片眞的可以被強風吹掉，有點開心。

五月二十三日

離開林她們家，聽說林這兩天要回東京，所以一大早就出門。在這裡待了四天，眞的有點捨不得走，我可以感覺到自己已經在這裡扎根。如果待太久，就很難分開，要拔根就是很痛。

林好強，我回顧今天的事情要寫日記，發現我們的共同生活太過理所當然，我都沒注意到林做了些什麼事。林在各種方面都相當細心，不著痕跡，所以我都沒發現。我們每天晚上喝酒，她都會拿素描簿給我看，我看她眞是個天生畫家。她用文字描寫每天的想法，還有聽演說做筆記，揮灑起來就跟作畫一樣自由，看來文字已經融合在她的思考之中了。

今天去拜訪送我蔬菜汁的菊池，菊池住在東連地町，離林家走路二十分鐘，好近。菊池在水戶訂了一家好餐館要吃午餐，我們開車前往水戶。

菊池在這裡繼承了父業，工作是建築設計和木匠。菊池年紀才二開頭，行頭跟車子都很時髦，很適合戴墨鏡，但是菊池的家和事務所，周遭全都是農田。菊池工作好像很忙，就像農田裡開的一朵鮮花，眞帥氣。

我們在水戸咖啡館跟南會合，一起吃飯。菊池跟南是在水戸藝術館「高中生Week」認識的，這一群人年紀有大有小，常常在一起探索城鎮，自由創作，當咖啡廳店員，好不開心。就好像之前的下市交流會，水戸眞的有很多這種自由社團。

0524 1510

時間過得眞的很快，簡直就像酷刑，我根本來不及去思考，去整理記憶，去感受悲傷與歡樂。一切事物流逝的速度都太快，當我撿起眼前一項事物仔細觀察，就有太多其他事物逝去，再也沒辦法撿回來。我只能弄亂，收拾，再弄亂，再收拾，無限循環。我明明是爲了玩才弄亂，但才剛開始玩就得收拾了。小時候玩積木就是這種感覺，我想遲早是沒辦法收拾乾淨了。遲早我會邊弄亂，邊想著要收拾，但又弄亂了更多東西，這樣眞的好嗎？

五月二十四日

菊池家有個燕子窩，燕子每年都會在同樣的地方築巢，聽說大地震的前一年，菊池看到燕子窩蓋得格外堅固，心想「這隻燕子是搞不懂怎麼築巢嗎？」但是看久了又覺得「搞不好會發生大地震喔？」

上午離開菊池家，回到林她們家，因爲一些苦衷，我會在這裡住到明天。有個住里川町的人說：「明天請務必來我家。」而且還說會開貨車來接我。我不能跟林她們碰面，我們已經道別過，要是又碰面可就蠢了。

中午左右，十九號日記提到的吉澤帶著兩歲大的兒子來玩。

這個小男生很有特色，很好玩，他聽我說「你好」就回答「掰掰」。他對我的房子好像很有興趣，不斷開關房子的門，但是我請他進去，他死都不肯。然後要道別了，我說「掰掰」他回答「噗」，我要記得這個「噗」。

傍晚散步的時候，發現有個務農的阿姨，花了幾分鐘整理一株作物根部的土，弄完一株又換一株。種田眞費時，必須每天用心照顧，種田必須要在自家旁邊種。就算用心照顧，也可能會被鳥獸偷吃，被天氣搞砸。而且現在同一片農地上的作物，收成之後還是會分自己吃的分，送人的分，以及拿去賣的分。

五月二十五日

我在常陸太田市里川町，海拔六百公尺，星空好美，再往北幾公里就進入福島縣。我覺得這裡的氣溫，比我昨天待的松平町要低。這個小鎮大概有六十五戶房子，但大多是空屋，屋主偶爾才會回來住。

今天把房子借放在這裡的酪農戶裡，請我來住的人，家裡還有他太太跟他爸媽。聽說他們家原本種的是梯田，有菜有米，後來他爸下定決心用推土機推平，改建爲牧場。他們先從兩頭牛開始養，現在有六十頭牛。當時親友都反對這個大規模牧場計畫，但是爸爸化阻力爲助力，成功轉型。一位適合戴眼鏡的聰明爸爸，還有繼承人，還有新的生命，眞棒。

這裡離福島第一核電廠約一百二十公里，核電意外發生後，這裡檢查出輻射能，結果每天要丟掉好幾噸的現擠牛奶。他們家很擔心牛隻，每天都睡在牛棚旁邊的小辦公室。

我在牛棚裡面走，每經過一隻牛，牛都會抬頭看我。牛的眼睛水汪汪，腦袋感覺又大又重，而且舌頭很長。只要給牛一堆草，牠就會吃個不停，直到吃光。每頭牛每天可以生產三十公斤的牛奶，牛必須要懷孕才會有奶，所以每隻牛幾乎隨時都在懷孕，牛棚裡也有一個月不到的小牛。現在牛奶的價格愈來愈低，而且盤商收購牛奶還有脂肪比例限制，聽說日本有很多牧場無法符合這個限制而放棄養牛。

今天請人家幫我修瀏海，我不希望這段生活過起來像個「旅人」，希望盡量保持家居生活的感覺。頭髮最好別留得太長，澡最好是天天洗，皮膚最好別晒黑。一般人會想說長途旅行的人，會變得愈來愈像仙人，我也覺得這樣很合理，但我不是旅人，而是跟房子一起移動，所以不能成仙。

昨天聽的是青蛙合唱，今天則是牛豪邁的排尿聲、放屁聲、扭動聲，一點蟲鳴聲，還有蟲子撞上外面電燈的聲音，外面眞是又暗又安靜。

一想到正要靠近「那裡」，不禁緊張起來。那就是促使我想進行這次創作的意外現場，我應該明後天就會進入福島縣，就會進入非常重要的現場。

有時候聽人家說「我會加油」比「你要加油」更有鬥志。看到或聽到別人在做些什麼，感覺受到了鼓勵。

05261840

我在福島縣磐城市的大型澡堂「勿來溫泉關之湯」的交誼廳，身邊有些看來剛退休的老夫妻，還有帶著小孩的一家人，大家吃吃飯喝喝啤酒。有兩個阿姨團，各有五六人，都聊得很開心，我聽到她們說誰家門口來了救護車，還是哪裡的三明治很好吃等等。通常都是兩三個人同時說話，各自都說得很痛快，眞不知道有沒有聊起來，簡直就像腦力激盪的過程，太厲害了。話說常陸太田那兩位藝術家的住家裡沒有電視，我很慶幸沒有，如果開著電視聊天，話題就會很膚淺。

我隔壁的隔壁，有個先生睡在地鋪裡，感覺痛得不能動，身邊圍著澡堂員工和家人。旁邊的人好像也很擔心，而我則是趁機打開 MacBook 寫這段經過。

請朋友用貨車把我的房子從常陸太田市里川町送到北茨城市的大津港，我走了一段就進入福島縣，終於到福島縣了。福島眞的成了個特別的名字，我跨過縣境，但是沒什麼特別，景色看來跟先前沒什麼不同。iPhone 的所在地從「茨城縣北茨城市」轉變爲「福島縣磐城市」，但眼前一樣右邊有海，左邊有山。這裡已經不是關東平原，山跟海都好近。

「我得畫房子了。」我的衝動變得更強，之前我還沒找到地方放房子的話，就沒有心情畫圖，但是現在整個很想畫，就把房子放下開始畫。距離我下貨車的地方，走路還不到五公里。

我在勿來町關田西開始畫圖，有個騎機車的阿姨來找我搭話，到了這一帶，大家說話的口音都很重，有時候聽不清楚。

我向阿姨解釋之後，阿姨笑著說「好厲害的長男啊。」然後答應今天讓我把房子借放在她的土地上。聽說二〇一一年的地震跟海嘯把她家房子給弄壞（地板底下泡水），拆掉之後還沒重新蓋房。

路上碰到阿姨的朋友，在附近開民宿，這個阿姨也覺得很有意思，說也可以住她們家。

騎機車阿姨說：「你不用睡我那塊整好的空地，放在人家的民宿裡就好啦。」但是我覺得：「我想睡看看被地震震壞的房子遺址。」所以決定明天再把房子借放在民宿。民宿阿姨說：「明天想來就過來啊。」

之前我在某個美術企畫期間，睡過岩手縣大船渡某個被海嘯打爛的遺址，當時我做了個大惡夢，夢見很多陌生人經過我面前，而且都生氣地瞪著我，所以我決定不再睡下去。不過，我覺得現在應該沒事了。

然後機車阿姨送我這裡的溫泉免費券，所以我來到這個溫泉交誼廳。這個溫泉很棒，可以欣賞太平洋。

剛才我在交誼廳畫圖，坐隔壁的磐城市居民來找我搭話，他說：「〇〇的老家碰到核災，回不去了，是在雙葉町啦。」然後馬上就離開了。有人建議我說：「如果要北上，最好是去郡山，六號線因爲核災封鎖了。」我懶得解釋自己是什麼人，乾脆說「我是畫家，在進行繪圖之旅」。

接下來就回去阿姨家的空地找房子，即使房子又小又輕，只要想到有地方能回去，就有點家的感覺，就鬆了口氣。

最後還是有救護人員來救那個倒下去的先生，但是他好像還能講話，應該沒事吧？

五月二十七日

我試著誠實地寫出自己在這裡的感想，有人問我爲什麼要公開自己的日記？寫日記是爲了平復自己的心靈，這有必要公開嗎？其實我也不太清楚，一個原因是我的作品也包含了「移居生活」本身，所以公私不能夠分明，感覺有點強迫症吧。

我日記裡的內容，可能會讓人覺得不愉快，也可能會吃驚說「原來他當時是這樣想的喔？」但是絕大多數內容，都不是事發當時的感想。我寫日記的方法並不是「我當時是這樣想的，現在回想寫出來」，而是事後邊寫邊想，然後補充「當時我應該是這樣想的」。

我必須這樣寫日記，才能結束我心中的一個過程。如果我不靠日記來決定「當時應該是這樣想的」，感覺這件事在我心中永遠不會結束，很不舒服。所以這份日記絕對不是用來抱怨「當時我這樣想，但是不敢講，所以寫下來」的工具。

為什麼我要特地寫下這件事呢？因為我不認為人類會毫無原因就想說「我要做這個」，而且最近才感受到「我無法創造什麼名留美術史的創舉」。我每天都覺得哪裡不對，而且對他人說的話過敏，胡思亂想而浪費了創意，但也只有這樣的生活才能讓我做出作品。這樣的事實必須被記錄成文字，而且必須被公開，所以就算我覺得「寫這些可能會討人厭」，但只要我是創作者，就必須這麼寫。

我也認為「接受」是一個主動的行為，如果你看了誰的言論或作品，有什麼感想，那就是言論或作品本身的企圖，本身的意義。讓觀眾有感想，就是言論與作品的存在價值。把發言者或作者的意圖擺在第一位，那就不好了。

雨從昨天晚上下到現在，對喔，我好像是第一次在這間屋子裡躲雨睡覺。偶爾會有不知到哪裡來的水滴到我臉上，但房子並沒有漏水，只是鞋子濕了不知道該放哪裡。

在新座認識的銅版畫家田谷傳了訊息給我，她說她有朋友住在磐城市這一帶，聯絡之後說這位朋友想見我。

我說了自己目前的所在地，然後就有一家人來了，還開車帶我去深山裡一家很棒的咖啡廳。這家人說他們住在北邊幾公里的地方，要我去他們家玩，所以決定明天把房子借放在他們家。我的行程好悠閒，這樣好嗎？

這位朋友看著山說：「這裡好漂亮，要是沒有輻射就好了。」這裡距離核電廠大概六十公里，附近的海水浴場去年才開放，聽說很多人去游泳。

從咖啡廳回來的路上，車子突然拋錨了，只好等人來接。原本載著我們的汽車，突然變成了包袱，感覺眞奇妙。我們走過平常走的路，突然被推到路邊，動彈不得，只好觀察路邊的花草蟲鳥了。

今天晚上把房子借放在昨天認識的阿姨的民宿裡，阿姨說：「今天沒房客，你可以睡客房，我會招待你喔。」感恩啊。阿姨又說：「我老公得了阿茲海默症，你別客氣啦。」

我走進民宿，她老公大聲歡迎我。

「眞了不起啊，現在社會上到處都是奸商，眞是太糟糕了。都是有你這種人在支撐社會，像我的腦袋已經完蛋啦。」

阿姨又說：「他阿茲海默症啦。」

我正在自己的房間裡寫日記，不時會聽到阿姨老公的怒吼，看來阿姨也很辛苦啊。

五月二十八日

今天讓我放房子的民宿就位在海邊，幸好海嘯只淹到一樓的地板，看來幾乎沒有遭到海嘯損害。阿姨說了，勿來町的海岸線是直線，所以海嘯沒有很大，附近有座火力發電廠的海岸線是曲線，海嘯就很強，房子跟車子都被沖走了。

我聽到阿姨跟人聊天說：「人生有幾十年，一兩年這樣過沒關係啦。」這下我就懂了。之前人家跟我說「趁年輕冒險好好喔」我覺得不對勁，原來是因爲他們內建了日常化的參數啊。

他們心中有種不自覺的偏見，根深蒂固認爲「日常就是這樣」，他們認爲「眼前這個冒險的人只是『一時衝動』做些非日常的事情，而這個人遲早會老，也會融入『跟我們一樣的這個日常』，所以我們的日常並沒有錯。」所以才要對我那麼說，同時也在說服自己。

今天把房子放在田谷介紹的那位朋友家，這家人有個跟我一樣大的長男，還有小三歲的二男，長男開車載我去了核災發生後的禁區。

我一直很想看一次。車子主要是沿著海岸線走，只要一直北上就會碰到禁止進入的禁區，所以必須在某個地方拐彎往郡山方向走。碰到禁區之後可以再回頭嗎？還是應該更早改道呢？沒有實際看過就不清楚了。仔細研究之後，發現可以貼近

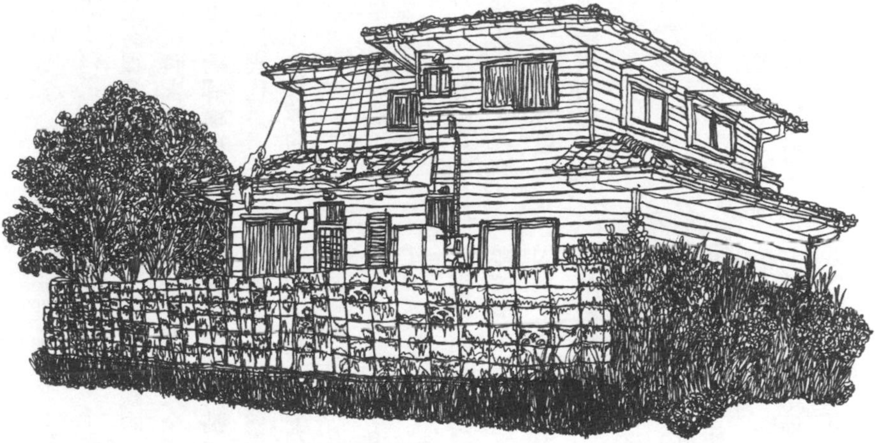

2014 年 5 月 28 日　福島縣雙葉郡
富岡町小濱

到核災現場的方圓七公里左右，這樣好嗎？

愈靠近現場，就覺得身體愈緊張，核災點的方圓十五公里內眞的看不到什麼人。是有很多人在做些工程，但幾乎沒有人在這裡過活。沒有人在路上遛狗，沒有阿姨在田裡種菜，沒有主婦騎腳踏車，沒有小孩在路上玩，甚至沒有人從窗戶裡往外看。幾乎每間房子都拉上窗簾，滿地都是被震掉的瓦片，還有好多房子看來隨時都會塌掉。

我在封鎖線前面下車，走近看看，這裡離福島第一核電廠大約七公里遠。

有兩位警察走上前來，帶著印有「島根縣警」字樣的口罩，問我說：「請問你們在做什麼？」我們打迷糊仗說：「帶朋友一起來看看，我們不會進去。」看來全國各地的警察要輪班來站封鎖線，我說聲「辛苦了」就離開。

我問長男可不可以撥兩個小時來畫房子，長男說「要畫多久我都等啦」我就來找間想畫的房子，在找房子的時候又被警察盤查一次。

開始下雨了，我在雨中畫圖，邊畫邊拍掉畫紙上的水。雨停之後，短短幾分鐘內，我腿上就被蚊子跟蟲子咬了幾十個包，怎麼會有這麼多蟲啊？我腿超腫的，不過還是繼續畫圖。我覺得這裡的房子，一定要親眼看著畫才行。到處都有響亮的鳥啼聲，但是完全看不到人。植物長得很茂密，太陽又大，腳又被叮，感覺愈來愈熱。我的心跳好像愈來愈快，沒辦法專心畫圖，然後感覺肚子痛，不知道該怎麼解釋，突然覺得自己的精神狀況到了極限。我想說「這樣下去會瘋掉」立刻收起素描簿離開。大概在現場撐了三十分鐘左右，還是不行，只好把這間房子拍成照片，之後再補畫。

搭車回去的路上，肚子痛得我如坐針氈，但是離核災現場愈遠，感覺就愈輕鬆。或許這是心理因素吧，總之我沒料到會這樣。我再也不想去了，甚至慶幸自己不必進去，可是等狀況穩定了，又慶幸自己有去過。

0529 1642

昨天去到禁區附近，但是日記寫得很平淡，這樣好嗎？那應該是我此生唯一的震撼體驗，所以我再次回想，描寫下來。

那裡沒有人煙，草木茂密，每間房子都變得像斷垣殘壁。鳥啼聲又多又響亮，有點噁心。我在老家附近的公園裡聽到鳥啼聲的時候會覺得「好悅耳喔——」但是在災區聽起來完全不同。

福島縣雙葉郡富岡町，距離核電廠約七點五公里。

整個鎮長滿了綠樹，在夕陽之下非常漂亮。輻射物質銫是肉眼看不見的東西，只要不放在心上，其實沒什麼大不了。但是輻射線依然會射過來，附著在草木泥土的每個角落裡，整個城鎮蓋滿了看不見的東西，所以人都逃了，留下的空屋也塌了。花草蟲鳥，不在乎那些看不見的東西，代替人類住了下來。那明明是物理上「存在」的東西，卻只能用心去感受。不只看不見，也沒氣味沒聲音，如果忘了它在那裡，等於完全不知道有它存在。我不太會解釋，總之是很不自然的狀態，城鎮不該有這樣的狀態。

今天把房子借放在志賀家的院子裡，等明天貨車驗車結束，人家就會把我跟房子載到三春町。這裡離郡山有八十公里遠，而且都是山路，真感謝人家的幫忙。伯父說希望我一定要去三春町玩，所以我才會去三春町。但是輻射線害得海岸線封鎖，真煩。

志賀家真的好大，進了正門還要走十五公尺，穿過修剪整齊的草木，才是玄關，人家讓我用一整間五坪大的房間。

「這房子好大啊。」

「在這裡算正常的，而且房子又破爛。」

可能是房子太大了，到處都有貼上「隨手關燈！」「打掃整潔！」的紙條。很好，應該是伯母貼的，感覺像分租的房子。

我在外面畫房子的時候，聽到附近超市的腳踏車停車場有人聊天。

男孩A：「現在幾點？」

男孩B：「呃，你等一下，請問現在幾點？」

長凳上的阿伯：「兩點半，兩點半。」

男孩B：「謝謝！」

男孩A：「謝謝阿伯！」

男孩B：「兩點三十分！讚啦！還能再玩一小

時！」

男孩A說謝謝的口氣我喜歡，話說小時候的一小時，感覺比現在要長很多，以前每天的時間感覺都很固定，就是「從早上到傍晚算一天」，但是現在抓不太準，總是要過了一天，才勉強感覺到「一天過去了」。我想再過一陣子，連一天都感覺不出來，時間的單位會慢慢變成一星期、一個月，人生就這樣融化在時間裡面。

不管講了多麼有意義的話，都不要因此自滿；不管是多簡單的事，都不要覺得自己能夠成事。當你覺得「這我辦得到」，你就不會去辦了。我想趣味、美感這種心態，依附在朝向某件事情的行動之中。不能因爲談得順利就得意，不能拿出結論，不能限定自己的歸宿，不能說了一句話之後志得意滿，不能認爲某句話說得很棒，也不能相信我這段文章。

五月三十日

上午，我把房子放上貨車，志賀家（園丁家庭）的長男與二男加我，三個人開車出發，目標是以櫻花瀑布和空心泥偶聞名的三春町。出發之前，伯母說郡山的輻射劑量有點高，而且銫容易附著在泥土上，盡量別躺在地上睡覺，只要離地兩公尺就沒問題了。他們自然而然，就學會了怎麼跟輻射能相處。

爸爸建議我們不要走公路的新線，改走舊線。我帶了一包韓國海苔（勿來町阿姨送我的），眼看它包裝慢慢膨脹，我就知道海拔愈來愈高。這裡明明是深山，卻不時看到民宅，甚至還有小鎮。我想也沒錯，這種地方當然也有人住。能夠生在這裡，到大城市過一段歲月，然後回故鄉終老，也很幸福。

走山路途中經過一間孤伶伶的民宅，看到一個男的在家門口洗一輛白色汽車，洗車應該是假日的活動，或許他今天放假吧。我看到很多隨時都可能塌掉的房子，感覺在深山裡看到頹圮的房子就很自然。人們聚集的地方是不准有空屋，但是在山裡的空屋要特地拆除也說不通。當人口減少，房子逃離社會的控制，就會在大自然中慢慢崩解。

我在三春町參觀了空心泥偶的製作過程，繼續搭貨車前往郡山，在車站附近跟志賀家的兩個兒子道別，他們說會來看我的個展，感覺這家人不太怕我這個陌生人。自從北上以來，經歷不少感慨的告別，但是只要活著，每天就得看到太陽出來，而且我還得繼續北上，還得畫房子。時間眞的過太快，我都要瘋了，但是時間快到我沒時間發瘋，所以今天一眨眼又天黑了。

我在找今晚可以借放房子的寺廟，有個腳踏車店的阿伯找我搭話，他請我去店裡喝咖啡，然後有個男的經過店門口。阿伯對那人說「喔！」那人頭都不回就走開了。

「這樣不行啦，他是我女兒的同學，可是連招呼都不會打。他知道自己同學的爸爸就在這裡，還虧我主動跟他打招呼呢。」

老闆說腳踏車店的店面是租來的，不能借我放房子，所以介紹我附近的神社跟寺廟。

我就在某間神社的境內寫日記，神社的人說「只有一晚就沒關係」。

剛才去郡山站附近的澡堂「招財湯」泡澡，這裡比磐城市還熱。

五月三十一日

在日本常聽人用「新線（bypass）」跟「舊線」來區分公路，每個地區都會先開通連接城鎮的舊線，當車流量大到塞不下，就會開闢新線。但是公路終究是給汽車開的，走起來很無聊，沿路都是招牌很大的連鎖店，或者大工廠。如果沒有企圖心，是不會想走這種路的。這種公路沒有行人，卻有人行道，車道上好多車來來去去。

我希望有機會能找些人辦一場「走新線」旅行團，走新線公路可以明顯感受到「速度落差」。交通工具宛如社會的代名詞，在工業化之下速度突飛猛進，連道路都替交通工具量身打造。而我們用人類誕生以來傳統的移動方式「徒步」來走這樣的道路，還有比這更好的體驗方法嗎？沙塵、噪音、強風讓人累得要死，也氣得要死。我甚至覺得，世界如果沒有新線公路會更好。開了新線公路，大家開車就理所當然，什麼事情都變得太快了。

眞的很多人認爲靠美術賺不到錢，喜歡說「畫圖吃不飽啦」。他們認爲我做的事情很有趣，卻說做這個吃不飽，我覺得這種態度太被動了，應該剛好相反，不能想說「做美術吃得飽嗎？」而是要想說「如果做美術吃不飽，世界就有問題。」我發現自己沒能力向衆人頂嘴說「誰管你怎麼想，我就是這樣講。」我眞的太弱了，寫起來警惕自己。

我在御茶水美術學校跟武藏美上課的時候，也跟學生說：「做美術可以吃飽飯啊。」我希望不管自己有沒有吃飽飯，都有信心告訴別人：「做美術可以吃飽飯啊，快去做。」然後大家愛怎麼搞就怎麼搞，說人家「吃不飽喔」是什麼意思啦？

今天十點左右離開郡山的神社，開始走向福島市。大概走了十公里左右，有個陌生阿伯找我搭話。我解釋之後，阿伯說「你帶種！」就請我吃午餐。他說他開車載老婆，路上看到有間房子在走路，相當中意。

他老婆說：「可以把房子放在我們前院喔。」

夫妻倆住在離餐館北方六公里的大玉村，所以我們在餐廳道別，我自己往前走。天氣很熱，走到的時候我頭都暈了。他們家的停車場有兩部哈雷機車，其中一輛還掛了邊車，嚇我一跳。阿伯今年八十歲，有三輛哈雷機車，是「福島哈雷會」的會員，看來福島很多重機騎士。

「明天我們要去兜風，有興趣一起來嗎？」阿伯這麼說，我就決定去了。

六月一日

今天照計畫，搭著人家的哈雷邊車去兜風，我眞是一頭霧水了。

哈雷的引擎聲很大，但是騎起來輕鬆又威風。福島縣好像有很多重機騎士，兜風途中碰到很多重機集團，跟別的團會車時，會微微舉起手打招呼，基本上對方沒有打招呼，我方就不會打，但是對方有打，我方就會回禮，有種似曾相識的感覺。阿伯硬朗到難以置信，騎車騎得有點兇，我心驚膽跳。他跟前車貼得好近，等紅燈的時候竟然只離五十公分，行進中碰到慢車也只拉開三公尺左右。阿伯的口頭禪，就是「唉呀，人生百百種啦。」「一樣米養百樣人啦。」

兜風途中去了深山裡一家不錯的蕎麥麵店，我在吃山菜天婦羅的時候，不經意擔心起輻射劑量的問題。聽說阿伯家那一帶的劑量很高，廠商把他們家院子的地面整個挖掉五公分，再把這些土埋到院子底下。

「廠商說三年後會來把廢土帶走，我看絕對不會來的啦。」

邊車離地面很近，所以速度感很明顯，如果拿白蘿蔔往柏油路上壓，五分鐘應該能磨光幾十根。我一直在思考「速度」對心靈的影響，如果移動速度太快，就不能欣賞花草蟲鳥了。用時速八十公里前進，看到路邊的蒲公英，想有個「很漂亮」的感想都沒辦法。半路錯過一個走在人行道上的阿伯，手裡拿著釣竿，他跟我的速度感和時間感應該差很大吧。

但是用這種速度越過橋梁，穿過隧道，經過一座又一座山頭，平坦的馬路幾乎沒有高低差，又是另外一種高能量的感動。

我不能夠停止畫圖，但是可以有些日子停止移動。很多人會以爲我每天都移動，但移動並不是「隨時移動」跟「保持不動」兩個選項二選一。

半路在咖啡廳休息，看到一輛「BOSS HOSS」，排氣量應該有六千ｃｃ，天底下竟然有這種交通工具啊。

六月二日

十點左右，離開哈雷騎士阿伯夫妻的家，前往福島市。大概走了二十公里就進入福島市，我在推特上發文說「我在福島市，要找地方讓我借放房子」，結果有十幾個人回文，感恩。

我聯絡上一位淺野，淺野正在福島市做一個叫做「建築以下的建築」的作品，他願意讓我借放房子一晚。推特好強，而每天的生活取決於推特的擴散度，也很有意思。

最後我從大玉村走了大約三十公里，到休息點的時候已經累垮了。我跟淺野前往福島站附近的沖繩菜館，邊喝獵戶座啤酒邊聊天。我們兩個都是建築系畢業之後從事美術活動，有共同的背景，之前也見過一次面，還有很多共同的朋友。

我們聊到示威遊行，福島市常常舉行反核遊行，裡面有些人還說「你們爲什麼沒戴口罩？」「我們應該馬上逃離這裡。」福島市民聽了應該不太舒服吧，感覺好像外地人否定了他們「就算如此，我還是要住在福島」的心意。我也曾經在東京參加過反核遊行，裡面有好多媽媽害怕輻射災害，想逃又沒辦法逃。可以處理輻射能當然是最好，但是民衆只能高喊「反核電」，就是如此走投無路。

磐城市的志賀說過「不要靠近路邊水溝」「只要離開兩公尺就沒事」，哈雷騎士阿伯說「下雨都沖掉了，沒事」。既然決定在這裡過活，每個人都會找出跟輻射能相處的方法。說的也是，搞不好就像看天氣預報一樣，每天看今天的輻射劑量有多高，外人沒有資格說三道四的。搞示威的人還沒有找出自己應付輻射的方法，就說「你們全都該怎樣怎樣」，當然會被人抗議。

對，選項是愈少愈好，最好只有一兩個，如果到了三個以上，就會以爲選擇這個動作非常重要。我很不擅長選擇，晚上淺野問我「你想吃什麼？」我回答不出來。我的重點不是要不要選某個東西，而是在選擇時所抱持的心態，以往我只要用自己的意志決定「就這麼辦」，下場通常都不太好。

大概睡了一小時吧。

六月三日

早上淺野找我去泡飯坂溫泉，住福島的美術作家箱井也一起來，這座溫泉的溫度很高，大概四十八度，我一直潑冷水才敢泡下去，還是燙到會痛，當地人則是直接泡熱水。

大概中午離開福島市，前往柳川町。昨天走了三十公里相當累，今天被汽車超車還是很不爽。我想起之前坐哈雷的邊車觀察路邊的蒲公英，想到一個可以當作品的好點子，就邊走邊想。但是眼睛好癢，沒辦法專心，從前天就開始癢了，可能是結膜炎，去看眼科吧。

大概走了十公里，把房子借放在保原町的7-11超商休息，有個小姐來找我搭話。我說我在找地方借放房子，她說她跟這家超商的老闆很熟，可以幫我商量。老闆馬上說：「你想放外面，那就放啊。」這是我第一次找超商借放房子。

但是房子放在超商停車場太顯眼，所以我借用旁邊員工停車場的空間，太好了。

我一放好房子立刻去找眼科，果然是結膜炎，幸好醫生說症狀輕微，很快就能治好。我是第一次掛號，病例住址寫「香川縣」，診所問說：「你不是住這附近的人啊？」診所幫我做了份病歷，但是我應該不會再來看病了。病歷的前提，是病人就住在附近，然後第一次來看病的掛號費好貴。

我去附近找有沒有澡堂，結果發現澡堂倒閉了。看來無論東京或鄉下，澡堂都愈來愈少，我去問觀光諮詢所，人家說徒步範圍內都沒有澡堂。沒辦法，今天只好放棄，其實我並不是很喜歡泡澡，但是我最近深深體認到，泡澡會讓身體恢復得特別快。

回家之後稍微散個步，晚上散步最好配七尾旅人《蜂鳥》這張專輯。

在家寫日記的時候聽到外面有人大喊：「哇咧！就是那間房子對吧？」有三個騎腳踏車的高中男生

靠過來，大喊「村上先生——」我猶豫了一下，還是開門。

聽說他們看到朋友的臉書照片才認識我，他們拍了幾張紀念照之後，送我瓶裝茶、巧克力跟蔬菜汁。我聽到他們回去的時候說「他人眞好啊——」你們才是好人啊。

後來超商老闆跟老闆的朋友們也來拜訪我，他們擔心說「剛才的高中生是不是來找碴的？」應該是有看到經過吧。其實不是每個高中生都很壞，我本來也捏了把冷汗，但是聊起來就知道都是些好人。

其中一個朋友送我起司餅乾，然後就沒有客人上門，我大概晚上九點半睡覺。

六月四日

我夢到自己的房子壞掉了，直到醒來才發現這是夢，夢裡的我走在山路上，房子壞成四個大零件跟一堆小零件，我邊撿邊咬唇說：「我一定要修好。」一睡醒，立刻脫口喊說「房子還在！」眞感激自己的房子還在。

十點左右，從保原的停車場出發，昨天晚上人家恐嚇我說：「接下來是好幾公里的山路，什麼都沒有喔。」所以我打算前往國見町，走更熱鬧的四號線。

走在路上，想起昨天從福島到保原的途中，有人叫住我，突然很火大。當時我邊畫圖，邊跟這個阿伯解釋說我要北上，結果阿伯說：「你現在不是往北，是往東啊。」這我也知道，怎麼可能一直順利往北？你是沒有出門旅行過喔？

「你能再撐三十公里嗎？」

我心想，你是在神氣幾點鐘的？但還是反問說：「如果撐了三十公里，會碰到什麼？」他說：「就會到宮城縣啦。」到了宮城縣又怎樣？我覺得跟他講話是在浪費時間，就離開了。這個人把自己的經驗當成全世界，而且還沒自覺，應該也沒發現他自以爲了不起。我必須銘記在心，天底下有很多種社會、心境與人生，光靠自己過去的經驗根本體會不完。我沒有資格輕易評論其他人的決心，要警惕自己隨時鞭策想像力，不能鬆懈。

常常有人問我說「你從哪來的？」我會脫口回答「東京來的。」這我也得反省反省。因爲離開家，跟要去某個地方，兩件事情並不相關。

我學會邊走邊用 iPhone 播放音樂，而且不是耳機，是用外接音響。我整間房子裡都是音樂，這下被貨車超車感覺更火大了。四號線有很多大貨車經過，每次被超車就伴隨轟轟的噪音跟強風，不時打斷我的音樂，所以我被貨車超車的時候就自己唱。這樣不錯，我只要唱歌就能贏過貨車。

我邊走邊唱，有時候會覺得路邊的花草跟忙碌的小蟲小蜥蜴，看起來充滿活力。如果人在貨車上，就不會發現這裡有蜥蜴，有開波斯菊。有些地方同時長著好幾種雜草，有時候螞蟻聚集在毛毛蟲的屍體上，走路可以發現很多事。這條四號線是新線，有人行道，但是走了兩個小時都沒有碰到其他行人。所以就算車流量很大，我還是能放心走，還是能有這些小發現。

「這裡竟然有雜草，我好感動喔。」我突然有這樣的念頭，而且很想哭，心靈應該有點超載了，這時候總算抵達白石。今天走了二十五公里，這裡裡有大澡堂，先來洗個乾淨。

我跟澡堂商量，把房子借放在停車場，談成了。去附近的「Gusto」餐廳吃飯兼刷牙，再去自助洗衣店洗衣服，睡覺。

六月五日

每天我找到地方借放房子，都一定會拍照片，每張照片證明我完成了這天的生活，又存活了一天。把爭取到歸宿的證明擺出來，看了就很有精神。

最近好像持續處於精神亢奮的狀態，所以不太好睡。我沒辦法跟別人比較生活，不知道究竟多累才應該休息。今天早上打電話給人家，人家要我好好休息，人必須自己主動休息才行。仔細想想，我好像沒有給自己分配過休息時間，要是不分配應該會死吧。昨天洗完澡之後有段時間我整個虛脫，有股感想是：「過勞死應該就是像我這樣一直累又沒休息吧。」

今天中午左右離開澡堂停車場，昨天路上認識一個對我很有興趣的魔術師，今天要去他家。魔術師住在村田町，號稱宮城的小京都，離這裡二十二公里。我不知不覺來到宮城縣，今天一樣走國道四號，邊走邊看雜草，雜草眞的很酷，每次貨車路過就被吹得東倒西歪，但還是面不改色地活著。只要柏油路有點裂縫，雜草就會冒出來，眞是名符其實的「夾縫中求生存」。不管縫隙多窄都不肯死去，讓我感覺到對生命的堅持，雜草超酷。

新線路邊的超商通常都有很大的停車場，可以停大貨車，我坐在長凳上吃著泡麵，看到有個三十好幾的小哥路過，他留短髮，看起來像是貨車司機，提著裝有易開罐咖啡跟香菸的塑膠袋，搖搖頭提振精神，然後坐上駕駛座。我走在路上被貨車超車會覺得很不爽，但是開貨車的人都很酷。他們馴服了長十幾公尺的大貨車，是名符其實扛著社會物流的一群人。能操控那些跟怪獸一樣的交通工具，眞是專家的工夫啊。

途中走進大河原町的麥當勞休息，眼前出現一對高中生情侶，點餐外帶。麥當勞裡面還有兩個男生，應該是同校的學生，躲在隔板後面偷瞥那對情侶，不錯喔。
傍晚抵達村田町，跟魔術師會合，這位魔術師是位爸爸，有老婆跟小孩。
「沒有人幫我加油，所以我看到單打獨鬥的人，就想幫他加油。」
我們一起去了仙台泡溫泉，聊天。
「只要我們試著做點什麼，別人就會說『最好不要啦，還是做點正經的工作才好。』我就討厭這種人。這不就是說，最好大家都當一樣的人算了？這樣社會沒辦法做事啦。」
「這樣社會沒辦法做事啦。」我對他講這句話的口氣印象深刻。
「我家很小，沒辦法讓你過夜。」魔術師這麼說，讓我把房子放在他家公寓的停車場（停車場好大），然後用三輛自家車圍起來，不讓別人看見。
之前我稍微上過東京電視台的日曜大綜藝，2ch有人貼文分享，所以睡前看了看內容。早知道就不看了，大家都隨便亂講，讓我有點喪氣，不過妙的是並不生氣。畢竟我沒想過他們爲什麼會這樣想，也是難免的。
不過問題還是我很喪氣，超喪氣的……

六月六日

我是很累，但是可以感受到，已經不知不覺習慣了這個移動生活。就好像去英語圈生活，不必多想就會開口說英文。現在我反而移動的時候比較冷靜，這是理想的狀態。我還得稍微思考一下，才會發現自己在仙台，我已經慢慢忘記自己所在的地名和行政區名了。我完全不覺得自己「正在去哪」，原來會有這種心境啊。
雨從昨天晚上下到現在，看來連東北地方也開始下梅雨了，睡袋濕黏黏的眞不舒服。
今天魔術師哪尼哥（藝名全名ナニソレナンデさん的簡稱）要去古川表演，所以早早就出門。他穿的很像個魔術師，大概中午左右就回來了。聽說場子很熱鬧，哪尼哥自己創造的商標感覺很不錯。
哪尼哥用小貨車把我跟房子載到仙台，仙台有我的大學學弟，今天要把房子借放在學弟家。跟哪尼哥道別之後，我才發現屋瓦少了一片，應該是在路上被風吹走了。這也難免，房子在貨斗上承受時速六十公里的強風，怎麼能不被吹走？不過我還是第一次弄丟房子的零件，得做塊新瓦片，做一片可是挺費工的，何時做好呢？

學弟家是一門兩戶，玄關有兩組對講機，我花了五秒去想應該按哪個對講機才能找到學弟家，最後傻傻地按右邊，猜對了。

學弟他爸好像是個登山愛好者，等我一進門就在地上鋪了張野餐墊說：「請把行李放在這裡晾乾吧。」眞是感恩，我的背包裡都濕透了。我畫的圖跟素描簿，都被濕氣給泡軟了。

我跟學弟一家三口吃飯，伯父聽說我計畫一年後發表作品，用一整年來實踐，相當佩服。他說：「當了上班族就沒辦法想像一年後的自己了。」所以很訝異我的創作計畫是以一年爲單位。我想起克里斯多（Christo），他都是用十年、二十年爲單位來做一件作品，而畢卡索剛好相反，留下大量的作品，應該曾經一天就做好幾件吧。每個藝術家都會按照自己的身體狀況和作風，掌握適當的時間感來創作。而上班族就是跟他人以相同的時間工作，以相同的假日休息，這跟我打工當時對時薪制的厭惡有點像。

我爸也快六十歲了，大家聊到我爸，不知道退休之後會怎樣。我提到大玉村的哈雷騎士阿伯，那個阿伯已經八十歲，但是之前在橫濱工作到六十歲，應該過著完全不同的人生，現在應該算是二十歲，也就是他六十歲的時候又重生了一次。

人家晚上讓我睡閣樓。

六月七日

房子借放在學弟家，我租了腳踏車騎到海邊去。兩三年前，我也曾經租過腳踏車從仙台的海邊騎到石卷，我想看看在那之後有什麼改變。

我先往東騎去海邊，到達七濱，這裡好像是海水浴場，但是被海嘯整個捲過，現在像是一片荒地。這裡有些房屋的地基殘骸，還有類似事務所的鋼骨遺跡。之前我覺得「畫海嘯捲過的房子」好像在利用震災，太矯情了點，但是再次看到這些遺跡，我覺得「這不畫不行」。因爲原本還在地上的房子，就因爲固定在地面上而毀壞，建地沒有任何復原的跡象，長滿雜草成爲荒地。

仔細想想，我不畫反而更不自然。因爲我走在海岸線上，只要想畫一定能畫。海邊除了一家人之外沒有別人，海鷗叫聲聽起來很像人在講話，詭異。

晚上跟兩個住仙台的大學老同學喝酒。

「我不覺得自己在移動，所以這裡就像家鄉。」我這麼說，同學說：「你邊走邊過活，所以天下都是你家吧？」或許喔。

現在人的移動就是搭電車、汽車或飛機，在搭乘交通工具的前後會出現斷絕。如果在東京搭電車，兩站之間的景色變化簡直就像電視節目一樣迅速，移動幾乎都在腦中演繹完成。我不想要「任意門」，但是想要「竹蜻蜓」。如果移動中沒有接觸外界，就會發生隔閡。

六月八日

今天房子還是放著，如果不搬動房子，房子會壞嗎？如果房子沒人住，沒換氣，就會壞得很快，保麗龍房子也一樣。

打算繼續昨天的行程去看海岸，所以搭電車前往美田園站。

我在仙台站看到一個年輕小姐，穿高跟鞋，拉著兩個大行李箱下樓梯，看起來很辛苦，好像隨時都要摔下樓梯。走在我前面的一個先生說：「要幫忙拿嗎？」小姐說：「沒關係。」先生好像沒想到會被拒絕，訝異地離開了。我覺得當事人說不必，那也就算了，結果之後又有個阿姨過來，對小姐說：「我幫妳拿啦。」小姐又說：「沒關係。」但是阿姨沒有放棄，說：「這很重啊，我力氣大」就硬是從小姐手上拿過了行李箱。好強啊，我想那個小姐應該是得救了，就算當事人說不必，還是應該幫忙拿行李箱才對吧。

「穿高跟鞋拖大行李箱」這個行爲，延伸之後應該就是「扛著小房子過移動生活」吧。光靠自己扛著生活所需的包袱，旁人看起來是很滑稽的。所以旁人看到高跟鞋女孩拖著大行李箱，當然會想要幫忙，大家都同情這個女孩，因爲女孩扛的包

2014 年 6 月 7 日
宮城縣宮城郡七濱町，菖蒲田旁民宅遺址

袱比自己更多。

說到這個，大玉村的哈雷騎士阿伯呢，他太太在東日本大震災發生後，就習慣在大門邊放個包包，裡面裝滿生活必需品，這樣地震來了才能隨時逃命。「當我開始想說那些才必要，就覺得這個也要那個也要，結果重得都拿不動了。不過要是眞的地震，應該會有火災蠻力來扛吧。」

法蘭西斯．阿里斯（Francis Alÿs）有張攝影作品，是人帶著大量氣球行走。人靠自己的力量死命迎合膨脹的經濟，扛運著遠比自己更龐大的體積，看起來格外滑稽。

在學弟家的最後一個晚上，跟學弟一家三口開了場小宴會。

「明天開始就是上班日，我們都要去上班，不過村上明天開始也算是要上班啦，這種多元觀點很重要的。」

眞開心。我說我去看了海邊，伯父笑著這麼說：「有人願意去看眞好，我們光是過日子就很勉強啦。」

仙台機場附近成了一片草原，上面有間孤零零的民宅，一樓已經被海嘯給打壞，但是屹立不搖。應該是因爲某些因素，沒有被拆掉吧，想到這間房子就這麼放了三年，想不畫都不行，太酷了。

六月九日

在學弟家待了三天之後出發，我本來就不喜歡早上，而在同一個地方待久了，要離開更難過。這種經驗不要太多，而且今天又是星期一，外面一直在下雨。我現在還有辦法提筆來寫，當下可眞是垂頭喪氣到不行，消沉到我開始想這裡是哪裡？我怎麼會淪落到這個地步？充滿無力與絕望感，就好像在東京車站仰望整排的摩天大樓。但是過了一陣子，身體就動起來，就好像遵守某個命令，思考也愈來愈正面。音樂也幫了忙，有旋律的世界彷彿與現實世界不同，聽音樂就把我的身體帶往音樂世界，搞不好還可以把我整個人生帶往一組偉大的旋律。

這星期三跟星期四，我要去大學教課，而且學生不是學建築或學美術的。我要上的是通識課，該怎麼講課才好呢？有點緊張。

打算走進大學校舍的時候，發現對開的玻璃門只能開一邊，我的房子進不去。結果愈來愈多人圍過來看熱鬧，有人拿出起子想拆門，有人量房子的尺寸，看能不能從窗戶進去。大家議論紛紛，我就只是看著大家忙，什麼也沒做。眞好玩，這些人眞是好心腸啊。

晚上又透過朋友介紹，借住在仙台的一棟大樓裡。

六月十日

因爲要教課，難得停留在仙台幾天，所以試著讓腦袋跟身體打低速檔，過一段休養生息的日子。我不是什麼天才，可以不眠不休瘋狂創作，必須讓頭腦與身體休息，有強有弱才能順利運轉。目前的生活與之前不同，不會自然出現偷懶時間，得自己找時間偷懶，但是沒時間偷懶或許也不錯吧。

整個上午在補寫日記，補畫圖。

晚上參加仙台設計學校的學生聚餐，我喝得太醉，話都講不太清楚……我跟五十嵐太郎說了幾句話，他對我的創作帶點批判，我覺得不錯。

六月十一日

今天是受託到學校講課的第一天，學生有一百個，這些人沒學過美術或建築，我該從何說起才好呢？上課之前我很緊張，想說如果對我的行爲沒有些抵抗力，可能會把我當成一般的瘋子，但是一開課就滔滔不絕了。

在提到作品之前，我試著問：「各位會不會覺得活著很不講理呢？」我想在課堂上聽到這種問題，很多人會不舒服，要是一開始就不舒服，後面的課也聽不下去，所以這算是賭一把，我就想賭看看。意外的是很多人都笑了，我想還挺成功的，講課眞開心。

碰巧到仙台的millimeter二人組，還有昨天剛認識的斧澤，我們四個一起去吃午餐。斧澤曾經在仙台設計大賽裡面奪得全國第二名，我是他的小粉，能聊上天眞是太好了。我走在路上，偶爾微微搖搖頭。

六月十二日

今天是教課第二天，很多留學生，要用英文上課，所以有老師替我翻譯。我第一次透過翻譯跟人交流，說完之後必須先等翻譯翻過，所以講得斷斷續續。在等翻譯的時候，我就會忘記剛才講到哪，深深認爲該學英文了。

剛好想去泡溫泉，傍晚就去了秋保泡溫泉，當天來回。溫泉貼了一張告示說「此露天溫泉會有野外昆蟲打擾，請以蟲網輕輕驅離」旁邊果然有放蟲網，眞好。

這座溫泉是河岸的露天溫泉，連日下雨造成水位上漲，河水又濁又急眞嚇人。我泡在溫泉裡，邊看河水邊思考。

我過這樣的移動生活，必須要周遭的人都定居下來，才能彰顯我這麼做的意義。當我過移動生活過到理所當然，就算在同樣的地方停留一年，還是會覺得自己正在遷居。到時候，我是不是就算成功了？這麼說來，搞不好光花一年準備展覽還不夠？

居民證該怎麼辦呢？我可以每天或每星期就換一張居民證嗎？這樣要怎麼計算健保費跟居民稅呢？這下公所的人應該會算到頭暈腦脹吧。日本的住民基本台帳法規定，如果搬家十四天以內沒有註冊新的居民證，就會遭到處罰，但是沒有規定一直換居民證要受罰。如果我每天註冊新的居民證，可能會變成小小恐攻。土地的能量果然很強，就算隨時可能發生大地震，人心惶惶，還是無法改變人類守住老故鄉的心意。不管三宅島、福島或岩手，都是一樣。

對了，我搭客運前往秋保的路上，突然有個先生對陌生小姐大聲搭話，小姐應該覺得很丟臉，也不知道該怎麼回話，但還是回得很客氣。先生下車的時候說：「謝謝妳跟我講話。」他這句謝謝，可以感覺到他也清楚，自己只能這麼跟女性溝通了。

六月十三日

昨天課堂上有學生問我：「帳篷跟房子哪裡不

一樣？」我認爲當人從某處出發，打算到某個目的地，途中暫時休息的工具就是帳篷。我要消除目的地與出發地的概念，所以不能用帳篷過這種生活。帳篷只是不斷重複的暫定，我必須眞的有間房子，放在地上就有人問「這裡什麼時候有間房子了？」放在地上就有人想，怎麼可能有人扛著它走過來？

我跟大家邊吃午餐邊聊天，很多人對目前上的課或上的班都有種煩惱，煩惱「這眞的值得做下去嗎？」我認爲沒做過的事情，就不知道值不值得做，只能做了再說。做久了，上手了，自己的感覺就會從「做得到」變成「做得好」。所以人一輩子都無法確定「這件事情眞的值得做嗎？」只能悶一輩子，這是不能有結論的。

之前認識一對夫妻，借住在他們家，晚上介紹我過去的作品。

我希望給更多人一種嚮往，嚮往就是把別人放進自己心裡。想把人放進心裡，得先見到那個人，得先認識那個人，得先被那個人震撼到。認識得愈深，離別就愈難過。明知道還會再相遇，明知道過了一段時間，情感就會淡去，還是無法平復這股痛苦和孤單。情緒只會在事情發生的當下出現，所以也只能在當下感受。當我們肚子痛，聽人家說「等等就不痛了」，也不會比較好過的。

06140951

我急忙做了屋瓦，來修補之前被風吹掉的部分。

借我地方住的夫妻，開車帶我去修繕大賣場，我買了保麗龍，用普通的美工刀雕出瓦片。我想起三月的事情，當時我在香川縣的民宅，在一坪半的小房間裡做了那間屋子。當時我跟女朋友一起分租，她的房間也只有一坪半。我在小房間裡切保麗龍，刷油漆，感覺就像被迫自己造船，花了兩個月才做好。出發當天，我跟女友在高松市內散步，在公園裡讓雜誌社還是什麼的拍照。女朋友看著攝影組說：「他們的生活，應該跟我們的生活不一樣吧——」女朋友現在應該還住在那間房子裡，我的戶口也還是在那裡，但是我如今帶著在香川蓋的房子一起來到宮城縣，感覺眞奇妙。

早上九點鐘出發，計畫要抵達鹽竈。我完全無法想像今晚要睡在什麼地方，又會見到誰。

我在仙台停留了一星期，時間還是過得太快，一眨眼就六月中了。

夏

二〇一四年六月十四日～八月三十一日

六月十四日

福島縣勿來町的阿姨偶爾會打電話給我，建議我說「多喝寶礦力，寶礦力啦。」昨天她又打來了，聽說我在仙台休息一陣子，精神比較好，她也就放心了。有人願意關心我眞好，或許會有些麻煩，但麻煩起因於別人關注的步調跟我的步調不同。生活步調不同，才有麻煩。或許對阿姨來說「再不打個電話就糟了。」

中午從仙台出發，前往鹽竈市，大概十三公里。剛進入鹽竈市的時候，有位阿伯對我說：「我兒子騎過腳踏車繞日本一圈喔。」阿伯方言口音太重，我剛開始完全聽不懂，他知道我是從東京來的就改說東京腔，這下明白多了。

「騎腳踏車要一直踩，一直踩呢。那好累喔，而且還得在野外露宿。我兒子說回程實在沒力氣，所以請人用貨車載回來了。」

一點都沒錯，人不可能持續活動，總要找個地方睡覺，所以需要房子。

我在鹽竈找寺廟，開始今天第一次的落腳協商。按了門鈴有人來開門，應該是住持的兒子，看到我這德行還以爲是什麼可疑人物，那個眼神我很清楚。我想說糟糕，應該先刮個鬍子，然後努力解釋。

我是這麼解釋的。

「這個說來有點話長，你有看到那邊的白色小房子嗎？我是個畫家，正揹著那間房子過移動生活。」

（觀察反應）

「基本上我帶著那間房子移動，在裡面睡覺，但是不能隨便睡在路邊或公園裡，所以我從東京出發之後，這兩個月之間都是向別人借住處來過夜。比方說人家的院子，停車場，或是神社境內之類的。總之就是邊走邊問，有沒有什麼地方可以讓我借放房子一晚這樣。」

（觀察反應）

「所以如果方便的話呢，希望能讓我把房子借放在貴寺境內一晚，放角落就可以了。」

我大概就是這樣解釋，手裡有之前累積的畫作檔案夾。

「請稍等。」他進去之後，聽到一陣討論，然後他出來說：「那就放下面的停車場吧。」我聽到立刻鬆口氣，很久沒有這種感覺了。我大概有十天沒有做過這種協商，後來順利放下房子，在廟裡鋪了隔熱墊，剛才應門的人過來告訴我，廁所跟淋浴間在什麼地方。這一帶好像沒有澡堂，眞是感恩。

接著廟裡的住持來了，他告訴我：「家父也曾經說要行腳，周遊日本呢。我才剛從外面回來，很多事情要處理，抱歉就不能招待了。」

「從這裡往北走，路上大車會愈來愈多，要小心啊。」

我聽到大車就想起沙塵、強風跟噪音，不喜歡。某人傳訊給我，說被人討厭到不行。我覺得人與人近距離相處太久，就會開始厭煩、討厭對方。而且原本的關係愈好，鬧翻了就會愈嚴重。這種時候一定要動起來，一定要讓自己離開現場。

六月十五日

早上九點鐘離開鹽竈的寺廟，往石卷方向前進，距離石卷三十五公里。

走到松島，有輛警車停在我面前，兩個警察走向我，久違了。

我解釋之後，警察對我說：「你一路走過來都沒人報警？我看馬上就會有人報警了喔。」其實也不會，一路上碰到的人通常會替我打氣，或是覺得好玩。警察看了我的背包，上次被搜行李是在永田町了。我想這很合理，每個警察的處置方式都不同。記得某天我走在新線上，有個警察狂笑著下警車跟我說：「你搞什麼啦！要小心喔——！」也有警察會看我的駕照，檢查我的行李。卽使每個人的反應都不同，只要穿著制服，感覺就好像是公共的體現一樣。

松島擠滿了觀光客，我不太喜歡觀光景點，所以快快路過。走著走著往下看，發現有好多毛毛蟲。現在已經是毛毛蟲出沒的季節了，我小心別踩到牠們。牠們走路要很吃力地扭動身軀，我絕對不想踩到牠們。牠們扭動起來眞的很快，但是每一「扭」大概只能前進五公厘，我的一步大概是牠們的一百五十「扭」，這個速度眞是天差地別。但是牠們不在乎，依舊賣力地扭啊扭，看得我精神都來了。昨天右腳起了水泡，走路很辛苦，又很生氣水泡讓我沒辦法好好走路，反而更想用力走下去。身體眞的不能休息太久，隨時都給身體一點負擔，才會更強壯。如果太照顧身體，反而不健康。

傍晚抵達東松島，走了二十五公里，感覺很累。我賭賭運氣發了一條推特說「尋找東松島或石卷一帶可以借放房子的地方」，結果有人回文說「不嫌棄的話，可以到我公司停車場」，這眞是無可取代的喜悅啊。去到人家說的地方一看，原來是叫做「Presetia 內康」的婚宴會場。老闆親切地招呼我，當天我就睡在停車場裡。

我在兩年前有來過一趟東松島，記得當時海邊的海嘯海水還沒退光，狀況很糟糕，但是現在已經整理得乾乾淨淨。這間會場離海邊有兩三公里遠，聽說當時海嘯打來，海水淹到腰那麼高。

六月十六日

Presetia 內康原本是賣魚的，然後外賣生意愈做愈大，某天有人問「可以在你們家魚舖二樓辦宴會嗎？」結果就開始承接酒席了。接著，開始自己做菜，就想說乾脆連婚禮也包下來辦。辦著辦著，就把賣魚生意分割出去，變成了現在的婚宴會場。隨著時代改變商業模式，並在改變的同時改建房屋，擴大規模，所以我認爲這裡現在成爲婚宴會場，是非常理所當然的事情，不錯。

在東京認識的朋友，介紹我一間石卷的共享公寓（share house），我今天要過去，打算把房子借放在那裡。我邊走邊想，這跟昨天一樣，這不是什麼冒險或旅行，一切都回歸於平凡無奇的日常。今天跟昨天一樣，離開某人的土地，帶著房子走路，路上有人笑我，有人找我講話，就這麼前往下一塊土地。到了之後就泡澡或沖澡，找個地方吃飯，或許會跟人聊天，或許不會。我想日常生活，就是一股回歸平淡的力量吧。不管怎樣厲害的冒險家或探險家，生活都會被這股力量納爲日常。所以一個人的日常，對其他所有人來說都是非日常，只要這麼看待自己的日常，看待自己平凡到無聊的日常，就可以了。

前往石卷的路上，碰到有人住在拖車屋裡，聽說人家的房子在震災中崩塌，跑去住組合屋，但是住久了覺得該離開，就改住拖車屋了。我說：「我認為地址跟生活不一定要綁在一起。」人家告訴我，如果住在組合屋裡，就不用修改居民證的地址，因為原本住屋的地基還留著。原來是這樣啊？組合屋是這個意思啊？如果把戶籍遷到組合屋裡，居民的感覺也會不一樣吧？

晚上我跟分租屋的居民們聊聊天，大家都忙著振興故鄉。大家明明跟我差不多年紀，卻為了他人努力工作呢。

六月十七日

之前走在新線上的時候，有一家人停車下來問我：「你這是在做什麼呢？」我解釋之後，這家人的爸爸感動地說：「好棒啊！」就讓我把房子借放在他們位在登米市的家中。今天我本來就計畫離開石卷前往登米，但是見些人，人家再介紹別人，不知不覺就下午了，出發時間太晚了。我很怕走黑漆漆的山路，所以決定今天停留在石卷，也是有這樣的狀況啦。

今天接受《石卷新聞》報的採訪，突然說出：「我認為『房屋』應該區分為地基，還有地基上面的大箱子兩部分。」而且說著說著就恍然大悟，醍醐灌頂。

地基跟地基上面的大箱子，應該分開來看待，我只扛著上面的箱子走路，所以要跟人家借土地。基本上人類所生活的房屋，就只需要牆壁跟屋頂，不需要打什麼地基。為什麼要有地基？因為社會有系統。打了地基，固定房屋，就比較好掌握是誰住在這裡。為了讓經濟更順暢，行政更流暢，房屋必須透過地基固定在地面上。之前跟住拖車屋的人聊過，聽說拖車屋不能申請居民證，政府不希望房子到處亂跑，所以房屋只要有車輪就不能註冊居民證。如果沒有居民證，就不能申請保險，也不能找工作。

我去過石卷裡面受災最嚴重的地區，現在已經整理得很乾淨了，不過還是有很多房屋只剩斷牆和地基。看到這些廢墟，我就不會想去畫城鎮裡那些完好的房屋，這太不自然了。所以我在那裡畫了一張畫，只剩地基的房屋，有時候畫到一半會突然鼻酸。我邊畫邊喃喃自語，說著「地基，地基」。

六月十八日

大家很容易把我當成「想擺脫世俗牽絆的人」，之前上課的時候也有些學生給我這樣的感想。你以爲我是「想自由的人」，其實我不是，老實說這種生活根本不自由，我被狠狠拘束著。我不能丟著房子不管，所以行動受限，而且不願意待在同一個地方，所以必須不斷走路，還得不斷畫圖。我沒有逃離這個社會，也沒有要批判社會，社會是讓世界運作的巨大機器，不能隨便說它壞壞。我沒想過要回歸石器時代，或者獨自跑到荒野過打獵採集的生活，或者窩在鄉村裡種田自給自足。我喜歡跟人喝酒聊天，喜歡電影院、劇場、Live House、俱樂部跟美術館，也喜歡錢，所以我需要這個大機器。我沒想過要與社會爲敵，我也會去投票，因爲我們很難輕易決定誰是好人，誰是壞人。嘻哈團體一樣可以唱歌，每個人老是在對罵，但是我們終究與天地萬物息息相關，身處在天地萬物之中。我們必須自己扛下問題，這個世界就是罵人的也該罵。我昨天發現，房屋應該分成地基跟上面的盒子來看待，這樣就能輕易了解房屋對現代人來說是什麼東西。

今天一定要前往登米市，石卷人說「登米是個好地方」，水戶人也說「常陸太田市是個好地方」，好地方可眞多啊。

從石卷往內陸北方走二十公里，就抵達登米市。人家說得沒錯，風景果然好漂亮，馬路左邊有山有湖有河流，錯綜交織，再覆上一層薄霧，更是神祕。

路上有個照護服務中心的員工找我幫忙，我就跟爺爺奶奶們共處了一個半小時左右。這位員工對某位奶奶說：「人家是東京來的喔——很厲害吧。」結果這位奶奶說「好可憐喔，這麼可憐，就不要煩人家了。」很久沒有體會照服中心獨特的時間流速了，無論怎樣難熬的時光，大家一起熬就不怕了。

之前在路上碰到的登米市一家人，我大概晚上七點抵達他們家。這是個大家庭，有四戶一起住，大概跟我小時候一樣。大家包括狗狗都熱情歡迎我，我明明只是個陌生人啊。太太跟奶奶說「歡迎歡迎」的口氣很相像，眞好。先生下班回來，買了石卷的酒，大家一起喝。先生的爸爸有在畫油畫，我晚上睡在這家角落的廂房。

六月十九日

今天難得有人送我香菸，我想說抽菸也是一種勞動。我本來是自己買菸來抽的，但是今年突然有人討厭我抽菸，所以某天不開心就戒菸了。我覺得自己的身體被日本的香菸產業給控制，一旦有了菸癮，就要每天抽菸，就要付錢給香菸產業來享受香菸。我不喜歡爲了自己不尊敬的人工作，所以我不喜歡打工，同理，抽菸不就像是替別人工作嗎？所以我不要了，我對日本的香菸產業遞辭呈了。

一間房子住著四戶人家，家裡就形成小社會，人際關係也比較複雜。基本上一家人總是在一起，大家想要和平相處，對人際關係就特別敏感。住在這樣的家裡，就等於上社會課，我好久沒有跟四戶同堂的人家一起住了。

今天大概十一點出發，前往南三陸町，二十公里。半路上，登米市一家人特地開車追上來，買了交通安全的護身符來送我。眞開心，希望有緣再見面。下次碰面應該是明年吧？念小學的大女兒應該要升國中了，我得活到明年才行。

南三陸町也是受到海嘯的嚴重打擊，海岸城鎮整個被海嘯捲走，如今瓦礫已經清掉，視野相當開闊。到處都有工程機具在工作，一個完全看不見海的地方插了一塊告示牌說「此處曾遭海嘯淹沒」。我可以想見當時城鎮的居民有多驚慌，人行道都還坑坑疤疤的。

這裡的人很親切，在工地指揮交通的阿伯，都會笑著跟我打招呼，還會幫我過馬路。這裡的警察也會盤問我，但是很客氣地說：「我會跟署裡講一聲，碰到這種人別擔心，不是可疑人物啦。」

「南三陸町是個小鎮，但是最近連續發生兩件死亡車禍，走路要小心車子喔。」

有人找我搭話，他在南三陸跟氣仙沼開公司，聽我解釋之後，他說：「我們之前住的組合屋還留著，不嫌棄的話就去住吧。」

地震把他公司的事務所給震垮了，就在山上的私有地上建了組合屋當事務所，後來新的事務所蓋好，就開始拆除組合屋。那裡沒有電，但是和室還留著，他說我可以睡在那裡。剛好我聽到打雷聲，也開始下雨了，眞開心。聽說他有好幾個員工，從兩三天前就在各地看到一間房子在走路。

我看到這些員工們在推特上貼圖發文說：「好像有間走路的房子喔。」他們不認爲「有人套著房子在走路」而是「有間房子在走路」，應該是被吉祥物毒害太深了吧。

六月二十日

這塊地正在施工，一早就有師傅忙進忙出，用方言大呼小叫。我整個聽不懂，超好笑，超棒。

我寫寫日記，畫畫圖，大概十一點半出發。先走向氣仙沼市的本吉，這一帶已經是沉降海岸地形，所以城鎮不在海角上，而是在海灣上。越過一個海角大概要走二十公里，剛好是一天行走的距離。距離是剛好，但是很多地方沒有人行道，而且完全沒有「人行道終點」之類的標記，突然就斷了。我想了好幾次，怎麼會有地方沒鋪人行道呢？我走在車道的路肩，總是被突然經過的貨車跟砂石車狠狠超車，遭受強風與沙塵的攻擊。這裡又沒有「限速○○公里以上」的規定，大家卻開得超快。大家討厭慢，開得快才是正義，看他們這樣開車就火大。走路，才能理解汽車異常的速度。

今天有個發現，「有沒有人行道」似乎與「手機有沒有訊號」成正比。

不知不覺進入氣仙沼市，但是風景與路況並沒有突然改變。對當地居民來說，行政區的畫分或許很重要，但是對我的生活來說毫無意義。我不知道今天星期幾，重點是還有多久會天黑，風大不大，能不能找到地方放房子，附近有沒有澡堂、超市、超商或自動販賣機。

大概下午五點抵達本吉，聽說「濱梨館」應該有地方借放，去商量之後人家一口答應。這裡有個人搭了一個月的帳篷，聽說當過震災義工。找到地方鬆了口氣，有個太太帶著小孩走向我，給我一套蠟筆跟素描簿說：「你是畫圖的吧？畫點東西好嗎？」妳以為畫家是什麼啊？為什麼我要畫圖給來路不明的人呢？我心裡這麼想卻不敢拒絕，所以隨便畫一張給她，天底下眞是什麼人都有啊。

後來這位太太的態度還是一樣，不過她送我吃的喝的，還幫我借了體育館的淋浴間，哎呀，這人還不壞。

我才放下房子，立刻就有好多人（主要是一家大小，還弄壞我房子一部分）跑過來說好棒好棒，但是大家說完也就回去了。不過這位太太可不同，她突然拿素描簿叫我畫圖，我是挺吃驚的，但最後我們的關係最好。

這位太太又帶了薯條跟吐司麵包給我，說是給我打氣，結果接著又說：「你再畫可愛一點啊，剛才那張是很可愛，不過再畫張更好的吧。」妳好樣的喔。

對喔，最近愈來愈多人送吃的喝的來給我打氣。抵達東北之後，幾乎每天都有人送我東西，目前我身邊有三罐寶特瓶飲料，兩個點心麵包，一斤白吐司，本來還有兩個飯糰，但是剛才吃掉了。我竟然忙著消耗食物，東北好酷。

六月二十一日

昨天晚上聽到遠處有人說：「那就是剛才講的房子喔？」我躺著，有點緊張。人家是沒有來搗蛋，不過聽人家小聲談論我就是緊張，看來我神經還是很小條。

聽說氣仙沼那邊下豪雨，本吉這裡卻完全沒下雨，不是只隔二十公里嗎？大概早上七點睡醒，上午在附近畫圖，有個不認識的小姐來找我說：「你該不會就是傳說中那個揹房子的村上先生吧？」總算有人在我沒揹房子的時候來搭話了。她怎麼知道的？我看起來有那麼顯眼嗎？她還知道我昨天房子被弄壞一點，消息傳得眞快。遠方又有小朋友往這邊看，還大聲說：「請問這個是村上先生嗎？」我當作沒看見。

十一點左右出發，要前往氣仙沼。才剛出發，昨天在路上認識的人就打電話來。走在路上，突然有個奶奶對我打招呼說：「辛苦喔！前面要休息啊！」奶奶穿得好像剛從山上回來，還把她剛從超商買的涼麵送我吃。她說她才剛拆開免洗筷，就看到我經過，所以立刻決定把剛買的涼麵送我吃。

我們在樹蔭下吃飯聊天，奶奶住在氣仙沼的組合屋，她有十四個孫子，笑說：「你看起來就像我孫子啦。」她說有個女兒跟她住，這位女兒大姊住在我要走的路上，可以幫我問問看，甚至還找了報社記者。

我邊走邊想，這間房子可以幫我抵擋雨水跟路邊的雜草，感覺像把傘，那麼房屋其實就像把大傘。可以得知，「地基」其實跟房屋的功能沒什麼關聯。

傍晚抵達那個姊姊的家，有五個人、一隻狗、兩隻雞、一隻鸚哥，還有好多機車，眞是熱鬧。我們在戶外烤肉，好開心。聽說氣仙沼出名的是烤內臟，眞的很好吃。他們借我一個大置物室說：「可能會下雨，你就用這裡吧。」而且還在睡前用三輛車幫我擋住，免得有人偷我的房子。

六月二十二日

這一帶民眾的方言口音好重，但是都會跟我講普通話。昨天晚上借我地方住的那家人，最年長的奶奶是土生土長的氣仙沼人，但是在東京做服務業超過十五年，就改說普通話，而且也沒口音。不過回來故鄉之後，爲了配合街坊鄰居，就努力重新學習方言跟口音，眞辛苦。

這位大姊說，在通往陸前高田的路上有個狹窄的隧道，很危險，所以用小貨車幫我把房子載到高田。開車途中，這位大姊突然說到：「鄉下的房子都很大吧？我從來沒體驗過隔一道牆就是別人家的感覺，之前住組合屋都快瘋了，你說是不是這樣？」組合屋的牆壁很薄，有小孩的家庭特別擔心會不會吵到鄰居，想必有很多住習慣大房子的人住進組合屋，直到現在。

我在陸前高田的一家超商下車，雙方道別。「希望有機會再見喔。」我一直都是離開別人，像這樣送別人離開才知道寂寞。爲什麼呢？送人離開感覺格外難過，花了點時間才振作起來。

休息一下，買個納豆捲來吃，然後就離開超商。我一年半沒來過陸前高田，這裡可以說是整個鎮都被海嘯捲走，地貌都變了，放眼望去可以看很遠，遠到不像話。這裡開始施工整地，到處都有紅褐色的土堆，聽說要把地面墊高十二公尺左右。這聽起來太荒唐，感覺很不眞實。竟然要靠人工，把整塊地墊高十二公尺？感覺會變成完全不同的土地啊，居民原本的土地都要被埋掉了。

不過最顯眼的，就是離地面十五公尺高的地方，架滿了白色的管子，而且架設範圍很大。我從來沒見過這樣大規模的空中結構體，未來都市喔？眞的嚇我一跳。除了管子之外沒有別的結構體，所以格外顯眼，聽說這些管線，是用來運山上來的土壤堆高地面的。竟然不是用砂石車運土，而是用管線直接從山上把土運到低地來，怎麼會想到這麼扯的事呢？感覺就像有了個點子，直接跳過實際考量而強硬執行，有種巴比倫塔的滑稽感。

經過一片漂亮的花圃，務農的阿姨對我說：「辛苦啦。」然後帶我去組合屋辦公室，請我吃午餐。震災之後，我有兩個朋友搬到陸前高田進行創作活動，我提到朋友的名字，阿姨說：「喔——他們是你的朋友啊？那我得把你當兒子招呼了。」於是今天晚上，我就住在辦公室裡一個先生的家裡。我拿房子的畫給這先生看，他說「有間房子請你一定要畫下來」就開車載我過去。我們跟另外一位先生會合，三個人就開車前往高田。我整個搞不懂誰是誰的誰，但是我知道人除了親戚關係和地緣關係，還有各種各樣的關係。

在車上，他們就像客運導遊一樣，非常親切地爲我介紹海嘯受災遺跡。「你看右邊有個大燈座，原本放在高田唯一的棒球場上，買來連一次都沒用過，就被海嘯沖走了。」「這裡本來有間房子喔——」大概就像這樣，眞是厲害。我在海岸邊問：「壞掉的堤防以後要怎麼辦呢？」兩人同時回答「加高，十二點五公尺。」眞是異口同聲，看來外地訪客常常問這題。

「等堤防蓋好，現在看到的景色就都看不見了。」

車子開了一段，來到山丘上的一間大房子，我一頭霧水就開始畫起這間房子。到了傍晚，人家開車來接我，就去那位先生的家。難得看了一下電視，正在比世界盃足球賽呢。

六月二十三日

明天有雜誌編輯要從東京來採訪我，我們約在大船渡會合，所以今天還是待在陸前高田。我整個上午都在補畫昨天的畫。

下午，去昨天的花圃（當地民眾做義工，在被海嘯夷平的土地上開闢花圃，另外還有好多這樣的開放式花園）給人請吃午餐。

我碰到一個人，這人在地震發生前畫過陸前高田的街景，畫被海嘯給沖走了，但是還留著展覽當時的照片。那是用細水性筆描線，再用水彩上色，畫風跟我還有點像。他把高田街景畫得像幅卷軸，充滿了對陸前高田的情與愛。一定要花很長的時間才能畫出這種畫，聽說他要畫一間已經倒閉的店家，還特地打開鐵門來畫，就怕老闆看了畫裡倒閉的店家會不舒服。如果房屋外牆剝落了，他也不會畫下來，而是畫成工整的樣子。少了這幅畫眞是一大損失，眞想看看原作。

這人還設計了賀年卡，圖樣是自己住的組合屋的內部格局（連哪裡放什麼都畫出來），這太棒了。這可是住三年組合屋的格局，好有品味啊，好開心啊，好酷啊。

今天也是住在昨天那個人家裡，他很注重人的源頭，也就是血緣脈絡。他昨天一看到我就問：「你姓村上，請問是哪裡的村上呢？」我最近才知道自己的祖先住淡路島，就回答淡路島，不過我平常不太去想這個。這個人在海嘯中失去家人，我覺得在他這裡過夜很自在，有人說我是「未來的畫家」，他還特地替我說：「哪有，他就是畫家啊。」

六月二十四日

上午接受《東海新報》的採訪，我邊說邊整理自己的思緒，以往的想法都連結到陸前高田的風景。

最近我一直在想「運作現場所使用的裝置」以及「即時的現場」，我想到打工時期，大企業經營的啤酒花園就算碰到下雨，也不會馬上決定打烊，而是要員工在雨中擦桌子，眞是詭異的時光。我在香川打工做甜點的時候，明知道先放可可或先放巧克力，口味都一樣，主管卻說一定要先放可可。這些問題，連結到十幾年前福知山線的火車脫軌意外，班車爲了趕準點而加速，結果犧牲大批民衆。原本用來維持現場安全的裝置，卻耍弄了人，我們容易掉進一個陷阱，誤以爲配合裝置比隨機應變更重要。

我的國中老師說過：「如果路上眞的一輛車都沒有，闖紅燈過馬路也沒關係，因爲紅綠燈是用來整理交通的。」

說得沒錯，我用同樣的架構來思考生活，房屋的地基屬於「裝置」，地基上面的牆壁和屋頂（箱子）就是「現場」。現場因爲裝置而動彈不得，結果這場延續到現在的震災，奪走了我們許多東西。後來我們建立了巨大的管線，從山上挖土運來低地，這就是把裝置思維硬套在現場上。就是因爲裝置與現場出現隔閡，才會有這麼滑稽的超現實工程。而我揹著房子過移動生活，就好像「硬是以現場角度塡補裝置與現場的隔閡」，有另外一種滑稽。所以我認爲陸前高田的管線滑稽，跟房子走路的滑稽，有點相似。

好啦，今天上午跟花圃的人們道別，前往大船渡，去找朋友住的組合屋。路上跟東京來的客人會合，聽說東京下大雨，這裡晴朗無雲，我大概有一年半沒來過這座組合屋了。

距離震災已經過了三年，有很多人離開組合屋。剛開始大家爲了復興家園，攜手合作，現在則是默默忙著安頓自己的家，沒時間想什麼「復興家園」了。說起來眞奇怪，復興自己的家不就等於家園嗎？生活是很平淡的，重振生活就是復興，可不是那樣大興土木把地面墊高啊。

然後呢，組合屋裡面的人際關係也變得很複雜，我想也是，所謂對錯其實是很難分辨的。我在這裡聊了些，晚上跟兩個住在這裡的藝術家朋友會合，上次碰面時，是在好久之前臨時攤販市集上的時候了。大家都還記得彼此，好像證明了彼此的存在，眞開心。

晚上借住在兩位朋友的家裡，討論到美術與建築的「誕生現場」與「附加價值」之間發生隔閡，好久沒跟人聊這件事了。兩個朋友住的房子，格局很怪，廁所竟然比浴室還大。

六月二十五日

跟東京來的客人一起逛陸前高田，中午過後去拜訪一個叫做「佐藤種苗行」的地方，朋友說「我覺得佐藤這個人很厲害」。

佐藤一個人在一片災後荒地之中，選定一座被海嘯沖毀的店鋪地基，自己用瓦礫蓋了一座組合屋來開店。光看房屋外觀，就知道這人非同小可。店裡賣的就是種子，但是有個角落擺著書，是佐藤老闆用英文與中文寫的震災書。我問老闆，怎麼沒有日文版的呢？老闆說：「日文太難，寫不出來。」

他開始朗讀自己的書，用的英文淺顯易懂，但是他的口條鏗鏘有力，好像會有言靈從嘴裡噴出來，我完全無心理解內容。後來他讓我看了戶外的塑膠溫室，聊起震災當時的狀況，這間塑膠溫室眞是驚天傑作，一看就知道用盡了手邊的材料才有這個成果。眞是座令人感慨萬千的溫室啊，竟然用鋁罐的瓶蓋當作轉接頭，太強了，眞的只有物資缺乏才會想到這種點子。當大家驚慌大喊「這個沒辦法」「那個辦不到」的時候，這個人竟然獨自做了這些東西啊。

「是男人就好好看，屋頂的骨架是鋼管，沒有鋼管就用竹子吧，竹子加熱就可以折彎。屋頂披上塑膠布，好歹還能在裡面睡覺。而且這座溫室會跟著地面搖晃，絕對不會被震垮。垂直硬插在地上才會垮掉，簡直比打過仗還慘。一定要發揮求生精神才行，我說只有男子漢才有這種精神啦。」

我聽得都要哭出來了。復興工程用的砂石車來來去去，噪音好大，而佐藤的嗓門也很大，每句話都說得讓人感動莫名。太強，眞的太強了，聽得我好像被賞拳頭一樣震撼。

「那個堆高工程並不是爲了居民，而是爲了製造工作機會啦。所以我不太管行政的事情，隨他們去吧。」

借放房子的組合屋裡面有客房，晚上我就睡客房，組合屋的牆壁很薄，可以聽到窗外的談話聲，有點累。

六月二十六日

在組合屋只過了一天，就深深體會到這裡的人際關係很複雜。我想這也是難免，都已經第四年了，很多人找到新房子，或者抽到國宅，就搬了出去，但也有人找不到地方去。只待一天我就累了。

十二點左右出發，北上十四公里前往越喜來。之前有人在網路上得知我的活動，告訴我：「越喜來有個地方叫做潮目，你一定要去看看。」然後把我的事情介紹給當地人。我傍晚抵達越喜來，見到打造「潮目」的和一哥，還有他的家人。

潮目是和一哥獨立用瓦礫打造出來的建築名稱，這又是一個驚天傑作，高兩層樓，兼具海嘯資料館與遊樂器材的功能，如果我是自己來的，肯定會放聲大哭。可惜現在天黑了，我決定等天亮再好好欣賞。

和一哥是建築業的人，爲了城鎮做出不少貢獻，眞了不起，這人天生就是「爲人犧牲奉獻的人」。我印象最深刻的就是圓木橋的故事，有座小橋被海嘯打壞，公所怕危險所以拆掉了。大家都在等什麼時候會搭新的橋，可是怎麼等都等不到，和一哥覺得「這樣下去大家太不方便」，最後受不了就自己用圓木搭新橋。他在橋邊立下告示說：「過橋請自負安全責任」，公所得知這件事就過來查看。和一哥有心理準備，公所可能會說：「這太危險，快拆掉。」結果公所說：「只有一根圓木太危險了，請多加幾根圓木，讓大家能安全過橋。」這什麼鬼啊？

「這種事情啊，就是先有人開個頭，之後隨便人去討論了。」

一點都沒錯，我先前想的事情都在這裡連上了。我已經寫過好幾次，只有個人行動才會衍生出公共議論，和一哥在當地進行「一人公共事業」，就像川俣正先生那樣，不對，應該說川俣先生像和一哥才對。川俣先生是在藝術界，採取和一哥的行爲模式。

晚上在和一哥一家的推薦下，借住附近一位「老師」的家裡，房子則借放在潮目。

六月二十七日

我跟東京的朋友互傳幾則寒暄的訊息，結果突然喪氣起來。我還是太軟弱，一不小心就會失去自信。沒關係，我這個作法沒錯，接下來只要不斷移動，直到自己沒發現自己在移動就好。

我獨自來到潮目，在附近的店家買了飯菜，坐在和一哥搬來的逃生梯上面吃飯。我在這裡欣賞潮目跟越喜來的街景，這裡也被海嘯打得很慘，可以發現海浪打到很高的地方。這座潮目，是用海嘯打出的瓦礫所建造而成，正中央有根大柱子，上面寫著「越喜來南地區復原據點」，還掛著一道鯉魚旗。可以看到用瓦礫做的溜滑梯跟鞦韆，材料是海嘯打壞的小船船底，還有拍紀念照用的立牌。這個紀念照景點，材料是附近小學的正門，海嘯之後預計要拆除，被和一哥給搶來了，還有笑面鬼的立牌，光看就讓我熱淚盈眶，眞是偉大的作品啊。

大船渡的炒麵店阿姨說「他是爲民奉獻的人」，他做這些事情不是爲了自己的名聲，而是單純爲了孩子，爲了街坊，才會利用假日來打造潮目。他不是失業閒著沒事。而是爲此還跟人借用土地來蓋房子。潮目確實到處都有突出的釘子，下雨會漏水，風又到處鑽，但是裡面有足夠的空間讓我過夜，還有桌椅可以打電腦，桌子是用屋梁做的。潮目有兩層樓，除了當作海嘯資料館之外，還有溜滑梯、攀爬設備、鞦韆等遊樂器材，甚至有個看漫畫的小房間。

除了資料館正門，還有個祕密入口，這扇門上面寫著「推」但是要拉才拉得開。門裡面的通道很窄，邊走要邊小心凸出的木材跟釘子，然後上樓梯，看到一面有幾道裂縫的布簾。布簾上貼了張紙說「不准偷看喔」這讓人更想偷看，往裡面一看是張照片，照片裡的人頭戴繽紛的爆炸頭假髮，臉上有副巨大墨鏡，渾身都是派對裝扮，還比著勝利手勢，看起來很像和一哥，照片底下還寫著「哇！你偷看了——」被整了，我都快哭了，這個人也太酷了吧？他都已經是上了年紀的阿伯，我想跟他談藝術是談不通的吧。我決定要重新考慮，如何去評價藝術和建築的價值，這種房子才配稱爲「大家的房子」吧？

我受到了震撼，同時也勇氣百倍。沒錯，這樣做就對了，人家告訴我只要相信自己的作法就好，還讓我鼓起勇氣，不要失去信心。如果有時間喪氣，如果有時間感嘆「我眞無能」，還不如去搬一堆瓦礫來打造自己的空間，然後宣稱這就是本鎮的復興據點。

陸前高田的佐藤，用瓦礫打造了店舖跟塑膠溫室，甚至還自己挖井，供應種苗店必要的水源。就算沒有自來水，人還是要用水。佐藤說：「往下挖個五公尺就有水了。」「人命其實挺硬的呢。」和一哥犧牲自己的假日，用瓦礫打造遊樂器材跟資料館，他說：「只要有人先開頭，之後大家來商量就好。」

今天試著在潮目裡面過夜，聽說從來沒有人在潮目裡過夜，只要我住下，這裡就成了家。於是我住下，把這裡畫成「家 120」。這個作法有點牽強，不過我非得畫它不可。

六月二十八日

聽說和一哥是越喜來南區的區長，如果我有這種區長，一定效忠他一輩子。這裡也在進行所謂復興的大型工程，跟陸前高田一樣。堤防加高，就看不見海洋，民衆認爲政府不聽居民的心聲，很煩。和一哥說：「最近這一年，整個景色都變啦。」

我幫忙和一哥做一項叫做「回綠」的工程，在海嘯打過的荒地上做花圃，另外一個爲了牧羊而建立的花圃則要遷到別處去，好像要當作墊高土地用的堆土場。我好像在陸前高田也聽過這種事情……總之大概有四十個高中生義工來幫忙，我也加入。大家都好棒，邊跟朋友聊天邊做工。我跟兩個女生聊了聊，兩人在高中都是ＪＲＣ社（編按：Junior Rod Cross，日本青少年紅十字會）的社員，平常都在做義工，比方說去老人院幫忙之類的。竟然有這種社團？太偉大了。

午休時間，沒有人特地提出，但是大家都跑去潮目玩，眞好。我不斷聽到有人說「這裡可以爬上去」「那裡很滑要小心」之類的。潮目的攀爬器材並不像公園那樣精心打造又安全，到處都有凸出的釘子，地板也可能脫落，一不小心就會被釘子刺頭，丟掉小命，但是這樣才好玩。這基本上是「遊玩請自行負責」的設備，也才會發生「那裡很滑」「這裡可以爬」的對話，眞是太棒了。和一哥也很自然地加入他們，笑著說「可以從這邊進去喔」「這是溜滑梯喔」這樣。

這裡聚集的人太多，其他老師跟大人紛紛拿起相機說「看這邊——」我可以理解這種感覺，拍下這樣的照片，日後回憶肯定有趣，而且活動也需要做報告。但是學生們爲了拍照，必須暫停歡笑與玩樂，我有點傷心。你們何必說什麼「看這邊」，直接拍他們遊玩的過程不就好了？我希望年輕人盡量玩，大人們默默記住過程就好。

晚上借住在南區的區民中心，東海大學的學生來越喜來的泊地區幫忙，也跟我一起住，但是我們幾乎沒有交談，這種時候要是能輕鬆開口問說「你們來做什麼啊——？」就好了。

六月二十九日

今天推特上有人跟我說：「如果經過我家附近，歡迎借用我家的土地。」這樣的招呼眞好，快推廣這樣的招呼啊。要是大家都習慣把土地借人用，網路上形成這樣的機制，那就好玩了。其實也不必每天都在移動，可以訂下一段期間，比方說一個月或一年，在別人的院子或停車場裡蓋個小房子住下。房子區分爲地基與上面的箱子，只要能分開考慮，應該很好玩。

今天是星期天，越喜來的朋友們說，要是天氣好就帶我去夏蟲山，可惜整天都下大雨，根本沒辦法外出。不過和一哥的妹妹京子姊，還是帶我去參觀瀑布，以及建造中的泊地區區民中心。我在那裡認識了朋友，人家給我看一個畫家·河內山亭的畫冊，聽說這位畫家在越喜來過著幾乎是自給自足的生活，而且還靠自學學會畫圖。〈彫牛的百姓〉這幅畫眞是好，河內山先生也是個百姓，百姓畫下同村百姓彫牛的經過，繪畫跟雕刻都是在地扎根的創作。

前來做義工的一群大學生也跟我一起參觀瀑布（應該說他們只是「前往瀑布」順便去當導遊的），但是他們只有下車原地遠望，沒有下到河邊去。必須要下到比馬路低五公尺的位置才能看清楚瀑布，邊坡是有點陡，需要一點勇氣才能下去，但也不是下不去。之前下過雨，所以地面又濕又泥濘，或許大家是不想弄髒吧。但是他們應該是要參加這個地區的「城鎮建造會議」之類的才對啊。

瀑布眞漂亮，我可以理解在地人爲何說「我喜歡那裡」。那座瀑布規模不小，線條也漂亮，看了就是舒服。不過水邊掉了很多垃圾，像是保麗龍盒、空罐、輪胎、電視機等等。大家應該是從路邊丟下來的，所以我們能撿多少就撿多少。我想拿這些垃圾給那些大學生看，但是他們已經不在馬路上了。眞的假的？不是才要開始打造城鎮嗎？如果特地從外地過來，應該更用心才對吧？應該多看看當地人說好看的地方，或是撿些垃圾啊。

和一哥說過：「希望打造一條觀光走道，方便大家去看瀑布。」但是政府不從這種地方去思考打造城鎮，只會高舉「復興」的大旗，做些驚天動地的大工程，蓋些看不到大海的堤防。我說要是看不見大海，那也看不見海嘯過來吧？搞不好有人會因爲堤防很高，就覺得海嘯來了也不用逃喔。

想著想著，和一哥突然說了讓我更痛心的事情。

「政府跟觀光協會提醒小朋友跟行人說，砂石車常常經過，走路要小心，我覺得這很奇怪。應該要提醒車子小心駕駛才對，應該要搭個護欄，分開人車，保障行人的安全才對，你看他們都沒在想這個的。」

對啊，眞的就是這樣啊。自從我進入海嘯災區之後，就常常聽到工程車引發死亡車禍的故事，怎麼會這樣？復興工程竟然會害死人？

和一哥又說了。「學校要小孩子用上課時間撿垃圾，這也很怪，垃圾都是大人丟的，怎麼要小孩子撿呢？應該大人小孩一起撿啊。」「這個鎮上的人哪，上山就可以採山菜，下海就可以捕海魚，可別忘了自己的生活有多奢侈啊。」這些話多麼讓人感動啊，就是要住在這鎮上的人，才能說出這種話啊。

今天晚上借住在和一哥家的小倉庫。

和一哥的太太眞是了不起，都在背後支持他，我只能說這對夫妻眞是太酷了。我邊回想邊寫日記，都要哭出來了，最近眞是常常掉眼淚啊。

六月三十日

今天天氣很好，昨天下雨沒去成的夏蟲山，今天人家帶我去了。眞是個好地方，原本有個放牧牛的牧場，核災發生之後輻射劑量太高，沒辦法繼續放牧，成了普通的草原。視野開闊，可以看見三座大海角，清楚證明岩手縣確實是沉降海岸地形。

大概下午兩點，終於離開越喜來，在這裡住了四晚，又要離別，我想我們還會再見吧。我在潮目前面跟和一哥夫妻道別，京子姊還開車追了我一段路。這個人這四天裡到底拍了幾張照片啊？她還說自己是狗仔，她就是這種個性。

今天北上七公里，前往吉濱，大船渡有個朋友，妹妹一家人住在這裡，介紹我過來住。這房子好大，有一隻狗、六隻貓、一隻雪貂，一隻烏龜。周遭沒有別的人家，旁邊有條小河，用的是井水。這家人很熱鬧，吃飯的時候光聽大家聊天，就覺得身歷其境。尤其兩個女兒，講話聲音宏亮，內容井然有序，好像早就寫好稿子一樣清楚，聽得眞舒服。

晚上我上網看影片，看到民眾聚集在首相官邸前，抗議政府改變對集體自衛權的解釋。我好懊惱，自己竟然沒能過去，至少要看著他們努力才對。影片拍到樂團 Eastern Youth 的吉野壽，跟其他人一起拿擴音器大喊「安倍住手！」當下的吉野壽不像平常 YouTube 影片那樣發狂怒吼，而是像普通民眾一樣吶喊。參加集體示威，就是要當一顆沙子。

我有個創作歌手朋友，也在自己的推特（半宣傳用帳號）上宣傳這次的抗議，粉絲回應說「你竟然贊成這個抗議，眞失望」。好像是說，政治跟平常的音樂活動應該要分開。如果好朋友彼此投的候選人不同，或者是喜歡的歌手有不同政治立場，就會對人家失望，討厭人家的作品嗎？難道音樂家只要做音樂就好了嗎？有這種想法，是因爲妄想自己的「日常」與他人分離，而且堅不可摧吧。

是下意識認爲自己的日常，能夠永垂不朽吧。

我從小到大沒有跟家人或朋友討論過政治，人家會叫我去投票，但是要投給誰？這個話題就像炸彈一樣，誰都不敢碰。我想大家都擔心，一旦支持對象不同，關係就會鬧翻。

大家認爲日常是絕對的，但是震災發生之後，大家開始覺得好像不那麼絕對，就是因爲想得太簡單，才會落到這個地步。所以我跟朋友們，開始聊起不太熟悉的政治話題。所以當我知道那位歌手朋友在宣傳抗議活動的時候，眞的很開心，就算粉絲不說「好失望」這種廢話，他也一定掙扎過要不要宣傳吧。好久沒見了，希望能見個面。

0701107

我從來沒說過自己正在畫各地特有的老房子，或者只是單純流浪。人類眞的只會憑自己的想像範圍來理解事物，只會聽自己想聽的話，其他不想聽的，就假裝有在聽。這種時候不要生氣，想想大竹伸朗先生決定住在宇和島的氣魄，我還太嫩了。

我記得伊藤正幸先生也感嘆過相同的事情。

我要拋下驕傲，我應該早就清楚了，早就決定不管別人怎麼說了，問題在更大的地方。尼采也說過，我的劍要對付巨大的敵人，要是對付渺小的敵人只會生鏽。我知道我會孤獨，常態的移動就是會孤獨，然後慢慢被人聯想成流浪、旅行、探索自我這種不成熟的狀態。眞麻煩，吼，煩死了。

七月一日

聽說內閣會議決定了要改變集體自衛權的解釋方法，民衆今天繼續在首相官邸前抗議。地震發生之後，我就經常看到民衆抗議，這還是第一次抗議「跟地震沒有直接關聯的主題」，終於覺得任何人都可以上街抗議了。可是我這樣寫，感覺好像是囂張的旁觀者，不太舒服。

今天不搬房子，在附近散步，畫吉濱的房屋。晚上打電話給朋友，聽說朋友連續參加兩天抗議，回程感覺到自己很無能。他是第一次參加抗議，心裡想著「抗議又有什麼用?」但又希望趁有能力

2014 年 6 月 30 日～ 7 月 2 日
岩手縣大船渡市三陸町吉濱扇洞，某戶民房的外廊

的時候做點事，所以才參加。不過終究無法改變什麼現狀，只能傷心。我提到陸前高田的佐藤種苗行，還有越喜來的和一哥，佐藤種苗行跟潮目，都充滿了希望。

「是男人就看著，鋁罐的瓶蓋可以當轉接頭喔，這下就算七級地震也不會壞啦。」

回想起來還是很想哭，佐藤先生在漫天飛沙、工程機具轟隆作響的環境下，一字一句都帶著令人感慨的能量，都充滿希望。他不受到周遭環境的影響，他用瓦礫打造的塑膠小溫室，比成千上萬噸「復興」用的土堆看來更堅強，那才是純粹的希望。

當大家的房屋跟店舖被海嘯捲走，不知所措的時候，他在被沖毀的地基上蓋了組合屋，獨自做起生意。對他來說，不會有無能爲力的最壞狀況。只要爲了生存，累積一點一滴的工夫，就能克服所有災害。我們不需要把地面墊高十公尺，也不需要把堤防加高到看不見大海，只要把鋁罐的瓶蓋拿來當轉接頭，挖口五公尺深的井就好了。

潮目的和一哥，是個不計較本身得失的人。一個人要失落，得先計較自己的得失。想認爲自己的現狀很悲慘，必須先把自己算成悲慘的人。但是他認爲「世界只有他人」，爲了他人而做事。潮目就是和一哥爲了鎮民所打造的遊樂設施兼資料館，每個角落的造形，以及遊玩注意告示，都深深打動我心。

比方說鞦韆，材料是廢墟中的長柱子，吊著破損的小船。和一哥說：「小心別暈船喔。」感覺小船變成垃圾之後，又脫胎換骨了。

注意告示寫著「請別認爲自己行，別人也行，不要逼人冒險」還有「要特別善待晚輩和小女生」。

我提到這兩位充滿希望的阿伯，電話那頭的朋友也聽得鼻酸，向我道謝。我見證了那樣的希望，當然有義務轉述給別人。

七月二日

吉濱的人口很少，低海拔的地方沒有人家，所以沒有人的房子被海嘯捲走。受損的幾乎都是農田，不過現在已經都復耕了。這裡的人家，一直都蓋在離海岸很遠的地方，所以只有一人在海嘯中犧牲。昭和大海嘯的時候，聽說有個傳奇人物光靠游泳就拉回大家的小船，而那個人在這次地震發生的時候，去檢查海邊的小屋，結果就被海嘯捲走了。

我計畫今天離開此地，結果人家說「待到明天可以吃到海膽」，我就多留一天。聽說這家人早上會去捕海膽，好奢華啊。家人輕鬆捕是還好，但是對捕魚維生的人來說可是攸關生計，要計算幾秒捕幾個這樣，感覺好像小鋼珠專家喔。

我有點嚮往海上人家的生活，船漂在海上，沒有固定在地基上。我的曾曾祖父曾經是淡路島的船匠，聽到船匠好像有什麼靈感，跟我現在的狀況應該有些關聯。

七月三日

「接收」是一種主動的行爲，從作品接收來的內容，固然是那件作品「想說的話」，但多少也包含了作者本身「想讓觀眾看見」「想讓觀眾稱讚」的心意。我很清楚，有這種心意會讓我疲倦，而我一疲倦，就自然不想考慮這些事情。現在我慢慢進入一個境界，不管人家怎麼想，只要你不過問我，我就不回答，就算對方誤會也不以爲意了。

今天一定要離開吉濱，伯父說隧道很長，所以要用小貨車送我一程，得救了，長達兩公里的隧道，走起來肯定很難受。隧道裡會有回音，根本搞不清楚從後方過來的貨車是快是慢，太可怕了。

結果我在吉濱住了三晚，這家人超開放，就算我是個陌生人，還是讓我隨便用廁所跟浴室，反而讓我愣住，眞是表裡如一的家庭啊。

我很快就抵達釜石市，這裡的低地有很多民宅、店舖跟工廠，所以受災很嚴重，還可以看到成堆的瓦礫。剛進入釜石市市區，就有兩位小姐叫住我，她們一聽說我是從東京來的，就說：「我們也才剛從橫濱搬過來喔——」我想說這兩個人眞有趣，就問：「兩位是什麼關係啊？」她們回答：「從小就認識啊。」我想多打聽一些，決定今天就住在釜石，並問問看有沒有地方可以讓我借放房子一晚，她們說青葉公園的臨時商店街應該可以，我們就約好一個小時後在那裡碰面。

我們在商店街的拉麵店吃著釜石拉麵，邊吃邊聊。她們說震災之前就一起住在關西，大概住三年就膩了，然後看到我的活動，就說：「這是我們理想中最棒的生活啊！」她們向公司說想搬去岩手，所以要辭職，結果公司的人問說：「要結婚啊？」我當初要搬到香川縣之前，也有很多人這樣問我。

「要換工作，所以搬家」「要結婚，所以搬家」大家覺得這些說法很合理，卻不太能接受「想住那裡，所以搬家」「討厭這裡，所以搬家」這樣的說法，所以職場的人聽了會擔心，還勸說：「這個年紀要改變生活環境，妳知道風險多高嗎？」「生小孩是有年齡限制的喔」之類的。

原來大家都很怕啊，深怕會放棄了目前人家交辦的工作，怕破壞了建立已久的人際信任吧？深怕從軌道上跌落下來，所以用自己的生命來保持行駛穩定，整個經濟規模也因此壯大。要是搬走，不就放棄了自己的職涯與職位？不就要從頭開始了？不就什麼都不是了？大家怕這個。所以大家都擔心，都用自己的人生避免這樣的失去。

但是這兩個人乍看之下很輕浮，隨口就說出「我想住在這裡」，而且一有這個念頭就坐立難安，我想她們的血統不是農耕民族，而是游牧民族吧。聽說她們兩個剛搬過來一個月，每天晚上就開始大眼瞪小眼，討論說「接下來該怎麼辦呢？」「我們這個方向沒問題吧？」感覺好像搞笑搭檔，這個態度了不起，應該無論到哪裡都能活下去吧。

道別的時候，她們說會來看我的個展，眞想再見見她們。這麼說有點怪，但是我覺得我碰到了同種的生物。

晚上去買完東西回來，碰到兩個釜石的高中生找我說話。聽說他們要走美術這條路，一得到走路房子的目擊情報，就花了大概一個小時來找我，希望他們好好努力。

07032355

碰到一個共同通信社記者，是女生，小我一歲，個性超棒，我好心動。像她那種人對我說「我是共同通信的人。」當然要心動啊。

七月四日

昨天我把房子借放在臨時商店街，那裡有家照相館，老闆幫我拍了張照片，今天把照片沖出來給我，眞是好玩的照片。

我整個上午在畫圖，結果大概兩年前在陸前高田認識的朋友，用推特來聯絡我。聽說這朋友竟然正住在釜石，眞是世事難料啊。

我們兩個立刻碰面，跟昨天一樣吃釜石拉麵。聽說她因爲身體出狀況，辭掉之前的工作，感覺現在的她比以前放鬆了點，輕快了點。以前她比較致力於復興，很奮鬥的樣子。我跟她說了越喜來的潮目，她說她一定要去看看，所以我暫時把房子借放在釜石的「微笑廣場」，那是個很多快餐車聚集的地方。

這裡也很好玩，我把房子借放在一家叫做「哈皮斯咖啡」的店家前面，老闆的副業本來就是在東京開咖啡廳，地震之後就開快餐車到各地的組合屋賣咖啡。後來有人跟老闆說：「我想喝你的咖啡，但是不知道你在哪裡。」所以他才開始在微笑廣場擺攤，做起定點生意。專跑組合屋的咖啡店眞棒，只要家附近有人定期擺攤，定期辦活動，生活就會有新的旋律，就算窩在家裡也不怕發狂了。就好像一家人去遊樂園，卻只有我一個人坐旋轉木馬，我在轉圈，媽媽卻站在同一個地方，看我繞過面前的時候才開心揮手。開著快餐車做定點生意，眞棒。

以某個周期的循環運動來取代直線運動也不錯，邊移動邊停留也是個方法。聽黑膠唱片的時候，唱片沒有移動而是轉動，唱針也相對地保持移動，因此有了音樂。眞有意思，如果要永遠移動下去，就不能走直線，而要旋轉起來。

我讓朋友看了潮目，她果然也很感動，親自走到和一哥家裡，跟和一哥的太太一起裝七夕飾品。和一哥對我說「怎麼又跑回來啦——」我突然心頭一驚，過去的事情突然跑回來，感覺就像黑膠唱片跳針。

回到釜石，釜石災害電台的節目主持人來到咖啡店，結果我突然就要上廣播了。聊著聊著，超過原本預定的三十分鐘，感覺可以聊到天長地久。

晚上就把房子借放在微笑廣場，然後住朋友家。

七月五日

我在微笑廣場修理房子，有兩個住大船渡的人特地來找我，我們邊喝咖啡邊聊天。我說揹著房子走路，核心好像變強了，結果人家說：「對喔，你的身體變成大黑柱（譯註：日式民房中支撐房屋中央的大柱），當然練得壯啦。」對喔，我的身體就是房子的大黑柱啊，名符其實是用身體支撐我的生活啊，可不限於這趟移動生活喔。

離開微笑廣場前往大槌町，途中經過長一點二公里的隧道，整個都沒勁了。我一進隧道就直覺不妙，走著走著就滿頭大汗，思考愈來愈負面，還想說一不小心就會死掉。我怕撐不住，就放音樂大聲唱歌（要是不注意，什麼歌詞其實都能扯到死亡），勉強撐過來了。我累得快發瘋，但是一走出隧道，感覺就像脫胎換骨一樣，神清氣爽。贏啦，我贏啦，不太清楚贏過什麼就是了。

一走出隧道，立刻有開車的一家人來找我搭話，這家人在附近開麵包店，叫做「澤口麵包」，聽我解釋之後就說「可以住我家喔」。

這家麵包店所在的地名很有趣，叫做鵜住居，我在訪客留言簿上畫了一張圖。

這裡的海嘯災情也很嚴重，震災之前原本有很多建築，根本看不到海，但是震災之後遮蔽物都沒了，居民才知道原來大海這麼近。聽說居民原本沒想過海嘯會打到這裡來，但是看到沿海方向的電線杆接連倒下，才連忙逃命，好可怕啊。

聽說這裡的地面也要墊高十九點五公尺，不知道工程什麼時候才會結束，只好等了。組合屋也要花錢維修，所以大家還是住著，只是住得沒有很情願。目前正在把居民集中起來，拆除空出來的組合屋。震災之後，麵包店增設了咖啡廳，這家人原本就有這個計畫，後來看到民眾被困在山上的組合屋裡走不掉，才想打造個讓人們聚集的地方。

晚上我把房子借放在貨車裡，自己睡在組合屋裡的談話室，上次睡組合屋是在大船渡那時候了。

七月六日

「目前我們住在山上的組合屋，是個很好的地方，大家都很友善，只是沒想過，我們竟然會住到這裡來。」伯父如是說，他們家還沒被沖走之前，離組合屋的地點只有幾公里。對我這個不斷遷居的人來說，感覺是同一個地區，但是對當地居民來說應該是海角天涯吧。只要想起自己的老家就知道，光是學區跟町會（譯註：小鎮的自治機構）不一樣，感覺就是完全不同的地方了。

中午左右，畫圖畫到有點不舒服，怎麼會不時覺得想吐呢？是昨天那條隧道害的嗎？是太累了嗎？還是缺維生素B呢？稍微躺一下，比較好了。當我處在隨時都能睡的環境，通常不想睡，但當我想睡的時候，通常都不是個好睡的環境。明知道該睡了，卻不小心熬夜，真遺憾。

大概下午三點從鵜住居出發，前往大槌町。大槌町有一個我的朋友，希望今天能把房子借放在朋友家的停車場，我真是太大意了，結果根本聯絡不上朋友，天色一轉眼就暗了。

「糟糕，得找個地方。」我心裡這麼想，可是大槌町的海嘯災情很嚴重，成了一大片空地，無邊無際的草原。而且今天放假，復興工程也停工，看不到人煙。我在推特上發文說：「尋找借放房子的地方」也沒什麼收穫。當我跟房子一起發愣的時候，突然有個釜石的朋友傳訊跟我說：「大不了房子先放著，來我這邊過夜吧。」我心想「救世主降臨了」連忙回傳「幫幫我」。

結果有輛車開了過來，是媽媽帶小孩，媽媽跟我說：「請問小孩可以跟你拍照嗎？」我立刻跟媽媽商量，想找個地方放房子，媽媽說：「附近有個可以臨停的大型停車場，我想那裡應該可以吧。這一帶被海嘯打過，什麼房子院子都沒了，我想放哪裡都行吧。」沒錯，這一帶都變成草原了，說要「找土地借放房子」這還眞好笑，甚至是諷刺了。

去到停車場，慢慢有很多人聚集過來，大家忙著幫我拍照。原來這裡是大槌町公所的臨時公舍，公所的人告訴我「你可以放到明天喔」。

後來，釜石的朋友開車來接我，太感恩了，而且汽車眞的好快喔。

七月七日

我常聽佐田雅志的歌，〈主角〉這首歌很棒。要是我每天工作，只為了繳房租、水電瓦斯、保險稅金、勞保健保，然後結婚生子，不敢請假也不敢生病，就怕丟了工作，我就會忘記自己其實是主角。我在打工那段時間就差點忘記，所以才要看布考斯基（Henry Charles Bukowski）的書。對布考斯基來說，原來打零工的人也可以當主角啊，歌手伍迪・加斯利（Woody Guthrie）也是一樣啊。

我在釜石的朋友家待到中午，這下很清楚，睡回籠覺可以有效消除疲勞。朋友送我到大槌，我繼續北上。

聽說有家咖哩店便宜又好吃，我打算在那裡吃了午餐再出發，結果有個揹大背包的先生來找我搭話。這人整個就是旅人打扮，他說他是從八戶徒步南下。

「我也想到八戶去呢。」我說，他就說：「你可以嗎？資訊夠嗎？」他說的「資訊」這兩個字讓我相當感慨，我說「我沒有資訊。」他就說：「前面的船越有個露營場，叫做家族旅行村，我昨天就是在那裡搭帳篷，花兩百圓沖澡。」我還沒有去過露營場，機會難得，我決定今天就去那裡。這位先生道別的時候跟我說「一起加油吧」，聽了眞開心，「一起加油」聽起來就是比「你要加油」更有精神。

離露營場十三公里，又要走上沒有人行道卻有隧道的山路。岩手縣有很多隧道，我先是走得心驚膽跳，然後覺得汽車聲音好大好可怕，就愈走愈生氣。行人走路竟然要走得這樣驚恐，太不公平了。而且今天霧很大，感覺好像會出事。

抵達露營場，跟管理單位說，有個從八戶南下的旅人介紹我來，管理單位說：「那眞好啊！」而聽了我的活動又說：「眞了不起！」最後就敲定說：「這裡有間給大家聊天用的小屋，就用那裡吧。」除了我之外，還有騎機車的阿伯搭了兩組帳篷。

這裡是山上，山腳下就是海邊，被海嘯整個打成一片荒地。原本是個熱鬧的海水浴場，現在就只有海水跟陸地，景色太漂亮反而有點冷清。

我在附近到處走走，突然有輛警車停在我旁邊喊說：「村上先生啊——！」我現在沒有扛房子吧？我問說：「你怎麼認出來的？」人家說：「直覺啦。」

聽說有人匿名報案：「有人扛著不得了的東西沿國道走路。」警察經過一番推論就跑到這裡來，真了不起。老規矩，我拿出身分證並解釋自己的活動，有個警察盤查的態度顯得很愧疚，連我也愧疚起來。

「真抱歉，前面有個區域最近鬧小偷，可以讓我採個鞋印嗎？」「我也想做你這樣的工作，而不是整天懷疑別人哪（苦笑）。」

看來警察內心也是有矛盾的，辛苦辛苦，請加油。

另一個警察說：「既然是藝術家，我要個簽名好了。」然後隨便遞了一本學生用的筆記本給我，這位苦笑警察立刻阻止說：「哪有這樣，沒禮貌。」這個人真誠懇。

七月八日

在露營場跟昨天一樣睡了回籠覺，回籠覺的恢復力好強啊。管理員阿姨告訴我颱風快來了：「聽說這個颱風大到可以蓋住整個本州喔，不過在十號之前應該不會有事吧。」阿姨講得好激動，我大概十點左右出發前往宮古市。

大概走了五公里，經過陸中山田站附近，有個先生來找我搭話。我們聊了幾句，他就說：「我們去喝酒，今天住我家吧。」我想說這樣也好，就答應說：「可以啊。」結果附近一座組合屋走出一個阿伯說：「要不要吃生海膽啊？」就拿了淋上醬油的生海膽，還有幾只小碟子來，我還是第一次在路邊吃生海膽。

原來找我搭話的人是個土木公司的老闆，帶我去他的臨時事務所。除了事務所之外，那裡還有壽喜燒店、日本最小的零食店，以及理髮廳。我看到理髮廳就想了，最近一直在找時間理頭髮呢，就是現在，就只有這裡了。所以我準備付錢剪頭髮，結果老闆說：「不收錢，你能不能幫那邊的零食店畫張圖啊？」這份心意就是經濟的動力，聽人說理髮店的阿姨認為地震發生之後，小孩子們沒地方去玩，所以開了這家慈善的零食店。

晚上大家一起喝酒，有老闆、員工（住八戶，震災之後在山田町工作，周末好像會回八戶）、幾天前開始在網路上追蹤我的公所職員（很迷 Love Live 的西木野眞姬），以及另一位員工（被人當成麻煩的小朋友）。

老闆突然說了：「如果你待到星期六，可以帶著房子跟這個人一起回八戶喔，星期六之前就在我這裡做事吧。」有意思，試試看吧，不過八戶好像跳太遠了，怎麼辦呢？

「跳太遠」這個念頭，會不會是我暗自以為「要徒步環繞本州一圈」，結果被這無聊的名目給捉弄了？移動並非我的目的，移動的常態化才是我的目的。我只是覺得夏天很熱，所以要北上啊。總之我決定在山田町待到星期六，在當地的公司幫忙。

之前找我說話的高中生，我看了人家的推特追蹤名單，發現他尊敬很多人，這樣很健康。尊重他人，可以消除自己的偏見，摘下有色眼鏡。坂口恭平先生也說過，現在不是跟別人吵的時候，人只要跟自己的潛意識吵就好。只有無法獨處的人，才會因為芝麻蒜皮的小事跟別人吵架，其實除了攸關生存的事情之外，根本沒必要與人衝突。

七月九日

今天的工作是給鷹架塗上黃色油漆，難得過了一段「勞動」時光，果然很快就膩了。老闆念小三的兒子說：「不可以亂搞村上先生的房子喔，要是他生氣，會拿刀捅你喔。」什麼鬼？我何時變成這種危險人物了？

最近感覺我與他人之間的界線，甚至他人與他人之間的界線，正慢慢消失中。不管是不是朋友，聊的內容都一樣。我已經習慣每天解釋同一件事情幾十次，也不會嫌煩了。至於他人要看成A還是B，就看當事人累積的經驗值了。

今天老闆也找我去吃晚餐，其他成員有從東京送重機來給老闆的生猛阿伯，有個就業經歷超神奇的老兄（隧道開挖工程↓手機 APP 研發公司

↓iPhone零件設計公司↓回故鄉山田町做復興土木工程），還有老闆的兩個兒子。

跟這群人一起吃吃喝喝，根本不管誰跟誰有關係，誰何時認識誰，只要感受這個人的人生好酷，那個人有點可怕、有點無聊，這就行了。我只會聽到與「人生」密切相關的話題，其他話題聽來都很無趣。

從挖隧道跑來設計iPhone零件的老兄說：「我只是不想輸給高學歷的人，就跑去當程式設計師啦。」這句話說得好眞。

不過總是有講不通的地方，我也看得很開，覺得「講了人家也不會懂」，所以不是很想講清楚。一定要完全不在意別人怎麼看待自己，才能撐得下去。我的事情眞的不重要，就當個專門聽大家講話的裝飾品吧。

我沒有在鬧脾氣，只是單純想著生活與房子的事情才這麼做，但是人家好像覺得很深奧，眞搞不懂。

不過我能感受到「講不通」這件事情，也是好事。我有個作家朋友說過：「美術巨星沒辦法成爲所有人的巨星，我不喜歡，我要挑戰看看。」我想這跟目前明確感受到的「講不通」有密切的關係。

隨時認眞面對他人，是撐不住的。只要人家認眞，我再認眞回去就好，不認眞的人，我也不必認眞。人並不平等，常常有無法理解的時候。睡吧，今天該睡了，就睡在自己的房子裡吧。

七月十日

附近有座氣派的神社，人家叫我去畫神社，以前也有人這樣要求過我，但是我眞的不想畫什麼神社寺廟。我畫房子的時候，心情帶點攻擊性，可不想用這種心情去衝撞神社寺廟啊。當然了，也是因爲人家要我畫，我偏不想畫。我對零食店阿姨說：「我就是不太想畫寺廟神社這些。」結果阿姨恍然大悟說：「懂了。」她懂我的明白了嗎？

阿姨看我睡在自己的房子裡就說：「我們住的組合屋是只有兩坪多一點，不過昨天只有我們可以伸腿睡覺，有點對不起你呢。」我覺得有點開心。

今天一直在下雨，聽說颱風在西日本到關東一帶肆虐。下雨的時候，我喜歡在公園涼亭裡或長凳上畫畫圖、發發呆，但是被海嘯夷平的地方，沒有公園也沒有涼亭。聽說這裡的土地也要墊高，蓋一道很高的防波堤，到處都一樣。

聽說很多工地碰到下雨就停工，老闆忙著處理事情，看來沒有我可以幫忙的地方，我就到處散步畫圖。我去看了人家要我畫的神社，叫做山田八幡宮，既氣派，歷史又悠久，但我還是不想畫。

原本要在星期六回八戶的員工，因爲下雨停工，突然決定先回去，所以我也要提早出發。在等砂石車的時候，幫零食店阿姨做「夢燈籠」，其實就是用美工刀在牛奶紙盒上雕花樣鏤空。有好幾個人一起做，說是要在這個月底擺在路邊辦活動。

阿姨美工刀拿太久，手指受傷包著布還是繼續做，我告訴她怎麼折掉舊刀片，她說：「都是我平常不習慣啦。」我眞希望有些很閒的美術大學生能馬上來幫忙，只要會用美工刀，在這裡立刻就成爲資產了。阿姨切了蘋果來給我，蘋果看來很黃，吃起來又酸又苦，我全都吃完了。

做完一個燈籠，砂石車就來了，燈籠跟砂石車還挺配的。我把房子裝上車，但是砂石車的車斗太大，又沒有繩索可以固定，大家想說該怎麼辦才好呢？幸好理髮店一家人對他人困擾的感應能力超強，得救了。老闆提議說：「有一部九人座明天要出發，用那個比較好啦。」所以就決定明天出發。

晚上，前天那個公所職員替我辦送別會，再加上老闆跟另一個公所職員，大家一起喝酒。我聽說這裡最近常常有熊出沒，獵友會的會員年紀又都大了。然後月輪熊（譯註：台灣黑熊，胸前有白毛）膽子小，不敢靠近人類，碰到的話別看牠，慢慢後退就好。但是如果熊有帶小熊就會主動攻擊人類，到時候就死心吧。

我們去了第二家酒吧，老闆在看新聞，新聞說颱風造成水位上漲，有人去檢視水道結果摔落淹死。酒吧老闆說：「我本來想說何必在颱風天去檢查水道呢？可是就爲了討生活啊。他應該平常都有在檢查，只是碰巧這次被水沖走了。就好像岩手人，明知道海嘯很可怕，還是會把房子蓋在海邊啊。」「這一帶沒文化也沒資源，大家都很感慨，不過幸好從來沒被颱風或地震摧殘過。想不到才一次海嘯，就變成這樣了。」這個老闆口條很有力。

酒會大概晚上十一點半解散，今天還是睡自己的房子，好幾個人問我要不要住他們家，但是我總覺得睡自己的房子最安心。尤其今天風大，我想顧著房子。

七月十一日

颱風的降雨量沒有大到可以大驚小怪，今天早上照計畫把房子放上九人座，卻發現屋頂進不去，後來老闆調了一輛有吊臂的小貨車，才裝上我的房子，這次眞的可以出發了。這趟決定要前往八戶，一口氣到了青森縣。

司機老兄聽說原本是個風箏匠，但是土木缺工，就被派來開砂石車了。

「開砂石車，就是一直載砂石跑來跑去對吧？」

「對啊——」

「都不會膩嗎？」

「不會啦——我也會去採石場載石頭，還好。我覺得運送距離要長一點比較好，像那種用輸送帶把土直接運到墊高現場的工程，我可不想幹，那會瘋掉的。」

就是說啊。明天、後天、大後天，每天不斷把土放上輸送帶，要把整片土地墊高十公尺，光想就覺得好辛苦。半路上在田野畑休憩站吃了拉麵跟味噌田樂（蔬菜豆腐之類抹味噌烤來吃，還挺好吃的），大概開了三小時，司機老兄讓我在青森縣八戶市種差海岸的露營場下車。

現在要找地方放房子應該很難，所以今天就住在露營場，我要繳交一人份帳篷的租金。這個種差海岸是很漂亮的地方，有崎嶇不平的天然岩岸，岸邊還有青草。今晚呢，海上有接近滿月的月亮，當地民眾單獨或攜家帶眷來散步，是個安靜的好地方。天空很開闊，可以看見山跟海，山感覺很符合青森縣的青森二字。偶爾有電車經過，聽著聲音遠去，很適合七尾旅人的〈little melody〉這首歌。

打算睡覺的時候，房子裡竟然都是蚊子，風景很漂亮，蚊子卻很多，舒適的海浪聲與風聲，夾雜了蚊子的振翅聲，心煩到不行。一聽到蚊子聲，就開燈殺蚊，剛睡下去卻又被吵醒。不管怎麼殺，蚊子就是一直撲過來，我開始想別的方法。先去附近的超商想找蚊香，可是最近的超商都有五公里遠。打蚊子打久了，發現蚊子看到光就會逃走，可是又不能一直用 iPhone 打光。上網調查蚊子的習性，發現蚊子在有風的地方就飛不好，剛好外面正在吹風，我就在外面鋪地墊跟睡袋來睡。可是蚊子依舊咬過來，所以我整個人都躲進睡袋裡，用上衣蓋著臉睡，下次還是買蚊帳吧。

七月十二日

十一點左右，從種差海岸的露營場出發。這裡眞的是好地方，希望能再來。附近沒有電源是比較傷腦筋，或許可以拜託露營場的管理阿姨充電吧？失算了。

昨天載我的小貨車，駕駛座底下有放盥洗套件，司機說：「八戶的人通常都會攜帶盥洗套件，因爲澡堂很多。」聽說前往十和田市的路上，有個很好的澡堂叫做「熊之澤溫泉」，我就過去看看。八戶是溫泉區，到處都有掛著「湯」（ゆ）字門簾的大澡堂。

我的 iPhone 充電線好像接觸不良，不好充電，所以去一趟山田電機。把房子放在旁邊的伊藤洋華堂百貨停車場，再買個雞肉飯便當來吃，就看到警衛走上來了。警衛指著房子說：「請問這是客人的東西嗎？」「是我的。」「非常抱歉，本用地內禁止放置一切建築物，客人想必很辛苦，但還請多多配合。」我心想：「讚啦！被認定是建築物啦！」我去超商借廁所或吃飯的時候，通常沒辦法借放房子，應該也是因爲這被算成建築物吧。這不是腳踏車、機車或汽車，市區不會有地方專門用來放房子，所以大家才會傷腦筋。

傍晚抵達熊之澤溫泉，這是一座天然引流的好溫泉，水帶點咖啡色，有淡淡的木頭香，水質有點滑。我覺得這裡的水溫跟我很搭，下次想帶朋友過來。泡澡費用是四百二十圓，有顧客寫評論說稍貴，這哪有貴，我泡得超滿意。

我直接跟澡堂的人商量借放房子，現在已經是傍晚六點多，要是被拒絕就沒希望了。櫃檯先說負責人不在，我一時挺擔心的，結果他特地打電話幫我問到老闆答應，今天我家就坐落在溫泉停車場了。

河原溫（美術家）好像去世了。我記得念大學的時候，曾經在圖書館看他的畫冊一整天。我喜歡那個「我還活著」信件的作品，還有把百萬年做成一本書的作品。當他死了，我發現他已經達到一個境界，不管是生是死都不重要了。他只是開或關，然後去到一個很遠的地方，往後保持在「關」的狀態而已。

青森的天空眞開闊，天上的滿月大到誇張，我看著太陽剛下山的青森天空，聽著 Supercar 樂團的歌，喝著氣泡酒，眞奢華啊。

七月十三日

我常常問人說：「到○○還有幾公里啊？」而對方的答案通常跟現實差很多。大家基本上都是開車或搭電車移動，所以也不必推測正確距離了。這樣的移動會隔絕自己跟空氣的交流，我在東京生活的時候就經常這麼想。兩個車站之間相隔幾公里？走路要幾分鐘？如果沒有親身走過根本不清楚。風、雨、溫度濕度，跟蟲子野草奮戰，打成一片，皮膚的各種刺激。如果沒有這些感覺，移動就只剩下大腦的想像了。我覺得人類正確估算距離的能力要是退化掉，那可就慘了。

大概十點半準備出發，熊之澤溫泉的人對我說：「請來泡個澡吧，老闆說的。」讚喔，早上能泡澡了。

「那我就不客氣了。」我還眞的一點都不客氣，想到能夠再次泡那麼好的溫泉才出發就開心。然後雜貨店的阿姨拿了有機高麗菜、小番茄跟大根小黃瓜給我，說要我帶去吃。「其實沾了味噌更好吃，不過直接吃也很棒啦。」

這裡的人講話都有個習慣的腔。

我往六戶方向走，邊走邊吃這些生菜。馬路兩邊就是茂密的樹林，蔬菜不用沾什麼就很好吃。

從八戶到六戶之間幾乎都是山路，而且大多沒有人行道，氣溫還算舒適，但是濕氣重，而且開始下雨了。森林很漂亮，眞的是青綠的森林。感覺路上會有熊出沒，所以特地搖起之前買的鈴鐺，沿路大概有六個人跟我搭話。

我對其中一組母女檔說「我從東京來，過著移動生活」，女兒的反應是「哇——好強喔——！」但是媽媽明顯敬而遠之，還說「你這樣會被警察抓喔。」我本來想說「妳最好想想自己爲什麼覺得不舒服喔。」但最後還是算了。

這對母女告訴我一家大溫泉叫做「六戶森林園」，我就往那裡去。我打算今天先跟那裡借土地，這一帶是火山帶，所以很多溫泉，我總計走了十七公里，抵達六戶森林園，先泡個溫泉。

這裡的大浴室呢，地板、牆面、天花板，全都是用檜木做的，感覺很舒服。這裡跟其他浴室有點距離，燈光比較昏暗，而且全部用木材打造，感覺就像待在樹裡面。整間浴室就像三溫暖，可以讓人待好幾個小時，好像在享受溫泉之旅一樣。

泡完澡，竟然發現了投幣洗衣機，立刻洗衣服，要是今天再不洗就危險了。然後我跟溫泉借土地，人家說「經營者不在，不過應該沒關係吧。」我等了等，又問一次，人家說「外面都下雨了，方便的話請住在包廂裡吧。」下雨天我就不能把腿伸直（房子有個小窗可以讓我伸腿），我不太喜歡，所以今天運氣好。

這座溫泉很大，經營者一家住在二樓，女兒會在一樓跑來跑去，感覺超棒，不過後來我才知道那是老闆的女兒。我搬行李進來的時候，老闆說：「可以幫我的女兒畫張畫嗎？」我想起自己幫自己畫肖像，可眞是慘烈啊（還覺得畫到這樣爛應該有賣點）。

「我不擅長畫人物，不過可以試試看。」

女兒感覺很緊張，不太跟我講話，但是隱約可以感覺到，她還挺喜歡我的。

所以我今天在和室包廂打地鋪睡覺，泡完溫泉就睡，太奢華了吧。

07141934

我不能批判。碰到怪事想要批判，但是一想到跟怪事相關的人，就說不出口了。如果那個人是爲了幸福而努力去做，這樣也就好了。當然，有時候也是要以當事人的身分去奮戰啦。不管我多生氣都不能批判，就會是不完全燃燒的狀態。我總想要批判一次，但批判應該需要某種自信吧。應該需要檢驗自己的邏輯，避免出錯吧。

今天放著房子走了好多路，走路就是跟土地共舞，我用耳機聽著滾石樂團的〈Sympathy for the Devil〉，沿著昨天走來的路一直往回走，身體自然跟著腳步的旋律跳起舞來。路上車很多，但是只有我一個行人，米克大喊「shake it up baby comon'」眞的是寶貝搖起來啊！

蜻蜓輕飄飄地飛過我腳下，烏鴉從田埂上瞪著我瞧，我在樹蔭下吹涼風，看到路上掉了塑膠小湯匙，臉上沾到蜘蛛絲，看到陌生的蟲子爬過。我邊走，邊看著柏油縫隙中長出來的茂盛雜草。我跟著旋律走路，感覺可以比那些超過我的汽車走得更遠，更遠。

亨利大衛梭羅（Henry David Thoreau）說過：「每個人都有他人追不上的生活方式，那就是走路。」這眞是最幸福的時光，搭車絕對體會不到。龍貓〈散步〉這首歌，還有法蘭西斯・阿里斯的作品，都在講一樣的事情。走路，就是把走過的土地和走過的距離，烙印在自己身上。

我可以愈走愈遠，不必感嘆柏油覆蓋了土地，在柏油上跳舞就好。就算砂石車的輪胎彈起石子打到我，也不必在意。

走路，身體就有上下運動的旋律，用這個旋律來跳舞。汽車、火車跟飛機都是水平順暢的移動，很無聊。船就很好，會上下搖晃，我的曾曾祖父就是船匠。我想移動必須要上下搖晃才行，想到這裡就覺得磁浮列車太糟糕了，要是移動卻不搖晃，身體就會壞掉啊。

水平直線移動，身體不會搖晃，所以像我跟其他人才會去舞廳跳舞吧。地面上的柏油愈厚實，汽車、火車跟磁浮列車開得愈平穩，就愈需要上下跳動的舞廳。我想跳舞文化，就是對柏油的反擊吧？沒錯，之前寫到了新線公路徒步之旅，以後要成行了就要配滾石的音樂。

走在路上，左右兩邊都是綠色，想說身處大自然中眞好，但是馬上又想到，不對啊，農田可不是自然的，是人造的啊。爲了讓城市住進很多人，就必須在沒有城市的地方開墾很多農田，當我看到大片的農田，就等於看到大量消耗糧食的人類，這不就跟看著城市一樣嗎？

我亢奮地走回去，買了澡堂的票想泡個澡冷靜一下，結果櫃檯的人說「不用錢啦」。可是這個澡是我想泡的，所以我該付錢，如果對方主動問說「要泡個澡嗎？」那或許就不用付錢，我想這也是一種經濟，接收是一種主動的行爲。

但是人家跟我說不用給錢，我是很開心的。現在我還有錢可以付，如果下次我沒錢了，就接受人家的好意吧。

今天晚上接受澡堂老闆娘的提議，在這裡過一晚，聽說今天有人想來找我，但是不小心睡過頭了。幸好十和田市現代美術館今天休館，明天再去就好。

07142238

剛剛我又出門，一個人在田埂上跳舞，我想到最近都沒在舞廳或Live House跳舞，但是只要戴著耳機自己跳就好啦。只要有個不怕打擾別人的空間，就可以跳舞。以前搭電車上學的時候，每天都邊聽音樂邊往車窗外面看。我也是有看書，不過在電車裡面，還是邊聽音樂邊看風景最舒服。現在回想起來，那眞是很自然的事情，一定是因爲移動有了旋律的關係。

七月十五日

我說夏天到了，所以要往北方去避暑，但是大多人聽了的回答都是「算了吧，我們這邊也很熱呢。」一年四季都住在當地的話，當然會覺得夏天也很熱，我曾經有一年冬天搭飛機去沖繩，穿得很少，結果下飛機看到當地人還圍圍巾。冷熱，只是相對的感覺罷了。

昨天晚上，在十和田市開照相館的人來找我了，這人是森林園伯母的朋友，我今天的目標就是那家照相館，離這裡大概八公里。路上看到一戶人家，有位小姐在門口刷洗衣機的蓋子。她帶著橡膠手套，噴上清潔劑用心刷洗，這個光景眞好。

走了兩個小時抵達照相館，隔壁人家的院子要讓我借放房子，太好啦。最近感覺不是「幸好早早幫房子找到地方」而是對房子說「房子你運氣好喔，早早就找到地方」就好像跟一隻不能靠自己移動的生物一起行動。

在拉麵店吃午餐（十和田好像是拉麵一級戰區，好多拉麵店），然後去十和田市現代美術館。十和田的商店街也出現倒閉潮，很不妙，後來我問別人，說是這裡的店租太貴了。這裡是馬匹產地，路邊的雕像跟路上的地磚，到處都有馬的圖樣。

美術館裡面有件作品，是榮・穆克（Ron Mueck）的〈站著的女人〉，實在太震撼了。我在看展的時候，有個美術館的門房看到我的房子，說想跟我聊聊，我們就聊聊。跟人聊天可以整理自己的想法，很好。

我脫口說出：「我看到海嘯把房子沖走的畫面，好震驚啊。那個影像沖走的不只是房子，更是人生，是屋主累積一生的人際關係、金錢跟職業生涯。我覺得生活就好像貼在房子的牆上，就像牆上會掛日曆，或者牆邊會擺桌椅櫥櫃有沒有？」最後門房說「感謝你的寶貴意見」我聽了有點冷清，結果只是個「意見」啊……看來我話中的涵義沒有打動他。

傍晚跟照相館老闆聊天，聽說這間照相館創業一百多年，老闆從小就看店，完全不覺得接棒有什麼不對。現在照相館好像很難經營，每個人都有相機，還可以在家裡印照片。老闆說相機提供的是技術，照相館提供的是品味。

晚上去散步，感覺一個人也可以嗨。別人認爲我孤單，但是有時候心中會浮現另一個伴，這時候會隱約覺得，碰到什麼事情都不怕了。這並不像是躲在自己的殼裡面，而是自己之外的所有人浮現在心中，形成另一個某人。這時候少不了音樂，沒錯，我說了好多次，這是我自己的問題。不管他人怎麼看，也不打算自我實現。當我本身認爲這個移動生活變得理所當然，當我認爲「不是我在過移動生活，而是別人沒有在過移動生活」的時候，一定會看到很有趣的景色。翻盤不是外在的改變，而是在自己的心中，我得記住才行。

七月十六日

從停留地點出發的時候，常常有人問我「要回去了嗎？」所謂「回去」必須要先有「前往」才能成立，而我是跟自己的據點一起移動，沒有前往也沒有回去。不管被幾萬輛汽車超車，也沒有人能夠超越一個永遠在繞圈的人。

我小時候喜歡繞著茶室的暖桌跑，感覺就算在同一個房間裡，景色還是不斷改變，感覺好像不斷上升。如今延伸出來，就是繞著日本本州走。如果你所在的地方很窄，繞圈圈就好。

離開十和田市區，前往十和田湖方向，照相館老闆說：「不可能一口氣走到十和田湖，我看先走到燒山就好了。」大概二十公里，今天氣溫不高但是濕度很高，霧挺濃的。路上碰到一座「奥瀬天橋」，路邊沒有行人，馬路上也沒有車，所以我直接穿越馬路，但是看到天橋巍巍地矗立在那裡就好感動，天橋加油喔。

走在路上，竟然巧遇了之前在種差海岸認識的《河北新報》報社記者，他說他是來釣魚的。奥入瀨川一帶的魚很多，他用飛蠅釣到了岩魚跟山女魚，大概十五隻。然後他說，我的報導會在二十號刊登出來。

下午五點多抵達燒山，這裡有個名叫「奥入瀨溪流」的溫泉觀光地，但是今天算平日，完全沒人。這裡好多倒閉的民宿跟旅館，當我看到被雜草樹木擋住的道路，心頭就毛毛，這裡以前肯定很熱鬧吧。我在觀光諮詢中心解釋來意，職員說這附近有個地方可以搭帳篷，建議我去看看。今天找好地方了，而且還附贈全大免費的泡腳池。

我想去泡澡，就去一家可以免住宿的溫泉旅館，結果旅館大門沒有開燈。旅館的傳單上寫「免住宿泡湯至下午七點」，我鼓起勇氣開門進去，看到櫃檯裡坐了個五六歲的小女孩，嚇我一跳。我想說：「啊，是不是闖進某個世界了？」結果小女生大喊「有人來了——」就跑進去，看來她是人沒錯，好險。裡面傳來太太的聲音說「咦？」那眞是一聲出乎意料的「咦？」也沒必要這麼驚訝吧？太太跑出來，我問她「可以免住宿泡湯嗎？」她愣了三秒鐘才回答：「啊，請用。」看來眞的沒什麼客人上門喔。不過溫泉很棒，還有露天溫泉，可以聽溪水聲跟鳥叫聲，這下我連續四天泡了四個不一樣的溫泉呢。

泡完溫泉，前往停車場，拿觀光諮詢中心職員送我的大臘腸來吃，開起一人宴會。天色慢慢轉暗，這裡又幾乎沒有路燈，太陽下山之後應該是一片漆黑吧。今天是陰天，如果天氣晴朗，星空應該很漂亮。

七月十七日

我在畫房子的時候，突然發現我只畫了房子的外觀，但是卻不想畫那些精心打造外觀的老民房。因爲我覺得，不經意所呈現出來的房屋外觀才有意思。比方說窗戶、氣窗、通風扇、空調室外機這些「房屋外牆上的東西」，會表現出房屋裡的人想做什麼。「房屋裡的人想做什麼」直接表現在房屋的外表上，超好玩。這些配置可不是故意想弄就弄得出來，當我像這樣回顧自己的畫，眞是每幅畫都各有千秋，怎麼都看不膩。

在觀光諮詢中心打掃的阿伯說，這周末在十和田湖有煙火大會，那還能不去的嗎？於是決定在這裡多留一天。沒有汽車或機車，哪裡都去不了。朋友告訴我，附近小車站賣的蘋果冰淇淋很好吃，我散步了十公里過去，然後在泡腳池旁邊的長凳睡到傍晚。

肚子餓了，所以到這附近唯一的餐館「上高地」吃飯，在餐館裡跟附近的阿伯阿姨聊天。附近的阿姨說：「一天眞是眨個眼就過啦。」然後就離開餐館，我有同感。我吃了十和田名產豬肋排飯，老闆娘說現在客人少很多，但是這裡以前很熱鬧的。餐館前面就是這裡的大路，以前路上有十七家餐館，現在只剩一家。

「爲什麼呢？」

「爲什麼啊？以前交通不方便，光是要去青森，很多人就得先在十和田湖過一晚，後來有了新幹線，交通方便啦，一下子就可以到青森了。」

又接到這個問題上，這也是當然，只要形成車站，車站以外的地方就沒人看了。所以建造一座車站，就某方面來說也算是暴力。「只追求更快到

2014 年 7 月 17 日　青森縣十和田市法量燒山，
觀光諮詢中心的草皮

達目標」不是很無聊嗎？只能去腦袋想得到的地方啊。

離開餐館的時候，老闆娘說：「你應該沒吃什麼蔬菜吧？」就送我一顆大番茄跟兩份零食。真開心，希望能再來，希望這餐館能繼續開下去。

昨天很晚的時候，有一對男女跑過來想開我房子的門（應該沒想到裡面會有人吧），還在外面拍照，把我吵醒，所以今天要把房子換個地方。

附近沒有提款機，所以不能領錢，身上只剩三百圓了。

七月十八日

早上離開燒山前往十和田湖，經過一段大概十公里的路程，沿路的森林跟河川好漂亮。這裡就是奧入瀨溪谷，平日一樣有好多遊客。人家送我剝皮的奇異果、麵包跟李子。東京都秋留野市的市議員跑來考察，我們有了交情，議員送我飯糰。還是有很多人問我在做什麼，但是愈來愈多人說：「早就想你一面了。」真好玩。

奧入瀨真的是很漂亮的溪谷，帶情人或家人來散步應該很開心。我邊走邊聽 The Timers 的〈贊成核電曲〉，青森這裡的六所村好像有核廢料處理場吧？溪谷明明這麼漂亮的說。中國觀光客對我說「哈囉——」我又看到一片很大的葉子，也很想說「哈囉——」走在路上，時時刻刻都在跟人、草、蟲子說哈囉，然後說掰掰。

傍晚抵達宇樽部，在路邊休息的時候，十和田湖邊一家經營遊湖船等生意的「GURILAND」有人找我搭話，說是可以把房子借放在那裡一晚，今晚就有地方住了，好啊。

「下午四點會發船，你可以搭船喔。」人家這麼說，所以我就搭上遊湖船，運氣真好。十和田湖是火山活動所形成的火口湖，海拔四百公尺，卻深達三百九十公尺。遊湖船其實只是十人座的橡皮艇，但速度好快。我後面有一對情侶，女的說：「睫毛飛走了啦！我睫毛飛走了啦！」真好玩。船上還有從靜岡開車半天過來的一家人，三代五口，應該是明天開始三天連假才會出來玩。

GURILAND 老闆的感覺非常棒，晚上還讓我一起烤肉，除了老闆之外還有三個人，我問「大家都是員工嗎？」結果老闆說「沒有吧……我想想，其實沒有一個是員工呢。」聽說這些人來自關東和東北，都是仰慕老闆的大名而來，每個人都有自己的工作，但是特地跑來幫忙老闆，或者找老闆玩。

阿清這個人不錯，好像不做事情就沉不住氣，吃吃喝喝之後，就跑去摸摸小船引擎，割割草，抓抓甲蟲，眞開心。

每年這個時期都會有背包客或重機騎士要前往附近的露營場，老闆就把他們攔下來，每天烤肉，聽說還有些旅人正在橫跨歐亞大陸呢。老闆說：「全世界的人都會到這種小地方來。」這眞是個美妙的十字路口啊。老闆是冬天才做本行，夏天就開開遊湖船、熱氣球，甚至直升機什麼的。我想起以前國分寺有個賣漢堡的老闆，他正在新潟的深山裡賣漢堡，很多人都跑來幫忙老闆，眞是棒。

如果可以取消居民證、戶籍，甚至停掉「日本國」的國籍，那就好了。不繳居民稅或健保費，或許會碰到很多麻煩，但是只要有人開先例，應該會發生很多趣事才對。

七月十九日

天氣預報說會下雨，但是中午之前應該是晴天，今天也順便搭了人家的遊湖船。

十和田湖有個湖口叫做「イトムカ」（譯註：發音為itomuka），湖水清澈透明，水面樹葉反射陽光，會讓整個湖口閃閃發亮。「イトムカ」是愛奴話的「閃亮的水」，愛奴人是住在關東以北的原住民，傳說當大陸人渡海來到日本，就把愛奴人趕到北邊去。所以有些東北地方的地名，還是由愛奴話衍生而來。

我上網一查，想不到「十和田湖（トワタ湖）」的由來是愛奴話的「湖（ト）崖（ワタラ）」（譯註：發音為towatara）。GURILAND辦公室裡面有本書，書上的愛奴工藝品都好厲害。

今天也決定住在這裡，下午聽到打雷聲，天氣好像隨時要轉壞。我幫老闆本行所使用的雪車畫圖，送給老闆。傍晚，辦公室前面又烤肉，感覺有點像聯誼。這裡眞的會發生各種事情，首先不知道從哪裡跑來五六個都會風女孩，其中幾個是老闆的朋友，然後又來了五六個男的，都是自衛隊隊員，戴著奧米茄或Diesel的手錶。所有人胸前都掛著手寫的名牌，當大家喝得差不多了，突然有兩個男的開始比誰單槓拉比較多下。大家都很開心，可是我很難跟他們聊起來。

晚上借了一輛腳踏車，前往休屋這個地方去看煙火大會。這裡來了不少人，大會開始之前，主持人廣播說：「十和田湖水祭，今年邁入第四十九屆。活動預算確實相當困窘，但多虧當地的企業贊助，今年總算能放煙火了。」真是令人感慨的廣播啊，加油喔。這一帶的人口應該也減少了吧？從湖面放的煙火有獨特的美感，同時觀眾不多也不少，煙火與觀眾各有特色才好玩。

我身邊有兩組遊客，一組是爸爸帶著小學生年紀的兒子，兒子講起話來真像連珠炮，大概就是：「都沒有風啦，煙吹不散啦，如果有風應該可以一直放煙火吧。啊，剛才的煙火會變形喔。如果沒有風，就要等煙散了才能繼續放啦。啊，這發煙火打好高喔。這是上下一起放的煙火，要休息了。啊，不錯喔，今天沒星星，可是煙火看起來像星星。像這種規模的煙火大會，都是今天五百發，明天五百發，總共一千發吧？」這兒子說個沒完，而且每句話都很獨斷，太好玩了。另外一組是拿相機的二人組，一個人很會拍，但另外一個只會狂按閃燈，我眼都花了。那人一直說「都拍不到啦！」真是廢話。

回程也是騎腳踏車回去，但是路上一片漆黑，如果腳踏車沒裝燈就什麼都看不到了。馬路兩邊是幽暗的森林，我只能勉強看到路上的白線，天空的烏雲，還有森林的樹冠線。有時候會碰到汽車打著大燈疾駛而過，我邊騎邊記住這光景。路上經過隧道，真感謝隧道有燈，我本來很討厭隧道，但是人就跟蟲子一樣，在黑暗中都會奔向光明。

七月二十日

大概七點起床，GURILAND已經開始活動了，遊湖船八點開班。三天連假的第二天，天氣有點差，但現在是旺季，還是有遊客。我在這裡已經變得理所當然，跟這裡混熟了，這裡就是這種地方啊。我喜歡這裡，人類融入大自然工作。有個人去年開始在這裡幫忙，他說「這裡沒有固定的人員」。這個人前年搭了這裡的小艇，非常感動，就去考了船舶駕照跑來幫忙。另外還有個人，才剛考上船舶駕照（平常是護理師）。

白天很閒，所以我幫小船畫圖，然後畫個商標送老闆。傍晚從GURILAND出發，前往西邊四公里遠的小鎮「休屋」，這個地名真有趣。聽說十和田神社的香客都會在這裡休息，所以取名休屋。

GURILAND老闆告訴我，「十和田湖背包客」這家旅館可以讓我搭帳篷，旅館名字都叫做「背包客」了，我還以為老闆大概四五十歲，一臉滄桑，結果跑出一個年紀很大的爺爺，讓我吃了一驚。

「聽說這裡可以搭帳篷。」我說，老闆立刻回答：「喔，我有看到報紙，不收你錢，你就住下吧。」喔喔，報紙好強，今天好像《河北新報》跟《東奧日報》都有我的報導。老闆借我一間房間，有Wi-Fi可以用真是太好了。而且密碼很怪，好好玩。

晚上打算出門，想不到櫃檯就是茶室，三代同堂就在茶室裡吃飯看電視。好羨慕這個家庭啊，如果從小到大每天接觸旅人，肯定會培養出良好的社會性。

七月二十一日

「看你挺開心的喔。」之前每次有人跟我這樣講，我就想說自己只是在做必要的份內事，沒什麼開不開心的。不過現在有點不同，我確實把這個活動當成「必要的份內事」，但另一方面也確實可以去享受它。

之前看過影片，養老孟司先生說過什麼：「工作，就是把必須做的事變成想做的事。」這下總算懂那個意思了。有時候就要繞一大圈，才會感受到樂趣。「必須借土地」「必須找電源充電」「看看離下個鎮多遠，必須幾點前出發」「必須畫圖」我現在的生活有好多「必須怎樣怎樣」，搞不好克服這些必須的難關就是一種樂趣，就當生存遊戲來玩好了。

昨天晚上難得有網路，又有電源，我就看YouTube看到半夜。我整個愛上卡爾海德（Karl

Hyde)，他的一舉一動都好天才，原來眞的有天才啊。

結果今天早上睡過頭，離下個鎭還有二十三公里(所以上午十點不出發就慘了)，昨天動筆的圖又得花很多時間補畫，就決定在這裡多住一天了。這次我付了一座帳篷的費用，睡在自己的房子裡。我幾乎整天都在畫圖，然後「離下個鎭還有二十三公里，今天走不完」眞是個好玩的狀況，感覺回到江戶時代了。

到了傍晚，昨天煙火大會的紛紛擾擾好像作夢一樣，消失無蹤。這裡完全沒人，一小時之內只有兩輛車跟三個人經過。連假不是還有今天嗎？這一帶眞的很冷清，好多大旅館都倒了，變成廢墟，好像在看日本的將來。處在東京可能無法體會，但是看到這麼大的空屋跟廢墟，就知道日本已經很糟糕了。這裡有個花圃，後面有塊牌子寫著「十和田湖國立公園」，是拍合照的景點，我就在這裡自拍了。

我畫好兩張圖，在十和田湖旁邊散步。太陽下山，天色變暗，十和田湖的水眞的很清澈。今天沒有風也就沒有浪，附近靜悄悄的。這麼一大團水就在旁邊，卻一點聲音都沒有，感覺眞奇妙，美得讓我出了神。十和田湖的紅葉很有名，但是我覺得這種藍色調的風景，應該比繽紛鮮豔的紅葉更吸引我，我想再來。

七月二十二日

早上九點半左右離開背包客旅館，老闆送我飯糰帶上路。距離下一站大湯溫泉有二十六公里，全都是山路，到處都有「小心熊出沒」的告示牌，還畫著凶猛的大熊圖案。熊眞的很可怕，所以我邊走邊搖著買來的鈴鐺。沿路看到很多虎頭蜂的屍體，虎頭蜂一死就不嚇人了。

傍晚快五點抵達大湯溫泉，難得有受挫的感覺。是因爲山的關係嗎？一到鎭上突然覺得氣氛很封閉。

我認爲必須先找到地方，這鎭上有四家公共澡堂，我先去其中一家，把房子放在停車場裡，然後去找澡堂的人商量。澡堂的人說：「我不是負責人，不敢答應什麼，不過往前走一點有分所，你可以去那裡看看，外面還有廁所呢。」於是我扛起房子準備出發，結果有個阿伯路過，說是澡堂管理員，指著我的房子說：「你誰啊？這啥啊？誰准你放在這裡的？」我想說「啊，老狀況來了」立刻說：「我馬上搬走。」就離開了。這裡應該沒得商量，很久沒被罵了。

到了分所呢，這裡的人也認爲我很可疑，跟我說：「這裡是公共設施，所以不能放喔，畢竟有安全問題啊。」我早料到了。我不知道爲什麼「公共所以不能放」，也認爲「安全問題」只是個藉口，不過還是問人家：「請問附近有寺廟或神社嗎？」澡堂的人告訴我一個地方。後來我去公所找兩個人談，其中一個比較願意幫我，拿地圖跟我說：「不然就是對面的營建公司，還是這裡的咖啡館也有停車場喔。」公所在這種時候提供民間公司跟商店的名字，眞是太好了。

我先去寺廟，到了之後放下房子打招呼，但是沒回應，也沒人影，只好放棄。當我扛起房子要走，有輛車子開來，車窗開著，我對車裡問：「不好意思，請問是住持嗎？」車裡的人看著我，但沒有回應。我想，對方是沒聽見嗎？所以又問了一次，還是沒有回應，直到我問第三次，對方才說：「我是。」喔，原來是在懷疑我啊。住持先下了車，我開始解釋，但是才講到一半他就說：「辛苦了。」然後轉身上車。我問他能不能借個地方，他說：「這個，不太方便。」而且聲音很小聲。我心想：「對方根本不把我當人看，再問下去人家就要報警了。」所以快快離開，公司裡的業務員們可眞辛苦啊。

我想說今天運氣不好，但是快下午六點了，沒時間說喪氣話，得多找幾個地方。我邊走邊想：「這種鬼地方誰想再來啊？」回想起來，岩手、宮城、福島這些災區，或許是因爲很多外地人湧入，大家心靈才變得開放吧。

走在路上，阿姨來找我搭話，我解釋之後說自己在找地方借放房子，阿姨說「好可憐喔」還幫我想想哪裡可以借放，結果就愈來愈多人聚集過來。

「這傢伙還好嗎？是不是個白痴啊？」我聽到有人這麼說，而我也已經習慣了。其中有個人告訴我：「附近有個溫泉館，去看看吧。」那間溫泉館叫做「悠哉園」。

我跟櫃檯談了之後，櫃檯說：「這裡是隔壁旅館在經營的，可以請你去隔壁問問嗎？」我想說：「旅館喔——那應該不行吧，人家是住宿用的呢。」到了隔壁的旅館櫃檯，發現旅館老闆已經等在那裡，還給我一張名片說：「請問有何貴幹？」我很開心，終於有人把我當人看了，所以我開心又激動地解釋起來。老闆聽了呵呵笑，然後說：「可以呀，挺好玩的。」這裡是鹿角旅館！「鹿角旅館！」失敗三次之後才成功，格外開心，所以今天就在旅館境內借了個地方住下。

我在悠哉園泡了澡出來，收到一封不知道誰傳來的訊息，這人說自己住在鎮上，對村上先生有興趣，希望務必要見上一面。於是這個人到旅館來，我們聊了一下，想不到我們同歲數。他去東京念大學，沒有念完，整天遊手好閒，結果被父母找回來經營加油站。他聽我說話都會誠懇地附和說：「你眞是遇到好人啦。」「你眞是找到好地方啦。」我問他：「那你這陣子就打算在加油站工作？」他說：「嗯——就做一輩子啦。」好酷，這裡有個跟我同年紀的人，已經決心要終生經營加油站了，太強了。

「這一帶只要看到外地來的人，就會先觀察『這個人是哪裡來的？』等摸清楚哪裡來的，跟誰有關係，才會放下心來，不過不在乎的還是不在乎啦。」他又這樣對我說。

七月二十三日

天氣從昨天晚上潮濕到現在，雨還是繼續下。聽說東京昨天出梅，看來這裡還要拖很久。

早上在房子裡混時間，突然有人靠近的聲音，還想開我的窗戶（我有上鎖，人家打算撬開）我說聲「來了」就打開門，結果看到有個男的抽著菸，面無表情地看我。我說「你好——」但他沒有回應，就走掉了。我想，是這種的喔，然後關上門。

大概十一點離開鹿角旅館，出發時間有點晚了，所以不想走太遠，打算往西邊六公里的鹿角市區過一晚。天上下雨，我邊走邊想。這種天氣應該慢

2014 年 7 月 22 日　秋田縣鹿角市
十和田大湯中田

慢看本書。又因爲昨天的事情，我進入憂鬱模式，碰到同年齡的朋友影響很大，眞想再來看看。

我在中菜館吃午餐，下午一點就抵達市區，立刻要來找地方落腳，但是受到昨天的影響，不想去找寺廟。一時想不到哪裡好，決定先去溫泉看看，就去了七瀧溫泉。停車場的角落有涼亭，還搭了兩座帳篷，有人先到了。我跟管理員阿伯談了，發現這裡也是小型露營場（原本是露營車用的），一人收費五百圓。管理員說：「大家都有繳錢，不能只有你一個不繳啦。」所以我繳了五百圓。

帳篷裡面住的是兩個先生，騎重機旅行。之前在岩手露營場也碰過騎機車旅行的人，但是我不太想跟人家聊天，他們也不想聽我講話，眞神奇。這裡也是一樣，我覺得他們兩個就有自己的世界，機車擦得閃亮亮，還帶了露營用的瓦斯爐跟金屬餐具。

七瀧的溫泉水質有點滑，顏色是淡咖啡色，告示牌上寫「硫酸鹽泉」。這個溫泉泡起來也很適合我，很舒服，而且水溫不高，很讚，我眞的常常在泡溫泉啊。

露天溫泉旁邊有告示牌，寫說「此爲露天溫泉　請善待昆蟲　請善待狸貓與羚羊　請善待樹葉　請小心放屁蟲（譯註：へっぴり虫，學名三井寺步行蟲）」還畫了兩隻狸貓互相擦背的圖案。簡單來說就是「這裡是露天溫泉，還有其他生物，大家在同一塊土地上生活，要好好相處。」

我上網查了什麼是放屁蟲，發現放屁蟲會從肛門噴出超高溫氣體，我只有在圖鑑上看過而已。好，明天要加把勁去到大館，希望雨會停。

七月二十四日

在超商的停車場吃早餐，邊吃邊看眼前的馬路，一個行人都沒有，但是有好幾十輛車經過。大家眞的很愛開車，記得我在高松打工的時候，說自己每天走兩公里來上班，大家都嚇一跳，一開始還不相信呢。我看「走路」已經不再是基本的移動手段了，現代人就算短短的距離也要開車，應該是因爲身體習慣開車多過走路了吧。現在走路已經變成「健走」這個特殊項目，這樣身體還好嗎？

不知不覺到了秋田縣，景色並沒有太大的改變。我愈想，就愈覺得地址很奇怪，土地上明明沒有線，但是我一直走，地址就一直變。目前我的居民證地址是香川縣高松市松福町，這句話有哪裡不對的嗎？地址，只是爲了方便社會裝置運作而分配的資料，當我過起移動生活，地址就像浮雲一樣飄渺。「六本木」「銀座」指的並不是那塊土地，比較像是一首歌的歌名。土地之歌與歌名是兩回事。

大概八點半從七瀧溫泉出發，前往大館，二十五公里，在柏油路上看到好多蚯蚓的屍體，又乾又瘦像是生鏽的鐵絲，眞是惆悵啊。

今天沿路碰到各種人，首先是經過一家招牌店門口，被人家叫住請喝咖啡。店裡有三個員工，老闆好像會彈吉他唱歌，辦公室裡貼了好多張演唱會海報，感覺挺讚的招牌店。然後碰到一個很有特色的阿伯，他一直很驚嚇說：「咦——呃——不可能，搞不懂啊。」聽說這一帶馬上要有節慶活動，秋田的能代會辦很大的七夕節。又碰到一個叫做「老修」的阿伯，騎著淑女車從埼玉縣八潮市要去北海道。這個人超強，腳穿木屐，踩著生鏽的淑女車，沒什麼行李，而且還騎上新線公路一直到附近的超商。聽說他已經出發兩個星期，眞是什麼人都有啊。

抵達大館，有報社記者來找我搭話，當時已經超過下午五點半，我挺急的，直接跟記者商量說「我在找地方落腳啊！」這位記者知道一間叫做「Zero-Date」（ゼロダテ）的藝術中心，我就到那裡去看看。我才說：「想商量一件事情，其實我……」結果對方就說：「啊，你是那個揹房子的人對吧。」他的口氣好像揹著房子過活很天經地義，害我有點驚慌，藝術中心普遍化的速度果然快。記者也跟著一起想，認爲附近某間寺廟應該不錯，商量之後廟方一口答應，太好啦。

藝術中心介紹我一家「米田食堂」，我去那裡吃晚餐，感覺很棒。是一家小餐館，由一位穿割烹圍裙的阿姨自己經營。我點了四百圓的「納豆套餐」，除了白飯、納豆、味噌湯之外，竟然還有六道小菜。阿姨微笑著說「你吃吧」。我覺得阿姨家自然形成了這家餐館，除了我之外還有兩位阿伯在吃飯，討論起集體自衛權的問題。他們聊得激動，嗓門很大，廚房裡的阿姨連忙勸說「好了好了。」阿伯們稱呼阿姨「大媽」，眞是個好地方。

晚上我得睡在墳場旁邊，怕歸怕還是要睡，平時我是不會怕的說。後來躺下看著天花板，心想「這是我自己打造的空間」，反而興奮起來，自然就不怕了。

07251235

「你的身分是什麼？」我試著這樣問自己。我認爲只有在創作或思考的期間，自己才會存在，所以我在打工的那一年裡面，其實是不存在的。當時我每天都想鬼混，想從年頭睡到年尾，但是眞的打混起來，就發現自己根本連一天都閒不得。我有想過要安頓下來，去年跟女朋友一起搬到香川縣，結果還撐不到兩個月就開始擬定這個「移居生活」計畫。眞可惜，不過我想我就是這種人，只好看開啦。

七月二十五日

大概上午十一點離開寺廟，想跟廟方的人打招呼，廟裡的太太說「我昨天是想請你一起吃個晚餐啦，不過沒發現你的房子放在哪裡……」

才剛出發，突然就有個騎腳踏車的阿姨給了我一千圓，我這才想到昨天碰到那個很有特色的阿伯，也給了我一千圓說：「小費啦。」我就是用那個錢去吃納豆套餐。這位阿姨感覺很棒。

有個秋田縣來的學弟用推特聯絡我說：「我推薦秋田的叭噗。」叭噗就是阿姨用勺子挖冰淇淋放在甜筒上，這個名字好酷，聽說阿姨是在國道旁邊擺攤賣冰，可以碰得到嗎？

總之先往北秋田市的「鷹巢休憩站」前進，是十五公里的山路，感覺路邊隨時會有熊冒出來。昨天晚上作夢，夢到在山路上碰見熊，熊在遠遠的那頭發現我，我怕得跑掉了。眞不想碰到熊，我會先吃到叭噗，還是先碰到熊呢？

中午抵達鷹巢休憩站，連續走了幾天感覺很累，想說今天就在這裡落腳，突然有位先生找我搭話說：「辛苦啦。」

「來吃點涼的，休息一下吧。」

聽說他是鷹巣休憩站的老闆，在報紙上看到我，我問他能不能借個地方，他一口答應。

「這裡的大太鼓很有名喔，要不要去看看？」老闆介紹我去看旁邊的資料館。「應該是說很大顆的太鼓吧？」我邊想邊走進資料館，結果發現裡面有四顆超乎想像的超大太鼓，我從來沒見過，聽說做一顆要兩千萬圓，傳說中大太鼓的聲音可以傳到一里之外。老闆說：「這鼓換皮需要很大張的牛皮，但是現在沒有養那麼大隻的牛了。」展示間爲了保存太鼓，特地加濕，感覺保養很辛苦，沒問題吧？

晚上十點左右就寢，明天跟人家約見面，得趕到能代市去。離這裡有三十七公里，我行嗎？

七月二十六日

晚上睡覺，看著自己房子的天花板，體會到「這是我自己打造的空間」就很開心。我想就算買了土地跟房子，應該也不會有這種感觸，因爲我知道，付錢就得到土地只是一種偏見，說「借用」還比「得到」要誠實一點。

今天早上八點半左右從鷹巣休憩站出發，一路走到能代，最短距離有三十七公里，結果我走了快四十公里。半路上我打算搭電車，結果反而走得更遠，因爲車站人員跟我說「這個有點太大了喔」而不讓我搭車。

抵達的時候，兩條腿都快沒感覺了。路上碰到兩個旅人，第一個是從埼玉開車出發，打算繞日本一圈的阿伯。「我不是喜歡旅行，只是退休之後沒事幹，想來環遊日本啦。」

聽說阿伯有部落格，每天有上千個點閱，離開之前還說「要看我的部落格喔——」第二個是旅行的年輕人，他說爲了紀念魔物獵人十周年，騎著萌夯（魔物獵人簡稱）造形的腳踏車打算環遊日本一圈，理由有點莫名其妙（連他自己都這樣講）。年輕人去年十月從新潟出發，聽說快到終點了。

抵達能代的時候已經晚上九點多，我走得頭昏眼花，總算跟等我的人會合。埼玉的田谷介紹了兩個人給我，一個是「平山磅秤行」的平山，一個是「夢工房 花開開」的能登。我還是第一次知道有磅秤行這種行號，店裡眞的放了各種磅秤。聽說這裡產米，所以之前都賣量米用的磅秤，現在沒有這種需求了，所以就改賣各種磅秤。夢工房有一位野心勃勃的老闆娘，開工房兼咖啡館，還有直銷蔬菜的早市，跟聘老師開課的黏土教室，五花八門，連老闆娘本人都說「我搞太多了」。

今天能代有節慶，有山車（大花轎）出馬，熱熱鬧鬧，但我快累垮了，所以早早就寢。

七月二十七日

聽說每個星期天都有早市，「夢工房」的停車場從早上九點開始就有人聚集起來，準備賣些蔬菜什麼的，我就待在旁邊寫日記。

有個背很駝的阿婆來找我搭話說：「我家一月生了個曾孫女，看起來很甜，太好啦。」阿婆今年八十七歲，跟我爺爺同世代。

「還是要找個女朋友啊，不然生不了小孩啊。」口音好重，到這裡我還聽得懂，但是接下來阿婆稀哩嘩啦說了一長串，我完全聽不懂。我又重問一次，想搞清楚什麼意思，可能是「我老公啊，年紀大啦，跟他講不要開小汽車啦，但是上山種田還是得開車啊。」我也不確定。

有個先生送我番茄說：「這位旅人哪，來吃吧。」我好像只有在ＲＰＧ遊戲裡面聽過「這位旅人」這說法。節慶的山車從外面路過，我有聽到聲音。

今天先去了自助洗衣店，然後一直在畫圖。腿從昨天累到現在，風很大，原本以爲是晴天，卻突然下大雨。晚上，磅秤店的平山找我去她家，她好像打算辦一場「鎭內展覽會」在各地展示當地養護學校（特殊教育學校）學生的畫作，我跟她一起想好玩的活動點子。

我提到潮目，她說：「我們之前也是受到震災的影響，超市裡面都買不到東西，可是這樣搶物資好丟臉喔。」

七月二十八日

今天也不想動，一直在畫圖。去附近的「Aeon」

買原子筆，日本眞的到處都有「Aeon」啊。「夢工房 花開開」的能登這個人，眞的是從早忙到晚，整個閒不下來。像我目前在工房裡寫日記，她幾乎每天都會找某種專長的老師來這工房開課，忙著自己起頭的事情眞好。

晚上平山夫妻帶我去附近的中菜館「久屋大食堂」吃飯，人家說超好吃我才會去，結果眞的超好吃，燒賣跟糖醋豬肉眞的太好吃了。而且老闆曾經在武藏美附近的居酒屋「風神亭」當過老闆，我念書的時候常去那裡，想不到會在這裡見到這樣的人，世事難料啊。

平山提到了冬天的能代，說這裡會下雪，但是風很大，所以很難積雪。天氣晴朗，如果風大，就會發生地吹雪，也就是地上的少量積雪被強風吹成風雪。所以這裡的人白天開車要打燈，就算打了燈還不一定看得見對向來車。每年冬天，過起來都像打仗。平山夫妻聊起寒冬的時候，表情眞的很生動。

「冬天很厲害的，你要體驗一下地吹雪啦。不過夏天又熱到糊里糊塗，我實在很怕熱。我不怕寒冬喔，但是我很怕北海道，因爲那裡會死人的啊。」

七月二十九日

目前大概有十五家報社採訪過我，我每次講的內容都一樣，但是每家報社寫出來的報導都不太一樣。報社記者必須迅速把採訪內容轉化爲報導，所以每個人肯定都有獨特的「報導轉換法」，把所有採訪到的資料轉換出來吧。記者刊出報導之前，不會給採訪對象確認，我想也沒那個閒工夫。因爲報紙每天都要出，與其追求精準的報導，不如快快塡補版面更好，反正讀者也不會像看小說一樣仔細看報導。看到每份報紙寫的內容都不太一樣，有趣。

瑪西（歌手眞島昌利的暱稱）在The High Laws樂團唱過「沒有人家預言的那麼好，也沒那麼壞」我覺得地球上所有人都瘋了，必須隨時警惕思考迴路斷線的可能性。

秋田縣能代市，看見有戶人家在陽台上晾衣服，記得東京都杉並區的住家陽台有人晾，岩手縣大船渡市的組合屋窗邊也有人晾，每戶人家都打開窗戶換氣，窗簾隨風擺動。不管是深山上、海岸邊、公寓小套房、百坪大豪宅，全都一樣。「生活」會滲透到萬事萬物的基礎中，每個城鎮都有人遛狗，都有人在路口打招呼，每條路邊都會開出三葉草，還有黃色跟白色的小花，都有螞蟻的隊伍。每戶人家都用洗衣機洗衣服，都開車移動，大城市裡還會有公車跟電車。大家就在這樣的基礎上努力工作，或者不太努力工作。有人忙著做喜歡的事情，有人喜歡利用人家的忙來偷懶，有人忙著不太喜歡的事情。有人打定主意，餘生要繼承家裡的加油站。路邊的雜草在搶地盤，每個生命都在爲了生存而出盡招數。

看著看著，起風了。此時所有的草同時擺盪起來，突然成了一整片的「整體」。葉片各有不同的雜草，隨風擺盪的時候看來都一樣。我想創造希望，其實我不喜歡點亮世界、懷抱希望、懷抱夢想這種話。我不是爲了世界，而是想給我自己帶來希望。我想這麼說應該不要緊，像這樣走著走著，思緒不斷往後流逝，一分一秒不斷流逝，我只能不斷前進。

今天離開能代市，前往森岳溫泉鄉，大概十八公里。在能代市遇見不少人，希望能再來一趟。平山的同學介紹我一家森岳溫泉的澡堂，叫做「Yuuparu」（ゆうぱる）這裡願意借我地方睡覺，傍晚還讓我泡溫泉，感覺眞不錯。溫泉水很清澈，有點鹹。這個森岳溫泉鄉也沒落不少，以前曾經有十間以上的旅館，現在只剩兩間，聽說還有過脫衣舞廳呢。有家大旅館，倒閉後成了廢墟，另外一家旅館成了老人安養院。大湯溫泉也有一樣的狀況，有人說老人安養院是主要產業，眞是簡單明瞭。

今天感謝「Yuuparu」老闆的好意，讓我睡在大客廳，感恩。

七月三十日

聽說海水浴場有在辦沙雕節，有展示很大的沙雕。之前有個溫泉館員工給了我六顆番茄，今天早上就是這位員工帶我去海邊，到海邊首先看到一座大風車，就好像小學生美勞作品的放大版。風車的葉片緩緩轉動，好酷。沙雕的主題五花八門，有船梨精、多拉A夢、風神等等，不過當地營建工會所做的是推土機，主題叫「營建機具」，好玩。推土機上還有做出小松的商標，我心動了。

中午從「Yuuparu」出發，去找一個叫做加藤的人，昨天晚上溫泉的老闆介紹我說：「這附近也有個藝術家，你明天可以去那裡看看。」聽說加藤家離這裡大概兩公里。

這間房子好像遊樂園，庭院裡有房子，還有涼亭、狗屋跟兩座小屋。兩座小屋分別是彩玻璃工坊，以及蕎麥麵工坊。聽說這附近有月租溫泉，月費五千圓無限泡。還有私人的露天溫泉，加藤眞是太了不起了。

加藤說「我退休之後就開始玩了」但是所有作品的工夫都好強。他的作品有彩玻璃、蕎麥麵、木雕、印章、俳句，水果酒（多達六十一種）還有書。因爲注意力無法撐太久，所以彩玻璃做膩了就去玩木雕，換來換去過一天。

「我從來不無聊的。」

這也是生命的力量。

他每星期寫俳句投稿給報社，期待會不會入選，還說：「希望明天的報紙會刊出來喔。」然後他太太說：「想常常刊出來還眞難哪，是吧？」眞不錯。

七月三十一日

秋田縣沒有東京那樣悶熱，整天太陽都很大，熱歸熱，但是早晚反而很涼。夏天到北邊來，眞是走對了。

大概中午離開加藤家，這次要南下二十公里前往井川町。幾天前有個陌生人突然傳訊給我說「方便的話歡迎來住」，好像是從報紙上看到我的消息，我就去那裡。

傍晚抵達井川町，路上碰到一個阿伯，拿著畚箕在摳家門前馬路上的垃圾。我還看到自民黨的海報，寫著「取回日本」。

跟傳訊給我的人會合，人家帶我去一間民房，民房的屋主是這人的姊姊跟姊夫，但是兩人都過世了，現在是空屋。人家說「這裡隨便你用喔」，還把鑰匙給我，這還是第一次碰到。聽說他們已經讓好多旅人住過，本來就在國道旁邊工作，常常有旅人路過，就會上前搭話並找朋友來開宴會。

他們也找我參加晚上的宴會，大概有六個人參加，有人從長崎搬來老婆的家鄉同住，他說：「我都不知道這裡的人在講啥啦。」在場除了我跟他之外都是「這裡的人」，所以我笑著說「眞的都聽不懂啦——」而且笑著笑著就想哭了。可以一起笑這樣的落差，眞好。

不過昨天的加藤也好，今天的這個人也好，我想人眞是形形色色啊。如果我沒出發，就不會遇見這些人。我最近常常在想，眞的有好多事情，不走出來就不會發現。從來沒想像過，以走路爲基礎的生活竟然有這樣一面，眞是瘋了。

要跟女朋友約會之前，總是在想說「要去哪？」結果就沒注意到「前往的過程」也很重要。之前從來沒想過，前往目標的途中也有其獨特的趣味，總覺得去到目標「拍照片」才重要。爲了快快抵達目的地，跳過了中間的時間與空間，卻沒想過被跳過的部分也有很多城鎮與民衆存在。

我走過很多新線公路，車子都是呼嘯而過，我發現新線公路的路邊長著波斯菊，發現路邊有蟻窩，發現被車輾死卻沒人發現的蛇。汽車用時速七十公里經過的土地，我都是用時速四公里來走。

我不知不覺經過了數不清的城鎮，如今住在井川町的某間空屋裡，屋主已經過世了。這裡也有故事，一天之前我根本不知道這個鎮叫什麼名字，現在怎麼樣了？眼前有個實際的空間，有牆壁也有天花板。沒有親身經歷，絕對不知道這是多大的發現。

我看過好幾個「觀光地」，幾乎都有廢棄的空屋、倒閉的飯店以及拉下來的鐵門，這些地方漂浮著一大片灰色的憂愁。每次聽到「以前很熱鬧的」就有點想哭，我不想再看了。經過大片土地前往目標，卻從不想像路上這些城鎮的存在，是一種暴力，我之前竟然不自覺幹出這麼暴力的事情啊。

八月一日

有夠悶熱，突然就下雨了，雨下得太急，別無選擇只好待著。跟東京的夏天很像，原來秋田也有這麼悶熱的日子啊。

聽說附近的公園有很多雕像，就去看看，但是才走一下就滿身大汗，實在不想看太久。人物銅像的衣服縫隙裡面長了蜂窩，感覺好熱。

晚上又被邀請參加宴會，成員跟昨天不一樣，有兩個新面孔，都很大方地歡迎我。有個獨自旅行的年輕小姐，之前也住過那間空屋，她說她會帶鐵鎚防身，而且還眞的派上過用場。小姐提到這個找我來的人，她說：「這個人老是找過路旅人回來啦。」然後找我來的這人說：「可是很開心對吧？而且我又沒找妳，妳還不是來跟我找來的人吃飯。」我想每個人都有不同的角色，有人接納，有人受邀。

八月二日

十二點左右離開井川町，這裡也想再來。

今天也很熱，半路碰到一個爸爸帶著兩個小孩來找我搭話，他好像看到報紙，送我寶特瓶麥茶喝。

「我家小孩想問你爲什麼揹著房子走路，你可以告訴他們嗎？」爸爸這麼問，我不知道該怎麼答。我是不是該說「普通生活我過膩了」呢？這也是個原因，記得在水戶碰到的男孩說過「我也想坐！」這個說法很有趣，移動的東西確實有交通工具的感覺。

每踏出一步，房子跟背包的重量就壓在肩頭上，那是當前所有生活的重量。邊走邊感受這個重量，感覺好像是邊走邊肯定自己的存在。

有個戴棒球帽的先生找我搭話說：「我看到報紙了，這裡有節慶，過來看看啊。」我跟著過去，發現某個小公園裡面有擺攤，是小鎮規模的小節慶。仔細想想，隨便把房子搬進公園裡好像不太妥當，我等棒球帽先生帶飯糰跟熱狗回來，又有一個先生過來問說：「你是幹啥的？」口氣有點硬，是在懷疑我，我一時慌了。原來還有這種模式啊？我說：「是那個人找我來的。」他就問棒球帽先生說：「你認識他？」棒球帽先生解釋說：「報紙不是有講，他揹著房子走全國啊。」這人又說：「可是規定外人不能進來啊……」原來有這種規則啊？我看兩人交談，心想我成了不速之客，又有個阿姨過來說：「又不會怎樣，來都來了還計較什麼？沒關係啦。」這個阿姨立刻掌握了局勢。

總之我離開房子，到處打招呼。棒球帽先生把町會長帶來，解釋我的來意，町會長客氣地自我介紹，我也恭敬地報上名號。大家招待我進去帳篷，給我折疊椅坐。我想這會長人眞好，然後用心解釋我目前的活動。町會長聽了說「是這樣啊」然後跟我聊叭噗冰的事情。

附近有個小姐突然湊過來說：「等一下啦」，好像看不慣我跟會長聊天，緊張兮兮地說：「現在又不是會議時間，不要一直跟人講話啦，要把這邊的事情辦好啊。(指著我的房子) 這種東西可不能放在這裡喔，到我們町上就要守這裡的規矩才行啊。」明明是人家找我來的說，看來此地不宜久留啊。町會長聽這小姐說了一大堆，頓了一下才對我說：「不然，你休息一下就出發吧？」我對棒球帽先生說：「看來我不該久留啊。」就準備離開。棒球帽先生說「也是啦。」好像不太高興。

我馬上就出發，心裡是有點怒火，不過更覺得糊塗。好像有人講過：「日本人對自己人很好，對外人很壞。」想不到這種教條會血淋淋上演啊。

那個地方有三種人，一種人接納我參加節慶，一種人冷眼旁觀，一種人想攆我走，最後是「攆我走的力道」大過「接納我的力道」。我之前就碰過這樣的待遇，是不至於消沉，不過我想日本人喜歡遷怒外人，已經是種民族性了。

昨天讓我住下的人，也是被她的鄰居逼問說：「這是怎樣？這是怎樣？」她很努力解釋，最後跟我說：「或許跟人家講說你是我的親戚，會比較好吧。」也對，只要說是親戚，人家馬上就接受了。

下午七點左右抵達溫泉鄉「秋田溫泉」，我滿腦子只想洗個澡，就跑過來了。這裡沒有免住宿的溫泉，所以我去找旅館借土地。旅館的人非常客氣，幫我打電話聯絡老闆，結果不准，說是有安全上的考量。好吧，早有準備，畢竟這裡是住宿設施。已經過了晚上七點，天色暗了，實在沒力氣重新找地方，我想說住間空房就這樣住下來，結果櫃檯說：「很抱歉，明天開始有節慶，房間都住滿了。」是喔，這樣喔，這下慘了喔。

我道謝之後離開，邊逛邊想：「其實只要能借放房子就好了吧？」於是又回旅館去問，櫃檯說：「我們不負保管責任，如果接受的話就可以。」太好了，總算卸下心頭大石。就算不能住宿，只要把房子當行李放在停車場就好，這個模式還是頭一遭。總之只要能借放房子，要睡在哪裡都不成問題，去到秋田車站前面應該有漫咖吧。

我的房子淪落成了行李，被拋在停車場的角落，感覺眞孤單，對不起你了。

八月三日

早上離開秋田溫泉，要往南走二十六公里前往「岩城休憩站」，因爲那裡有溫泉。今天也好熱，沒有風，我邊走邊喝飲料，喝掉好幾公升。走到海濱國道上，連遮陽的地方都沒有。不過我的房子裡面比外面涼爽很多，可以遮陽，又會透風。這條路對徒步旅人來說很辛苦吧？我的T恤流汗濕透，回想起高中練社團的日子。

夏天是節慶的季節，我碰到坐了很多小孩的山車，我邊走邊跟人家說「抱歉，借過。」眞不想從神轎或山車旁邊經過，感覺好像壞了氣氛。昨天的狀況，人家應該也覺得我壞了氣氛吧。

中午把房子放在國道旁邊某家雜貨店的門口，我看到一個擺拖鞋的貨架，另一個貨架是擺麵包，有個和氣的阿姨出來說「你好啊。」阿姨發現我在看麵包，走過來說：「這個很好吃喔。」然後就解釋起來。

「我這裡有藍莓、南瓜跟菠蘿麵包喔。而且奶油不是擠成一塊，是滿滿的夾心，隨便咬都有喔。」

「原來是這樣啊。」

我笑得好開心，明明不是阿姨自己烤的麵包，只是普通的包裝麵包，但雜貨店阿姨卻這麼熱心解釋，眞好。

我拿了藍莓跟南瓜麵包，還有一瓶飲料，就要去結帳，結果阿姨笑著說：「你看包裝上的照片，感覺就不好吃對吧？」南瓜照片被綠色商標蓋住，確實不怎麼誘人。阿姨又說：「但是麵包很好吃，別擔心。我不收你消費稅，三百七十圓喔。」眞是家好店。

大概下午五點抵達休憩站，想不到竟然有人從茨城來找我，聽說這人利用假日，先在青森住一晚才到這裡來，眞開心。我們在休憩站的休息室，聊些之前印象深刻的事情，以及目前的想法。原來還有這樣的情況啊。

我跟站務員商量借土地，站務員答應了，站務員說：「車站歸國家管，基本上可供民眾自由使用，只要不是長期居留就好。」這裡附設的溫泉眞好，我泡著鹹水溫泉，欣賞日本海上的落日。

晚上九點突然有鎮內廣播，先放了〈故鄉〉這首歌，然後說「各位今天辛苦了，請小心火燭，鎖緊門窗，好好休息。」

我正坐在面海的木板凳上寫日記，好悶熱，沒有風，感覺今晚應該很難睡。海上有個半月，海邊傳來海浪聲，不時還有人的嘻笑聲，近海總是看得見幾盞漁火。

八月四日

今天也很悶熱，好想去海裡泡水，昨天就有很多人去海邊游泳，但是今天的泳客寥寥可數。是說這裡有塊告示牌寫著「此處並非海水浴場」，明明有一片漂亮的沙灘，感覺可以痛快游泳的說。「海水浴場」到底是什麼？於是我趁白天走到沙灘上，在浪邊踩踩海水。

我從早到晚都在休憩站裡畫圖，有很多人會來這個休憩站，大多是家庭出遊，也有很多情侶跟老夫妻（通常是開露營車來的）。有一群重機騎士一起兜風，也有人獨自旅行。我看著旅客進出休息室，畫著圖，很快就天黑了。晚上九點鐘，附近開始出現螢火蟲，車站休息室和溫泉設施大廳裡的慵懶旅客，也接連回去了。我目送大家離開，我覺得眞寂寞。今天一天我是休憩站裡的居民，我覺得持續移動的生活，跟住在休憩站裡很相似，明天我就要離這裡，但是應該沒有人會來送我。

遠方的海面上有兩個小光點。今天有點風，所以風車發出刺耳的嘎嘎聲，而且風車就在我旁邊，在乎起來其實挺吵的。記得十和田湖GURILAND的老闆說過，他在調查風力發電的風車噪音對生態環境的影響。

八月五日

如果我要在移動生活途中去旅行，會是怎麼樣的狀況呢？比方說把保麗龍房子借放在某處一個月，我自己揹著背包去哪裡逛逛，旅行結束之後回到房子裡，繼續移動生活。我就是想把概念都打亂，設法創造生活的不同面向。

十點左右離開岩城休憩站，往南走大約二十公里前往「西目休憩站」，這一帶大概每二十公里就有個休憩站，而且都附設溫泉設施，行動起來很方便。我今天也走國道，被很多汽車超車，大貨車經過的時候會捲起強風。我、房子跟路邊的花草，一起被風吹得搖搖晃晃。光是今天，就在路邊碰到三個放花束的地方，應該是死亡車禍的現場吧，我每經過一把花束就合掌拜過，車禍眞是太傷心了。

我看過好多被汽車壓扁的蛇，那已經沒有蛇的樣子，只是一片平貼在柏油路上的橢圓形物體，只能勉強從鱗片和嘴巴分辨出是蛇。蛇應該不知道自己發生什麼事就死掉了，而汽車駕駛也只會覺得車子抖了一下，搞不好根本沒感覺。就在那微微震動的瞬間，蛇全身的骨頭都碎了。如果蛇被輾死，輾的跟被輾的都沒發現，我覺得這不行。所以當我發現蛇的屍體，就要對天空、海洋，或者某些壯闊的東西報告。我不會想說「眞想救這條蛇」或「都是汽車跟馬路把蛇害死了，饒不得！」我無能爲力，但是只要有看到，我就必須報告說「這裡有蛇死掉了！」

聽說有個排行榜叫做「環遊日本部落榜」，有人傳訊給我說要不要註冊，我有點猶豫。沒錯，註冊了就有更多人會看，要商借土地應該也會更輕鬆，但是話說回來，我爲什麼要寫這份日記呢？之前也寫過，是爲了在心中整理自己見過的事物，與有過的念頭。如果參加排行榜，就會寫文章給別人看，還是算了吧。我終究會做出類似環遊日本的行爲，但「環遊日本」不是我的目標，甚至我繞了一圈還不一定會停下來。我上網搜尋了「繞日本十圈」竟然沒有符合的結果。

傍晚抵達西目休憩站，商量借個地方，站方一口答應。「有什麼地方不該放的嗎？」我問，站方回答：「沒有啊，都可以放。」看來只要是休憩站，應該就不怕站方拒絕借土地了。休憩站裡面有澡堂、餐廳、超市、卡拉ＯＫ跟禮品店，這裡不就能住人了嗎？

八月六日

今天沒有移動，天氣相當不穩定，一下雷雨一下晴天。

有一家三口來訪，是奶奶、媽媽，還有暑假作業想做自己家房子的小學生。小男孩看到我的房子就兩眼發亮，一直喊說「好強！」我建議說：「你先算算看自己要多大空間才能睡覺，再決定房子要做多大，做好了就試著在裡面睡一晚吧。」小男孩用心抄下「材料是保麗龍」「用了白膠、大力膠帶跟木板」最後還不斷向我道謝。

這一家三口剛走不久，又跑來休憩站休息室找我了。男孩又對我說謝謝，還給我一千圓，我都笑了，竟然要給我錢喔？媽媽說：「他說要給你送行的啦。」眞開心，小學生竟然就有這種金錢觀，太感動了，就當今天的澡堂費吧。

昨天碰到一個女生，她說她大學休學，四月從東京出發，騎腳踏車到山口縣，然後一路沿著日本海北上。聽說女孩子獨自出門旅行，跟爸媽談了很多條件，比方說不准露宿，每天找到地方住就要聯絡家裡，她這四個月來都說到做到，了不起喔。

我跟她道別，幾十分鐘後她又掉頭來問我：「你爲什麼要做這種事呢？」於是我們坐在附近的草皮上，我盡量把這一路走來的感想告訴她，她說：「我從來沒想過這麼多，聽得腦袋都要炸了。」眞開心，代表我說的話對她來說有實感，眞想再見見她。

晚上在休息室畫圖，這次有個染棕髮、古銅膚色的年輕人來找我搭話，聽說他從名古屋出發，騎著腳踏車到處旅行。他問我：「你就是每天畫圖的人嗎？」原來有這種傳聞喔？看來他不知道我揹著房子到處走，我就解釋給他聽，結果他聽得哈哈大笑，一直說我是變態。管他變不變態，沒差啦。結果他沒有問我爲什麼做這種事，哼——

八月七日

氣象報告說有鋒面滯留在秋田上空，接下來一星期都會下雨，雨從昨天晚上就開始下下停停，看來梅雨又來了，睡袋濕黏黏的眞噁心。

我覺得渾身無力，腰又痛，腰的右後邊好刺痛。昨天媽媽傳訊給我說「你爸閃到腰了」，然後我沒多久就開始腰痛，就是有這種狀況啦。

我在「最超值」超市裡面買了便當、沙拉跟牛奶，在顧客用餐區吃飯，這裡有幾套桌椅可以坐。冷氣太強覺得有點涼，有六台螢幕在介紹各種商品，六組聲音混在一起，變成惱人的噪音。我邊聽噪音，邊吃海苔便當。

我突然渾身無力，動彈不得，所以在房子裡滾來滾去，不小心就睡著。大概十二點起床，感覺今天也動不了，想要休息一下，但是馬上轉換念頭說「我不能被打倒」。我會虛脫跟腰痛，都是因爲昨天沒有活動，然後就是下雨。我火大了，不能忍受腰痛跟下雨害我虛脫的狀態。所以我卯起來走路，往南二十公里有下一座車站，我要去那裡，走路就會變得積極。

先前待的那座休憩站是「可以永遠住著的休憩站」，我就是想偷懶，意志消沉，才會變得憂鬱。一旦沒有鬥志就更不想動，陷入惡性循環。跟大家一樣繳房租過日子的時候，也發生過這種狀況，一定要先動起來才行。

五點半左右抵達休憩站，立刻商借土地放房子，結果站方竟然不准我住宿，不過站方又說：「其實偶爾會有人來搭帳篷啦，這我們都是默許的，所以如果只待今天一天的話……」

我把房子借放在站務員用的停車場裡，正把房子設置到夜晚模式，就有個阿伯來找我搭話。聽說阿伯從埼玉開車出門旅行，今天是第三天。我說：「站方說我不可以把房子放在站裡。」阿伯說：「你這樣問，人家當然說不行啊。其實騎機車跟腳踏車的旅人啊，都會等商家拉下鐵門之後在站裡搭帳篷，畢竟晚上都沒有人啦。」大家膽子都好大喔。阿伯又說：「我大概再過一星期就回家了吧。」這樣的人生眞好，不必逼自己說要環遊日本，只是花個幾天開車到處跑，睡在車上，然後回家，這好像也可以保持日常生活的新鮮感。

晚上打算睡覺，突然下起豪雨，下得這麼大，我的房子就開始到處漏水。水滴在臉上，但或許是因爲我喝醉了，感覺很開心。我自己吐槽房子說「這裡也在漏？」正想說這樣沒得睡了，突然打下一道閃電，害我想像自己連房子一起被雷劈，那可眞糟糕。猶豫一陣子之後，我還是決定晚上在休憩站休息室睡覺，請房子撐一晚吧。休息室裡面大概睡了五個人，都是騎腳踏車的旅客（好像叫做單車客），原來大家都跑進來睡喔，眞的有大膽。

八月八日

我都是在當天晚上，或者隔天早上來寫一天的日記，日記的內容都已經過去，應該要寫成過去式，但是寫的時候等於在腦中重播，所以感覺現在式也能通。於是我的文章就混著過去式跟現在式，不知道天底下寫日記的人們，是怎麼在過去與現在之間取捨呢？

今天是八月九日，長崎被丟核彈的日子，我寫的是昨天的事情。昨天也發生很多事情，不寫下來就無法整理思緒，而且我一定會忘記，但是又擠不出氣力來寫。一旦日記有了「記錄往事」的用意，突然就懶得去寫了。寫起來就是不順，而且內容會很無聊，我得小心。

昨天喝酒喝太多，不記得睡前發生什麼事，夢境還很鮮明，醒過來的時候發現自己在一個陰暗房間的地板上，身上蓋著毯子。眼前出現狗的黑影，嚇我一大跳，但是仔細看才發現是桌腳。「這裡是哪裡啊？」我爬起來，頭好痛。

對了，昨天晚上跟好多人一起烤肉，還猛喝日本酒。對喔，這裡是新田家的訓練室，我比大家更早睡啊。看看時間，凌晨四點半，走到屋外還有烤肉留下的痕跡，我的房子也在這裡。我昨天在人家告訴我的地方隨地撇尿，去找自動販賣機買水，喝飽水之後又睡了。

我從早上睡醒之後開始回想、記錄，昨天早上在休憩站的休息室醒來。

「有個人帶著房子旅行喔，揹著房子走路喔，這就是照片。」「哇——第一次聽說呢。」我聽到其他旅人的交談，人家還說：「聽說他下雨天也睡自己的房子呢，我是聽其他旅人講的啦。」哇啊，這下不敢講我睡車站裡面了。竟然有這種消息傳出去喔？大家是在哪裡交換消息的啊？

雨下下停停，很涼爽。我去看房子的狀況，房子被風吹倒，裡面積水，眞是對不起他。我去散個步，回到休息室之後看到小學生在做功課。小學生在休憩站休息室裡面做功課，眞是罕見的光景，而且爸爸也在，還在手冊上寫日記，看來是父子趁暑假騎腳踏車旅行。兩人做完自己的事情，就攤開地圖聊說：「這裡去過了，那裡還沒去。」

我在休憩站的長凳上吃著不知道什麼雞口味的杯麵，新田就來找我搭話了。新田在當地消防局上班，所以家裡有訓練室練身體。聊著聊著新田就說：「晚上來我家吧？我們要烤肉。」於是我到了這裡。參加的人包括新田的同事、家人，還有在義大利米蘭開壽司店的老闆，大人小孩總共十五個左右，眞是大宴會啊。

小孩子看到我的房子就很興奮，我說：「這是我的工作喔。」孩子們愣著說：「耶？騙人！」然後孩子的爸爸說：「是眞的啊，不然我問你會做這個嗎？你一定不會的啊。」眞開心，我想工作就是這個意義。

看來我好像晚上九點左右睡著，烤肉烤到後半我都不記得了，只記得新政酒莊的「陽乃鳥」日本酒超好喝，眞的有夠好喝。

八月九日

今天都是陰天，偶爾會下雨，聽說有颱風接近，新田很擔心。這次的颱風好像很大，而且會穿過日本直達日本海，真討厭。

大概中午離開新田家，新田用小貨車送我到下個休憩站，我進入山形縣。我在休憩站商借土地，這裡也不給放。聽說可以停靠露營車，但是不能搭帳篷。我正想說該怎麼辦，走著走著路上有位先生叫住我：「你要去哪裡啊？午餐有著落嗎？」

「我今天什麼著落都沒有啊。」

「這裡正在辦節慶，方便的話就來休息吧。」

節慶啊……我想到幾天前被某地的節慶給趕出來，問說：「會不會打擾到各位啊？」先生說：「大家都喝醉了，都很大方啦。」附近的公民館前面有個廣場，有烤雞、炒麵、刨冰的攤子，還有搭建跳盆舞用的高台。大家都笑著看我，應該沒問題。立刻有人遞給我酒精飲料跟炒麵，然後說：「你今天可以住這裡，但是得幫忙做事喔。」於是我就去烤雞攤烤雞了。

這是吹浦地區西濱部落的節慶，除了我之外還有個小哥在烤雞，他邊教我邊烤雞。小哥比我大一歲，是做土木的。

「你聽不懂這裡的方言吧？」

「聽不懂喔——尤其是老人家的腔，我完全不懂。這個節慶的歷史很久了嗎？」

「對啊，是這個部落的小節慶，我從小就受大家照顧。如果是晴天，攤位還會更多，還會跳盆舞呢。」

聽說對面那攤賣薯條的帳篷，就是他的主管在賣，真不錯。

這裡的客人不多，大家邊喝酒，邊吃自己烤的烤雞跟熱狗，很開心。後來根本搞不清楚誰是攤販，誰是客人，烤雞一串多少錢。攤位上寫說「一串五十圓」結果有人喊：「三串一百啦！」隔壁賣熱狗一支一百圓，但是擺攤阿伯看到有人經過就發熱狗說：「拿一支去吃啦！」像我旁邊的小哥還突然失蹤，又換了別的小哥來顧攤，而且旁邊還坐了可愛的女朋友。

隔壁的阿伯對町會長說：「這小子可以住在這裡吧？」町會長傷腦筋了。

「基本上公民館只開放到晚上十點半啦，哎，有沒有人能收留他的？」

所有人突然都成了「不敢說好」的狀態，攤子收攤之後，大家還是在公民館裡面吃吃喝喝，我不記得自己是幾點開溜的，好不舒服，又喝太多了。

八月十日

早上幫大家收拾節慶的殘局，九點半左右出發。平常我會先畫圖再出發，但是氣象預報說下午風勢會轉強，下午三點的預測風速會達到每秒十公尺，要是不快走就走不掉了。

大概中午抵達酒田市區，路邊被某個什麼會的宗教團體拉我入會兩次，這一帶好像有很多會員。第一個說九年前就加入會員，加入之後人生就很幸福，那眞好啊，但是從年頭幸福到年尾好像也挺無聊的。

我發現一個很多廟的地區，所以開始商借土地，跑了三座廟都不准，應該是因爲盂蘭盆快到了，寺廟很忙吧。這鎭上每戶人家，門邊都掛著寫有「婉拒身家調查」的牌子，我一時不知道是爲什麼，但仔細一看發現牌子上還寫著「同和問題○○會」原來如此，是同和問題（譯註：同胞融和問題，討論部落歧視）啊，昨天節慶上的小哥很自然地說自己那裡是「部落」，部落，好棒喔，感覺很酷。

問了第四座廟總算有人答應，廟方說：「這個時期很忙，不能讓你住下，但是如果只要一晚，你想睡哪裡都行，颱風要來囉。」風已經很大了，就是颱風前一晚那種不穩定的天氣，所以我把房子借放在正殿的外廊上，就這樣撐過一晚。

身體不舒服，流鼻水了。我想吃點肉早早睡覺，打算去附近的烤肉店，但是轉念一想，一個人吃烤肉眞奢侈，所以又跑去7-11買飯了。

半夜裡覺得口乾，起來找自動販賣機買水，現在風很大但是沒什麼雨。我走進寺廟想窩回自己的房子，結果心頭一驚，發現我的房子眞是放在恐怖的地方啊。這裡的正殿很大，莊嚴肅穆，而且黑漆漆。從旁邊經過，根本看不到裡面有什麼東西，正常人是絕對不會想靠近的。但是走進去，眼睛就會習慣黑暗，自己的房子也在，自然就不怕了。黑暗站在我這邊啊。

我之前已經很多次把房子放在寺廟裡或墳場旁邊睡覺，從來沒想過「可怕」。我想要是搭帳篷，感覺就不一樣了。光是覺得自己家在這裡，什麼妖魔鬼怪的感覺都站在我這邊，就不是與我為敵了。

八月十一日

我住的房子不是個房子，除了我之外的人一旦把它叫做「家」，把保麗龍瓦片稱為「瓦」，那就是加入了我的幻覺陣營，歡迎來到家家酒世界。

今天醒得很早，打開我家的窗戶往外看，颱風還在附近，風變小了但雨變大了。烏鴉抓到蟬，蟬嘰嘰叫，烏鴉才不管，在櫸樹枝上吃了起來。

我在推特上發文說：「請問酒田市或鶴岡市有沒有人能借我放房子？」我朋友瀨尾介紹了一個朋友給我，說是有個男生朋友的老家住在三川町，剛好就在酒田市跟鶴岡市中間。於是我離開寺廟，前往三川町。

風很大，房子嘎嘎響，尤其過河的時候風特別大，屋頂都快被掀翻了，我邊走邊對房子說：「拜託，再撐一下子吧。」感覺我就像災難片的主角。旁邊的馬路上，幾百輛汽車不斷超我車，看來這點風他們不怕的。

路上有警察對我說：「這是您的工作嗎？社會很亂，要小心喔！」還有車上的小朋友路過的時候對我大喊：「你是流浪漢嗎——？」

我碰到一位騎機車的先生，車屁股架著一塊寫有「環遊日本」的牌子，看他相當興奮，我發現年輕旅人大多是這樣。我跟他聊過，發現我討厭「旅行」這個詞。究竟有多少人呢？在腳踏車上、機車上、汽車上甚至背包上寫著「環遊日本」，旅行之後又「回去了」？

對游牧民族來說「去旅行啊？」或者「要去哪裡？」這種問題是不成立的。我只是想成立一個移動生活，不希望他們把這段經驗解釋成「對未來有幫助」或者「很好的經驗喔」。我確實認為這是很好的經驗，但是我所說的「經驗」跟他們所想的「經驗」不一樣。那種建立在日常化基礎上的「好經驗」，根本就不是好經驗。

我想徹底到處逛逛，不想透過別人編輯過的資訊去知道些什麼事情，我想看從自己起算的第三個故事。不是我，也不是你，而是直接去看第三者的故事。

離三川町十三公里，我一路走不停，只要知道有人等我，我就不會累。三川町的安達家，全家都歡迎我，尤其是跟我同年的安達，跟我聊到大半夜，我們輪流喝著日本酒、白酒跟啤酒，天南地北地聊，瀨尾感恩啊。

八月十二日

在附近醫院裡的麵包店吃楓糖麵包，聽說店裡的女店員都板著臉，不過麵包好吃。安達家的伯母說：「平常沒辦法買到這麼多啦。」看來這裡的麵包很紅，常常賣光。

把房子借放在安達家，今天晚上住在安達伯母的娘家，鶴岡市的大山町。這個鎮感覺就是高齡化加人口外流，只有一對老爺爺老奶奶靜靜地住著，奶奶似乎很清楚整間房子哪扇窗戶有開沒開。晚上六點多，大家提早吃晚餐，我們聊天。

「這裡被併入鶴岡市之後，就沒有高中了，好落寞啊。鎮上沒有年輕人，就是冷清啊。」

「沒有年輕夫妻搬到這裡來嗎？」

「之前有對夫妻帶著四個小孩從鶴岡市搬過來，說這裡房租便宜，結果成了這裡的大事。大家都很開心，兒童會多四名，很高興的呢。」

晚上七點半左右，我散步回來，爺爺已經睡了，奶奶自己看看電視，寫寫東西。我在隔壁房間畫圖，不時聽見奶奶的笑聲。我昨天還不知道這個鎮的名字，但今晚感覺我已經在這裡住了好幾年。

0813 0705

結果什麼都沒變，原本那場地震是改變日常生活的好機會，有機會讓大家檢討日常生活，檢討消費、生產、勞動與社會體制。但是不知道怎麼搞的，一切又慢慢復原了。連我自己也一樣，不知不覺就企圖回到過去的生活。一想到即使發生這樣的事情，什麼都還是不會變，就覺得驚悚。想到日常不會結束就不服氣，大家都往回走，大家不是好想要改變些什麼嗎？結果一切都被消費，都被回收了。

我沒辦法對別人說：「快結束你的日常啊！」「如果這就是人家的幸福，不也就好了？」

這句話一直折磨著我，我不能強迫結束自己之外其他人的日常，如果要結束日常，就必須離開家。

我本來打算在那裡跟女朋友共度生活，現在回想起來還是撕心裂肺。但是我必須拋下過去的日常，建立別的日常。這不是「想離開／不想離開」那麼單純的問題，而是我非得離開不可。我想不到其他辦法，也告訴自己沒有其他辦法。我要結束這個日常，一定要結束啊。

八月十三日

我把房子借放在安達家，開始放盂蘭盆假。直子從東京來找我玩，五天四夜的山形之旅。如果我人在新潟，那就是新潟之旅，人在秋田就是秋田之旅了。這段期間我不打算畫圖，只想寫日記就好。

離開安達家伯母的娘家，前往大山站，搭電車搭到鶴岡站，一小時一班車。好久沒坐電車了，我覺得這種平行移動跟超快速度眞是劃時代的創舉。但是這沒有移動的感覺，不管怎麼往車窗外面看，風景都只是流動的影像，完全沒有活動身體的實感。沒有空氣中的氣味，沒有氣溫，沒有花草沙沙聲，沒有風，什麼感覺都沒有，甚至覺得有點恐怖。

我想像自己在走路，從大山站到鶴岡站有七公里，徒步是一個半小時，可以一口氣走完，想必會流很多汗。路上可能會遇到人，可能會發現蛇的屍體，我還可以想像走了一個半小時是多久，有多累，腳會多痠。但是搭電車只要幾分鐘就到，還沒決定要聽什麼歌就到了，而且車廂裡有冷氣，也不會流汗。

我選了電車。明明可以花一個半小時去走，發現許多事物，我卻決定花一百九十日圓坐幾分鐘的車，不流一滴汗，甚至不知道有沒有在動。因爲我現在可以搭電車，如果帶著房子就不能搭電車，只能走路。明明早到完全沒有好處，明明今天什麼計畫也沒有，我還是選擇搭車。

我知道自己是個弱小的人類，所以故意把房子做成不能拆解的款式，把自己丟進一個只能走路，只能移動的環境之中。這麼一來我有了許多發現，因爲人類弱小，所以只要放著人類不管，人類就會往方便的地方靠過去，放棄思考。人類不知道搭電車會吃多大的虧，有多麼愚蠢，寧願變笨也要選擇輕鬆的路，放棄流汗，就是這樣的生物。

在鶴岡站附近發現購物中心，進去看，在書店買了宮澤賢治的口袋書，然後去Doutor咖啡廳。最近我對「農民藝術概論」有興趣，好像很久沒有來這樣的咖啡廳了，這個分店的裝潢跟菜單都跟東京一樣，但是喝咖啡的阿姨口音很重，我聽不太懂，感覺很不錯。

抵達鶴岡站，看到外國背包客眼神閃亮，笑盈盈地跑上樓梯。我看著他，發現自己正板著臉。

八月十四日

趁等人的時候，就在靜岡站的候客室看宮澤賢治的書。有個叫藤田的人傳訊給我，藤田會把自己認識的各種旅人給寫成文章，比方說每年裡面有八個月都在走路的硬派旅人二人組，努力推廣「農家樂」的旅人，還有住在蒙古包裡面的人……大家都不是爲了「經驗」才去環遊日本。我沒想到會形成這樣的連結，很開心，他們的目標相近，卻各自行動。

在看書的時候，看到一位先生走進來，穿牛仔褲配T恤，手拿雨傘跟深藍色塑膠袋，眼神兇惡。他跟候客室裡面一個穿紅色吊嘎的阿伯說話，然後把手伸進自動販賣機的找錢口，看有沒有零錢。接著他拿起觀光手冊假裝在看，其實偷偷東張西望，眼神就像個獵人，但是舉動看來很蠢。而我個人最在乎的，應該是他在找錢口裡面找零錢的部分吧。

這人離開了候客室，我偷偷跟上去，他又把外面的販賣機找錢口摸了一遍，然後就打開瓶罐回收箱的蓋子開始找。先拿出飲料罐，也沒看裡面還有沒有剩，就拿起來喝光。好厲害，完全不管他人眼光的，而且只剩一點點也解不了渴啊，我完全搞不懂。他又開了幾個垃圾桶蓋，就離開垃圾桶，接著對坐在旁邊長凳上的人搭話。嘴裡不知何時叼了根菸，不知道是他自己的，還是隔壁那人給的。

我想這就是他的例行公事吧？只要繼續做下去，應該不用怕癡呆。

跟蹤跟膩了，我就走進車站旁邊的「Mister Donut」（甜甜圈店），打算繼續看宮澤賢治的〈雙子星〉，點了兩百七十圓的冰茶，找了個座位。店裡人很多，大家都跟自己的同伴聊天，展開一道道的時髦結界，所以剛才那個藍色塑膠袋阿伯絕對進不來。有五個二十來歲的年輕女孩集團，邊喝茶邊自拍，形成一個獨特的熱鬧空間，每個人殺時間的方法眞的都不一樣啊。

中午，直子開著出租車來找我，我們在餐館吃午餐，然後去山形要看煙火大會。路上經過一座大水壩，我們把車停在農用路邊，走到田埂上看煙火。當地人就坐在路邊，邊喝酒邊看煙火。農用路邊停了很多車，眞是沒王法了。

這附近的賓館，每間房都有獨立車庫，還有用來擋車牌的板子跟車庫門。看來因爲地方小，光看車牌就知道是誰了吧。

八月十五日

整天都好睏，幾乎整天都在睡覺。最上川邊有個休憩站「櫻桃園」，我打算在那裡的草皮上睡午覺，但是旁邊的土耳其館放音樂超大聲，好吵。我睡了一下下，櫻桃口味冰淇淋好好吃。我在「溫海休憩站」是睡汽車裡，在超商拿了好多份免費報紙，貼在車窗上避免人家看進來。車子小歸小，還挺好睡的。

八月十六日

我近距離看了鶴岡知名的煙火大會，赤川煙火。大會尾聲的最高潮，簡直是卯起來亂射一通，眞厲害。煙火大會結束之後，去自助洗衣店洗衣服，洗好之前先去購物中心的大停車場散步。走在路燈底下，窄小的石縫裡聽見蟋蟀的叫聲，銀色菸灰缸底下的隙縫也有叫聲，低頭去看發現好幾隻。眞是強壯，這就是尋找歸宿的野生力量吧？感覺像秋天一樣涼。

八月十七日

我用YouTube做了廣播體操，早早就去「女兒里」泡個澡，眞是到處都有溫泉啊。上午去看「水母夢幻館」，前身是加茂水族館，後來幾乎只展水母了。水母夢幻館眞是好名字，聽說先前水族館快要倒閉，後來增加水母展示，重振旗鼓，東山再起。很多人應該是想來見證這個故事，遊客人山人海。展覽內容也很有料，眞好。有種海月水母每天要繁殖上千隻，當其他水母的飼料，牠們知道自己出生、活下來，就是爲了要死嗎？

下午登上羽黑山，聽說這是日本山岳信仰歷史上一座很重要的山，知名的五重塔眞厲害。五重塔坐落在杉樹林裡，杉樹直聳天際，塔的顏色則跟樹林完全同化。或許是因爲五重塔跟這座杉樹林共度了漫長的時光，讓我看得入迷。這座山標高不高，但是樓梯很多，有兩千三百階，好累。下山之後去鶴岡的咖啡廳吃百匯什麼的，然後前往酒田。開車途中看到好漂亮的夕陽，這陣子都是陰天看不到晚霞，今天看來格外漂亮。住在酒田的廉價商務旅館，有附設咖啡廳，好像常常有旅人來光顧，氣氛不錯。

八月十八日

直子計畫早上搭電車回去，但是青春18車票（青春18きっぷ，可選一人五日無限搭乘或五人一日遊的車票）還可以搭三天次，所以我們兩個去了仙台，她改搭夜間巴士回東京，隔天早上我自己回去找房子就好。在新莊站等車的時候，我們去咖啡廳吃飯，這時我的錢包都空了，她也只剩五百圓了。

我們在仙台閒逛一下，她搭上晚上十一點半的夜間巴士回東京，送人走眞傷心，我在仙台站東口附近的某家漫咖過夜。

八月十九日

今天開始又要獨自過活。我目前在仙台，要搭電車回到昨天待的鶴岡，車程五個小時，到的時候都天亮了。今天要在鶴岡見出版社的人，明天開始又要出發走路。

我還能見到直子。再過二十天，就要準備在長野開展，我得在那之前抵達長野。我已經六天沒畫圖，應該可以用全新的心情來畫圖。或許每年應該有幾段時間停下來休息，盂蘭盆之前那段時間，畫圖感覺就像單調的工程。或許工程化也不錯，但是不太好玩，圖畫得太好也不行。

這五天內的行程，一直是搭汽車或電車平行移動。沒有垂直震動，而且很快，希望回歸走路生活能夠有新發現。

我不想變成一個無法自行消化第一手資訊的人，不想變得靠電視、新聞、網路評價、他人傳聞，來決定或改變自己的評價。什麼有趣，什麼不有趣，什麼討厭，什麼不討厭，至少要由我自己來判斷才行。我很能體會工作辛苦，會苦到無法思考，但是苦到自己都不去思考，不去判斷，不去蒐集資訊，不就像動物了嗎？不是很討厭嗎？

八月二十日

好，今天盂蘭盆假期結束了。我又要開始畫圖，開始走路才行。還是偶爾改變步伐，休息一下才好。如果沒有做點變化，好像就不知道該注意什麼，該思考什麼了。

早上去三川町，到安達家去拿回我的房子，爺爺跟奶奶也在，請我吃麵線。我說休息的時候看到田麥俣的多層民房，他們說：「前不久啊，這附近的房子還都是茅草屋頂，赤川是有茅草田的呢。」聽說附近河邊長很多茅草，居民就是割茅草來鋪屋頂的。

從住家附近張羅房屋的材料，眞是新鮮又迷人，而且還很天然。我還眞的不知道，自己家用的木材是哪裡來的，也不記得是哪個工匠蓋了我的老家。我小時候有看過老家建造的過程，只記得人家不斷從哪裡搬來木材、木板、工具、窗簾這些東西，好多壯漢一直乒乒乓乓，三兩下就把房子蓋好了。那已經不是「創造」而是「組裝」，我小時候到底住在什麼東西裡面啊？

大概中午從三川町出發，總之先去加茂一帶，距離十五公里。爲了參加團體展，必須在九月十三日之前抵達長野，總距離有三百三十公里，可能有點困難喔。至於能不能趕上，這就眞的有趣了。今天常常看到昆蟲斷肢，不知道是螳螂還是蚱蜢。還經過蝗蟲熱點，我努力不去踩到蝗蟲，但不敢保證一隻都沒踩到。

下午四點左右抵達加茂，開始找寺廟商借土地，突然就下雨了。我先找了兩座廟，都沒人在，找到第三座，住持一口就答應說：「這有什麼好煩惱的，只是借個地方，可以可以。」我就是看廟門口寫了一句話說：「別以爲人能獨自生存，都是靠偉大的力量保佑」我才想說：「喔，這裡應該行。」

我問附近有沒有澡堂，住持開車送我去湯野濱，我正在澡堂的休息區寫這段日記，然後今天晚上只吃了飯糰。

八月二十一日

昨天那兩座沒人在的廟，好像本來就沒人在，原來還有無人的寺廟啊。是因爲住持沒人接棒了嗎？早上住持送我飯糰跟小禮物餞別，然後問我：「方便的話可以畫我這裡的山門嗎？」我覺得這座山門很酷，又還有時間，我就說：「我試試看。」聽說這座山門是用造船材料打造的，我畫圖畫到中午，又收了一點錢，偶爾會有這種意外收入。

中午，住持帶了個小學三年級左右的男生，大家一起在正殿吃蕎麥麵，原來這廟裡除了住持、住持太太，還有一對年輕夫妻，我以爲這是年輕夫妻的小孩，結果不是。住持說這是他的「外孫」，趁暑假離家到廟裡生活一個月，眞不錯。住持除了蕎麥麵之外還拿出毛豆，在山形每戶人家都有毛豆，而且每人可以吃一大碗，看來這裡也一樣。

中午左右出發，住持送我滿滿一罐寶特瓶的麥茶，瓶身上還有手寫的「麥」字，眞是個好「麥」字啊。今天要往「溫海溫泉」前進，往西南方大約二十五公里，是個溫泉街。

今天路上也有人問我「你要去哪裡啊」「你從哪裡來啊」我回答之後忍不住要想，自己碰到旅人的時候也會這樣問，明明只會有「是喔」「厲害喔」

之類的簡單反應，但只要看到旅人就會反射提問，這到底是什麼問題？我覺得這跟自己根深蒂固的觀念有關。

目前我認定自己「沒有移動中的感覺」，但是只要鬆懈下來就會擔心，朦朧地、模糊地感到「我好像跑到很遠的地方來了」的不安。同時還會擔心「將來的人生該怎麼辦？」我有沒有在擔心，會影響到對「移動中」的觀感，爲什麼會有這兩種感受呢？

「你要去村上啊？」有個阿姨這樣問我，我回答：「村上是我的姓。」有個先生問我：「你要繞日本一圈啊？」我說：「不只一圈，要十圈喔。」他嚇得目瞪口呆，我喜歡繞日本十圈這句話的震撼力。

天色有點暗了，我也抵達溫海溫泉了。我問：「有沒有地方可以讓我過夜？」櫃檯說：「這裡有大飯店的廢墟，那裡肯定沒問題。」我覺得很好玩就過去看看，有家大飯店破產了，整棟飯店都還留著。太陽已經下山，這麼大的建築物看來整個就是鬼屋，嚇死我也。我想說這裡不太行，打算回頭，結果發現好時髦的咖啡廳，竟然可以邊泡腳邊喝茶。這裡充滿創作的味道，我想老闆應該會覺得我很有趣，就進去看看。

咖啡廳名叫「チットモッシュ」，好像是「有點意思」的方言。我以爲老闆會是三十來歲，身形苗條的都會人，結果是個活力老爹，好像在築地賣魚的老闆。

咖啡廳裡大概有八個人在聚餐，酒舖老闆、旅館老闆、溫海溫泉老闆，大家聚在一起喝酒，聊旅行計畫。當地的老闆們互有交流，我感受到大家共同撐起這個鎮的心意。溫海溫泉正在沒落，但是不像我之前路過那些哀愁又荒廢的溫泉街，我想就是有這樣一群人，這裡才會有些活力。

「有點意思」的老闆眞的很看重我，他說：「我就喜歡這種幹蠢事的人，因爲我就是蠢蛋啊。」

「警察有找你問過話嗎？」

「我已經被盤查二十幾次了，還被報警兩次呢。」

「也是啦，社會就是這樣，不要輸喔。」

「不會輸啦。」

由良一帶？有房子在走路——!!!!
幸好有去搭話 wwww
さぁちゃん ٩(ˊᗜˋ)۶(無浮上狀態) (@Satomix25)
2014 年 8 月 21 日

「我歡迎你可不是爲了替自己宣傳，是因爲中意你啊。你就不用幫我上網發文啦。」

晚上，把房子放在「有點意思」門前，轉成夜晚模式（關窗鋪地墊），剛才一位聚餐的阿伯說：「這裡治安不好，小心啊！」

「咦，這裡治安不好喔？」

「看就知道了吧？」

突然就有另外一個阿伯衝過來大喊：「村上！我要捅你啦！」這些人怎麼這麼嗨啊。

晚上到附近的大眾澡堂洗澡，發現大家進去都會小聲說「晚安——」有人會回「喔——」然後出去之前會說「先走——」裡面的人又回「喔——」於是我離開之前也小小聲地說「……走——」裡面的人也回我「喔——」我好開心。

八月二十二日

中午跟「有點意思」的老闆單獨談話，聽說他的本行是賣汽車，爲了振興地方，才另外成立個社團法人。

「我想振興溫海溫泉，以前這裡有二十二座旅館，現在只剩七座了。可是啊，我不能硬去增加沒需求的東西，一定要好好安排。以前的人啊，做什麼都自己來，你不能依靠政府跟外人的幫忙啊。」

聽說「有點意思」本來是市政府的設施，現在交給這位老闆經營。

老闆說：「三十歲之前，碰到什麼都當作上課就對了。」我說：「我會加油。」老闆說：「什麼加油，過氣啦，不必加油，普通做就好。」普通做就好，眞酷。

接下來好一段路沒有大城鎮，看來肯定不會有自助洗衣店，我想說用水龍頭沖洗也好，就用路邊的水龍頭洗衣服，晾乾之後離開溫海溫泉。

剛出發沒多久，有個年輕小姐穿著好像睡衣的服裝，騎著黑色淑女車，過來問我說：「你一直都這樣在走路嗎？」這淑女車前後都有菜籃，都裝滿了背包跟行李，小姐臉上還包著遮陽毛巾。我好像沒資格亂講，但是這個打扮眞慘烈，但是她眞的很可愛。「是啊，妳是旅人嗎？」她說：「是啊。」聽說她十八歲，從大阪過來，今天是出發第五天。

「妳看起來好像剛買完菜喔。」

「那怎麼可能，我又沒有購物袋。不是有很多人騎著高檔腳踏車，穿著很貴的單車服，掛著『環遊日本』的牌子旅行嗎？我不敢那樣秀，我覺得就是穿成這樣騎淑女車，才敢出門旅行啦。」

我整個懂妳。

「昨天睡哪裡啊？」

「我坐在休憩站的長凳上就睡了。」

這下更強了，根本不像是個十八歲女孩。我們邊走邊聊，她光明正大走在車道上，一點都不害怕，生命力肯定很強。

「那衣服是怎麼洗的？」

「我有帶很多衣服，所以還沒洗過。」

聽說她旅行的動機是：「有點想去青森。」

我往南下，她往北上，所以我們在溫海溫泉的國道路口道別，眞想再見面啊。

我覺得小時候碰到某些小事情只是「假裝煩惱」，但是長大了就會認眞煩惱這些事情。眞希望我在煩惱什麼的時候，要提醒自己只是假裝煩惱。我不想忘記，一切都只是「假裝」。

「有點意思」的老闆叫我去「有點意思」二號店，所以我去了鼠之關，傍晚抵達，今天決定在二號店過一晚。二號店的女老闆，是老闆那個社團法人的成員，跟隔壁壽司店的老闆很熟。兩個老闆都挺有活力的，而且都很中意我。「鼠之關的海水浴場有淋浴間，你可以睡淋浴間旁邊，有什麼問題就報我的名字。」壽司店老闆這樣講，聽說他也是觀光協會會長，我拿畫給他看，他說：「畫不能等人家請你畫，要你自己想畫才行。有很多客人請我做事，但是給人家請，感覺就是做不好啊。」我很懂那個感覺，我也是被人家拜託就不想畫了。

壽司店老闆帶我去新潟跟山形的縣境，縣境就落在住宅區正中央，感覺有各種麻煩。聽說相鄰兩戶屬於不同縣，收垃圾的日子，小孩的學區，很多東西都不一樣，眞怪。

晚上，壽司店老闆請我吃壽司，在店裡碰到兩個年長的先生，是神主跟木匠，後來木匠的女朋友也來了，我們四個莫名去吃了拉麵。

八月二十三日

大概中午離開鼠之關，走上國道沒多久，就看見「歡迎來到新潟縣」的告示牌。好熱，風有鹹味，我最近都沿著海邊走，之前買的驅熊鈴鐺開始生鏽了。我想休息，就坐在新線公路的人行道上，用低角度欣賞國道風景，眞新奇。原本在腳底下的草，如今近在眼前，螞蟻的隊伍也看得很淸楚，車子一直開過去，每輛車的輪胎都轉得無敵滑順。

傍晚抵達觀光地「笹川流」，路邊有幾家店舖掛著「藻鹽」的招牌。我想休息，放下房子到處晃晃，店裡有個阿伯出來了。

「那啥？狗屋喔？你有養狗喔？」

「不是，那是我家。」

「嗯？嗯？」（看來是不懂）

「我把它當帳篷帶著走，邊走邊找地方借放，過夜睡覺。」

「嗯？那你怎麼移動的？開車？」

「不是，走路。」

「咦？」

「我揹著它走路啊。」

阿伯咧嘴笑了，感覺就是「你少開玩笑啊」，然後拍了我的肩膀說：「好，你就放這裡吧。」我都還沒拜託他呢。不過已經下午五點多，我也打算要去借土地，這下開心了。「你就用這個休息室吧，我幫你開鎖，這個拿去吃。」阿伯幫我開了休息室的鎖，還給我一包海苔鹽洋芋片。

這附近眞的只有公路，我想洗個澡，走到最近的越後寒川車站，然後搭電車回前一站的勝木車站。走去花了幾小時，搭車回來才幾分鐘。站前有個用廢棄學校改裝的旅館，我在那裡泡溫泉，但是這裡的電車三小時才有一班，所以我泡了二十分鐘就出來，回去我家。

日本海就在旁邊，天黑了看不見海，但是海浪聲很大。遠遠的地方有個粟島，我可以看見島上燈塔在發光。

八月二十四日

或許我不是討厭旅行這個詞，而是討厭自己理解它的方式。我對旅行的聯想，是一種過渡，一種不成熟的狀態，一種自我探求，但其實旅行並不是爲了找什麼，旅行本身不就是一個目的嗎？所以大家老了才會去買露營車，開去到處玩不是嗎？工作，不就是爲了去旅行嗎？

早上要離開鹽舖，碰到三個阿伯穿著慢跑服經過，他們自稱「跑步白痴」。這三人活力十足，連講話都快要搶著講了。我說：「上網搜尋走路的房子就會看到我的日記，有機會請看看吧。」阿伯說：「原來是用走的啊！不是用跑的啊！」眞不枉他們自稱跑步白痴，第一次有人對我這麼說。

這裡是村上市，跟我的姓一樣。每隔幾公里就有海水浴場，今天星期天，天氣又好，到處都有很多人。眼前有個穿三角褲的小哥走過來跟我說：「啊，我有在網路上看過你！要不要去休息啊？我跟那裡的海之家認識喔。」於是我就去海之家喘口氣。「你這房子應該沒把手吧？」小哥邊說邊給我一瓶啤酒，其他還有五六個同伴，他們好像每年這時候都會聚在一起。

傍晚抵達野潟海水浴場旁邊的「野方露營場」，有一家人正在烤肉，其中有人對我說：「這裡過了盂蘭盆就沒人，你應該可以隨便住吧。」這家人住在新潟市，很中意我的活動。「可惜我們已經熄火了。」人家說了，送我兩包熱狗、飲料、果凍跟香菸。

「下周末，我們要在離這裡往西五十公里的海邊烤肉，方便的話就過來吧！」

今天落腳的地方是露營場，感覺格局是離廁所走路兩分鐘，離浴室走路八公里，這下今天就沒得洗澡啦。

對了，這不就是房屋的「格局」嗎？

我帶著走的其實不是房子，只是臥室，廁所跟浴室的功能位在城市之中。只要放下臥室，方圓幾公里之內就是我家，這個想法如何？每次決定落腳的地方，就會開始期待「接下來要做什麼呢？要洗澡，還是要吃飯？」原來這興奮的感覺就是這樣來的啊。只要放下保麗龍做的臥室，格局就會擴散開來。比方說昨天有電視看，然後搭電車去洗澡，今天則是有廁所，不過要搭電車一小時才能洗澡，感覺每天都在不同的房子裡生活。

八月二十五日

現在是八月二十六日的早上八點，我坐在瀨波溫泉海水浴場更衣室的長凳上，寫昨天的日記。眼前就看到大海，非常涼爽。天色陰暗，海平面以上都是灰色，海天的界線有些模糊。海邊幾乎沒有人，而且在下雨。我身上這件衣服是最後一件，如果不洗衣服就沒衣服換了。就算現在洗也不會乾吧？應該趁昨天好天氣洗澡才對，事情要趁能做的時候先做才對。

昨天在房子附近的涼亭睡回籠覺，睡到中午，果然不洗澡就無法消除疲勞。我想今天就別走太遠，決定前往七公里以南的瀨波溫泉。前天有個好心年輕人特地拿地圖告訴我怎麼走，今天又碰到他，我們同年齡，聽說他最近剛辭掉第三份工作，正在煩惱以後怎麼辦，每份工作都不太適合他。

「我找不到想做的事情啊。」

我跟他說了，我也還沒找到自己想做的，或者喜歡做的事情，不想做的事情倒是有很多。

一般人認為要去找自己想做的事情，把想做的事情當成工作才對，我討厭這種看法，這是一種暴力。人生在世不必對人和善，也不必把喜歡的事情當成工作，不必找到想做的事情，不想做的也不必做，吃到不喜歡吃的就吐掉，辦不到就靠別人幫忙。有些事情想做也做不到，更麻煩。

我們一出生就被丟進蠻橫無理的世界，所以不必太認真。活下去是件大工程，我們如果不持續運動就會死掉，如果不持續呼吸，不持續吃飯，不好好睡覺，都會死掉。出意外會死掉，生病、受傷都會死掉。有時候無法拒絕不想做的事情，會自己找死。像我現在如果不洗衣服就沒衣服換，但是如果一直穿著沒洗的髒衣服，好像也會因為不衛生而死掉。

更麻煩的是，這所有的事情都要花錢，睡覺、吃飯、治病，洗衣服都要花錢。有時候連死了都要花錢，死了明明就不必再死，但是活著卻要一直活，真是件大工程啊。賺大錢的人跟賺不到錢的人，都一樣很忙，我想這位年輕人也很忙，昨天很忙，明天應該也很忙，辛苦你了。

下午抵達瀨波溫泉，海水浴場很近，是個大溫泉街。盂蘭盆時期應該很熱鬧，但是現在很清閒。這裡的觀光客數量應該也在下滑，只是沒有十和田湖一帶那麼慘。這是正常的，是合理的，鎮上到處都有煙囪冒白煙。

我去了「龍泉」澡堂，有三種露天溫泉，洗完之後坐在大廳的長凳上，有位小姐來找我說：「不知道我有沒有認錯，你是村上先生嗎？」嚇一跳，她並沒發現我把房子放在澡堂門前，只知道我人正在村上市，看到我的長相跟打扮就過來搭話。開心歸開心，我也覺得這下不能太大意了。

在這裡商借土地，人家答應了，今天就落腳在溫泉停車場。格局呢，離廁所（超商）走路九分鐘，離浴室（早九點～晚九點）走路十秒鐘，離廚房（海水浴場）走路十分鐘，我決定從今天開始畫格局圖。

晚上，我去廚房兼海水浴場散步，天很黑，幸好浪花亮白白的，可以看到白線來來去去。沙灘上有一群年輕男女在放煙火，還有很多海之家遺跡（只剩鋼管鐵皮屋頂的大空間），感覺夏天已經結束了，有點落寞。沙灘上只有一間海之家還亮著燈，裡面有個穿黑吊嘎的人躺著看電視。這間海之家沒有牆壁，從浪邊就能看見裡面，好像在看他的生活劇場。

回到臥室（房子）準備關窗的時候，突然摸到滑溜溜的東西，嚇一跳，原來是蛞蝓。屋頂上有雨蛙，我可不希望睡覺的時候把牠們壓扁，所以先趕走了。昨天也有好多小蟋蟀跑進我家，還跳到我臉上。我有注意不把房子放在螞蟻的路徑上，但是阻止不了其他蟲子跑進我家。

八月二十六日

我每天帶著臥室走路，跟人家商借土地落腳，每天房子的格局都不一樣。這樣我不就能自稱建築師了嗎？我每天都在做室內設計，其實我原本以為自己做不了建築設計，這真是個新發現。

我在海水浴場的長凳上睡個回籠覺，上午離開瀨波溫泉。總之沿著海邊往西走，大概往西二十公里有個很特殊的溫泉叫做「越後里，親鸞聖人綜合會館，西方之湯」這座溫泉的特色是水色黑，而且氣味嗆，總之先往那裡去看看。

雨一直下，感覺簡直像梅雨吧？只要下雨，路邊的雜草看起來就是淡黃綠色，這種雨會害我的睡袋、鞋子襪子都溼答答，我很討厭，但是花草會很開心吧。人行道上出現很多蝸牛，蜘蛛在自己的網上忙些什麼東西，車道上有好多大砂石車來來去去。十二點多經過一座工地，午休時間靜悄悄的，但是有個先生在練習開怪手。他坐在駕駛座上，把怪手左轉右轉，開來開去，大家眞是忙碌啊。

我走著好漫長的一條路，風景都差不多，又常常沒有人行道（下雨天感覺更無聊），下午四點左右才抵達一座很大的親鸞聖人像。這裡也有「溫泉」的招牌，但是門口掛著繩子，表示正在休息，可惜了。

我繼續往西走，有輛車子停在我旁邊，有個打扮跟長相都很像衝浪客的小哥下車來。

「你在搞什麼啊！會口渴嗎？」

「是有點口渴啦。」

「喝個茶吧。」他說了，給我茶壺。

「我在過移動生活，到處借土地落腳。」

「不嫌棄的話，我知道一個好地方喔，前面的藤塚濱有家衝浪店叫做天堂（Paradiso），跟我認識，應該會借你住下吧。」

「我去看看。」

這樣聊過之後，我就前往藤塚濱，從親鸞聖人像再往西四公里。

傍晚五點半左右抵達「天堂」，光看門面就知道肯定有個有趣的老闆。店家主體是白色，牆上掛著圖畫跟漂流木飾品，是衝浪店跟咖啡店開在一起，有好幾個人笑著出來接我，不知不覺就放晴了。

眼前是漂亮的白色沙灘，阿部老闆說：「幸好你在日落之前就到了，這段期間可以去佐渡島看日落喔。」現在正是日落的時間呢。

聽說阿部老闆把老房子改裝成這間店，很多人來這裡畫圖，最近才有個畫圖女孩在這裡住了幾天，她拉著手推車從愛知徒步旅行到岩手。我剛到，老闆就問我：「你有碰到一個拉著手推車的女生嗎？」看來老闆對她印象深刻。本店全年無休，這是開幕後的第三個夏天。

「冬天就只有熟客會來了。」

今天落腳在海之家裡面，廁所、浴室、廚房走路都不用一分鐘，還有電源，不僅不用擔心蚊子，還能聽到海浪聲，棒透了。

八月二十七日

早上在「天堂」裡面睡醒，正在發呆，就出現兩個男生，好像是兄弟。哥哥對弟弟打了一拳，還自帶「デュクシ」（譯註：發音為dexukushi，為小男孩格鬥時發出的聲音，一說來自綜藝節目，一說來自遊戲《快打旋風》。）的搞笑音效。啊，這個音效好懷念喔。我懂他們，但是怎麼會懂呢？如果是其他語系的人聽了，會覺得怎麼會有這種音效？他們的爸爸好像是從千葉來這裡做外燴的人，衝浪店二樓是老闆的私人房，也像是別墅，昨天晚上請了不少人來開派對。

原來昨天跟我講話的人不是老闆，只是店經理。眞正的老闆經營將近二十家店舖，帶著衝浪板去世界各地衝浪。比我大一歲的外燴哥哥告訴我很多事，老闆有個朋友，已經去過全球六十幾個國家，然後說：「他眞是太高端了。」我又聽別人說有個人四十好幾，把車子、房子跟電話都賣掉，打著「無盡夏日」的主題，只帶了衝浪板跟護照就出國，花了幾年環遊世界。眞是什麼人都有啊。我在這裡常聽到「自由」兩個字，有人獲得了自由、健康跟金錢，帶著衝浪板環遊世界，太棒了，不過我不確定這算不算自由。

店經理說：「今天下雨，你明天再出發吧。」所以我決定今天不走。不走的日子我通常就想跳舞，所以傍晚就獨自在沙灘上跳舞，廣大的沙灘上一個人都沒有，我赤腳跳舞，沙灘上的腳印愈來愈多，眞有趣，我也跳得更賣力。跳著跳著，我就能接觸到遠比現實表層更深奧的某個地方。我得偶爾跳個舞，去接觸那個地方，不然就毀了。我希望一群人在沙灘上跳舞，然後把腳印拍下來掛在家裡。

我看新聞說茨城縣驗出了鈾，之前我走過的地方也常常有告示牌，顯示「今日輻射劑量」。這下眞不知道輻射線飛到哪裡，又囤積在哪裡了。如果不去習慣詭異、危機感、擔憂、疑問，生活就很不方便，所以我的腦子會去習慣這些不該習慣的感覺，去忘記這些不想忘的事情。原來是這樣啊，我在福島碰到的那些人，都學會了怎麼跟輻射線相處，這就是生存戰略啊。「不能習慣」「不能遺忘」這種說法總覺得不是很實際啊。

「無論多麼嚴重，我都能習慣；無論是震災或核災，我都能忘記。」我必須先接受這個事實。在這前提下，如果我不想放棄思考，就只能不斷改變了。我只能將自己感受到的差異，慢慢融入日常生活之中。把變化當成平常，習慣去判斷自己所處的狀況。我只能靠這種方法來結束日常，趁變化被日常吸收之前先逃走，只能不斷反覆逃走了。

八月二十八日

我可以帶著箱子走，卻不能帶著土地走，就算我把泥土挖起來帶著走，也不算是帶著土地走，眞有趣。

早上八點左右離開「天堂」，目標是往西三十公里，某個朋友的老家。朋友說當我路過新潟市的時候，剛好就會回老家，希望跟我多聊聊。下午天氣放晴了，公路還是沒什麼人行道，風景沒什麼變化，幸好沒颳風也沒下雨就是了。我發現路上掉了骯髒的破布，仔細一看原來是動物的屍體，抱歉我把你當成破布了。

中午過後，我把房子放在河邊休息，有輛車停在附近，一個誇張的金髮阿姨下車來。

「這什麼東西啊？我剛剛看你在走路，想說一定要拍個照片，就拿 iPad 過來啦。我還想說要是俄羅斯人該怎麼辦呢，可以拍張照嗎？」

阿姨說起話來很嗨，聽說這附近貿易盛行，很多俄羅斯人。阿姨邊錄影片邊問我一堆問題，我也說了很多，例如從東京出發五個月以來過著怎樣的生活。阿姨說：「啊，這樣不太禮貌，我就別錄了。」然後停止錄影，反射神經眞敏捷啊。

「你有缺什麼嗎？」

「不怎麼缺。」

「缺糧餉嗎？好像有點沒禮貌，我可以給你錢嗎？」

好像有點沒禮貌，我可以給你錢嗎？還是第一次有人對我這麼說，但是我很高興有人認爲「給人家錢很沒禮貌」。但是阿姨堅持說要給我錢，果然反射神經很敏捷。我不小心笑了，說：「那就請妳給我錢吧。」阿姨就從錢包掏出錢來說：「這給你，加油喔。」兩萬圓，我說：「沒有，我不用這麼多啦。」阿姨說：「沒關係沒關係。」又回車上去了。我在背包裡找紙筆，想把自己的姓名跟聯絡方式留給她，結果她說：「你給我勇氣了，謝啦。」就開車跑掉了，我連她的名字都不知道。

下午五點半，抵達朋友的老家，家裡有朋友的爸爸、媽媽、奶奶三個人加一隻老狗。同時朋友今天也從東京回老家來，大家很友善、很開心地歡迎我。奶奶的頭髮染成紫色，開心地把孫子小時候參加某個繪畫比賽的得獎作品拿給我看，她孫子就是我朋友，朋友不好意思，感覺眞棒。

「眞是有帶朋友回老家的感覺啊。」

奶奶笑說：「人生在世能碰到你這種人，眞好啊。」

八月二十九日

上午前往新潟市西區的「鶴橋書店」，是埼玉那個田谷介紹我來的。這裡的書本很多元，但有趣的是地下室，顧客可以用手電筒照著腳底來「挖書」。每天可以挖出一本書用超低價購買，而且不同年齡的客人，買書價格也不同。老闆不在，我留了張紙條。

明天要慶祝爺爺的八八大壽（譯註：日文稱為米壽），所以先將房子借放在朋友老家，自己回到東京去。久違的東京，從新潟搭高速客運回去，一小時一班車，久違的長時間高速移動。我在新潟站跟朋友拚日本酒等車，下午兩點上車。新潟的日本酒眞好喝，而且又便宜。

高速客運意外地熱門，只有兩個空位。沿路全都是稻田，感覺全日本的米都種在這裡了。客運時速一百公里，但是完全沒感覺，外面風很大，有沙塵高速掠過，但是移動眞的太平穩了。這樣眞的不行，速度這麼快，每一秒的負擔應該都很大，卻沒有任何感覺。我光想都快忍不住了，這種東西還要搭上五小時嗎？用走路的要走幾個星期啊。我知道速度這麼快，會看漏很多東西，所以以這樣的速度移動就不舒服。爲什麼搭這種東西要付錢，走路卻不用？愈快的交通工具應該愈便宜才對。幸好偶爾路面顛簸，車子會震動。如果我不喝醉，是不能搭快車的。

八月三十日

明明是自己出生長大的地方，回來一看卻眼花撩亂。東京眞的是超級無敵大，其他地方城市望塵莫及的超級大城。空氣有個味道，不是很好的味道，但是我習慣了。

爺爺辦八八大壽，地點是家裡喜慶常去的上野某餐廳，除了我們村上家還有堂兄弟家，以及我爸那邊的叔伯嬸嬸參加。好久沒見到親戚們，我們邊吃邊聊，想起小時候的事情。我爸這邊的家族關係很融洽，每年過年跟盂蘭盆，都會有兩個堂兄弟來玩，玩個一兩天之後送他們回去，送別的時候想到隔天起又是平凡日常，就覺得有夠絕望。我有個堂兄弟已經生了小孩，這個小孩跟小時候的我很像，讓我再次體會到，我是在這裡出生的。

壽宴最後是由爺爺來打招呼，奶奶過世的時候，爺爺完全沒有表現任何情緒，但是今天看來好傷心。奶奶過世這麼久了，爺爺也八十八歲了，他對大家說的話，裡面隱約透露出孤單。我想他不太清楚我在做什麼，但是卻精準地說了：「你要小心身體，小心你的念頭別走偏了。」爸爸也來打招呼，我看爸爸，沒有感覺到什麼絕對的威嚴，只是個普通人，覺得有些落寞，可能是太久沒見到面了吧。

回家之後跟大家聊天，堂兄弟說他看了《清潔員村上2》的影片，大爲震驚，然後說他公司有個同事竟然是敵對公司的間諜。他用我的影片來聊到我本人，眞開心。我希望自己的活動跟作品，盡量與我的家庭環境跟親戚關係脫鉤，以爲家人會看不懂，結果沒有這回事，是我自己在蓋牆，這眞是大發現啊。

堂兄弟家回去之前，我們在老家的音樂間學辦小小發表會。先是嬸嬸彈了兩首鋼琴曲，堂兄弟彈了一首但彈不好，然後是我爸伴奏我媽唱歌。

爺爺在旁邊聽，從頭開心到尾。

八月三十一日

早上八點半，在當地車站上了電車，準備搭新幹線回到新潟。月台上有個女生，手裡握著學測的准考證，表情感覺鬥志高昂。她上了車沒坐下，站在窗邊看古文的詞本，坐下應該會想睡吧。我記得自己高中的時候也是站在窗邊看英文詞本，眞是看到好東西了。

很久沒跟親戚聊天，感覺這次可以把家人與親戚當普通的人來看待，我弟好像也在煩惱往後的人生要怎麼過。堂兄弟阿眞說：「我已經看破，準備工作過一輩子了。」每個人都忙著找出自己扮演的角色。

新幹線好快，在車上寫日記就暈車，一個半小時就到了新潟站。

中午，到新潟站附近的朋友老家，跟自己的房子會合，開始往長岡方向走。好熱，新潟的天氣變化很快，我走了十五公里成功「搬家」。發現溫泉旅館，我就去泡溫泉，這裡水質是咖啡色，溫度比較低，我今天想在這附近商借土地，覺得旅館不好借，還是借看看，結果不行。

「不好意思，這塊地上還有營建公司。附近有座好公園，有廁所跟水源，我建議可以去那裡。」

公園不太好吧，我邊逛邊想該怎麼辦，就經過一座神社。神社裡有一群阿伯在開宴會，裡面有個年輕人叫住我說：「你在幹什麼啊——！」又說：「要喝酒嗎？現在是節慶，過來坐坐吧。」於是不知不覺我就到了神社裡面，被一群阿伯包圍，手拿紙杯被人灌啤酒。短短五分鐘之前，我還絕望想說：「今天該在哪裡落腳？」常常是柳暗花明又一村，我眼都花了。

回了老家一趟，身體還不適應這個速度，阿伯們喝醉了，嗓門特別大。同時有三個人問我問題，還沒回答完又有別的問題過來，就這樣熱熱鬧鬧一陣子，然後大家突然開始收拾吃的喝的，連人也開始慢慢散去了。

叫住我的年輕人說：「今天可以到我家喔。」所以我就跟去。

「大家怎麼突然就回去了？」

「因爲村長在這裡，應該有什麼暗號吧。」

他家三代同堂，家裡有他爸媽，他老婆，跟兩個小孩。大家看到我突然揹著房子現身，笑嘻嘻地歡迎我說：「怎麼著？這厲害了喔。」認識不過一個小時，我自己都還沒整理清楚，奶奶就說：「你要住廂房對吧？那裡沒有地鋪，我得拿一套過去才行。」然後開始準備了，好快的反射動作啊。

找我來的人說：「我們去吃雞肉吧。」然後找了他的女生朋友好像是動漫宅，我們三個一起去吃飯。當我們聊到喜歡的美術家，他說：「他們搞美術不是爲了賺錢對吧。哪像我工作只爲了賺錢，眞不知道是爲了什麼過活喔。」

眞不敢相信，我今天早上還在老家呢。

秋

二〇一四年九月一日～十一月三十日

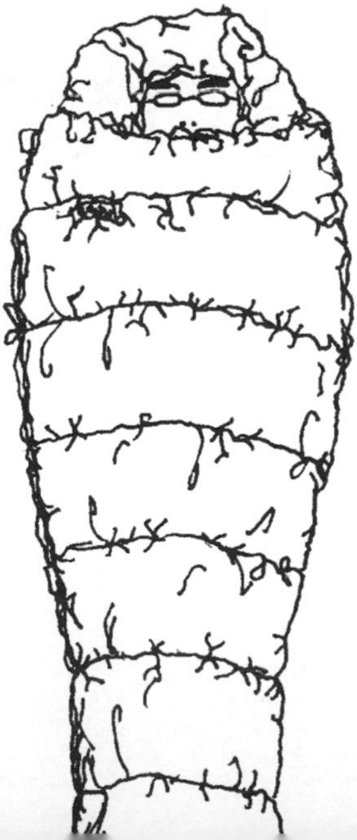

九月一日

早上醒來閒晃，奶奶跑來說：「我們要去割稻，中午才會回來喔。」竟然能聽到農家奶奶親口說收穫時期到了，眞奢華。我記得在茨城縣常陸太田市看過剛插秧的農田，覺得好漂亮，想不到現在就是收成的時節了。

我畫畫圖寫寫日記，中午十二點左右出發，沿著國道八號走，目標是燕市。今天也很熱，馬上就流汗，這項活動的用意是讓我找回我自己的感覺。我邊走邊想，快把我的皮膚、耳朵、眼睛還來啊。如果我們不去思考，別說是道德或正義了，就連「好累」或「好開心」可能都是社會灌輸給我們的，自己不思考最可怕。我過著我的生活，無論因此多麼疲倦，我都能忍耐，而我對自己下的命令也會乖乖聽話。

國道八號很吵，所以我沿著河邊走，突然有輛黑色箱型車停在我面前，車上跑出一個不錯邋塌的小哥，口氣有點嗨地問我說：「你在搞什麼啊!?」我解釋之後他又說：「熱血喔！村上哥熱血喔！」所以我問：「我在找今天晚上落腳的地方，你有地方借我嗎？」

「嗯——我家是不太方便啦——怎麼辦呢……縣央大橋下面有個大公園，我想應該行吧，我們常常聚在那裡玩滑板啥的。」

「那我先去那邊看看。」

「到了請給我個電話啊！我會找朋友，今天來開趴啦！」

我也莫名開心起來，回他說：「讚喔！」他一直喃喃自語說：「哎呀——今天碰到熱血哥了啦——」

傍晚抵達這座縣央大橋，不出所料，是河濱的大公園。我打給剛才那個小哥，他就開車來了。他說：「請你洗澡啦！」我就把房子放在公園，坐他的車去洗澡。我們在車上聊了不少，他說他是個即興饒舌歌手，藝名叫做YASSAN，曾經在新潟大賽得過冠軍，我決定叫他八哥（やっさん，編按：發音類似Yassan）。我以爲他肯定比我大，結果比我小一歲，他就叫我「大哥」。

「想不到在平常日的這種時候，碰到這麼厲害的人啊，我用Line聯絡朋友了，大家已經叫你『村哥』啦！」

這個小哥實在豪爽，聽說他老家是歷史悠久的食品舖，他也打算繼承家業。八哥帶著紅色棒球帽，留鬍鬚，而且嘴巴很壞。剛好有個阿婆告訴我們一個溫泉，我們過去找結果迷路（其實是因爲他沒去過那個溫泉，又不先查導航就出發了），結果他就說：「那個死老太婆，給我亂講話！」八哥嘴巴壞歸壞，聽說還挺愛畫圖的，他的素描簿裡面有很多素描，要拿來當老家的商標用。看來他替老家下了不少苦工，了不起。

「我是很想讓村上哥住家裡啦，可是昨天跟我老爸吵了個狗屁架。我從店裡回家裡的時候啊，我媽要我帶個糯米飯回家給老爸吃，但是我回家路上去超商看免費的《少年雜誌》漫畫，忘得一乾二淨就睡了。兩個小時之後我媽回家，問我『糯米飯哪裡去啦？』我才想起來說『忘記啦——』我媽又問『你搞什麼啊？車鑰匙呢？』我說『二樓啦，煩喔——』結果我老爸就罵說『怎麼可以講你媽煩！』我也火起來頂嘴說『你在氣什麼啦！』我跟我爸就對瞪一陣子。後來是我奶奶說『快點吃飯了啦』才收場。就是有這個糯米飯事件啦，所以要收留你就不太方便了。」

「我第一眼看到村上哥，還以爲你是那種沒發現看了二十四小時電視的人，想不到你已經要連看四十八小時啦。」

不愧是饒舌歌手，講話就是有如長江流水，滔滔不絕。泡完溫泉，我們跟他的朋友會合去吃飯，到他常去的酒吧喝了大概一小時的酒，他哥也在酒吧，這位哥哥也有某種趣味，跟八哥鬥嘴就像講相聲。八哥說：「下次我們一起搞點東西啊！」我在燕市結交到好兄弟了。

晚上把房子放在河濱公園裡睡覺，這不能說是有人批准的，不過碰到八哥他們，什麼都好啦。

九月二日

在河濱起床，睡醒爬出房子外面，有點緊張。早上六點有很多阿伯大嬸路過散步，但是九點之後就幾乎沒人了。我收起睡袋，發現T恤上有毛毛蟲，是最近常看到的白色毛蟲。我嚇了一跳，但是不及之前在十和田湖，大毛毛蟲爬在襪子上那麼震撼。我從T恤裡面往外彈了好幾次，把毛蟲彈掉了。

中午左右離開河濱，往見附市的方向出發，新潟幾乎都是農田跟農用路，田裡面已經一片金黃，我邊走邊找樺黃小町蜘蛛的蜘蛛網。這是一種毒蜘蛛，但是毒性不高，就算被咬了也只是痛一下。我小時候就知道這種蜘蛛，一直想親眼看看，最近才開始找牠的網，但是完全找不到，希望某天能找到。

有個阿伯路過問我說：「你要去哪裡啊？」這是最常聽到的問題，甚至因爲太常聽到，感覺像是個深奧的哲學問題。我通常都會回答：「還沒決定。」但是說得有點內疚，口氣像是：「抱歉喔，我還沒決定。」這是一種病，一旦決定目的地，移動就成了單純的工程，會不自覺想說「才到這裡而已？」或者「已經到這裡來了？」這樣不行，一切取決於我的意識，我要邊走邊想著樺黃小町蜘蛛在哪裡。

走了十四公里，來到見附市的休憩站「Patio 新潟」。這裡有個大露營場，長滿了漂亮的草皮。我想說：「這裡不錯，今天就住這附近好啦——」就去找服務台的阿伯商借土地。

「草皮是醫療直升機起降的地方，所以不行喔。我想停車場應該可以，但是沒有人放過房子，我先問問管理室吧。」

阿伯講了一陣子電話，然後說：「只要體積不超過一輛汽車就好。」太好啦，我心想總算能放下麻煩的房子了，每天碰到這個時候都超興奮。

隨便找個地方放房子，用 iPhone 打開谷歌地圖搜尋「澡堂」，走二十分鐘抵達最近的一間。這裡是岩盤浴澡堂，門口寫說「成人兩千兩百圓」我想說「少來了」就前往另外一個五分鐘腳程的地方。結果這個不是澡堂，而是漂亮的民房，澡堂在哪裡呢？再搜尋一次，發現東三條車站那邊有。我走三十分鐘到達見附站，然後搭電車到東三條站，再走個十分鐘總算看到煙囪。「希望還有開門，不要倒閉啊。」我提心吊膽地往煙囪走去，幸好有開燈。我眞是滿心歡喜，澡堂大冒險結束了。

這是一間老澡堂，櫃檯坐了個年齡介於阿姨跟阿婆之間的大媽，有個背超駝的阿伯走進更衣室。阿伯穿T恤，背後全都是汗，應該是剛做完某種工吧。櫃檯大媽對阿伯說什麼：「～弄乾淨沒有？」我還以為自己在葛飾區呢。

回程想到，如果這個鎮附近發生核災，這個光景應該就不見了。民眾會被迫遷離這個地方，不得不離開這個不想離開的地方。那個阿伯，阿伯的爸媽，還有對面的鄰居，要遷離肯定都很耗體力。這時，我回想起福島富岡町的景色。

九月三日

我認為當我說出「我在找地方落腳」的時候，對方所想到的地點，就表現出對方和我之間的距離。比方說人家常常提議公園，就不是對方自己的地方，也不是朋友的地方，而是公共場所，代表我們之間有很大的距離。有些人會提議朋友的停車場，甚至說「可以到我家」，這種人面對外地來的陌生人也不會拉開距離。有些人則覺得公園太遠，自己家又太近，找不到合適的距離。

另一方面，有時候我會搞笑說：「我不小心把自己家帶來了。」如果對方笑說：「把家都帶來啦？」然後就會是：「真受不了你喔。」這種情況呢，我會住在飯店停車場、陌生人家的院子，總之會在搭帳篷或睡車上的狀態不能住的地方。就好像靠搞笑，打破對方的心防。

今天大概下午兩點半離開 Patio 新潟，往長岡方向前進。

正要離開7-11的時候，有個先生來找我搭話。這個人嘴巴很壞，對我講些「你沒有正當工作喔？」「現在有節慶，我可以雇你來打工喔？」「你家很有錢嗎？」「你好閒喔～」這樣的垃圾話，我回說「我不打工」「這就是我的工作」想甩掉他，但是他死纏爛打，我可以感覺到他嘴巴很壞，但是心裡覺得我很有趣。最後我們交換了電話號碼，他還送吃的喝的給我，原來也有這種人啊。

到了傍晚，我跟某間可以免住宿的溫泉館「麻生之湯」商借土地，如果在這種溫泉館先泡過溫泉再借土地，最早都已經是晚上六點之後，所以我要在泡澡之前先商量。經理聽我解釋的時候，臉色都沒改變，我想說應該沒機會了，結果經理回答：「可以啊，不過警察會來巡邏，請自行應付喔。」我道謝之後去泡澡，水質混濁呈現咖啡色，眞是好溫泉。

離開溫泉要去超商的路上，看到長岡市中心的燈光，還有市區那頭的廣大農田。這裡叫做麻生田町，是山谷裡的聚落，路上黑漆漆的，可以看到那頭有座亮著橘光的小學體育館，體育館裡有穿著藍色衣服的人們跑來跑去，感覺挺放心的。

九月四日

上午離開麻生之湯，前往小千古市方向。休憩站之間的間隔有二十公里，我想說最差也還有休憩站可以睡，就放心了。

我在路邊發現「野村休息區」的告示牌，我還是第一次看到私人的公路休息區，跟倫敦看到的私人公園一樣。一個人爲了其他人而放開自我，是公共空間的理想形態，眞應該進去聊聊的。

沿路偶爾會經過商店或水泥廠，但絕大多數都是農田，而且都忙著收割稻米。農民們應該也是這個時節最開心吧？還是因爲習慣了，不怎麼開心呢？像我也習慣揹著房子走路，有時候會忘記，或者不小心忽略了這樣。

之前碰過一個人，不管我怎麼講，他都不信，我這種讓人不敢相信的生活眞有趣。我希望我把生活過得更驚奇，每天都像在搞笑，日後回顧起來都很開心。但是展覽呢，我希望看起來不好笑。

螞蟻在搬運死掉的蜜蜂，很多生物就算死了，掉在地上，還是會有其他很多生物把屍體運回去當養分。原因帶來結果，結果又成爲其他結果的原因。所有生物都爲了延續種族，採取各種生存戰略。我之所以過著這樣的生活，是因爲這樣的生活裡有能量。只要過這樣的生活，裡面就有巨大的能量。

碰到一個癌症阿伯，他說「我只剩半年好活」還讓我看了肚皮上一道好大的手術疤。我突然覺得周遭的景色迅速退去，「死亡」活生生地站在我眼前。

阿伯得知自己罹癌之後，就常常開車去旅行，帶著一隻叫馬可的狗，是純種的紀州犬。阿伯的朋友是育犬家，說沒有人要買這隻狗就得結束牠的生命，阿伯就收養下來了。

「我都快死了，養這狗也沒用，之前有兩次想把牠丟掉，但是丟了就覺得可憐，又去撿回來，而且牠兩次都乖乖等我回去撿呢。這下捨不得丟啦——」

我跟阿伯是在路邊碰到的，他從車上問我：「要不要休息一下？」我就把房子放在路肩空地上，阿伯說：「我飲料喝完了。」就拿了檸檬酒來，我們邊喝邊聊。我解釋了自己的活動，他說：「這樣啊，你眞是個有將來的人，我是已經要完蛋的人啦。」我沒想過自己是有將來的人，只覺得是活在當下的人，但是我覺得跟阿伯辯這個沒什麼意義。我問：「只剩半年生命是什麼感覺呢？」阿伯平靜回答說：「就覺得夠了吧，反正我也有孫子啦。」他說得毫不在乎，眞有趣，跟他在一起很輕鬆。我想，是因爲阿伯沒注意到自己很輕鬆地對待我吧。

從碰到阿伯的地方再走四公里，我們在小千古休憩站又碰面了。阿伯在車上睡覺，我把房子放在他的車子旁邊，我們一起吃飯。阿伯有一級建築士跟房地建物交易證照，聽說這個證照的錄取率只有百分之七。阿伯說他再也用不到房地建物交易證照，所以放火燒掉了，塑膠的證照燒起來有廉價的味道。

九月五日

早上睡醒，發現阿伯已經不見了，應該是天還沒亮就出發了吧。阿伯說過：「我這趟出來就沒打算再回去，我要去最後的地方了。」好沉重的一句話啊。

下雨天，我已經沒衣服換了，洗了衣服都不會乾。iPhone 的 USB 線斷了，沒辦法充電，所以手機一直都沒電。我只披著上衣，腳上穿鞋不穿襪，在雨中走路。我往十日町方向走，沒辦法用 iPhone 看地圖，所以在休憩站要了簡單的地圖。仔細想想，這還是頭一遭，沒辦法用手機還眞是挺恐慌的，iPhone 好強。它可以拍照保存我的畫，有網路上傳我的日記，可以查地圖、打電話、傳郵件、放音樂，晚上還能開燈，甚至可以當尺來用，我覺得少了一個重要的祕書。

新潟眞的常常都在下雨，我想有這個雨才會種出好吃的米吧。光腳穿鞋，鞋子溼答答的好噁心，明明悶熱又只能穿長袖，滿身大汗，走在雨裡眞是心浮氣躁。走到十日町市邊境上的一間咖啡廳，稍微休息。我問老闆有沒有這附近的地圖，老闆翻找之後找出一份鎭上小學學區的地圖借我說：「如果這有用就好了。」這可不是隨便能見到的地圖喔，上面有當地企業的廣告，還有每戶人家的姓氏。我只是心浮氣躁，到這個小鎭上的咖啡廳來躲雨，但是這裡依舊有很多人誕生，努力工作，然後死去。

離十日町休憩站還有五公里左右，有位小姐來找我搭話。

「請問你在做什麼啊？」

「我揹著房子走路。」

「喔喔，你喜歡音樂嗎？都聽什麼？」

音樂？這還是第一次有人剛碰面就問我聽什麼音樂，我笑了。不過這問題很有意思，確實可以從一個人喜歡的音樂來判斷人品沒錯。

「還是第一次有人在路邊問我喜歡什麼音樂，我是喜歡音樂沒錯啦。」

「我也喜歡音樂喔。」

小姐說了把她的MP3插上擴音器，是尾崎豐跟佐田雅志的歌。

「我要往反方向走，不過先幫你帶路吧。」小姐說了就跟來，感覺眞像遊戲《勇者鬥惡龍》的隊伍啊。我對路邊行人打招呼，她也打招呼，她邊走邊自言自語，我不用回話也沒關係。如果要分類，她應該是所謂什麼過動症還是躁鬱症的吧，她本人也說：「我的病好像是什麼亂七八糟的，人格障礙啦。」什麼病不重要，厲害的是她眞的講個沒完，我都笑了。

我在十日町某個休憩站附近，前往一座「越後妻有交流館Kinare」，兩年前十日町辦過一場「Project×日町」認識某人，今天又重逢了。他對我的活動超有興趣，還說都起雞皮疙瘩了。總之我放下房子，讓走太久燒起來的腦袋冷靜冷靜，整理該做的事情。要充電、洗衣服跟洗澡，講不完小姐還在我旁邊講些有的沒的，腦袋快燒焦了。

我把 iPhone 交給朋友幫忙充電，去了自助洗衣店。

看到四台中型烘乾機都在運轉，挺好玩的。每台烘衣機裡面有不同人的衣服，或許有些衣服漂亮又昂貴，但是都一樣在滾筒裡烘乾。《起床電視》有個介紹網路話題的段落，好像有人把我介紹給製作單位，人家就用電話採訪我。我總算能夠洗自己的衣服跟襪子，聊起來頗開心，眞的很開心，一回神就過了四十分鐘。只要我嗨起來，就能聊上好幾個小時。

我去泡完 Kinare 的「明石之湯」回來，跟講不完小姐去她說要去的酒吧，她好像很愛唱 KTV，狂唱宇多田光跟尾崎豐，在等歌的空檔還不斷叮嚀我說「要珍惜家人喔」之類的。

九月六日

睡醒之後在 Kinare 前面畫圖，昨天的小姐搖搖晃晃走過來，給我一個塑膠袋，裡面有塑膠盒裝的白米飯跟煎蛋皮。

「你不知道家的味道啊。」

我可沒這麼說，但是挺開心的。

「我會在休憩站那邊。」小姐說，我說：「我今天要畫畫圖，做很多事情，沒辦法陪妳喔。」結果小姐說：「啊，是喔。」就搖搖晃晃地走掉了，煎蛋皮好吃。

離 Kinare 幾公里路程有一座老人安養院，那是前年舉辦「×日町」的會場，我中午過去看看。我曾經在那裡待過三個多月，邊走邊想起許多回憶。我覺得×日町眞是個好企畫，可惜沒有很多人知道。

感覺這裡的房子都細細長長，不只是十日町，新潟的民房屋頂通常都很陡，沒有低矮的平房，還有可以把車停好停滿的停車場。不少房子的玄關在二樓，很少看到瓦片屋頂，我想這些都是大雪地帶居民所下的工夫。

抵達老人安養院，向大家打招呼，兩年不見了。記得之前有個出名的奶奶喜歡到處亂逛，現在坐了輪椅，跟她講話也幾乎沒有回應，以前明明那麼有精神的。不過其他爺爺奶奶看起來就沒什麼變，放心了。很多人記得我兩年前幫他們畫過人像，安養院裡面有九間房舍，各住了大概十個人。

有間房舍「最近走了五個，一直換新人」，裡面住著我不認識的人。最近我常常碰到跟死亡有關的事情，忍不住緊張起來。帶著房子到處打招呼，然後就傍晚了。有個奶奶紅著眼眶對我說：「來了這麼厲害的東西，我都看呆啦，眞了不起啊。」奶奶看到連晚餐時間都忘記，眞開心。

明天是生日，我活到今天就是四分之一個世紀過去了。

九月七日

老人安養院前面有家公司叫做「川北」，兩年前這家公司的人也很照顧我，所以出發之前去打聲招呼。遠田老闆是個非常酷的阿伯，眼神精悍，眼光長遠，而且心腸很好。我覺得他也是個公共人，我解釋了自己的活動，他說：「不走下去，就不懂日本了啊。」第一次碰到有人開頭就講這種話，就是說啊。

「就是說啊，有很多小鎭，不走過去就不會發現，我路上碰到好多沒人發現的冷清溫泉鄉喔。新幹線跟高速公路愈蓋愈多，大家移動都不會繞遠路，我想是最大的問題了。」

「新潟也是一樣，新潟市很大，大家都跑去市區，鄉村的人就少了。原本舊十日町就有五萬人，現在合併起來才勉強有五萬人。有幹道經過的鎭還算好，連公路都沒有的就慘了。」

這個人講的話眞沉重，感覺像是扛起了十日町的責任，幸好我有來見他。他對我說：「要注意健康啊。」

我往津南町方向去，心裡掛念著某件事情，揮之不去。我想像自己的人生突然面臨重要的選擇，我不知道會發生什麼事，但是不保持好奇就慘了。我希望這輩子都提醒自己「享受當下」，等死了之後再去嚴肅就好。

走著走著，有位小姐從車上叫我。

「不好意思，我剛剛看你走在路上，上網搜尋一下，今天是你生日啊？」

問這個？看來今天生日這個事實，比什麼話題都更吸引人。

抵達津南就碰到節慶，鎮上廣播放著響亮的音樂，但是路上都沒人。

在這裡碰到有趣的小姐，她是ＤＪ兼運動教練兼時裝模特兒，還有一份需要國家證照的工作。我們一碰面就意氣相投，到小姐打工的餐廳（還打工喔）借放房子。小姐說她二十歲開始獨立生活，靠打工賺取私立大學的學費跟生活費，並當ＤＪ來紓解生活上的各種壓力。就這樣驚滔駭浪地念到大學畢業，現在還是有很多副業。聽說她在日本各地都有朋友，應該是ＡＢ型的人。

九月八日

睡了回籠覺，六點半左右先醒一次，在附近的公車站用自來水刷牙，回來之後發現昨天的小姐來了，帶著牛皮紙袋，裡面有飯糰、醃茄子跟茶。她說今天晚上下班，會開車帶我去溫泉。然後我畫圖畫到想睡，就睡了回籠覺。

過了中午離開津南，今天也被警察盤查，這是來新潟的第二次了。

「我幾天前也被新潟縣警的人盤查，你們都不會分享資訊喔？」

「如果村上先生失聯了，我們會知道警方最後在哪裡跟你說過話，這個資訊很有用喔。」

是這樣嗎？

「有些路段沒有人行道，請務必小心啊。」

大概走了七公里進入長野縣榮村，腳底一個奇怪的位置長了水泡，好痛，看來鞋子真的要買好鞋才行。這裡有休憩站，我想今晚就住在這裡。現在是下午三點多，我向休憩站雜貨店的阿姨解釋之後，阿姨說：「這是信州名產的煎餅，有四個，應該可以讓你吃四餐吧。」就給了我紅豆餡跟野澤菜餡的煎餅各兩個。

我畫圖畫到日落，天色暗了之後就聽音樂散步。山谷之間有信濃川，還有沿著河邊走的公路，但是幾乎沒有人煙。夕陽下的翠綠山林太漂亮，簡直有點不真實。然後有超漂亮的月亮出來了，我心頭一陣慌。

那個小姐打電話來了。

「你人在哪？」

真是奮鬥啊，看來就是這個人了。
satoshimurakami.net
櫻澤繁 @SSAkurazawa 2014 年 9 月 9 日

「我在榮村的休憩站。」

「好近喔！」

她昨天應該有看我的日記，所以罵我說：「我可以聲明一點嗎？我是O型！標準的O型喔！」

小姐帶我去松之山溫泉，路上提到長野縣北部的地震，我不知道有這場地震。二〇一一年三月十一日晚上，她在津南的家裡看東日本大地震的災情，跟她爸爸說：「或許該去做義工吧？」結果隔天天快亮的時候，突然就發生大地震，而且震源就在正下方，屋裡的家具都震到撞上天花板（DJ器材也是當時壞掉的）。

她說她以爲日本完蛋了。看到東北大地震的影像，幾小時之後自己的家鄉就跟著地震，也難免會這麼想。當時長野縣榮村到新潟縣津南町一帶，發生震度七的地震，聽說津南到松之山溫泉之間有座山崩塌了。

「這裡是很慘，但是不如東北那麼慘啊。」

榮村有三人死亡，原來那場大地震還有這樣的後續啊。

我在松之山欣賞中秋月圓，泡著露天溫泉，有夠享受。小姐把我送回借放房子的休憩站，臨別之前說：「我還是第一次碰到有人比事物更對我胃口，有緣再見啦。」我擤了一下鼻涕，她說：「別哭喔。」

「哪有，我完全沒哭啊，反正我們會再見，不傷心啊。」

「鬼扯啦。」她笑著說。當我不斷移動，就覺得不再有生離死別，也不會再寂寞了。只要繼續移動，就會見到想見的人。

九月九日

今晚夜空很亮，好像是滿月一般，天上有一層稀薄的雲，整片天空都明亮起來。有點風，月光照出了遠方群山的輪廓。山腰上有小鎮，可以看到白色、橘色與紅色的燈光。不是東京那種密集的病態光，而是生活與生活互相依偎的光。我好像不知不覺進入長野縣了喔？這幾天晚上突然覺得很冷。

今天走新線公路走了二十六公里，沿路沒碰到任何行人。我看著貨車跟機車狂飆而去，捲起強風，想到一句話「住在被編輯的世界裡」。世界打造車站跟交流道，是一種粗暴的編輯，而使用鐵路與高速公路，就是在被編輯的世界裡運行。這些事物因其無害的印象，讓軟弱的人們心滿意足，並因此害怕毀壞。人們無法應付眞實的世界，也懶得自己去編輯。我想去破壞，從網路獲得的資訊比走在路上更多，是一種錯覺，想對抗錯覺就只能走路。

路上經過信濃川邊，看到一幅很難懂的畫，那幅畫在說「水壩取水的機制」，我看畫休息一下，傍晚抵達千曲川休憩站。昨天跟我惜別的經驗值高強小姐，因爲如此這般又開車來接我，我們去泡野澤溫泉。看吧，又再見了。

野澤溫泉有十二間免費的共同澡堂，我走進其中一間，裡面有兩個男生，應該是當地的高中生，他們聊說：「沒有人天生完美的啦，就像帥哥腦袋不好，會滑雪的人長得有點……」

晚上了，今天也是眨個眼就結束了，明天要一口氣走到松代。想不到今天晚上有這麼漂亮的月亮陪我入睡，才躺下來就覺得好幸福。今晚的天氣眞是恰到好處，頭頂上有滿月，秋天的蟲子們伴奏，沒有蚊子，而且今晚房子放在涼亭裡面，不怕下雨了要把腿縮進房子裡。我要感謝那一晚下大雨，讓我邊睡邊跟漏水奮戰，就是有當時的煩悶，才有現在的幸福。我眞慶幸自己過這樣的生活，如果我老是處在相同的環境裡，睡在安心、安全、方便、舒適的環境裡，應該體會不到這麼強烈的幸福。今晚的滿月，天底下就屬我最享受了。

九月十日

我在長野市松代町一家結束營業的餐館「倉田食堂」裡面寫日記，今天大概晚上七點半抵達。從飯山休憩站出發之後，花了十一個小時走完四十三公里才到這裡。明天要開始進行「第十三屆松代現代美術節」的展示作業，這間餐館是執行委員會據點，也是作家和主辦單位的宿舍。大家忙進忙出，好久沒處在藝術的氣息裡面了，大家看到我的房子都不爲所動，果然了得。

昨天早上四點五十分，《起床電視 Aqua》介紹了我本人，我不抱什麼期望，想說：「這麼早看電視也記不住吧——我比較適合深夜時段啦。」結果播出之後我的推特多了三個追蹤。

今天早上八點從休憩站出發，一口氣走到松代，藝術節主辦單位的人開車來載我的行李，所以我只揹著房子走這四十三公里。昨天晚上，榮村公所有三個員工開車來找我，其中一個說：「村上先生是從九州出發，繞過北海道，現在正要回去了對吧？」這啥鬼？是怎麼亂傳才會傳成這樣？

「哪有，這什麼消息啊！全錯喔，我是從東京出發，也沒去北海道喔。」

「哎呀，我是這樣聽說的啊。」

謠言傳得眞快，話說前天在榮村的休憩站碰到一個機車騎士對我說：「你這已經走五年了對吧？」我說：「沒有啦，五個月。」

今天卯起來走路，沒有去看風景，也沒跟人說話。不過在松代往北十五公里的須坂市，碰到一個拿著相機的阿姨。我在超商休息，跟阿姨聊了一下，阿姨說：「我家有空屋，你隨時喜歡都可以來住喔。」聽說是好久以前過世的爺爺奶奶住的房子，房子空出來之後並沒有出租給別人，震災發生之後就通知市公所說：「我家有空屋，可以收容災民。」是個好心的阿姨。市公所說了，災民如果搬到她的空屋就不能領補貼，所以拒絕搬家。

九月十一日

今天開始「松代現代美術節」的布展作業，整整一天都在布置，我的會場叫做山寺常山邸，是江戶後期的武士宅院，也是觀光景點。我在這座宅院的玄關展出我的房子，以及沿途完成的房屋畫作。每從檔案夾裡拿出一張畫，就想起畫圖當時的心境、天氣，還有當地居民們的長相。

山寺常山邸每天都有兩名當地的義工駐守，大家都接受這次的展覽，這已經是第十三屆，應該成了老規矩吧。

今天是平日，但是觀光客很多，有個信州大學的研究生，跟金髮的義工阿納來幫忙，今天一整天總算把畫貼完了。玄關的牆是土牆，眞好。我不否認展場風格太強烈，有點壓制展覽本身，但是我覺得是場好展覽。

展覽的作家跟執行委員們，總共七八個人開趴吃晚餐。難得跟美術界的人混在一起，反而覺得不對勁，太過舒適反而會擔心。

我跟參展的創作者津田翔平和池田卓馬聊了天，上次跟滯留當地的其他創作者合作創作，已經是去年在大分的事情，當時我打工打了好一陣子，突然被丟進創作現場，想說：「在這種現場應該怎麼講話，怎麼做事啊？」結果緊張得要命，舉止可疑，心態全都反映在作品上。但這次我在現場，整個都放鬆了。

我說：「我揹著房子走在路上，碰過好多人問我『你在幹什麼』呢。」津田跟我一起想該怎麼回答才好玩，最後勝出的答案是「這是一門運動喔」。

我也提到大家不認爲我是「揹著房子走路的人」而是「會走路的房子」，可能是受到了最近的吉祥物風潮影響。日本各地都是玩偶裝，已經飽和了，所以我又有了一個很棒的企畫點子，就是用保麗龍做個巨大蛋糕套在人身上，最好是經典的白奶油配紅草莓，還有幾根蠟燭。要做得很精緻，感覺很開心，然後這個蛋糕長了兩條腿走路。只要有人問我：「你在幹什麼啊？」我就笑著回答：「今天是我生日啊。」好開心啊。

九月十二日

今天也一直在布置，明天就要開幕，所以其他作家跟工作人員綳緊神經。只要一個不小心，觀眾就會以爲作品的宣傳照比作品本身好看，進而去追究這個創作者跟誰有關係，那可就慘了。記得東浩紀先生在哪裡說過：「美術跟思想都在封閉的圈子裡進行，這不就好了嗎？有人可以擠進這個圈子，有人永遠進不去。」這個「擠進封閉的圈子」的說法很有意思，如果先把自己假扮成圈內人便進不去，要是從一開始就沒打算進去，便根本進不去。我覺得這裡所有人都很拚，封閉的圈子也很好啊。

晚上，BOMBORI樂團的鼓手朋友銀河打電話給我，聽說他在打工當電話推銷員，爲樂團的法國巡演籌錢。

「做電話推銷的人啊，自然就學會怎麼搭訕了。

你不是做電話推銷而變成搭訕高手，就是搭訕高手跑去做電話推銷。」

他這樣講，然後告訴我GEZAN這個樂團超棒。我也畫了圖，畫了「倉田食堂」的圖，義工阿姨說：「那是一間歷史悠久的餐館喔，後來老闆身體壞了。聽說那裡賣的豬排飯，很好吃喔。」

九月十三日

有人看了我的網站，特地從東京跑到長野市來看展覽，我好開心。

絕大多數的客人不是來看展覽，而是來觀光，但是他們看了展都大感意外，紛紛做出「這是啥」的反應。這跟在藝廊辦展完全不同，基本上沒有人會看展品的告示跟解說，或許民眾在美術館欣賞作品也不會看解說，但終究還是把作品當成美術品，所以有接收某些訊息的心理準備。想要從作品接收一點什麼，就要有這種心理準備，所以我覺得這場展覽被空間本身給壓制了。

我跟池田、松本、津田大聊美術和表現手法，聊到天亮。津田認爲美術只要是人與人之間的橋梁就好，但我認爲把人際關係變成作品是錯的。藝術家就是要搞藝術，麵攤就是要賣麵，我曾經想當個「美術業者」，認爲不需要他人的批評。但作品不接受批評跟展示的關卡，就不會變強。津田說：「鎮上奶奶們畫油畫辦展覽，我覺得很棒喔。」但是參加「現代美術節」的作家們這麼說，不就是因爲自認不屬於「鎮上的奶奶們」嗎？大聲說「這是我的發現！」不就是一種批評嗎？如果你要說鎮上奶奶們的油畫比利希特（Gerhard Richter）還好，那可須要不小的勇氣、決心，還有奇特的邏輯。所以我覺得作品的關鍵，是能不能夠承受歷練老到的觀賞家的眼光，不能丟下一句「我不需要人批評」就算了，但要是眞的能看得這麼開，也很輕鬆啊。總之這個問題，已經困擾我很久了。

九月十四日

有兩個義工阿姨一直在辦公室裡面聊天，聊鎮上的事情跟人物，比方說「女生就是這樣啦～」關鍵在於剛好兩個人，就算訪客來了也不至於走不開，想應付訪客了就說聲「請隨便看看」。我覺得這種輕鬆感很不錯，有沒有訪客來並不是什麼大問題，重點是鎮上每天派兩個人到這裡來換班。總共有十五個人在排班，每次派來的那兩個一定都是同性，沒有「男女」搭檔，眞夠實際。

今天我也都待在自己的展示會場，待在會場就心浮氣躁，完全沒辦法畫圖或寫日記。有一家人看了我的網站，從新潟開車來看展，朋友 Suguchin 也從岐阜來看我。

晚上有交流會，之後大家去吃飯。

09161058

我沒有辦 Wi-Fi，所以就算帶著筆電也沒辦法上網。常常有人問我網路訊號好不好，我都是用電腦打好日記再用 iPhone 上傳，想用電腦上網的時候就去超商上網。7-11有限制每天只能連兩次 Wi-Fi，一次六十分鐘，全家則是每天三次，一次二十分鐘，只要註冊都是免費。有些休憩站也有免費熱點，其實不太需要擔心的。

駐點眞是累，對觀光客解說眞是煩，跟平常不一樣的累，畫了四張圖。

九月十八日

GEZAN 眞是有夠讚，很高興有人願意唱說：「就算不懂世界，還是可以唱歌」原來做音樂的人也會探討這個問題啊。

前天晚上跟松本酒吧「give me little more」的老闆新美聊了很多，信州大學有金井老師的美術課，這次展覽的主辦單位都是受這位老師的影響才進入美術圈。聽說美術節代表石田，新美，還有直子，在碰到金井老師之前都對美術沒興趣。新美問我：「那你是何時懂美術的？」我說著說著，想起去年打工的時候自己有多麼走投無路，感覺眞懷念。

我曾經以爲只有死亡才能逃離這個世界，曾經覺得世界所有人都邁向毀滅，誰都不能怪罪。現在回頭看當時的日記，眞是字字血淚啊。後來我碰到尼采，認爲他是我唯一的同伴，不能忘記怎麼嘲笑自己。當我揹著房子走路，看到的人偶爾會在推特上附圖發文說「房子在走路，哈哈」我每天看著這樣的推文，死命畫圖，死命思考，死命寫日記。

我們也聊到富士山，我曾經去過御殿場想看富士山，但是不管怎麼走都找不到富士山，心灰意冷要回去的時候，查了當時所在地的海拔，發現是六百公尺，原來我已經在富士山上啦。這眞是震撼，仔細想想，山只是一種方便的名稱，我也可以說整個本州島都在富士山上。震災之後，我曾經想去災區做點什麼，並且試過很多事情，但是都不太成功，這下我才知道原因。因爲災區不是在遙遠的天邊，而是在自己腳下。東京和香川也是災區，我自己也是災民。所以「離開自己的所在地，爲了自己之外的某人做事」這樣的原動力當然做不成任何事情，一定要歸納成自身的問題，做起事來才會順利。

昨天早上去了加賀井溫泉，是混浴的露天溫泉，有溫水浴池跟熱水浴池。跟我一起泡澡的九十歲爺爺說：「溫水浴池超棒的喔。」水質是咖啡色，舔起來有點鹹，還有鐵鏽味。聽說效果之好，有人坐輪椅來泡，回去都蹦蹦跳跳。

九十歲爺爺對我說：「之前有個八十八歲的奶奶，我們每天都在這裡閒聊，某天她去做手術，連路都走不好，也就不來泡了。我說每個星期來泡一次也好啊，結果她不來的第七天，就腦梗塞發作，什麼事情都不能做了，正躺在醫院裡呢。」

我就這麼聽爺爺講話，泡了一小時左右，爺爺一直重複說：「要是她每個星期至少來泡一次，就不會腦梗塞了啦。」

九月二十一日

展示期間聽說我認識的作家要表演，我就出去看看，但是太無聊，半途就回來了。

昨天銀河從東京來找我，銀河這一年好像也做了不少事情，目前住在老家，打工存錢要辦樂團的法國巡演。他說：「我覺得速度感不太夠喔。」我說：「你最好搬出老家，在那種地方會爛掉喔。」我覺得我也缺乏速度，或者說缺乏緊張感，總覺得這樣眞的好嗎？我留在這裡的每一天，都在掙扎要不要快快撤展離開，這樣根本不行，只是在玩啊。

有人看了我的展覽說：「我還以爲你是以『活在這棟房子裡』的前提在展示圖畫跟房子呢。」唉，這什麼前提啊？不要看扁我喔，總之在這裡待久了會爛，只有酒愈喝愈多。每天都過得很放鬆，連寫日記的心情都沒有，危險。

松代的象山有地下坑道，第二次世界大戰末期，日本政府爲了將政府機能祕密移轉至此，所以挖了這些坑道，但是在完工之前大戰就結束了，只留下這些坑道。坑道總長十公里，目前有公開一部分。當時的工作環境惡劣，很多勞工因爲坍塌、炸藥誤爆、營養不良而死亡，但他們挖的坑道最終有人通過，挺好的。我不自覺想起自己的展場，山寺常山邸，當地人做義工輪班來管理。我開始覺得，人們會找各種理由來準備聊天的場所，我跟銀河一起走地下坑道的時候就互相聊說「好討厭戰爭啊。」「戰爭眞討厭，戰爭最討厭啦。」

九月二十五日

在松代的鎭上散步，發現有隻大螳螂在民房的圍牆上吃著什麼黃色的獵物，螳螂好酷，抓到獵物就當場開吃了。螳螂是獵手，但是吃飯的樣子好優雅。走近一看，牠的腦袋轉了一百五十度看著我，一跟我對上眼，吃個不停的嘴巴就停了下來，開始搖搖晃晃。那是螳螂特有的動作，應該是在模仿葉片，不過我想到這個也沒什麼意義。螳螂眞可愛，不知道牠在吃什麼，但是如果嚇到牠把糧食給弄丟了可不好，所以我就不再靠近了。

今天要撤展，展期之中認識的作家朋友們也都回去了。這十天過得很充實，跟作家們一起展示，一起聊美術、生活、有的沒的，眞是開心。之所以沒打算寫日記，應該是因爲我想到的事情直接就揮發了。現在覺得好寂寞，每個人的日常生活又要開始了，人眞是形形色色啊。人的種類這麼多，我都笑了，有必要這麼多種嗎？眞好玩。

昨天在展覽會場碰到一個奶奶，她從十年前開始自己做紙偶戲，在照護中心上演。我問她爲什麼開始做紙偶戲，她說：「我家有兩個人得了失智症，照顧得我好累，後來有人建議我做紙偶戲，只要有專注的事情，就不會頭暈眼花了。」奶奶把她媽媽講過的故事，松代當地的老故事，還有念小學的時候被欺負，有個流浪漢阿伯救她的故事，都做成紙偶戲。她做紙偶戲的契機眞是令人感慨，我聽得差點就要哭了。

撤展之後來修補房子，換掉生鏽的鉸鍊，補回脫落的油漆，重畫黑線，用驗車的心情來修房子。

09251641

「我希望你也能這麼想」「這就不像你了」我覺得這樣的想法跟說法，就是潛意識認爲自己完全正確，將自己的合理性硬套在他人身上，乍看之下是替他人著想，實際上只看見自己的世界，是非常幼稚的態度。

我拿作品參加六本木藝術夜的時候，有人說「這不像村上」，但是他們所認爲的「村上」並不是我。就好像有人聽說我讓人開貨車載我的房子，會說我「奸詐」，請不要把自己的理想投射在別人身上。

九月二十八日

今天繼續開始走路，腳步沉重，在松代停留了兩個星期以上。跟看展客人和其他作家聊天，既開心又刺激，而且有地方睡覺，也有地方放房子。這兩星期眞是開心，但我煩惱過自己什麼都沒做，好像不存在於世界上，這可眞是難熬，有時候會想起打工時代的事情。

展場撤掉之後，我跟直子一起在松本玩到昨天，她在松本住了七年左右，而我不認識半年之前的她。她介紹了常去的咖啡廳，認識的餐廳，還有高中認識的朋友等等，每次有人問我：「你住哪裡呀？」我就不知道怎麼回答，這一切都很開心，也很輕鬆，日文的開心（たのしい）跟輕鬆（らく）都是用樂這個字呢。然後，我對於接下來又要開始走路了，完全沒有現實感。

不過只要走路就能回歸正軌，所以我從松代往須坂市走去，走著走著腦袋就清醒了。感覺這兩星期過下來，該做的事情就清楚了。

我想消除對迷惘所產生的迷惘，我不希望拿出「答案」，沒有答案比有答案更困難，不斷思考需要精神力。我很容易魯莽決定些什麼，企圖消除迷惘，要警惕自己別這樣。或許保持迷惘會很不舒服，對表現者來說也不理想吧。或許「這是錯的！」比「這可能是錯的，也可能不是錯的」講起來更鏗鏘有力，但我保持迷惘就好，我只要敢大聲說：「我不敢說這是不是錯的！」就好，我目前認爲自己是這樣的。

走著走著，覺得眼睛又乾又痛，因爲大嶽山噴發了，有火山灰的關係吧。我東京的朋友也在推特上說「快點把衣服收進來喔」。新聞報導說「○○與○○將受到火山灰影響」，但是光看新聞可不能放心，我朋友就發現他車上積了薄薄的粉塵。讓我想起之前在新潟，碰到只剩半年生命的阿伯，感覺好像已經過了很久，結果才三星期，希望他過得還好。

大概晚上六點抵達須坂的福田家，發現白天突然變得很短，晚上六點就已經天黑了。

我在前往松代的途中碰到福田，他說他爸媽的房子現在空著，隨時都可以去住。福田先生熱情地歡迎我，他在汽車工廠上班，興趣是蒐集小汽車。他家的臥室裡，擺了幾百輛的小汽車。聽說他們家的祖先當過村上水軍，我的祖先也是從瀨戶內海過來，或許我們是遠親喔？一想到這裡突然就很親切。

房間裡沒有家具卻有生活味，感覺挺噁心的，我的生存能力比展覽前更弱了。

九月二十九日

福田的太太跟哥哥有在攝影，我出發之後，他們跟我走了一段，不斷拍我的照片。有時候跑到我前面，有時候幫我跟路邊的花草合照。兩個人都拍得很入迷，之後應該會投稿報社吧，眞好。我跟福田先生道別的時候，他說：「哪天又到了附近，隨時來住下啊。不管明年後年還是再過十年，都行。」

天氣愈來愈冷了，如果不快點南下，就得提早買上衣了。其實從長野市往西北方走進富山縣，距離會比較短，但這可是深山裡的山路。聽說這條路最近常常有熊出沒，所以我避開山路，先北上到上越，再沿著海邊往西走。

之前展覽碰到一個住在信濃町的女藝術家松田，今天就去她家。信濃町在須坂市往北二十五公里，在新潟縣的縣境附近。她媽媽是町裡唯一的小學老師，邀我去那裡當老師講課。

早上九點多抵達學校，糊里糊塗地面對十幾個小學生，一到三年級都有，我們就用瓦楞紙、厚紙板跟報紙來蓋房子。大家先做牆壁、屋頂跟柱子，完成骨架之後再各自設計廚房、桌子、看門狗或狗屋。有個女生開始做起大樓來，還有人拿著手工的矛跟盾，準備獵我貼在牆上的鳥。小朋友的能量好強，強到我都累了，所以我不太會應付小孩，但是跟小朋友一起做東西就很刺激。他們活在「當下」，我想起美術家山本高之先生，他應該就是不斷吸收這種經驗，來掌握創作靈感吧。

吃午餐的時候，有個小二的女生告訴我，有麻雀飛進教室來。

「麻雀從窗戶飛進來，停在窗邊喔，結果有個學劍道的男生，碰一聲用力踩地板，麻雀就昏倒了。」

課程結束之後，我就去松田家，那是山裡的圓木屋。這塊大地方裡面還有另外三間圓木屋，每間都有住戶。眞開心，原來也有這種生活形態啊。松田找了兩戶鄰居人家，一起吃咖哩。一想到明天就要離開這裡就頭暈，暈得頭皮發麻。要回歸這樣的速度感，應該需要點時間。

我聽說了長野當地美術圈的事情。裱框店的客人幾乎都是創作者，有人出租空間當作展場，客人也都是創作者。廠商應該要讓很多人看到創作者的作品，這樣才有人會買，但是金錢卻只在美術圈內流動，感覺有點傷心。

常常碰到有人對我說：「辦個展應該很花錢吧。」很多人以爲藝廊都是跟別人租來的，跟創作者收錢有什麼用呢？最近有家什麼公司常常寄郵件給我，他們跟創作者收好幾萬圓來辦活動，這到底是什麼打算啊？或許有很多人寧願花錢也要發表作品，但是我眞的很生氣。附近有個太太在仲介公司上班，專門安排在車站、大學校園、公司大樓等地設置公共藝術，原來有這個行業啊。

九月三十日

跟住在後面的母子，還有其他鄰居，一起在木桌上鋪桌巾，看著樹林吃午餐。吃的是炒麵、蒸麵包，就像野餐一樣。長野到了冬天有很長一段時間不能出門，所以大家夏天常常在外面吃飯，多少晒點太陽。

下午，松田開小貨車把我送到新潟縣妙高市的「新井休憩站」。我放下房子在附近散步，突然感到一陣虛脫，其實我早有預料。從今天開始，又要邊走邊商借土地落腳，現在才剛過中午，是可以現在就出發，我卻沒有力氣出發。我在虛脫感的折磨之下聽著友部正人的〈爲什麼不出門旅行〉，邊走邊想像一個平行世界。如果我在高三那年春天，沒有跟著朋友上美術補習班會怎樣？如果沒有離開香川的家會怎樣？如果我已經死了會怎樣？人說歷史不可能有「如果」，但是想像跟當下不同的自己，可以把自己相對化。去注意死亡的事實，可以給活著的自己打氣。

回來之後，跟打掃休憩站的兩個阿姨講話。

「今天晚上好像會下雨喔，最好待在那裡的屋簷底下喔。」

很多田地裡都在冒煙，應該是割稻之後在燒田，看起來像狼煙。

今天附近沒有當天可以退房的溫泉，只好忍耐，阿姨說得對，太陽下山之後就下雨了。

晚上八點半在房子裡躺下，想著以前寫的「夢與編輯」這本日記。聽說我們睡覺的時候，深層睡眠和淺層睡眠會不斷交換，淺層睡眠的期間會作夢，然後到了深層睡眠就忘記。所以如果沒有在淺層睡眠作夢的時候醒過來，就不會記得有作夢。這眞是奇妙，我作夢，是以現在進行式在作夢，但是必須在「作夢之後不久醒來」才能保存這個經驗。這下子就是現在進行式的體驗，要依靠未來實現。當我在作夢的時候，就同時造訪了現在與未來，太神奇了。同樣地，我死後就無法回想生前的事情，就好像深層睡眠會忘記夢境一樣。

十月一日

我在弄電腦的時候，看似員工的阿伯對我說：

「可以跟你聊幾句嗎？」

「你揹著這間房子對吧？我家有人在電視上看過呢。」

昨天也有其他人跟我說：「在電視上看過。」不過《起床電視 Aqua》應該是關東的地方台，我不記得有在新潟上過什麼電視節目，看來是我沒發現的時候上了某個電視節目吧。阿伯跟我說話的態度非常謙卑，然後給我一份地圖說，上越市的高田地區可能很好玩，要我去看看。阿伯說那個地方常常下雪，所以每間房子的屋簷都連在一起，像是騎樓。

十點左右從新井休憩站出發，開始往高田走去。我在縣道六十三號的人行道上，看到有很多紋黃蝶在飛，還有幾隻倒在地上。有些蝴蝶倒地了，努力振翅想飛起來卻沒成功，有些蝴蝶則是飛在這樣的蝴蝶旁邊，好像在打氣。我想跟某人一起大喊：「快看啊！蝴蝶好像在幫蝴蝶打氣啊！」

大學時代我辦過一個散步社團叫做「東京地鼠」，由幾個人先決定走的步數，然後在鎮上到處亂逛，邊走邊拍照。只要有人達到走路步數，這天的活動就結束。下次就從上次的終點開始走，我記得照這個規矩走了五次吧。當時覺得人生並沒有掌握到東京的實際樣貌，只是從這一站搭到那一站，好像電視機換台一樣。追求「任意門」多過「竹蜻蜓」的社會，真讓我苦悶。回想起來，我當時像在模仿情境主義國際（Situationist International）這個團體，漫無目的地在東京散步。之前在松代，聽石田提到居伊．德波（Guy Debord）的第一本書，書的封面跟封底長得像砂紙，從書架上拿出這本書就得破壞左右兩邊的書，好酷喔。

我在高田某家藥妝店前面的廣場休息，看著兩個高中女生，她們不遠處坐著一個高中男生，這個男生肯定小鹿亂撞的。

下午三點左右，我到了直江津附近，發現一座澡堂「七福湯」，馬上進去泡。昨天沒洗澡，感覺真噁心，澡堂收費五百三十圓，裡面有各種浴池跟三溫暖，真開心。還有很大的休息室，簡直像個小鎮。

跟這裡的店經理商借土地，邊解釋邊秀出照片，但是店經理一句話都沒回。我心想大概不行了吧？解釋完之後經理換了一口氣，然後目瞪口呆地呵呵笑，我也跟著呵呵笑，我喜歡這種感覺。

「我個人是很想支持你啦，但是我獨自批准會嚇到其他員工。這附近在天亮之前都會開燈，而且很早就有人上門泡澡，這樣可以嗎？但是如果被發現，應該會被吊起來打喔（笑）。」

「附近有個類似的澡堂，我想選那裡比較好吧？嗯——怎麼辦呢？」經理跟我一起煩惱起來。「住宿是有困難啦，如果只是借放房子，那就簡單了。」

「我個人是很想支持你啦……對不起喔。」

眞是個好人。

我走了三十分鐘，在漫咖「快活CLUB」睡覺，上次碰到這種狀況是在秋田市的旅館了。這種時候，家的格局就會很妙，我家裡有澡堂，但是臥室要走三十分鐘才會到，那當時我放在澡堂的「房子」又是什麼？

目前我正在快活CLUB寫這個日記，店裡的背景音是鳥叫聲。

十月二日

好久沒回到沿海的路上了，國道八號線，海邊有很多海水浴場，只是沒有泳客。半路碰到一個從岸邊突出的堤防，叫做「釣魚中心」（入場費一百圓），下面有座小公園。這座公園感覺有一半在海裡，有很多魚造形的遊樂設施，在海水的邊界上還設了柵欄，我覺得這好像逼大家不准下海，只能在陸地玩，眞是座怪公園，結果仔細一看，公園封鎖了。像新潟縣，上越的海岸線比下越跟中越更靠近山脈，隧道也更多。越後平原應該就到這裡爲止了吧？我在隧道裡，發現對面人行道上有位阿伯推著腳踏車走路。我的房子也像是交通工具，而且很難找地方停。汽車要停在停車場裡，房子則要停在土地上。

沿路都有人行道，但是沒有行人，所以雜草叢生。我邊走邊撥開雜草，結果狠狠弄壞了一張蜘蛛網。我想說糟糕，發現有隻蜘蛛只剩三隻腳，在我房子的牆上爬。牠用僅剩的三隻腳拚命整理絲線，上下移動。我把蜘蛛送回草叢裡，但是他應該很難活下去了，對不起。我想這種時候只有人類會說對不起，這也很了不起。我想起小時候不小心把蝸牛踩扁，看著扁掉的蝸牛，然後就哭了。

過了中午，關西電視台的節目來採訪我，有記者、導播、助理跟三人的攝影團隊。對方通知我說一直想來採訪，今天總算能過來。我走國道八號線，從直江津往系魚川方向，攝影師拍攝，記者假裝發現我然後很驚訝。我跟記者講話，心裡想著「路上有好大的毛毛蟲喔」。聽說採訪團隊要跟我一起待到晚上，直到我找到地方落腳。他們想拍一個「應該會被拒絕」結果「人家竟然准了」的狀況。

女記者跟我同年紀，採訪組的助理比我小一歲，好像挺感慨的。不知不覺，有毛毛蟲被踩扁了。

後來我跟攝影師和記者往西走了大概四公里，到達名立。這裡有個看瀑布的景點，我跟記者說：「這瀑布不錯喔。」又到了一個開滿黃色小花的地方，我說：「我不知道是什麼花，不過開得好多啊。」她說：「不走路還真不知道有這些地方呢。」

晚上五點天就黑了，這下得用力找人借土地了，但是跟採訪團隊一起行動就是很緩慢，我急了。第一間寺廟，沒人在，然後跟附近一個帶小孩的媽媽借土地，媽媽說：「我家沒地方。」直到第三間廟，總算有人准了，已經快下午六點了。記者問住持說：「請問您第一眼看到這間房子，有什麼感想呢？」住持回答：「沒什麼感想啊，大家不都有房子嗎？」眞酷。

後來我在附近的休憩站吃飯，去澡堂洗澡，他們一直拍攝到我睡覺才回去。第一次直到找到地方落腳都有人陪我，眞開心。

十月三日

昨天有人問我：「有些人借你地方落腳之後，還照顧你不少對吧？你不會拿來跟那些只借土地落腳的人比較嗎？」我從來沒想過這個問題，不過還挺重要的。就算比較了，也不會改變當下的狀況，而且一旦比較起來，人家就會覺得我在耍大牌。而且人家請我進屋裡去招待，可不一定是好事，有時候只要借我地方放房子就好，有時候則不那麼好。這不是我可以解決的問題，願意借我地方的人都很重要，都是像神明一樣尊貴的幫手，沒有分好壞。我只要設法接受目前的狀況，知道是這樣就好。我完全不想去破壞既有的環境與系統，也不想學拿破崙去開拓新局面，我希望只考慮怎麼在當前的局面下玩樂。記得漢娜・鄂蘭(Hannah Arendt)說過，不管多麼偉大的革命家，革命結束之後都會變成保守主義者。

今天一早就開始下雨，濕淋淋的雨，空氣裡有海水的味道。我在離家五分鐘路程的休憩站休息室裡畫圖，突然有個陌生阿姨來找我說：「我是新潟人啦，去村上的路上常常看到你家，在松之山那邊也看過喔。」她第一句話就說「我是新潟人啦」好像跟我已經很熟了，真新奇。而且說看到「我家」，也真是名符其實啊。

早上十點半從名立出發，好像有颱風靠近，海風很大，走得很慢，身體也不太舒服。前面十公里的能生町又有個休憩站，我想今天就到這裡就好，對休憩站服務台的小姐解釋我的活動，她很有興趣，對我說：「我們這個站明年四月就要改建了喔——已經二十五周年了呢。如果請你畫圖，你會畫嗎？」我回答：「我只畫民房呢，不好意思，這座建築物太大了，我沒辦法。」小姐馬上就接受說：「喔，原來是這樣啊。」她也在地板上鋪了紙，拿顏料畫起圖來，我借來看看，是「豐漁大感謝祭」的活動海報。她的背影透露出對職場的愛，真好。

傍晚雨停了，我想說就是現在，就去公共廁所的洗手台洗衣服，然後晾在附近的欄杆上。晾衣服的時候，逛逛夜晚的小鎮，晚上空手在陌生的小鎮散步，真舒服。

能生町是個小小海港鎮，只有一間超商跟一間超市，但是旁邊就有國道，所以車流量很大。好多大貨車從我旁邊疾駛而過，我聽著音樂看著天空，天上的雲朵又高又薄，雲中露出半月。海風很舒服，心情輕快，忍不住就小跳步。昨天在名立碰到的媽媽傳了打氣訊息給我說：「你要再來名立喔！」

成功在下雨之前把衣服都晾乾了。

十月四日

「這個有睡人嗎？啊，有上鎖呢。」這個聲音讓我醒了過來，聽到我家前面有咖嚓咖嚓的聲音，從信箱口看出去，有個先生把腳踏車停在房子前面。

他一直說「這裡不會有風。」我出去一看，外面有好幾百個人騎著公路自行車在停車場裡排隊，今天好像有比賽。大家都穿著花俏的車衣，等自己的排序，我想大家肯定都很期待吧。感覺要下雨了，但是老天爺忍著。

昨天沒有移動，當我持續移動個五六天，就會碰到不想動的日子。今天颳大風又下雨，更不想動。早上一睡醒就決定「今天不走路了」，這裡又有網路可以用，所以我就看看漫畫，散散步，畫畫圖。今天星期六，停車場停滿滿，這裡好像是好釣點，一早就有幾十個人排在堤防上釣魚。下雨天，我去了單程三十分鐘的超市，鞋子濕了，鞋子一濕就很難活動了。

在休憩站過了一天，覺得有些寂寞。我坐在長凳上看電腦的時候，很多家庭、夫妻、情侶到休憩站來，買禮品，找餐廳吃飯，看地圖，最後大家都回去了。

遠藤一郎傳訊來給我說「阿慧——你在哪——還在東北嗎——」我回他「我正在新潟縣能生町」

今天又沒辦法洗澡了。

十月五日

雨下個不停，我猶豫今天要不要繼續停留，邊聽音樂邊畫圖，突然有了氣力，就決定出發了。我在房子裡喃喃自語說：「好，走了，走了喔。」並且準備移動。今天下雨，但是好像沒有風，不過颱風天會突然颳大風，不能大意。

我以攻擊敵人的心態來畫房屋的圖，在小小的畫紙上畫出小小的細節，感覺就是一種攻擊，就好像攝影的英文叫做shoot。畫圖是很單純的行為，但是房屋與個人（或者說社會體制與個人）的關係很複雜，萬事萬物都有關聯，一根指頭對著別人，其他都對著自己。所以我要不停畫房子的圖，畫到可以擺在博物館裡。在博物館裡展示會產生距離，將展示的對象客觀化。

我對服務台小姐說今天就要出發，然後在十二點半左右出發，繼續沿著海邊的國道八號線走。最近常常看到虎頭蜂的屍體，現在是這樣的季節嗎？

路上很多車手，大家神采飛揚，經過我的時候都笑嘻嘻。

下午三點左右，把房子放在人行道上，在一家可以看到海的7-11休息，回來之後發現有警車停在房子旁邊，好久沒這麼緊張了。警察先生笑瞇瞇地對我說：「午安啊，在旅行嗎？」

「是，這是盤查嗎？」

「對啊，是這樣沒錯啦。」

我照常拿出機車駕照，讓警察檢查行李，警察把程序跑過一輪之後對我說：「我想拜託一件事，前面有個小鎮叫做親不知，那裡的路很危險，又窄又沒有人行道，彎彎曲曲，而且還有很多大貨車經過，這一段能不能請你搭電車呢？」

「我這個可以放進電車嗎？」

「這樣的大小，跟站方商量一下應該可以吧。」

那就試試看吧。

下午快五點抵達糸魚川站附近，去找一家原本打算落腳的澡堂，想不到澡堂已經倒了，澡堂眞的很難生存啊。於是我去找寺廟，我一直很不習慣商借土地，緊張到發抖。人家願意借我土地，代表一定程度地接受我，這是很開心的事情，但如果大家都接受我也挺無聊的。我希望能住在接受我的人的土地上，以及不接受我的人的土地上，就像蒼蠅會到處亂停一樣，就像卡巴科夫（Ilya Kabakov）的蒼蠅一樣。對人類來說，新鮮水果跟狗大便是天差地別，但是對蒼蠅來說都一樣，蒼蠅應該是這樣看世界的。卡巴科夫把蒼蠅看成這樣的事物，只要當蒼蠅就好，這麼一來無論借地方成功或失敗都一樣，也就輕鬆一點了。

第一間廟委婉拒絕我說：「我們這裡不太方便……這附近還有很多寺廟，可以請你去問問嗎？抱歉啊。」第二間廟則答應我說：「你只借土地嗎？就看你要放哪裡啦。」

把房子放好就馬上去洗澡，從當地搭電車到下一站「姬川」，那裡有可以免住宿的溫泉。兩天沒洗澡了，我泡著溫泉，不禁喃喃自語說「發生好多事啊」「就是有這麼多事，現在泡溫泉才舒服啊」「往後應該還有更多事吧，還有舒服的溫泉可以泡吧」。

回去打算要睡覺了，才發現房子漏水的狀況超乎想像，所以把房子搬到屋簷底下。做好睡覺準備了才搬動房子，相當辛苦，而且下雨天，天又黑。我先把睡袋跟地墊搬到目標處，然後回頭到房子裡揹起背包，打開正面窗戶，睜大眼睛走到墓地旁邊。

我邊搬動家當邊跟直子講電話，她人在東京的穩固房舍之中，她說人在旅館裡，感覺不到下雨，但對我來說下雨可嚴重了。我邊搬房子邊想：「這段人生好棒啊。」如果有人能幫我拍個紀錄片，肯定很好看。

十月六日

我感覺到颱風靠近了，風雨變得愈來愈大。我去了附近的超市，但是經常颳起強風，雨傘沒什麼用。今天揹著房子走路很危險，所以我拜託廟裡住持的太太再讓我住一天，太太答應了。我已經沒有換洗衣服，所以在雨中尋找附近有沒有自助洗衣店。

結果我一整天都待在自助洗衣店，這裡有桌有椅，我就畫圖打發時間。不斷有各種人到店裡來，把衣服丟進洗衣機或烘乾機，投錢，拿衣服回家。隔壁披薩店的店員也來了，有個主婦開車抱著一大堆衣服來了。奇妙的是沒有人會在自助洗衣店裡面等衣服洗好，但是只要機器時間到了，鈴響五分鐘以內大家都會回來，大家應該很忙吧。今天一直在下雨，衣服晾不乾，平常不來自助洗衣店的人應該都來了。不管下不下雨，衣服乾不乾，日子都會不斷往前進啊。

現在下午五點半，雨終於停了，雲好像也薄了點，但是天已經全黑了。

十月七日

我在「境礦泉」這座溫泉的休息區寫這篇文章，桌上有張傳單，宣傳富山當地的酒品黑部峽。看來這裡是富山縣，但是我的房子勉強算是放在新潟縣。這座溫泉眞好，似乎是當地人聚集的地方，說著我聽不懂的方言。

今天醒來，天氣晴朗，颱風已經過去，空氣很清新。仍然吹著點風，不過我中午還是離開寺廟。

照前天警察的吩咐，我先去到系魚川站，問站方說前面隧道段的馬路又窄又危險，可不可以帶著房子搭電車幾站。站裡的年輕小哥笑笑說：「你等等啊。」就走到裡面去，我在窗口前面等了大概五分鐘，聽到裡面房間有人大喊：「候車室有開暖氣喔！變成蒸汽浴了喔！」感覺看到有趣的經過，沒多久小哥就回來了。

「行李要帶進車廂有體積限制，長寬高總和不能超過二點五公尺。是警察叫你來的對吧？」

「警察說如果車站願意收，就搭車吧。」

「這裡的車廂不是很擠，我想車掌願意的話就可以載……但是有沒有其他辦法呢……」

「我先把房子搬過來看看！」

我把房子搬回來，發現小哥帶了可能是主管（應該是車掌）的人過來，主管說：「比想像中的大啊……」他看了看我的房子，走到窗口裡面的房間，沒多久又出來對我說：「不好意思，有點太大了……抱歉啊。」最後還是不行，不過交談過程很開心。我擅自帶著房子走來，大家看到我即將走上險路，都認眞替我煩惱。不過終究贏不了規矩，所以我只能走這條危險的路，應該說明明就只有這條路可以走過去，爲什麼這條路車子可以走，行人卻不能走呢？

走了十公里來到隧道，眞的很危險，不僅路窄，隧道又長，還有很多大貨車跟砂石車經過。幸好現在道路施工，有很長一段只能單線雙向通車。

施工的阿伯們都很幫忙，都會幫我帶路。一下有汽車趕過我（走馬路的左邊），一下有汽車跟我會車（走馬路的右邊），所以我要不斷走跟汽車相反車道的路肩，我記得以前就有這種電玩。好不容易走完隧道，如果沒有在施工，應該是我目前

2014 年 10 月 7 日　新潟縣系魚川市外波

走過最危險的路段了。

又走了五公里來到「親不知」這個鎮，全鎮坐落在山海之間，沿著國道狹長分布。某個工程的單位，在一間廢棄學校的停車場裡建立據點。我去跟這裡唯一的寺廟借土地，但是廟裡沒人，所以去了休憩站。最近我一直都在跟寺廟或休憩站借土地，有點無聊。

把房子放著去散個步，這裡好像有翡翠礦，到處都寫著翡翠兩個字。街上很多民宿，還有大型海水浴場，夏天會很熱鬧嗎？難以想像。除了國道另一邊的休憩站之外，鎮上沒有民眾聚集的地方。或許冬天就快到了，整個鎮感覺就是冷清，走在鎮上都沒碰到人，倒是看到很多穿著警衛制服的黝黑阿伯。阿伯們應該是在幫工程指揮交通，但是一般居民實在太少，我不禁妄想是不是大家串通起來騙我。

這裡有個市營的住宿、泡澡設施叫做「親不知交流中心 Marutan 坊」，我想去洗個澡，結果門口掛著「公休日」的牌子。門是開的，所以我按了門鈴，但沒有人應門。門口有迪士尼的「七矮人」拿著寫有「WELCOME」的牌子看著我，眞可怕，所以我不敢進去。

聽說過去兩站就有溫泉，所以往那裡去。親不知車站可以看到高速公路那頭的日本海，以及漂亮的夕陽。高速公路會破壞風景，但這也難免，高速公路不是建來看，而是建來開車的。我搭電車前往越中宮崎站，來到境礦泉。

10080910

昨天晚上把房子放在國道旁邊一公尺遠的地方，眞是有夠吵，車子從半夜一直吵到早上。我想說：「昨天寺廟境內很安靜，偶爾睡在吵鬧的地方也不錯。」才決定睡在路邊，眞是想得太美了。大貨車從幾公尺外經過的聲音可不是普通吵，昨天晚上勉強睡著，但是如果在這種環境下連待個幾天，應該會精神分裂。

十月八日

好吵，我都被吵醒了，這才想到我就睡在國道旁邊。走出房子打算洗臉，就看到日本海的海平線，想起搖滾樂團U２。記得他們有張專輯叫做《No Line on the Horizon》大自然並沒有什麼地平線或海平線，是人看了才有這條線，而且有多少人就有多少條線。土地也一樣沒有邊界，沒有國境，是因爲有人想看這些線，才有了這些線。

聽說親不知洞門的洞門不是地名，而是指隧道，尤其是山路上那種單邊開放的隧道。離開親不知鎮上，又有一段這樣的隧道，眞危險。有超大的貨車載了大概五十根圓木，大概從我旁邊五十公分呼嘯而過，眞的感覺要死了。不過幸運的是有部分隧道在檢修，單線雙向通車，所以我才撐過隧道區。

半途肚子餓了，想說應該好一段路沒有餐館吃飯，結果從京都舞鶴來爬山的島田夫妻正好送了我紅豆麵包吃，眞是送得巧啊。

抵達富山縣朝日町的時候，上推特發文說「找地方放房子」，結果有個美術家前輩傳訊給我說：「我之前在這個町的美術館辦過展，我去聯絡對方。」去到這間美術館一看，正好碰到館員要回家，館員說：「可以放在我們的停車場。」借放房子之後去超商買晚餐，已經是晚上了，天上的月亮又紅又暗。對喔，推特上吵說今天是月全蝕，月光變暗，星星就變清楚了。經過住宅區，每戶人家都很興奮，有爸爸用望遠鏡看天空，有年輕人要把單眼相機裝上腳架。

我正在停車場上的房子裡寫這篇日記，跟昨天不一樣，這裡安靜多了，睡覺果然還是安靜的地方好。有蟲叫聲，好像交響樂。

1009 1210

附近的人告訴我這一帶的故事，沿海地區的人講話口氣很差，而且同儕意識很強，鄰居之間的交情深厚到外地嫁過來的媳婦都會嚇一跳。比方路上有人對你說：「我抓到好章魚，放進你家冰箱啦。」回家打開冰箱，裡面就有隻活章魚。剛開始可能不敢相信，但是住個幾年就習慣了。

這裡是富山，但是去了金澤又完全不同，如果有人娶了外地媳婦蓋新房，全町的人都會來看，連衣櫃壁櫥都全部打開來看。有人出嫁就會有嫁妝，看嫁妝就知道這家人的水準在哪，所以衣櫃裡要放些給人看的衣服，聽說那裡眞的還有這種習俗。看來鎮上就是這樣迎接外地媳婦的吧，既然全家內外都給看遍了，就不能當人家是外人，而被人家看光了，也只能加入小鎮社群啦。

我大學畢業之後在淺草住了兩年，淺草有節慶，我在路邊幫忙賣棉花糖，住附近大樓的夫妻帶著小孩出門，問我說：「我剛剛才知道今天有節慶啦！要怎麼參加才好呢？」當時我跟鄰居有點交情，擺過攤也扛過神轎，但是有些人不知道怎麼跟節慶人員交流，根本就不想參加，淺草也是會有這種狀況的。櫥櫃全都打開來看是有點過火，不過沒辦法參加節慶也挺淒涼的。各地民眾跟鄰居來往的方式都不一樣，不可能有什麼絕對沒問題的方法，眞困難啊。

說著說著，又提到「探求自我」這個關鍵詞，我討厭它，但是仔細想想，我這樣寫日記也是在探求自我，是一種不成熟、過渡期的行爲。我想起大學時代的教授對我說過：「不會迷惘的人才堅強，要消除迷惘。」我當時認爲「才不是」，現在也一樣這麼想。我不想去探求自己想做的事情，也不想做自己愛做的事情。大家很容易做出結論說：「這就是我想做的事情。」然後放棄思考，但是人只要一覺得「我可以做些什麼」就突然什麼也不能做了。保留答案並不斷質疑，需要花費更多體力，爲什麼大家都不懂呢？

10091507

我是徒步前進，所以沒辦法移動太長的距離，也就常常停留在意想不到的地方。停留讓我有很多發現，很有趣，朋友聽了就說：「好像《鐵腕衝刺》（ザ！鉄腕！DASH！）的太陽能車專輯喔。」有這種專輯喔？就是搭著太陽能車，天黑沒電了就不能繼續前進，但是這不代表他們眞的不能移動，攝影團隊會保證演出者的人身安全，就算演出者在當地無法移動，當地民眾也會理解說：「啊，車子不能動了啦。」這不會超出想像範圍，觀眾心裡也知道，演出者並沒有眞的很煩惱，只是按照「煩惱的設定」去享受節目的橋段而已。

震災之前有這種節目或許還好，我本來也常看《鐵腕衝刺》，但是震災之後看起來就不好看了。我覺得要把表現範圍擴大到整個生活，橋段必須要做得眞，現在就是把表現形式融入生活的時候了。

但是人家願意跟我說很多，眞開心，就是有這些人一定程度地批評我的行爲，我才會對抗他們，重新確認自己的想法。就因爲有人說：「不能拉手推車嗎？」我才能回答：「有車輪就可以放在停車場，我的重點是沒有找到土地就沒地方住。」我會去想爲什麼不行，所以不管人家怎麼說我，覺得我好玩或不好玩，我全都尊敬，只要我別死就行了。

十月九日

走了七公里左右，有座「發電廠美術館」，是由水力發電廠改裝而成的美術館。這裡的館員借我土地，還給我一張招待券，我跟館員聊到中午左右，大概在下午兩點出發。

我覺得富山是個很多水的地方，到處都有水道，有些人家甚至架起水車，用水車幫庭院灌漑，我可能是第一次看到還有用途的水車吧。離美術館兩公里遠的地方，有個正在施工開闢田地的阿伯找我說話，我說我經過的路線，阿伯問：「親不知是怎麼走的？」看來那裡果然是知名的險路，我說：「我就努力走過來啦。」阿伯放聲大笑。

發電廠美術館正在辦丸山純子這位作家的展覽，休息室裡有展覽目錄，目錄上的解說寫著：「她一開始用超商塑膠袋做花，開了工作室，受到各界邀請，很有機會在這條路上大放異彩，卻突然放棄了。不斷做一樣的作品，讓她覺得沒辦法做其他事情，想必不開心吧。」這眞是個令人感慨的問題，對我來說也一樣。我覺得社會看待一個創作者的作品，如果缺乏連貫性又太過深奧，就很難給予讚美。像我邊創作邊埋頭寫這篇文章，外人看了也很容易認爲「這個作者太迷惘，不好稱讚」。

我會迷惘，也沒有目標，但是對於「迷惘」這件事情我毫不猶豫，我也覺得不需要什麼目標。我不需要目標，但是認爲志向很重要，這兩樣東西放在一起想就會迷糊了。我的活動有很明確的志向，趣味與美麗就存在於志向之中，行動主義就存在於顛覆的志向之中，一旦顛覆成功就結束了。

離開美術館之後前往「入善購物中心Cosmo21」，今天的土地是這裡的停車場，昨天走在路上，購物中心的事務局長從車上找我搭話，還給了我一張名片。

「我會跟警衛講，你隨時過來睡啊。」

這是個很大的購物中心，超商、自助洗衣店、通訊行、麥當勞、書店，都在徒步五分鐘的範圍內，好像連澡堂也只要走十五分鐘，這可能是目前碰過最好的條件了。我放下房子，喝著氣泡酒準備去澡堂，事務局長突然特地傳訊給我，好像是發現了我的房子，眞是個大好人啊。

十月十日

我只是借個土地，沒有做其他事情，但幸運的是事務局長喜歡我的活動，在我出發之前買了好多吃的喝的來替我餞行，還請我去美食街吃午餐。美食街的櫃檯還對廚房裡的人說：「村上先生來啦！」

接著我往魚津方向走，這幾天沿路對我搭話的人愈來愈多，有人突然說聲「加油喔！」就給我一瓶營養飲料，我什麼都還沒解釋呢。有人看到房子在走路，上網搜尋之後用臉書發文說「有人在做這種事情」，然後大家就分享傳開了。不然就是有人拍照傳訊給朋友，也就傳開了。現在發生了很好玩的事情，消息愈傳愈廣，超越職場與學校的差異，只因爲住這一帶就傳開來。這就好像「附近開了很好吃的拉麵店」那種傳聞，我想把這種傳聞擴散的過程視覺化。

傍晚，我想說差不多該找地方落腳，突然有個戴墨鏡、騎綠色哈雷機車的先生找我搭話，他好像看過我的日記，跟我說：「今天請來住我家吧！」所以我就去了。這位是谷口哥，住在魚津市，家門口的馬路對面就能看到海，聽說早春還能在家裡看到海市蜃樓，眞好。

晚上我們邊喝酒邊聊，他說他二十年前當過鮪魚船的船員，跟我的活動有些共同點。鮪魚船，我有聽說過，但還是第一次碰到搭過船的人。他說他繞了地球兩圈，每次出海就是一年回不來，在四百噸的漁船上過生活。船上有分階級，最高階的三個人睡單人房，其他人基本上都是雙人房。飲食跟燃油，是在停靠各國港口的時候補充，眞的是移動生活，而且有一半算是無國籍狀態。所有物品都在海上消耗，所以糧食、香菸、酒精全都免稅，聽說他們一次買菸酒都是上萬支在買。釣到的鮪魚就冰存在船上，不小心勾到的大白鯊就只拿魚翅去賣錢，所有船員平分。開普敦的治安很差，從馬路這邊的舞廳到對面舞廳都得叫計程車，還有要過巴拿馬運河的時候就開船越過山間，實在難忘。他的故事眞刺激。

十月十一日

颱風十九號的風變強了，氣溫也變低了。看來這次眞的要小心，我討厭颱風，小時候覺得強風很好玩，但是過這種生活，我眞的不想碰到颱風。

大概中午從谷口家出發，谷口哥道別的時候跟我握手，這手眞是又大又厚實，不愧是海上男兒的手。我說：「你手好大喔。」谷口哥笑了笑。谷口哥說他的鮪魚船故事沒什麼了不起，對我來說是很稀奇的故事，眞的很了不起，但是對他來說則是跟著自己一輩子的經驗。所以他需要碰到新的人，偶爾這樣才能給自己的經驗帶來新鮮感，不然就無聊了。

路上有個騎機車的阿伯找我搭話，我照常解釋一番，結果阿伯說：「你在遷徙喔？」我第一次聽到遷徙這個詞，上維基百科查查看，發現生物移動的原因包括「糧食」「繁殖」「氣候」三種，我也是因爲「氣候」因素在移動，完全符合生物遷徙的原因。

進入富山市的時候已經天黑，我在附近找溫泉，到了溫泉是下午五點左右。本來想跟溫泉借停車場，突然沒膽子，想說先泡了溫泉再談，結果證明我是錯的。洗完澡之後去談，人家拒絕說：「老闆已經回去了，我無法決定。」已經過了下午五點半，天色很暗，我連忙開始找寺廟。第一座和第二座都沒人在，第三座根本看不出來哪裡像寺廟。晚上六點多，天已經完全黑了，上一次這麼晚還找不到土地，應該是在琦玉的浦和跟田谷一起找的時候了。難得又這麼急起來，如果是半年前，我太慌張會搞壞身體，但現在比較輕鬆點。第四座廟總算有人在，我去商量，結果對方拒絕說：「目前住持不在，我無法決定，請見諒。」看來今天就是這種日子，碰不到負責人的日子。

附近已經沒有寺廟，也沒有其他有希望的地方，或許今天就要失敗了。太陽下山的時間愈來愈早，身體還沒習慣，看來要把借土地的時間點提早才行。

沒辦法，我只好去附近的大藥妝店，跟店經理商量說：「如果眞的不方便，只要借放房子就好了。」

「這裡不能讓你住，但是只要放房子就可以，颱風來了，要小心喔。」

果然成功了。我前往大概四公里遠的漫咖過夜，今天眞驚險，但是我發現藥妝店這種地方也可以商量，希望哪天去問問看派出所或警察局，我想嘻皮笑臉地跟人借土地。

十月十二日

早上睡醒，出去一看發現風停了，昨天風還那麼強說。是因爲颱風接近了嗎？眞詭異。

我在借放房子的藥妝店附近畫圖，上午出發，一小時之後有一群小學年紀的女生找我說：「你在幹什麼啊——？要吃飯嗎？」好像是下飯野地區有節慶，在公民館前面辦餐會，眞是定期會碰到這種「受邀參加節慶聚餐」的模式啊。

去到那裡，問題果然如雪片般飛來，大家都很激動，問我好多問題，而且好想進我的房子。有人把神轎上的塑膠飾品掛在我的窗戶上，突然大家就拿了烏龍麵、小蛋糕、啤酒要我吃吃喝喝。坐在我對面的人姓水野，對我眞的很有興趣，認眞聽我說話。水野說：「我們缺人扛神轎啊。」我說：「只要有地方借我過夜，扛神轎還是幫忙做啥都行。」水野說：「我來想辦法。」結果我就幫忙扛神轎了。

神轎的扛轎手是十幾個壯丁，兩個國中男生，旁邊圍著兩個國中女生、一堆小朋友，還有鎮上的仕紳。我們扛神轎經過大概一百戶人家，到住戶門口作勢要撞人家的房子或車子，住戶會想辦法阻擋，好像有時候會撞斷松樹枝或撞壞房屋。

水野負責炒氣氛，不時關心兩個帶頭扛轎的國中男生。扛轎手有時候會失蹤，又突然跑回來。就算有人不扛了，也沒人會怪罪，但是缺人手扛轎眞的很辛苦。扛轎手最少的時候只剩八個，神轎前後左右各有兩根槓，所以最少要有八個人扛。但實在沒辦法靠人力扛完全程，所以神轎離開住戶門前，就會放在推車上推著走。

我的故鄉葛飾跟淺草，也爲了缺人扛神轎而煩惱，到處都一樣。水野說：「外人覺得『不好玩』就是不行，我們得下點工夫，讓年輕人下次還想來。」扛轎手是很少，但是兩個國中男生好像帶了女朋友來，對節慶也是樂在其中。有他們在，節慶的氣氛就完全不同。因爲女生看著男生，男生就會扛神轎給女生看。

傍晚，當地民宅都繞完了，大家在收起神轎之前，特地到我放在公民館的房子前面扛轎，嘿咻嘿咻地喊。然後大家又吃吃喝喝，大家都很感謝我幫忙，還有人說：「如果我們單獨看到有房子在走路，就不敢搭話啦，幸好大家正在辦餐會啊。」

於是我又要問該住在哪裡，我說：「只要借到土地放房子，我就能睡在房子裡，所以在戶外也沒關係。」水野說：「那怎麼行，太沒禮貌了，能不能住在這間公民館裡啊？」町會長說：「只要町上哪個人跟他一起住就行啦。」水野說明天一大早就要去爬山，沒辦法陪我在公民館過夜，但是拚命拜託其他人幫我一把。他一直說：「對一個幫忙扛過神轎的人說『請你睡外面吧。』我們這個鎮的面子要擺哪裡？颱風又要來了，我們能這麼無情嗎？」人家說：「要是水野兄能住下就好了。」水野說：「我眞的是不行啊。」看來他無論如何都想去爬山，這點眞是酷。

我在旁邊聽大家交談，幫忙扛神轎是整個鎮的事情，但是討論到該讓幫手住哪，就成爲個人等級的事情。大家都同意水野的說法，認眞討論該怎麼處理，最後有兩個鎮上的人一起跟我住公民館，眞開心。

十月十三日

早上七點左右睡醒，跟我一起過夜的兩個人已經醒了，正在看颱風的新聞。看來這次的颱風很危險，每一台的記者都在沖繩、九州、四國等地，拿著麥克風站在暴風中大喊：「風好大啊！快站不穩了！」我覺得他們也沒必要冒這個險，但是他們要代替觀衆體驗這樣的強風，或許這是有必要的。我邊想邊擔心說：「這裡會不會有事啊？」鎮上的人說：「富山這裡有立山擋著，每次颱風的災情都不大啊。」他們說得很驕傲，眞好，連我都跟著開心了。

外面沒有風，但是空氣冰冷又詭異，暴風雨前的寧靜。我看了天氣預報，中午之前應該還能走，所以決定提早出發。大家給我好多餐會吃剩的零食，還有超商飯糰。其實挺重的，但是人家送我的食物，是可以承受之重。自己買來的東西，重量跟別人給的完全不一樣，難道重量也會成爲動力嗎？

雨下下停停，幸好沒有風，所以我快快趕路。我有點焦急，覺得休息都是浪費時間，一口氣走了四個半小時。半路在新線公路的人行道上，發現一具碎成兩三塊的狸貓屍體，上面有蒼蠅飛舞。眞是難過，看到跟自己一樣的哺乳類死在路邊，比看到蟲子或鳥更難過。

當我開始覺得「快要走不動啦——」的時候，就起風了。風向不穩，很詭異，明顯是颱風。我想說糟糕了，剛好附近有個休憩站，就跑去避難。這下不能繼續走了，所以我跟休憩站商量「請讓我放房子」，辦公室的阿伯笑笑，覺得很有趣。

「這裡是二十四小時營業的，你的房子要是有危險，就放在裡面吧。這裡還有兩三個人，有人已經在這裡住三天了呢。」

確實有個男的睡在睡袋裡，旁邊的背包上寫著「環遊日本」幾個大字，看他年紀頗大了。

外面突然就颳起強風，風好大好猛，好險啊。同時我已經沒有衣服換，在附近找自助洗衣店，衣服送洗之後去泡休憩站旁邊的溫泉。休息區有漫畫，我洗完澡之後就看了《閃爍的青春》，裡面那個叫悠里的女生好可愛。

回到休憩站，剛才那個環遊日本男正在跟當地的阿伯聊天，我就去一起聊。聽說環遊日本男到處搭便車，這個在地阿伯昨天就開車載他到處跑。環遊日本男打算跟休憩站禮品店的店員小姐問電話，或許旅人有這種特權，可以隨便搭訕吧。阿伯住在附近，常常來這裡見識各種人，住在休憩站附近一定很好玩。

1014 1330

「我討厭人家說我『你眞是隨心所欲啊』或者『你好自由啊』之類的。」水野說：「很討厭吧？這我懂。」當人家說我隨心所欲，我就很難過，覺得彼此的眼界不相同。到底隨心所欲的這個「欲」是什麼？根本沒這種東西。我也討厭聽人說我「你選了自己喜歡的路」也討厭人家擔心我收入不穩定，將來不知道該怎麼過活。我覺得就隨你們去講，不然別講得那麼酸，直接嘲笑我就好。你們有沒有想過什麼是生？什麼是死？生在日本的意義何在？福知山線出軌跟核電廠爆炸，自己有多少責任？看來他們認爲天底下所有事情，自己都不必負責。會擔心收入不穩、身體不健康的人，有想過收入穩定了、身體健康了，再來要做什麼嗎？幸好我是個敢說自己喜歡美術的人，我已經寫過好多次一樣的事情，但是依然要寫下來警惕自己，寫了又寫。

十月十四日

睡過頭了，睡醒已經九點多了。看來天氣已經放晴，但是颱風眞的很強。幸好颱風很快就離開，但是應該還會有颱風一直來。「哥吉拉」跟《新世紀福音戰士》的使徒都會「從海裡登陸日本搗亂」，我想就是模仿颱風生成的過程吧。颱風也是在熱帶海面上形成，然後撲向日本，看來日本人很早就有天災從海上來的概念了。

我邊畫圖邊等風停，下午兩點多離開休憩站。休憩站眞的很方便，就算運氣差到沒土地放房子，還是可以進去避難，裡面又有廁所、盥洗室跟自動販賣機。奇妙的是，跟休憩站借土地並不是百分百會成功，休憩站全都歸國土交通省管，但是有些站長會說：「這是國營設施，不能住。」有些則認爲：「這是國營設施，所以國民可以自由使用。」我不知道爲什麼「國營的不能用」，國家不就是我們嗎？前幾天下飯野的水野跟鎮上的人討論說：「讓幫忙扛神轎的人睡外面，我們鎮的面子擺哪裡啊？讓他睡公民館吧。」我覺得這種討論很重要，我認爲我們對「公共」和「私有物」的概念非常薄弱，所以先拒絕了再說。

最近我會把借來的土地照片一起上傳推特，當我每天上傳照片，就看到房屋不變、土地一直變的狀態。我放房子的土地上可能有其他房子，可能有開店做生意，可能是停車場。我們常看到土地上的建物改變，卻沒看過建物底下的土地改變。仔細想想，劃分土地的制度是歸爲社會體制，但我的房子（臥室）則歸爲人類生活，歸爲俗氣卻熱情的生活。藉由不斷改變土地，或許我就能從體制中拿回自己的生活。日常生活的重心不能放在體制上，要放在自己身上才行。如果放錯，就會發生福知山線的脫軌車禍。我們要回想起來，小時候生活的感覺總是與身體同在。

走路走到傍晚，正想找土地的時候就被警察盤查。我大概已經被盤查了四十次，看到警察走過來就主動拿出身分證了。我順便在盤查的時候問說：「可以在派出所或警察局借土地住一晚嗎？」警察說：「不行。」好像是警察局跟派出所有很多機密資料，要是被人趁機拿走就不好了。警察又說，要是有人已經性命垂危，警方倒是會以「保護」的名義出借地方暫住。

下午五點左右，抵達高岡市的內島地區，這裡有休憩站，但是裡面人很多，所以我去附近找寺廟借土地。住持還沒聽我把話說完就說：「好啊，放這裡吧。」我立刻窩在房子裡，能在休憩站附近借到土地，住起來就是舒服。

十月十五日

今天爽爽睡到九點，突然覺得很冷，颱風把冬天給帶來了。或許該去買件上衣，或者換個新睡袋了。

從高岡市往西走，又被警察盤查，我立刻拿出身分證，警察說：「你最近有被盤查嗎？」我回答：「昨天就在附近被查了。」警察把身分證還給我說：「你是在旅行什麼的嗎？用這個東西過夜啊，喔，果然是這樣，小心喔。」然後很快就放我走了，第一次碰到這種狀況。不管我怎麼強調：「我已經在附近被盤查了，還要問嗎？」他們還是會繼續盤查，完全不相信我，但我想這是因爲有人會說謊吧。

路邊雜草的顏色，已經由綠轉黃了。日本正準備要過冬，我喜歡冬天，但是要先確保生命安全無虞才能這麼說吧。以現在的生活來說，我得先去到比較不冷，不會下雪的地方，不然可能會死。

走著走著，有輛車停在我前面，車上下來一個穿西裝的先生。我想說他應該要來採訪什麼，果然就是北日本放送這個地方電視台的人。他想把我的故事放上傍晚的電視新聞，手拿很大的攝影機，頭戴耳機來採訪我。之前讀賣電視的採訪團隊有六個人，但是這次只有一個人包辦攝影師、收音師跟記者，眞新奇。我努力說給他聽，然後他說：「你這麼深思熟慮的活動，單純做成『房子在走路』的新聞就太無聊了，讓我多採訪一點吧。」所以他決定等傍晚我開始找土地的時候再來一趟。

半路在休憩站休息，這裡有布告欄，上面貼著地圖跟周遭的活動海報。有一對年紀看來像是剛退休的夫妻，老公看著地圖，老婆對他說了。

「孩子的爸……孩子的爸。」

「嗯？」

「我去個洗手間。」

「……」

於是老婆就去了洗手間，我突然好感動，兩人相處的漫長歲月，就表達在這短短的對話裡。停車場裡停了好多輛露營車，這對夫妻或許就是其中一輛的車主，這麼一想又更感動了。

小矢部市的石動這個地方，寺廟有夠多，我決定在這裡跟北日本放送的人會合來商借土地。結果才去了第一間廟就借到，廟裡師父說：「今天冷，你就睡大殿裡吧。」就讓我進去了。師父還找我吃晚餐，他喝著最喜歡的菊水一番榨日本酒，跟我說了很多事情。師父原本是個調職常客，做電視傳播業，後來太太老家的寺廟沒有人管，他就突然學起佛來當住持。人生眞是多采多姿啊，他還說美術總監北川富朗是他學弟，聊著聊著，我才知道他爲什麼對我的活動免疫，眞是難怪了。

富山縣曾經是加賀百萬石前田家（諸侯）的分封地，強大的加賀藩被幕府給盯上，藩主爲了讓幕府認爲「我是個愛茶又愛陶，和平無害的人」，所以從江戶聘請茶人，致力於文化政策，結果讓本地文化發達。聽說這裡的銅器很出名，不僅金澤、富山縣高岡市，甚至全國各地知名寺廟的大鐘中，有好幾成都是在這裡鑄造的。師父還說，這個石動地區的寺廟大多是淨土眞宗派，在江戶時代之前，這裡由淨土眞宗派的團體統治了一百年，所以民衆至今還有到寺廟聽佛法的習慣，大家信仰都很虔誠。

十月十六日

住持太太送我一大袋吃的喝的，離開石動地區，感覺自己很像一寸法師。太太送我走的時候笑得很開心，說她有了很有趣的經驗。她送我的東西有飯糰、茶、鹹酥雞塊、零食，樂天的「卡夫卡」糖果好好吃。

北日本放送的人今天繼續採訪。

「你對富山印象最深刻的地方是哪裡？」

這裡有太多新奇的體驗，我很難回答。

「印象最深的，應該是有人很驕傲說立山幫富山擋住颱風吧。」

「聽你這麼說，我們也應該好好珍惜立山了。」

這樣啊，原來如此啊。

在路上發現蜥蜴，應該說發現蜥蜴穿梭在草叢間的殘影。蜥蜴很難抓，牠們很快就發現敵方靠近，會從靜止突然飆到極速逃走。蚱蜢發現外敵的速度比較慢，但是跳躍力很強，一眨眼就不見了。蚱蜢還會左跳右跳，所以很容易跟丟。螳螂就完全不會動，用全力假裝成葉片，大家的戰略都不同。至於蜻蜓，有些怕人有些不怕人，逃跑方法也不同。觀察某個地方的蜻蜓好不好抓，就知道當地有沒有抓蟲人。

我在俱利伽羅嶺附近碰到一輛掛大阪車牌的貨車，司機對我說：「我有看電視喔！加油啊！」在津幡這個小鎮碰到一個阿伯拿相機對著我說：「你的興趣眞怪，我幫你拍張照去跟大家宣傳。」剛到金澤市的時候有個貨車司機對我說：「你這是校慶的裝飾品嗎？我載你一程，要去哪裡啊？」這個貨車司機原來是金澤的園藝行老闆，之前搭過便車，所以常常讓人搭便車。他跟我說了很多金澤的歷史，包括金澤爲什麼很多寺廟，還有車站爲什麼遠離市區。

後來我去了金澤21世紀美術館，朋友介紹了美術館的館員給我認識，我解釋了自己的活動，館員很感興趣，我們一拍卽合。館員說我遷居的動機是憤怒，而自己也有類似的憤怒。

北日本放送的傍晚新聞介紹了我，我早有預料，果然還是跟著導播的劇本來講。願意報導我，我是很感激，不過說我「跟人借土地，然後畫房子的圖送人」，人家會想說「早知道借了土地，不要畫那裡的房子，就不用送圖了？」導播莫名剪掉了「我送的圖是影本」這一段，我想這差異很大啊。或許不是每個人都一樣，但電視圈的人好像容易看扁觀眾去編輯內容，想說「這麼簡單，觀眾應該就看得懂了」。不知道他們是不是故意的，總之「簡單明瞭」漸漸變成了「擅自設定觀眾水準」，我想這個界線很模糊吧。

十月十七日

今天我也在金澤，金澤21世紀美術館的人讓我放房子進去，所以不必擔心土地。人家推薦我去金澤市民藝術村跟長町的武士大宅遺址，我去散步，挺冷的。

今天也有北國報社跟金澤電視台來採訪，金澤電視台的記者跟我說了。

「請問你這段生活過下來，有什麼發現呢？」

「我的房子只是臥室，廁所、浴室、洗臉台這些其他功能，全都要仰賴我落腳的市鎮。這段生活讓我深刻體認，我們是互相依賴著過日子。其實一般人的生活也一樣，只是所有功能都聚集在同一間房子裡，大家容易忘記罷了。轉開水龍頭流出來的水，不是我們自己打來的水，瓦斯跟電力也都是別人生產的。」

「意思是你懂了要感恩嗎？」

「大概是這樣吧。」我想對方應該希望我這麼回答，但是我又改口說：「應該說，我深深體會到我們互相依賴吧。」我覺得關鍵，就是讓人們去思考自己有多麼逃避去理解這個世界。

傍晚要離開美術館的時候被小朋友包圍，不斷喊說：「是宅宅蝙蝠啊！」我問其中一個小朋友，什麼是宅宅蝙蝠，小朋友就是不肯說。小朋友聚在一起就喜歡嘻鬧，纏著我不放，但是單獨被針對的時候就孬了。我又問一次，小朋友說是「妖怪宅宅蝙蝠」，我想會讓這麼多小朋友吵鬧的妖怪只有一種，所以搜尋了「妖怪手錶」，果然出現稀奇的妖怪叫做「宅宅蝙蝠」，這是一間長了翅膀跟雙腳的房子，不要跟我撞角啊。

晚上住在美術館的人的家裡，加兩個小孩，四人同桌吃飯。兩個兒子對媽媽的現代美術工作表示「不太懂媽媽做什麼」，我有點意外。奶奶告訴我：「最近有很多人因爲莫名其妙的理由殺人，要小心喔。」我印象最深的是他們說到養小孩，認爲：「養小孩不需要房產跟財產，只要讓小孩學會技術，長大就有用。」

十月十八日

早餐跟這家人一起吃，餐桌上看到陌生的菜餚，扁扁咖啡色的薄餅，聽說是這家人獨創的「薄煎餅」，用冷米飯、雞蛋、牛奶、麵粉攪拌煎成的。這要沾蜂蜜來吃，還眞好吃，吃了感覺很奢華。這家人的獨創餐點，只有在這家裡才吃得到。

吃完早餐，國三的大兒子畫了張地圖給我，告訴我怎麼去附近的澡堂。畫地圖很困難，他邊畫邊跟奶奶討論怎麼畫，還有店家的位置在哪，媽媽笑著說：「我們家出門前都要吵架的。」我也笑了。房子不會動，所以才能畫地圖，人類自從開始定居了，才開始畫地圖吧。「大竹伸朗先生在德國文件大展展出了可移動的小屋，聽說就是看到海嘯把整間房子沖走的新聞，大受震撼才有這個創意喔。」

這下我更覺得要見大竹先生一面了。

好多人說過金澤是「兩條河之間的城鎮」，就好像富山人說富山是「立山所環繞的土地」。他們心中都有個印象是「我目前就住在這樣的地形上」，這對我來說挺新奇的。

我從金澤出發走了十六公里，傍晚抵達白杉市下柏野町，這是個國道旁邊的小鎮，我從國道進入小鎮想找寺廟，結果在路邊碰到兩個聊天的阿姨。

「哎呀，我有看到報紙喔，你就是揹著房子走路的人對吧？」

我已經上報紙啦？消息傳得快眞開心。

「我正在找土地，這附近有寺廟嗎？」

「有有有，有兩座，我說這一座比那一座好，裡面有親切的阿姨喔。」

我去了那座「有親切阿姨」的廟，感覺好像玩《勇者鬥惡龍》在問路。按了寺廟的門鈴，眞的出來一個很親切的阿姨，她也是看報紙認識了我，一口就答應借土地，還說我可以用後門的廁所。

廟裡除了阿姨，還住著一對年輕夫妻跟一個小朋友，大家都很親切，晚上還拿便當送到我的房子來，裡面還有生魚片。

十月二十一日

前天跟昨天在金澤休息，今天早上回到下柏野町。

這座廟裡面原來住了一家七口，住持是個人超好的阿伯，光看到長相就讓人放心。有個工匠在大殿裡邊做工邊嘀咕，我在他旁邊畫圖，他不時會講說：「啊，這個是那個啦」「好，這樣又可以啦……」眞有趣。愈往西走，講關西腔的人就愈多，當我畫圖的時候，奶奶送了茶跟點心給我。

「這裡昨天辦喪事，人進進出出的，兵荒馬亂啦。」

對喔，十八號時也說過這裡要辦喪事，喪事可眞多啊。

當我畫完圖，嘀咕工匠對我說：「圖給我看看吧？」

「喔，畫得眞細，謝啦，你貴姓啊？」

「我姓村上。」

「村上啊，是村上慧嗎？」

「咦，對啊！我是村上慧！」

「你好像有上過電視喔，謝啦。」

聽說昨天電視介紹過我，我沒看就是了。我看了金澤電視台的網站，說我是「房屋男（家男）」，這又是個新奇的稱呼了。他們稱呼我「房屋男」，好像隱瞞了什麼，似乎心裡打開一個開關，用「怪人」「流浪漢」這種稱呼來歸類別人，歧視別人，這些人眞是冷漠啊。我想起池田拓馬說過：「人們愛說，快看，有藝術家在創作！眞多管閒事啊。」

九點半左右出發，繼續走八號線往西前進，今天有個比我小很多的男生對我說：「你在幹嘛？給我拍照！停一下停一下！」你哪位啊？我想比個中指給他拍，不過又怕人家記仇破壞我的房子，還是算了。被人拍照就想拍回去，這是什麼心態呢？他拍完之後，其實我很想說：「我常常在線上啊。」

如果沒有網路，就不能過這種生活。不只是因爲我能在網路上發表，更是因爲我的心靈重心放在網路上，所以才不會被眼前的事情動搖。在過起這樣的生活之前，我很討厭把自己的歸宿放在推特或臉書上，但是現在一點都不討厭，我的身體感覺不斷更新。

走了二十四公里，在國道旁邊看到「平松牧場」的招牌，上面還寫著「milk & desert」我就被吸引進去了。我在牧場附設的咖啡廳裡吃了冰淇淋，順便借土地，人家一口就答應。

「明天我們公休，如果下雨，你就到咖啡廳的屋簷底下吧。」

我放下房子去散步，碰到附近一家人來玩，這家的太太也對我說：「冷的話就來我們家住吧！」牧場除了牛還有各種動物，眞開心，山羊可愛到不行。

晚上走了三十分鐘去泡溫泉，刷完牙，回家。走在國道上刷牙，感覺挺刺激的。

十月二十二日

早上，打算把畫好的圖拿去便利商店影印，半路發現忘了帶錢包，回家要去拿，發現收乳車來了。我在常陸太田市的牧場聽過，收乳車每天要來收兩次，因爲牛會不斷泌乳，所以每天都要擠。我覺得牧場人生，跟忘了錢包的我的人生，在當下交錯了。
當我在寫日記，牧場的伯母拿了橘子跟柿子給我，聽說以前加賀市大概有三十座牧場，現在只剩這一座了。
「畢竟酪農業很辛苦啊。」
「對啊，可能還讓人覺得很髒吧。」
「是不是？男生都做不久呢，大概兩年就辭職了，我還以爲男生會比較肯拚的說（笑）。」
「這是爲什麼呢？」
「我也不知道爲什麼，震災之後呢，有一家人從福島搬來，女兒說要在我這邊工作。另外像是來體驗學習的人啊，還是畢業之後來求職的人啊，全都是女生。」
「我在茨城縣的常陸太田市，也聽說酪農戶正在減少，看來每個地方都在高齡化，到處都是空屋呢。」
「你應該看過很多冷清的地方吧。但是金澤人很多，完全不同了吧。」
「就是說啊。」
這一帶的大都市，就是金澤了吧。
「去東京做生意的人勢力愈來愈大，但是用心經營在地的人就少了……」
後來他們請我吃午餐，他們家裡有養狗跟貓，而且喜歡動物，還養了山羊、驢、小馬、兔子跟雞當寵物，甚至連牛也養來當寵物，眞好。我吃了義大利麵之後就出發。
今天的目的地已經敲定，要前往「金津創作之森」，金澤21美術館的黑澤介紹了福井縣的牧井老師給我認識，這個牧井老師就介紹了金津創作之森。
這陣子我都在城鎭裡面走路，難得走到山上的大馬路，人行道上除了我沒有別人，走著走著就覺得「我回到日本了」。我心目中的日本風景不知不覺更新過，之前聽到「故鄉」兩個字就會想到山頭、河流、森林、平房跟農田，但是最近心中所想的日本風景卻是寬廣的四線道和空蕩蕩的人行道。馬路開在兩座大山之間，路旁雜草茂密，大多時候都是這種光景。
今天風很大，門板的鉸練掉了，我連忙拿大力膠帶（之前津南的高橋送我膠帶）把門貼住撐過去，看來這陣子得修理了。走路的速度變慢，又被風吹得很煩，看到汽車奔馳根本不怕風，突然覺得被風向所影響的生活似乎非常不錯。風勢會影響走路的距離，也當然會影響當天過夜的土地，這眞是美妙又奢華啊。

天色完全暗下來的時候，總算抵達金津創作之森。這裡位在樹林深處，到處黑漆漆的，我邊走邊害怕各種怪聲音，幸好走到了。路上有點走錯，幸好蠟染作家加藤阿姨跟她老公熱情地歡迎我。加藤阿姨認識我的恩師土屋公雄，眞開心，聽說創作之森裡面有土屋老師的作品，明天去看看。

加藤先生很厲害，講了很多話向我說教。「你很有趣，不過還能做很多事，還可以改變，還太天眞了。」「自己的未來都規畫不好，還畫什麼圖？等你可以用精準的眼光看出自己的將來，圖就畫得好啦！」「Change is growth，變化就是成長。」「很多人像你這樣過生活，你還大有可爲，你是竹筍啊。」「也就是說你攀岩的時候，有沒有抓住岩石的邊邊啊？抓緊岩石，用力把自己拉上去，別以爲等在原地，岩石就會靠過來啊。」好多名言，他講得滔滔不絕，我都怕了。我確實缺乏某種「汲汲營營」，沒有那種爲工作奮鬥的野性，這是我的弱點。我要提醒自己，我還能不斷改變。

「我今天教訓村上先生，就是要讓你不甘心。今天飯好吃，多虧了村上先生啊！」

十月二十三日

「It's time to get up! Mr. Murakami, you have only 30 minutes……!!」有人大喊，喊得我張開眼睛，整個人都清醒了。加藤先生從昨晚到現在都是這麼嗨，聽說他之前在英國的客棧住了很久，最後就是被人這樣硬撐出來。我吃早餐的時候繼續被教訓：「天眞就不會長大，咬緊牙關撐下去啊。」「我不否定你做的事情，不過這只是個手段，不能沉迷於手段，不要沉迷於一個夢，要做更多夢，要訴說你的願景啊。」等等。今天南下十五公里，前往牧井老師家的停車場。

今天也被警察盤問，我說我是藝術家，警察說：「原來如此，所以沒有工作是嗎？有在哪裡上班嗎？」「沒有，我是藝術家，自營商，獨立工作者。」「那是有做什麼設計之類的嗎？」「不是，就藝術，當代藝術。」「當代藝術……」就像這樣，雞同鴨講，我已經懶得反駁或解釋了。大多數警察在盤問的時候好像比較親切，會讓我解釋自己的活動，或者寒暄個幾句。我想起東京還有警察說：「這裡不是美術館喔。」眞好笑，這是什麼現象啊？

可能大家都感覺到我走得很煩，今天沒有人來找我搭話。傍晚有兩個先生過來說：「我有在電視上看過你喔！」兩人有點像做土木的。

「今天要住哪啊？」

「附近有人會借我停車場。」

「啊，今天已經決定啦。」

對喔，他在電視上看到我，就知道我在找土地，這眞有趣，電視就是有能力引發這種現象。

對了，聽說宇川直宏要在DOMMUNE辦個叫做「THE 100 JAPANESE TV CREATORS」的企畫，光看這企畫的名字我就起雞皮疙瘩。由網路節目來介紹電視節目創作者，眞是厲害，電視這個媒體突然就被相對化了，宇川先生了不起。

傍晚，快要忍不住小便的時候總算抵達牧井老師家，但是牧井老師還在工作沒有回家，我想說去找個廁所，把房子放在停車場，走沒多久就碰到很大的草皮公園。大公園通常都有廁所，得救了。我開心地加快腳步走向公廁，發現有個小女生跟媽媽在玩「不倒翁跌倒了」的遊戲，好久沒有看到小朋友乖乖玩這個遊戲，莫名地開心。

十月二十四日

十月二十五日的早上，我在一座廟的廟境裡，地方很寬闊，我的筆電沒電，用太陽能充電器接上iPhone，坐在水泥磚上寫這篇日記。早上有霧，但是天上沒有雲，聽見鳥叫聲，還有遠處縣道上的汽車聲。偶爾有阿姨或阿伯遛狗經過眼前的馬路，還有騎腳踏車的高中生經過，高中生通常都邊騎車邊滑手機，我覺得很危險，但是自己也常常這樣。

昨天上午離開牧井老師家，看了一場「福井夢藝術」，我把房子放在展場前面，有帶著小朋友的媽媽過來找我說：「我好像在哪裡看過這個喔，是哪裡呢？」一問之下，原來半年前我在東京的花店前面接受採訪，最近節目才在福井縣播出，竟然晚這麼多啊。夢藝術裡面有個高中生，用紙做出一大堆機器人，真棒。

我又繼續走，下午三點覺得走不動了，就開始找土地。土地很難找，找了五個地方，兩個拒絕我，三個沒人在。一直受挫，就會失去信心，我在推特上發文求救，有幾個人要幫忙，但都太遠了，我還是在這附近找地方。在福井市三十八社町按了第六座廟的門鈴，來了個友善的阿姨，手上沾著菜屑跟肉屑，應該是在捏漢堡排吧。阿姨答應我借地方，太陽已經西沉了。

有個金澤的人傳訊給我，說他這幾天都在追蹤我，我們晚上一起去吃拉麵。這個追蹤者的流浪病很嚴重，說曾經流浪世界各地，我說：「親不知是個危險的地方。」他就告訴我地名的由來。原來「親不知」這個地方以前道路沒有做得很好，旅人只能沿著海岸走，有一家親子趁著海浪的空檔趕路，卻不小心被打散，結果父母親就失蹤了。所以這個地方一直很危險，就算現在開闢了道路還是很危險。追蹤者說：「我明天再來看房子。」就回某個地方去了。

附近沒有澡堂，又懶得搭電車，所以就不洗了，昨天就是這樣的一天。

我已經對自己說了很多次，目前我正在創作，不是正在發表。我畫圖的過程，就跟在畫室裡畫圖一樣，千萬不能搞錯。我的思想已經到了未來，身體還在過去，只是把身體往未來帶去而已。當下的目標，就是把移動生活變成生活基礎，別人上班賺錢繳房租住在家裡，我則是邊過移動生活邊工作。

展覽是可以開很多次的。大家都問我：「你要走到何時啊？」我怎麼解釋，大家都不懂，所以我只能做，有時候會比較懶散。其實我什麼都不想做，但是身體會自己動起來，挺麻煩的。如果可以什麼都不做，不知道有多幸福啊。

十月二十五日

這座廟裡有兩個小女孩，我在畫圖的時候，她們一直在院子裡面玩。撿撿樹果，互相追著跑，妹妹天眞無邪地拿樹果送我，我也笑著收下。眞是棒，純眞到刺眼。一下子指著黏在樹幹上的空蛾蛹說：「這是誰的家呀？」一下子又指著從前面路上經過的汽車喊說：「那是Specia特別款喔！」她聽說家裡最近換了車，所以小孩記得車款了。她們打招呼眞是活力十足，對著路邊行人跟停下來的汽車大喊「你好！你好——！」被喊到的人都不得不回，太棒了。

中午左右離開三十八社町的寺廟，往鯖江方向前進，走了六公里進入一個商店街。聽牧井老師說鯖江市的眼鏡很有名，街上到處都是寫著「眼鏡」的招牌。整個商店街的氣氛是有些冷清，不過我發現挺好玩的酒吧，住在這鎭上應該很開心。

一對母女正要用自動販賣機買飲料，看到我就問：「這是什麼東西啊？」我簡單解釋一下，媽媽說：「請你要小心喔！」我又走了一陣子，後面有人大喊：「村上先生——！」回頭一看是剛才的媽媽，她快步跑過來，喘吁吁地說：「我們，正要吃飯，要不要一起吃啊！」於是我們走回剛才那部自動販賣機，對面有座四層樓房，走到樓房後面一看，有一座折疊式的露營頂棚，底下擺了桌椅，有四個人正在喝咖啡聊天。這裡還有小木屋，有燒柴的灶，還有鐵製的披薩窯。商店街正中央的大樓後面，竟然有這種山中小屋的世界，眞是超乎想像。

樓房的屋主藤田先生說了：「我的工作是印刷廠，本業是花花公子。」今天藤田先生舉辦了「剖海鰻講座」，然後大家就烤魚吃，剛好看到我路過。大家請我吃了用披薩窯烤的超好吃麵包（吐司麵包上面放了馬鈴薯片、番茄片和起司等等）跟咖啡，用柴燒出來的熱水泡咖啡感覺更好喝。藤田先生說：「用柴火煮，比用瓦斯爐更溫和。」車水馬龍的商店街，後巷裡有個小小的私人公共空間，眞是個好地方，不是隨便能弄得出來的。

於是我就借住在這裡，跟大家一起吃晚餐，有道燉紅點石斑叫做「Akou」眞好吃。

盤子上畫著魚，我覺得很棒，藤田告訴我說：「其實我不太吃魚的，但是某天去了古董市場，一眼就看上這個盤子，就跟人家喊價買下來了。」

然後有個愛釣魚的朋友送我一隻大鱸魚，我看 YouTube 學怎麼切，切好就找大家來吃，我從此就愛吃魚了。因爲買了這只盤子才有這樣的事情，要好好珍惜才行啊。」所以這是一只讓人想放魚的盤子。

十月二十六日

昨天天氣還那麼好，今天一早就開始下雨，剛才換了門板的鉸鍊，這下除了伸腿用的窗戶之外，所有鉸鍊都換過一次了。總之接下來在抵達東京之前的這半年，應該撐得住。跟這間房子生活六個半月，想到很多改進方案，眞想快點打造第二間。要能夠搬運得更舒服，睡得更舒服。

昨天太累，拜託藤田先生讓我借放多一天，我去鯖江散步。鯖江市舉辦了「鯖江製造博覽會」邀請市內各種製造商擺攤展示，有好幾個眼鏡跟眼鏡清洗機的製造商，果然是眼鏡城。坂井市的牧井老師也來了，我們一起逛展覽。展出了造價數千萬日圓的漆塗山車，我想說這應該捨不得搬出來用，果然平常沒在用，都收得好好。當然啊，會捨不得啊。

在博覽會認識了河和田町的年輕人，一拍卽合，說好明天要去他家。年輕人會開小貨車來載我，我的朋友愈來愈多了。

中午吃了名叫「鯖江熱狗」的鯖江名產：「邊走邊吃的醬汁豬排飯」，眞好吃，米飯加豬肉包上麵衣，用竹筷插著去油炸，然後沾醬汁來吃。

晚上去福井車站附近的當代藝術藝廊，看角文平的展覽，車站附近有很多商家，很多年輕人，但是離車站遠點就只是空蕩蕩的大馬路，沒什麼好逛的。

十月二十七日

今天下雨，所以我一直在室內畫圖，傍晚向藤田家人告別，前往西山公園，跟昨天遇到的山口小弟會合，他開小貨車把我跟房子載走，前往河和田。

河和田有十幾個從都市搬來定居的年輕人，山口就是其中一個。這裡大概有一半的人是京都精華大學的美術相關系所出身，在這裡工作討生活。這個小鎮位在深山中，也有很多空屋，大家都用低房租來住大房子。每個人遷居的理由不盡相同，但是大多都因爲數年前當地豪雨成災，跑來做義工，做久了就喜歡這裡，然後定居。我覺得鯖江市政府有在規畫制度，吸引年輕人定居。

今天晚上這裡的成員要開會，我就跟著去看看，我想知道他們哪來這麼強的動力。會議來了七個人，有在環保NPO法人工作的人，有市公所員工，有在木工藝品公司上班的人，還有眼鏡匠，形形色色，大家都是二十好幾。有人已經結婚，夫妻一起住，有人莫名跟鎮上某個住了很久的奶奶（不是親戚）獨自住一間民房。會議有幾個議題，聽了發現他們改裝一間荒廢的眼鏡工坊，準備開一間共同工作室叫做「ARK」，可以製作木工、漆器跟眼鏡。目前已經準備要開幕，同時跟媒體、政府和大學校方合作，要振興河和田。

我問：「你們已經有決心定居了嗎？」他們回答：「我們會把這裡變成想定居的地方。」說得也對，這股活水豐沛的能量眞好。這個鎮不是他們出生的故鄉，但是他們想拯救這個日漸無趣的地方，於是公共與各自的目標自然結合在一起，大家就這麼過生活。了不起，他們這樣的生活已經常態化了，感覺大家都成了夥伴。我有我的工作要做，做我的事就好，只要大家都做好本分，就會碰到自己的夥伴。

十月二十八日

之前匆來町請我喝寶礦力的阿姨，難得打電話過來，說昨天在電視新聞上看到我。

「看你還健康，我就放心啦。」

中午時分去散步，路邊有兩個奶奶在聊天，我打招呼說：「午安。」奶奶說：「好啊，你是，哪裡的孩子呀？」果然大家看到陌生人都認得出來，這種規模的城鎮就是這樣。然後我幫山口的家畫圖，住山口家對面的奶奶也出來找我說話，這鎮上好多奶奶。

「你搬過來住啊？眞是搬來一個好人啦。」

「不是啦，我是這裡人的朋友，奶奶住對面啊？對面的招牌寫漆器店呢。」

「喔，原來是朋友啊。哎呀，我都不知道是誰搬來了，而且現在沒有做漆器啦。現在沒人買漆器了，這裡本來是間空屋啦。對啦，歡迎你來住，隔壁是間空屋喔，挺冷清的。」

「也是啦，這間空屋空多久了？」

「嗯？喔喔，最近空出來的啦，原本住了一對老夫妻跟兒子三個人，後來老夫妻過世啦，剩下兒子一個人住著也沒用。房子這麼大，要去工作又不方便。我隔壁空出來眞是冷清啊，歡迎你來住喔，輕鬆住啊。這裡是鄉下地方，大家人都很好。像我隔壁就住著年輕人呢，住對面的小哥是個萬事通喔，有什麼不知道的，他都會淸楚告訴我呢，連他老婆也很聰明的喔。」

「這樣啊——」

「就是啊，我對面的年輕夫妻眞的什麼都知道，而且我隔壁住著年經人喔。」

奶奶在對話中大概說了六次「住對面的年輕夫妻什麼都知道，什麼都可以去問」，看來對方眞的告訴她很多事情。但是奶奶應該忘了，我就是對面這戶人家的朋友，還一直把我當剛搬來的人在聊天。

「這樣啊，謝謝啦。」

「嗯，歡迎你來住啊，輕鬆住。那棵柿子樹就是我家的，長的是冬柿，很甜，你吃吃看啊。」

然後奶奶就回去了，後來我問山口，山口說已經跟奶奶打過很多次照面，但是奶奶都忘了。而那對「萬事通的年輕夫妻」也一點都不年輕，我今天跟奶奶講了好多話。

十月二十九日

今天要搬動房子，之前有個訂做家具的店家「家具癮」用推特聯絡我說：「如果經過越前市，可以借你土地喔！」我就去那邊。

中午左右從山口家出發，路上有個穿西裝的先生對我說「你好啊」，我也回他「你好啊」就想走開，結果他問我：「請問這附近有托兒所嗎？」還是第一次有人在我揹著房子的時候來問路，我回答：「我不是住這附近的人，所以不清楚。」我說

2014 年 10 月 27 日～ 28 日
福井縣鯖江市尾花町
某間民房的車庫

我不住附近是騙人的，才剛住了兩天到今天早上，先生笑著說：「這樣啊，謝謝你啦。」就走開了。

傍晚抵達越前市的家具癮，這裡的老闆也姓山口，好像也認識河和田的山口小弟。這個山口原本在香川某間公司上班，做了七年左右辭職，重新進修想當家具師傅，目前自立門戶已經三年。他沒有店面，而是向個人或商家接訂單才製作家具，比方說再利用越前櫃的老五金，做出現代風的櫃子。他說：「以前那種桐木櫃子，現在沒有人要買啦。」他從接單到生產全都一手包辦，好強。

「地板很冷的喔。」山口說了，拿工廠裡的夾板、椅子、鐵罐、包裝用毛毯，幫我做了張簡單的床，眞是個家具師傅啊。

10301509

想不到長野縣的「松代現代美術節」才結束一個月，資訊輸入量太多，讓我覺得腦袋一直超載，正在慢慢恢復能量，好專注在當下這一刻。我覺得每天恍神的時間愈來愈少，腦袋正在更新，時間愈來愈長。眞神奇，我是用走路的，每天移動的距離應該遠比正常人要短，但是生活的速度卻增加了。我得把焦點對得更準，時間是會伸縮的，只要注意力更集中，專注在當下這一刻，時間就會變長，能想的事情也就更多。

我這樣生活已經進入第七個月，慢慢覺得我生活在一個不同的社會，雖然跟大家在相同的空間裡，卻活在不一樣的社會中。只要我更有這樣的自覺，就能更看清我以前待過的地方，還有現在他們所在的地方。我想把這些好好畫下來，就好像在別的社會進行田野調查一樣，畫下各地民房的素描。我得更熟悉今和次郎跟南方熊楠，我做的事情還有太多雜質，還能再過濾，濾成無色透明、無臭無味的劇毒。

10310730

從今天開始回東京四天，房子借放在家具癮那邊。

聽說鯖江市生產的眼鏡，在全日本有九成以上的市占率，想不到這麼厲害。

十月三十一日

本來打算搭高速客運到東京，後來因爲各種因素改搭新幹線，新幹線好快，我在米原站的月台看到新幹線過站，快到在場所有人都嚇一跳，表情都是「有這麼快的喔!?」搭新幹線從福井到東京要三個半小時，感覺卻比移動生活的一天更漫長，爲什麼呢？我覺得時間扭曲了，當我從新幹線車窗往外拍攝電線杆的傾斜，就呈現出這份扭曲。用 iPhone 拍車窗外面，靠近鏡頭的東西會莫名歪斜呢。

我又再次爲東京的密度感到震驚，我一天可以走二十五公里，等於從東京都文京區湯島走到小金井市的東小金井站。山手線的圈圈也是太小，小到我懷疑自己眼花。從東京車站到新宿車站，走路要一個半小時，搭山手線要三十分鐘，但是走路一個半小時與搭車三十分鐘的感覺完全不同。

11041851

我看了 GEZAN 的演唱會，心想眞是跟不上這群人的速度啊。只要表現得夠誠懇，就算是跟內容沒關係的人，聽了也會有精神。我想改天一定要跟主唱好好聊聊，然後今晚要回福井。「我不知道你在搞什麼，但是我信得過你，就把你當自己人」這種想法無關乎職業、收入、交友關係甚至輔導次數這些無聊的選項，而是取決於一個人的誠懇與人性。每個人都是在社會中培養出自己的個性，要是不在自己的世界之外做判斷，自己的世界很快就會乏味，變成焚書的世界。

十一月五日

我正在家具癮的辦公室裡，今天早上搭高速客運從東京回到福井，從福井站轉搭電車，車上有兩個小姐超愛講話，眞有趣，而且切換話題的速度好快。本來在說「癡呆症有救嗎？」然後看到車窗外的柿子樹，話題馬上就換了。

「所以說這個癡呆啊……啊，柿子樹，我喜歡吃柿子。」

「對啊，好好吃喔。」

「現在柿子熟了，顏色很漂亮喔。」

「好好吃喔。」

「不要太熟的才好吃，把柿子搗爛了用湯匙挖來吃，應該更甜吧。」

「搗爛吃就對了。」

在東京，什麼東西都近在眼前，但是在福井都遠在天邊。東京的人、資訊跟物品，都以驚人的密度聚在一起，這個落差真的有問題。我做的事情沒錯，我可以跟自己心靈深處某種蠕動的東西，進行更深入的交流。自己思考，就是跟自己之外的其他人一起度過。

今天不走路，只是散步跟畫圖。回想起東京的日子來塗鴉，不小心創造出新角色「哀鳳怪獸」來了。

十一月六日

醒來就是下雨天，昨天才跟家具癮的山口說：「好天氣應該可以撐一星期吧。」天氣預報果然不準。

外面下雨，但是工廠裡卻像旭日東昇一樣崇高。想到今天要離開這裡，就有點落寞。

隔了一星期再次揹起房子移動，首先走到海邊的路上，沿著「潮風線」南下，路上看見兩次毛毛蟲，現在竟然還有毛毛蟲，真意外。

這附近是沉降式海岸，很像新潟縣的親不知跟岩手縣的海岸，海的旁邊就是山，勉強在山與海之間打通一條路來。有很多隧道，人行道有夠窄，碰到兩次驚險場面。

路邊好像掉了一本《Jump》雜誌，被雨水淋到整本腫起來，我應該可以帶回去藝廊當作品。

下午三點半抵達「橫濱」，這個小鎮位在山與海之間，有很多斜坡。這裡也有很多空屋，有一家超商，乍看是沒有超市。從這裡到敦賀市區應該不到十五公里，所以今天決定在這裡找土地。第一座高雲寺馬上就答應出借，住持是個熱情的人，聽我解釋之後馬上說：「了不起！」然後說今天下雨，帶我去住廂房，還借我浴室洗澡。這座廟好像只有住持一個人住。

「我煮太多了，吃吧。」住持請我吃了奶油燉菜，我們聊天。住持生在飛驒高山，十年前辭去少年院導師的工作，住進這座廟，這座廟之前已經有七年沒有住持了。

「親鸞上人一生煩惱而死，就是不肯說他開悟了，我迷上他，所以跑來當眞宗的住持啦。」

高雲寺屬於眞宗大谷派，眞宗大谷派的總壇在東本願寺。以前只有「本願寺」，後來分裂出大谷派，才變成西本願寺跟東本願寺。

「對喔，我發現富山、金澤、福井這些地方，很多眞宗的寺廟呢。」

「對，新潟也是。北陸是眞宗盛行的地方，可以說是眞宗王國啊。」

「這我一點都不清楚了……」

「畢竟有些人不信教，不拜廟的啊。」

高雲寺的香客不多，卻能蓋起這座廟，是因爲有個靠「北前船」發財的金主捐獻。聽說這一帶很多寺廟都是靠金主捐獻蓋成，記得來這裡的路上就有塊招牌寫著「北前船之鄉 河野」。

現在日本的首都是東京，海運以風平浪靜的太平洋爲主流，但是在江戶時代之前，日本主要的海運航線是日本海。所有船隻都是從大阪出發，經過下關、北陸通往北海道。北海道捕來的鯡魚跟昆布，就是用「北前船」經過北陸送往大阪。所以敦賀明明完全不產昆布，卻有鹹昆布這項名產。沉降式海岸的海邊就是山崖，但是有山就有泉水，跑船最重要的就是補充飲用水，所以敦賀港曾經是重要港口，盛極一時。福井縣有很多核電廠，也是這個原因。福井人知道這裡曾經繁榮過，相信核電廠可以讓民衆過得好，所以才會接納核電廠。我聽住持說了這些，都要哭出來了。

「安倍首相以經濟政策爲優先，是不是好呢？日本出現過親鸞這樣的聖人，基因裡應該會想說『只注重發展經濟不會幸福』才對。但是戰敗之後，日本人只想著『經濟繁榮就是幸福』，都已經碰過一次泡沫化了，還是學不乖啊。」

我想起震災，我們在泡沫經濟時跌了一跤，震災時又跌了一跤，目前安倍政權穩如泰山，代表從「敗戰自卑感」延伸出來的「震災復興自卑感」這股陰魂，勢力如日中天。

「這一帶有高速公路跟北陸新幹線，但是從山頭底下鑽過去，就不能欣賞美景了。大家都相信『又快又方便』才是好，都被麻痺了，所以都懶得思考啦。」

我提到新幹線通車，讓十和田湖一帶的溫泉街蕭條，住持說：「北陸本線沿線也很慘啊，自從成了新幹線的一個點，整個就蕭條啦。」愈聽愈覺得住持跟我所擔心的問題很相近，我關心的是美術，住持關心的是佛教，而我們的方向都一樣，讓我想好好來學個眞宗佛法。住持接著說了。

「大家都不再去面對自己心中的黑暗，不肯承認『人生在世必定會麻煩別人，必定要抱著一身煩惱過活』所以大家流行做義工。我不是說所有義工都一樣，但是『我不想麻煩別人』『我想爲他人奉獻』這種想法眞是傲慢啊。我認識一個民生委員（譯註：社福人員），他認識一個明顯需要社會福利的人，對他說『你別管我』。當人覺得『不想麻煩別人』就會斷絕與人的交流，所以孤獨死愈來愈多。以前村裡有人要火葬或土葬，可是村裡的大事，要請來附近所有人參加，參加的人就包白包。以前大家都有『禮尚往來』的心態，但是現在卻盡量不想麻煩別人，大城市裡的喪禮甚至只有家人參加呢。」

我正在高雲寺的廂房裡，回想著住持的話寫日記，我們還聊了很多，早知道該錄音的。

十一月七日

一大早離開高雲寺，出發不久就發現前面有個遛狗的小姐，我想說：「一大早讓人家看到有人揹著房子走路，會嚇到人家。」所以打算加快腳步超車，想不到對方主動問我：「你在做什麼呢？」我簡單解釋一下，小姐說：「我也是從東京來畫圖的。」小姐給我看了她畫的 iPhone 手機殼，她說她最近才從東京過來，正在試住一間從廢棄古民房改建成的共享公寓。我昨天才想說這鎭上空屋很多，眞是惺惺相惜啊。

小姐請我去看看，我就去了，原來是當地土木業者把牙醫診所翻修而成的分租房，廚房改得像酒吧一樣時髦，房客們喝酒聊天眞顯眼。想不到這麼冷淸的小鎭，竟然有這麼時髦的廚房。

小姐說她是插畫家，叫做松尾Taiko，她先生是記者，叫做佐佐木俊尙，害我嚇一跳。我只是隨便想說：「反正一天走不到敦賀市區，在這小鎭住一晚好了。」沒想到會在這裡碰到這種大人物。她在故鄉的汽車公司上班十年，辭職之後去東京奮鬥，成了很紅的插畫家，我們大概聊了一小時，拍照留念之後就道別。

要從福井線走進滋賀縣，有琵琶湖東岸跟西岸兩條路，東岸比西岸長了二十公里左右，但是有彥根、草津這些知名的城鎭。我中午抵達路線分歧點疋田，打算在這裡找土地過夜，先去問寺廟，在第一座廟門口放下房子，按門鈴，沒人在。我想說沒人在要走了，回頭發現有輛小貨車停在我的房子前面，下來一個活力十足的阿伯，開口就問我：「你帶著這個旅行啊？」我被他嚇得一時說不出話，應該是第一次有人看到我放在路邊的房子就問我「你在旅行啊？」眞是內行人喔。

這個阿伯姓青谷，住在西岸路線十五公里前方的牧野町，阿伯說：「我家有地，來吧！」然後告訴我電話號碼。這次認識陌生人又是驚天動地，不過現在已經下午，如果走十五公里的山路，到那裡天早就黑了，這有點危險。所以我等青谷阿伯下班，請他用小貨車載我。

青谷阿伯來接我之前的這六個小時，我把房子借放在超商，畫畫圖散散步。傍晚天氣變冷了，不知道該躲哪裡，房子是借放的，又不能去窩睡袋，而且一直在超商看免錢書也不好意思。我邊走邊找有哪裡可以避難，發現一個公車候車亭，只要死命去找，總會有歸宿啦。太陽下山之後，我在候車亭裡仔細觀察外面的情況，這裡離超商停車場很近，又在國道旁邊，常常有大貨車進出。司機們應該都是來買香菸、泡麵或咖啡，肯定想不到公車候車亭裡面有人吧。這就是我唯一的歸宿了。

青谷阿伯大概晚上八點半左右出現，載了我的房子（青谷阿伯說這是豪宅）就出發。他說：「我家是不錯，但是地方有點小，前面嶺口上有座願力寺應該不錯喔。那裡的人會辦義工活動，收留旅人，很親切的，我們去看看吧。」然後幫我聯絡。這裡是個小鎮，坐落在福井縣與滋賀縣交界的山上。

去廟裡一看，有個阿姨出來迎接，都這麼晚了還是活力十足。她好像在電視上看過我，對我說：「這裡有熊出沒，你進來睡吧，寺廟就是這種地方啊。」寺廟就是這種地方，眞感恩啊。

青谷阿伯說得對，願力寺眞的有辦很多活動，比方說辦展覽會，展出震災之後從福島搬到大津的人的攝影作品；還有「兒童交誼會」，讓還沒上幼兒園的小孩跟父母交流；還有收留搭便車的旅人，以及年輕的街友，感覺這裡就像是大家的歸宿。

「以前說到建築，就只有寺廟啦，寺廟是大家聚會的地方啊。大家在廟裡放電影，開會，小朋友來念書，而且只有廟裡有電話呢。以前還有人來廟裡賣菜，擺理頭攤，大家坐在紙箱上就聊起來啦。」

聽說阿姨不用手機跟網路，想藉此對抗現代社會。

「以前到處都可以是歸宿，結果現在這個社會，活得苦，住得也苦。就連這樣的鄉下地方，也愈來愈多人走歪路啦。」

我走了這麼遠一段路，也想過現在日本城鎮到處都沒地方好坐了。今天我的歸宿，是一座小小的公車候車亭，眞慶幸還有這種地方。

阿姨給我看了照片，作者是震災後從福島搬到大津的人，把生長故鄉的往日風景用拼布畫表現出來，眞是打動我了，好想見見作者啊。

十一月八日

早上跟阿姨一起吃飯看電視，節目是NHK的電視小說《阿正》，感覺好像在老家，阿姨還會跟我說前情提要。

「這是說大正時代有個小哥啊，跑去歐洲學怎麼釀威士忌，然後取了個外國老婆回來。當時還沒有人異國聯姻呢，大家全都跑來看了……」

我邊聽邊看，正好演到「外國老婆」發燒，正在接受照料。

我說：「我想見這個從福島搬到大津來的人。」阿姨立刻幫我打電話，然後大聲說：「好久不見啦——！」接著聊起昨天的新聞，說縣長同意重新啓動川內核電廠。

「我還以爲不會重新啓動了說。」

十一點左右，青谷阿伯又出場了。

「從這裡下山，路太窄了，我載你下山吧。」

我把房子放在青谷阿伯的小貨車上，離開願力寺。青谷阿伯好像有看到我在推特上發文提到願力寺，眞意外，我的偏見以爲他這種阿伯是不會用網路的。青谷阿伯眞是個奇人，嗓門超大，精神飽滿，還會辦些活動。我想他會爲了別人管閒事，他也是個「公共人」啊。

車子開了幾公里，讓我在休憩站下車，我跟青谷阿伯爽快道別。走沒多久就看到琵琶湖，湖岸圍了一整圈的人行道，感覺走起來會很舒服。除了來琵琶湖的觀光客之外，當地人也常常來走。

我照常看著 iPhone 走路，結果絆到個落差，連人帶屋往前跌倒九十度，摔得好慘。房子壞了很多地方，我勉強修好了，還是不要邊走邊看手機吧。

傍晚，青谷阿伯又打電話給我。

「你好你好！現在人在哪裡呀？」

「我到風車村附近了。」

「今天你睡覺的地方啊，應該有著落喔。」

「喔喔。」

「今津這個地方啊，山上有一對自給自足的夫妻呢。」

青谷阿伯在電話那頭都嗨到讓我受不了，「在山上自給自足」聽起來就很厲害。

「那裡應該可以住，我問了再聯絡你啊！」

「好！有勞了！」

幾分鐘後阿伯說：「ＯＫ了！我再來接你啊！」之後我在附近的超商跟青谷阿伯再次會合，前往那對夫妻的家，人生眞是難以捉摸啊。

這戶人家在很深的山裡，有兩間房子，看起來充滿手作感，地上放著柴、圓木跟工具，附近好像還有農田，以及一塊寫著「小心熊出沒」的大告示牌。這對夫妻還沒回來，我跟青谷阿伯道別，在人家的屋裡等，一間應該是主房，另一間是客房。

房子用了很多蒐集來的建材，有閣樓、火箭暖爐跟燒柴爐。這裡的太太是三線琴演奏家，好像也有寫書法，到處都掛著字畫。這戶人家好像叫做「志我之里」。

一陣子之後夫妻倆回來了，時間已經很晚，但還是聊了幾句。

他們說自己的座右銘是「即使經濟停滯，自己也要活得下去」，每天吃的東西有七成可以自己張羅，但是過得太艱苦也不舒服，所以一樣會去吃館子。他們四年前從大阪搬來，慢慢搭建這裡的房子，有接水接電，廁所則是「生機廁所」。這算是一種糞坑，大便的時候鋪上一層木屑就好。這裡也有燒柴煮水的浴室，原來還有這樣的生活啊，我可以感受到這對夫妻，生活起來處處是樂趣。

他們還告訴我：「下雨的前十五分鐘，雨水會沾上空氣裡的髒污，之後的雨水就乾淨了，可以用了。」「燒柴爐的溫度在一百五十度到三百度之間。」

十一月九日

太太說：「滋賀縣給人的印象就是環保國度，會想說不要把人造洗潔劑流進琵琶湖之類的。然後呢，這方圓三十公里之內也是核電廠熱區喔。」琵琶湖是日本最大的湖，整座湖都在縣境之內，對滋賀縣人來說，琵琶湖就是縣中心，目前都是用琵琶湖的左邊或右邊來判斷位置。湖的西岸是鄉下，東岸是城市，中央則是大湖，這樣的地理環境當然會注重環保問題了。

中午，先生用貨車把我載到安曇川休憩站，抵達的時候已經是下午三點，我向休憩站借地方，站方親切地拒絕說：「很抱歉，本站全面禁止帳篷類的設施。」我打算再走一段，就沿著湖岸南下。

天空灰濛濛，而且愈來愈暗了。湖面與天空的界線慢慢模糊，眼前看到一片白茫茫的景色。我在十和田湖的時候也想過，陰天黃昏時分的湖好漂亮，但是琵琶湖比十和田湖大很多，不管路上有多少路燈照亮，都看不到盡頭。湖跟海不一樣，是陸地上的一個坑，感覺脫離了世界，有種妖邪的氣氛。我好羨慕住在湖附近的人，背景音樂最好選Radiohead的〈Reckoner〉。

進入城鎮就開始找寺廟，第一座寺廟有個太太應門，我解釋之後她笑笑說：「等等喔。老公啊，好像來了個怪怪的學生喔，快來聽他說說啊。」於是太太走進廟裡，把住持帶了回來，這反應眞像關西人。我又對住持解釋，住持就答應了，然後街坊鄰居也過來，我們在門前聊了幾句。

「你是哪間大學畢業的啊？」「在哪裡出生呀？」「父母不擔心嗎？」他們問問，我答答，大家就打成一片了，這些人眞親切。太太還笑著說：「你該不會先借了土地，再來就借廁所吧？」

住持給我一張名片說：「要給我一份展覽的傳單喔。」

他們說：「這一帶風很大，還會積雪，不過現在好像很少積雪了。」「以前大家都在自己家裡辦婚喪喜慶，所以民房通常都有個很大的紙門房間，但是阪神大地震發生之後啊，法律改了，不能沒有牆壁。把房子固定在地面上的鋼鐵跟木頭啊，過個十幾二十年就會腐朽。傳統的民房就只是放在地面上，用一堆沉甸甸的瓦片壓著而已呢。」

「如果你去到京都，就去本願寺看看吧。」

放下房子之後，我去湖岸散步，太陽下山，天色愈來愈暗，連腳下的路都看不見了。這裡有很多釣客，地上丟了幾隻黑鱸魚的幼魚，還活著，正在痛苦掙扎。黑鱸魚在日本是外來種，雜食，繁殖力很強，給人破壞生態系的負面印象，但是很容易上鉤，所以大家都很愛釣牠。聽說在琵琶湖釣魚，要是釣到外來種就禁止放回湖中。或許牠們是外來種，但也是被人類擅自帶來不同的環境，人類有權利欺負牠們嗎？沒有生物應該這樣痛苦死去，但是我不知道該對誰生氣。

十一月十日

中午左右離開寺廟，前往北小松一戶人家，是志我之里那對夫妻介紹的。

「我們在長野縣學習自給自足過生活的時候，認識了這個人，這個人的房子就是共享公寓。」我只聽說這些資訊。

我找到一座三角形的房子，就在湖岸邊，名叫「看到琵琶湖就來住的家」裡面住了兩位小姐，這裡好像是學習「三種之身寶」（譯註：宣揚日本傳統的生活習慣，實際上較接近民俗療法，靠著活動身體來產生氣，強身健體）的人的交流據點。

房子的管理員三品，是震災之後從宮城縣搬過來的。三品曾經花了一個半月，從愛知徒步走到東京，還看了很多核電廠。

「地震這麼多的國家，還有這麼多核電廠，總有一天不得不離開的吧。」三品這麼想，所以從震災發生的兩年前就開始減少家當，以遷移爲前提來過生活。三品有豐富的旅行經驗，所以很清楚「什麼必要，什麼不必要」，後來福島發生了核災，四天後，三品就來到關西了。

「總有一天不得不離開」這種心態讓生活變得緊張，日子看起來肯定完全不同吧。

「聽說在室町時代之前啊，有一半的日本人是過著遷移生活。我希望這種人愈來愈多，民眾碰到『我是路過的人』就會說『歡迎，快來坐』。」

聽說地震之後，三品就不想有自己的房子了。

房子裡有很多裝著神祕液體的酒瓶，三品說「這是各種野草加乳酸菌發酵而成的飲料」，我喝了一口，有點氣泡，還挺好喝的。三品說這種飲料可以幫忙排除體內輻射，所以才做來喝。

廚房沒有清潔劑，浴室也沒有肥皂或洗髮精，日落之後只點最少的燈，眞是讓人安心的地方。

我提到之前「看到路上有蛇的屍體就要報告」，三品推薦我一部叫做《I》的漫畫，我看漫畫的時候三品說：「這裡很暗，可以點燈啊。」就幫我開了日光燈，但是在最少的燈光下過了幾個小時，覺得日光燈刺眼得不得了，感覺超不自然。

十一月十一日

早上去了琵琶湖畔，走出家門十秒鐘就到了。今天沒風，安靜得出奇，眼前不是有這個大一灘水嗎？感覺好像在作夢。

中午時分，畫完圖要去超商影印的時候，注意到店員拿塑膠袋的動作非常粗暴，感覺又回到了大量消費社會，也就是說我心中形成了一個新社會。

我之前只是「沒注意到」，其實相同空間裡早就有了完全不同的社會。在那間房子裡過了一晚，看世界的觀點也變了一些。我想終究還是要回歸原狀，但是現在這段「改變觀點的時光」真的很幸福。自己心中存在多個社會，是一種救贖。

中午左右出發，之前願力寺介紹我一戶從福島搬來的人家，我要去那裡。走了八公里，那戶人家也在湖邊。太太在門口接我，兩眼發亮，一看到她，我的心頭重擔就卸掉了。

這位太太在震災發生之後，就寫些反對核電廠的詩，做些拼布的平面作品。被輻射能逼到逃難的苦處，就發洩在作品上，平復心情。而先生早從四十年前就參與反核運動，就是福島第一核電廠開始運轉，正要建造第二核電廠的時候。先生還曾經打官司要停建核電廠，結果輸了，從一審打到最高法院，總共花了十八年。他們之前住在福島縣南相馬市，離核電廠二十三公里。他們想說：「政府說核電廠二十公里範圍內要避難，我們家只多三公里，哪會安全？」所以核災發生的第六天就前往宮城避難，前面五天都緊閉門窗躲在家裡。

在宮城停留的期間，附近鄰居都覺得核災是遠在天邊的事情，一樣把衣物棉被晾在屋外。「我們每天都關緊門窗還戴口罩，原來大家的觀念差這麼多啊？」夫妻這麼想，此時朋友介紹了滋賀縣的空屋，說：「要是有困難的話就先過來吧。」五月，大妻就從宮城搬到滋賀縣，真幸運。當時女兒反對，夫妻設法說服了女兒，於是一家四口就分住兩地。

在滋賀的房子住了三年，後來不得不搬走，就搬到附近的房子裡，也就是現在這裡。但是房東的姪子退休之後要住在這裡，所以只能住五年，又得找下一間房子了。

「真是流浪民族啊，不過我想我不會再回去福島了，有十三萬人都是這樣呢。」

目前有十三萬人逃離福島，核災發生之後有六萬人逃往各都道府縣，滋賀縣大概有三百人，但是夫妻倆都沒見過。從福島搬到神奈川和京都的人團結起來，提起訴訟要求完全賠償，滋賀縣的人還沒團結起來，但是正要跟市民一起提訴訟，要阻止福井縣的核電廠重啓。目前縣內各地提到核電廠，環保意識就比較強了，最有說服力的說法是：「要是污染了琵琶湖怎麼辦？」一旦琵琶湖遭到污染，這一帶的飲水就全都毀了。在滋賀縣，當生活與工業廢水開始嚴重污染琵琶湖的時候，法律規定就變嚴了。這裡的環保意識本來就很強，比方說法律規定每戶人家都必須安裝下水過濾層。

新聞報導川內核電廠要重啓的時候，先生好生氣。

「你們到底從福島學到什麼？」

我無話可說。

滋賀縣有人辦夏令營，來短期照顧福島的小孩，聽說京都從二〇一一年五月就開始辦了，我覺得很了不起。有人願意花自己的時間，找地方找錢，來照顧別人的孩子，感覺就像扛著日本前進。找小朋友能住的地方很辛苦，先是租民宿，民宿客滿了就要換地方，比方說廢棄的學校等等。主辦單位跟滋賀縣政府商量贊助經費，結果政府說：「爲什麼要用滋賀縣的稅金去幫福島的小孩？這又不是縣民投票同意的。」先生氣呼呼地說：「要是我們出事了，也要靠別人幫忙吧？這就是人道啊！」

另一方面，滋賀縣文化課則是招待從福島來避難的人，去看歌劇表演。

「只要有這份心意，我們就很開心了。」

吃完晚餐，太太給我看她的詩跟平面作品，詩也是充滿了怒火，看得我都快喘不過氣了。當事人果然特別有說服力，是不是眞的不重要，而是外人根本無法頂嘴。

太太給我看了五十件拼布作品中的十五件，是她從小看過的福島風景，這眞是厲害，乍看之下是牧歌風情畫，但地點在福島，感覺就非常火爆。我喘不過氣，好棒的展覽啊。

十一月十二日

先生說：「有個叫沃里斯的建築師設計了堅田教堂，希望你務必去看看。」還幫我打電話聯絡教堂，聽說他跟教堂牧師是一起跑反核電運動的朋友。

下午四點左右抵達堅田教堂，見到竹內牧師，一見到他就覺得是個經驗值很高的阿伯。教堂布滿藤蔓，葉子都變紅了，還附設學堂，融入城鎮的感覺眞好。

我看到一張演說的傳單，講的是仇恨言論，這個人也在奮戰。我從上午就開始不舒服，借用二樓的和室睡到晚上，壁櫥裡有好幾組棉被，應該有人會來過夜吧。

竹內牧師說：「接下來有讀書會，你可以旁聽，覺得有意思就參加吧。」但是我根本起不來，只能半睡半醒地聽。

讀書會成員包括竹內牧師在內共四人，看一本書學習基督教與各時代的歷史，並且互相討論。我聽到的佛洛伊德跟海德格的名字，就知道這群人很有學養。而且還會開玩笑說：「如果你覺得買了很多書都要看完，佛洛伊德說這個是超我，而超我的話就不用聽了(笑)。」

他們也批評教會。

「如果不同時批評教會，歷史觀就會變得跟安倍一樣了，畢竟人類史上殺人最多的就是基督教啊。」

讀書會結束之後，我終於能夠起來，跟大家一起去吃拉麵。跟這些人在一起很放鬆，眞開心。有位先生每個月會在教會開一次海德格讀書會，約我說：「你留在滋賀，我們一起讀書啊。」住在這一帶應該很開心吧。

1113 1336

這個世界上有些東西，比想賺錢、想受歡迎更重要，這種事情不是喜歡才做，而且總是想放棄，甚至做起來感覺就是「放棄人生」。總有人說「你作怪是想引人注目」「有部分是爲了找伴吧你？」「你好閒喔」「你好有錢喔」但我早知道人家會這麼說我，我怎麼可能不怕人家這樣講我閒話？但是我已經找不到其他辦法，所以只能做了。因爲我不做，就等於被殺，我想辦法要活下去，結果就是忽略邏輯、體制、環境，身體自己動了起來。我不能輸給糟糕的環境，放棄自己認爲該做的事情，就用力衝破這個環境吧。

十一月十三日

今天好冷，氣溫有十二月的水準，今天決定不移動了。

教會的和室眞是讓我心平氣和，當我在寫昨天的日記，教會人員木村進來，木村也是畫鋼筆畫的人，眼神非常和善。他對畫圖的意見是：「我在京都的近代美術館看了惠斯勒的展覽，嚇得目瞪口呆，感覺自己完全被否定，看到自己的極限了。」

晚上跟木村、竹內牧師一起去吃烤內臟，竹內牧師會舉辦反仇恨言論的遊行，遊行結束之後碰到大津在特會（譯註：反在日特權會，針對在日南北韓人）的人，牧師的同伴跟在特會的人吵起來，牧師去勸架，結果在特會報警抓竹內牧師，牧師還被關進拘留室，眞是活力充沛啊。

十一月十四日

我「只是」個帶著房子走路過活的人，並不打算做什麼表演，有時候我會忘記，爲什麼大家要盯著我看？就好像那些不用化學清潔劑，或者自給自足過生活的人，我「只是」帶著房子走路過生活而已。所以你問我「會不會很重啊？」我也很難回答，就好像有人住在房租很便宜的鄉下，一個禮拜只工作兩天，然後問每星期上五天班的城市人說：「會不會很忙啊？」這樣。我正在練習發現另一個社會，讓身體逃向那裡去。之前我也會脫離自己所屬的社群，做些探討人與人相遇的作品，一切都連成一線。

找到新社會，讓身體逃過去，我覺得很重要。這種生活很容易受到天氣影響，要是天黑了還找不到土地，就會緊張到想吐。在自己家睡覺，蟲子會爬進來，好像跟人類之外的生物一起睡覺，所以就無法把「敵方」設定爲人類了。我完全不懂，爲什麼要發表仇恨言論呢？

大概中午離開教堂，竹內牧師說：「我不會送你喔。」但還是目送我離開了。

之前在埼玉認識田谷太太，今天就住她娘家（京都市山科區）。走了二十公里，天開始黑的時候抵達，從大津過一個嶺口進入京都。這種「過山關進都城」的感覺很像古裝劇，眞棒。

這戶人家是淨土眞宗大谷派的法衣店，眞宗大谷派的寺廟關照過我很多次，連這裡也碰上了。之前宗教對我來說，只有喪禮才會碰得到，但是用「宗教」來概括佛教去疏遠它，就太可惜了，佛教都說些人生的平淡眞理啊。這戶人家的阿姨請我吃晚餐，她跟田谷太太一樣是個熱情的人，我也笑個不停。我說：「我從北陸走到滋賀縣，大谷派的寺廟眞的都很照顧我喔。」阿姨聽了就好開心。

「其實佛教不是宗教，只是說些人生的平淡眞理啊。」

「就是說啊，你在廟裡聽的道理都很好記，是因爲人就是精子跟卵子結合才出生的啊。一個人活過一遭，要重新誕生在世界上的機率微乎其微。現代的小孩不是殺人就是自殺，要是教育第一線能多提些宗教的話就好啦……」

我們聊著聊著，電視正好在播NHK的白川鄉報恩講道活動專輯，看得我好感動。這個活動每年舉辦一次，是爲了報答親鸞上人的恩情。白川鄉認爲「生活」與「教義」密不可分，如果在他們面前對宗教有奇怪的偏見，是很不禮貌的。

十一月十五日

田谷太太介紹一位倉田，倉田帶我去逛左京區，倉田有辦一個活動叫做「狂人企畫」，內容是音樂跟表演。倉田帶我逛的左京區，跟我所認識的京都截然不同。

十一月十七日

今天挺溫暖的，偶爾有雲，下毛毛雨。

十一月十八日

今天也很溫暖，天上有太陽也有不少雲，有時候會下起沒感覺的毛毛雨，京都常常下這種小雨嗎？

大概下午一點半離開田谷太太的娘家，往奈良方向走，走了大概三個小時來到宇治站附近，天色已經暗了。

《和樂電視》跟《京都新聞報》有報導我，所以在路上常有人找我說話。大家都很親切，會用心聽我說話，或是覺得好奇，但是通常都不會因此借我土地。

我跑了五六座寺廟，一座是廢墟，一座不知道住持在不在，一座拒絕我說：「這裡是住家兼寺廟，不能收留人。」剩下的按了門鈴也沒反應。

到了下午六點半，感覺挺糟糕的，跑去問超商但店長不在，不能借放。最後我鼓起勇氣去問教會，來了個和善的牧師，看起來像菲律賓人，用生澀的日語跟我說：「我打電話給負責人喔。」他打電話跟另外一位牧師商量，問了我的姓名地址跟電話號碼，最後跟我說：「只住一晚應該沒關係吧。」下午七點，好驚險，不過這個地段很不錯。

我幾年前曾經到這裡來旅行過，感覺這裡是個觀光勝地，但是今天兩手空空，趁晚上散步，感覺很奇妙。我的房子離宇治站走路五分鐘，離宇治川跟平等院都很近，到處都有店家賣綠茶跟抹茶，假日應該會有很多人來吧。

十一月十九日

今天是晴天，不算太冷，是很舒適的天氣。平常我只穿短袖配毛背心，但是我揹著房子走路，所以只穿短袖剛剛好。

早上在附近的大衆餐廳Gusto點便宜吐司配飲料吧，泡幾個小時來畫圖，後面座位有個男客人在講電話。

「我在Gusto啦，有個阿姨跟我講些幻聽的東西，是什麼名字的，阿姨說『去摸寧』啦……」男客對電話這樣講，什麼東西啊。

今天往奈良方向走，藝術家東山佳永介紹我一位住在木津川町的阿姨，今天晚上就要去那裡借住。

路上有個騎小機車的小哥找我搭話。

「咦？這啥？你在幹什麼啊？」

「我就像是帶著房子在旅行吧。」

「咦？房子？哪有哪有，等等等等，你什麼時候開始走的？」

「四月開始的。」

「四月？一二三四的四？哎喲喂，太強啦！講起來可能不太對，但是你哪需要房子啊！我也曾經搭便車去過北海道，就不用房子了吧！太礙事啦！」

「對啊，挺礙事的。」

「哎喲我的媽，好強啊，我覺得你這樣做超廢，但是仔細想想又超強的。今天決定住哪裡了嗎？」

「今天已經決定了。」

「這樣啊，那，你要加油喔。」

我們聊了這樣一段，眞是有趣的小哥啊。

下午五點半左右抵達木津川，這裡是住宅區，有很多豪宅。阿姨介紹給我的住家就是一座豪宅，主房跟客房差不多大，四面都有圍牆，還有很大的大門。這座豪宅屋齡一百四十年，經過多次翻修還是整潔如新。有個奶奶看到我揹著房子就大喊：「你這樣走過來的喔！」然後拍手捧腹大笑。東山說這位奶奶「德高望重」，我好像懂了。奶奶請我吃晚餐，我們聊天，她說她先生過世之後，就獨自住在這大宅院裡。她講話嗓門大，笑得又開心，但是偶爾會露出讓我驚訝的精悍表情，臉上透露出她八十年人生的風霜。

十一月二十日

氣溫很低，卻是個舒服的秋天。上午都是陰天，下午則放晴，天空好深邃。離開住宅區，就是跟京都印象大不相同的田園與山峰，實在太舒服了，所以我大概散步一小時。

我花了五個小時在畫圖，決定明天再去奈良，奶奶的腿不好，所以不能搬重物。我說：「有什麼要幫忙的儘管說喔。」奶奶說：「那就請你幫個忙，搬這個花盆好嗎？」我把玄關的花盆搬到屋外十公尺左右，對我來說是易如反掌，但是對奶奶來說卻是「不可能的任務」。我想奶奶看到的世界，跟我應該完全不同吧。

奶奶總是很開朗，但是先生過世之後獨自住在這麼大的宅院裡，不可能不寂寞。奶奶常常坐在桌前看書寫文章，或是去田裡做事，我能夠介入她的生活兩天，眞是開心。

十一月二十一日

天氣很晴朗，日出的時候很冷，但是太陽爬高，氣溫就爬高，也就舒適不少。

早上九點左右離開木津川的奶奶家，前往奈良，我想再來這裡一趟。要是再來一次，我也想看看書，寫寫文章。現在全日本應該都有這樣的老人家，獨自住在大宅院裡吧。白天就離開自己家，去照護中心付錢給年輕人做陪。這眞奇怪，我之前也去過很多照護中心，每次都覺得氣氛很詭異。大家只爲了打發時間而打發時間，完全是怪異的風俗。

大概兩個小時抵達奈良，有個先生跟我同年，住在木津川，有在看我的日記，就跑來找我。他在東京公司上班兩年之後辭職，回到鄉下來生活。我之前好像也碰過這種人，但是想不起來了。

先去奈良的「Gallery OUT of PLACE」，今天晚上借用藝廊裡面來放房子。借放房子之後，去奈良縣立美術館看了大古事紀展，展覽有島根縣的「石見神樂燈籠蛇身」舞蹈影片，還有舞蹈所使用的大蛇偶衣，眞是厲害，希望哪天可以現場欣賞。

十一月二十二日

東京的朋友難得傳訊來，我回說：「還好嗎？」朋友回說：「其實不太好啦——我想請假一個禮拜。」朋友說：「唉，人生好麻煩啊。」我回說：「我百分百懂。」

我能理解，人就是會脫口說自己不太好，人生很麻煩，倒不是因爲沒精神了、沒幹勁了才這麼說。這個社會機器，就是會逼人說出「想休息」這句話，可別被騙了，不能被這些不是自己想說的話給騙了，更別因爲這樣死掉了。

今天突然回暖，陽光像春天一樣。

藝廊的人介紹我一家咖啡廳，叫做「赤時」，是用老民房稍微修改而成，老闆森田眞是不錯。老闆表面上感覺什麼也不在乎，但是聊起來就能感受到堅強的意志，還挺毒的，然後咖啡很好喝。

我把房子搬離藝廊，走十五分鐘，放在藝廊員工津嘉山家的停車場。這裡是我今晚的土地，是

碰到走路的房子\(^o^)/笑
聽說是叫做村上慧的藝術家喔！他讓我拍照 (*¯V¯*)♪
ほのか@京セラ 2days!!!@hono_chil
2014 年 11 月 22 日

安靜的住宅區，超商也很近，但是超市有點遠。

十一月二十三日

今天的天氣跟昨天一樣像春天，日出的時候也不太冷，沒有移動房子。

大和郡山的人傳訊給我，我們在奈良站會合。這人看了我的日記，對我說：「如果經過附近，就用我家的地方吧。」我們一起吃飯，我帶這人逛OUT of PLACE。這人說：「我沒有逛過這個地方呢。」我們去了藝廊旁邊的咖啡館，然後這人回家，我幫他發現了新地點，眞開心。

晚上跟津嘉山去吃黑輪，我們聊了很多，津嘉山以他兒時的經驗帶來的靈感，研究過荒川修作，他聽我說了「走路就是跟土地共舞」「看到被輾死的蛇屍體就要報告」就想起荒川先生，我們聊得很開心。

於是我發現了很重要的事情，大學時代參加散步社團「東京地鼠」所想的事情，以及目前所想的事情，全都連結到實際的問題，並且與荒川先生的作爲有直接關係。這個社會機器，會偷偷逼人學習社會的「行爲規矩」，荒川先生的作爲就是要抵抗這個現象。

對我來說，只要看日記，或者看自己放過房子的地點照片，或自己畫的圖，即使經過半年，也能用身體回憶起當天的天氣和空氣感受。

搭電車或汽車平行移動所發生的「隔閡」，會把土地切割開來。這也就是切割了「這塊土地的時間」與「那塊土地的時間」。我幾乎每天都在走路移動，所以不太會有這種隔閡，即使我正在奈良縣，感覺跟青森縣還是在同一個平面上，甚至要想，爲什麼要分成「奈良」跟「青森」兩個地名呢？

我覺得整個日本都成了自己的身體，所以沒有「移動中的感覺」，我可以回想起天氣與空氣，靠的不是日期或地名，而是當時感官的記憶，當時的身體感覺，比方說「下雨，鞋子濕了，右邊可以看到海……」

走路就是與土地共舞，這就連結到荒川修作，也連結到米克·傑格（Mick Jagger）和情境主義，亨利大衛梭羅，坂口恭平以及荒川。

當交通工具停止，我們稱爲「意外」，認爲要排除意外才是正道，但這就抹殺了身體碰到「意外」時可學習的機會。荒川爲了反抗這個現象，才會設計地板傾斜又顚簸，東凸一塊西凸一塊，而且五彩繽紛的房子。

11241316

我在奈良縣立圖書館，看到ＩＣＣ「移動聖地」展目錄中的一篇文章，是港千尋的〈大移動的預感〉，又有了很大的發現。「感覺全日本成了自己的身體」跟薩滿教有密切的關聯，這也連結到了荒川修作。

薩滿不需要活動身體，光靠著太鼓的節奏、舞蹈、身體彩繪就能出神，讓心靈飛到天涯海角。某天我把房子放在溫泉停車場，邊聽滾石邊往回程走的時候，眞的感覺自己飛到某個地方去了。隨著走路的節奏，心靈飛得愈來愈遠，我想這跟薩滿的出神幾乎相同。十九世紀的學者就已經指出，拉斯科和阿爾塔米拉的洞穴壁畫包含了薩滿教元素。我好像可以體會古人在陰暗的洞窟裡，看到堅硬岩石的那一頭有「某種東西」，然後就畫了下來。

荒川修作說過：「車道這麼寬，人行道卻這麼窄，錯了，人的生活方式眞是錯得徹底了。」我現在完全可以體會，他是說走路有上下的節奏，對身體影響很大。車輛的平行移動沒有節奏，對身體，甚至社會，都有不良影響。

說到公共機構的形態，以及崇尚無障礙空間的風潮，都是在蔑視人體。我認爲這種風潮，會不知不覺殺人。

我很愛在舞廳或展演廳跳舞，搭夜間客運要睡覺的時候，我也有信心找到最放鬆的睡姿。某次我在自己寫的文章裡用了「變態」這個詞，現在我總算懂了，原來我很了解自己的身體啊。

十一月二十四日

氣溫比昨天低了一點，但是依然很溫暖，天上有雲，不過基本上算晴天。

上午去奈良縣立圖書館，看了志村 Hukumi 的散文跟「移動聖地」展的目錄。今天放假，人很多，這個圖書館很棒，每個人都能恣意消磨時間。電腦座要租借，使用者年齡層很廣，有人看論文，有人看八卦，有人看匯率還是股票的長條圖，還有人打麻將。

今天把房子搬到大和郡山市，放在朋友住的大樓大門前，這人昨天跟我一起吃過飯。我第一次把房子放在大樓門口裡面，人家借我大樓入口的鑰匙，用大樓鑰匙開門回自己家，感覺眞奇妙。這座大樓很怪，大廳竟然有公共廁所跟洗臉台，住起來很方便。

晚上，有人從東北的組合屋打電話來，這位太太的先生剛過世，聽說走得很突然。「就是說啊，好突然喔，我嚇一跳。可是啊，很多人都來了，是很溫馨的喪禮喔。」太太的口氣跟平常一樣。

「明年我就要搬出組合屋，去住國宅，你來玩吧，有空房間喔。」

「我明年再去那裡一趟，妳要好好保重喔。」

「保重保重啊，謝謝啦。」

掛斷電話。我的任務，就是說「我碰巧經過這裡」然後去拜訪朋友。

11251038

常常有人問我「你不冷嗎？」「你怎麼吃飯，洗澡，上廁所啊？」我只能回答：「我就，普通過生活啊。」你問我：「不會冷嗎？」我只能回答：「冷也要過日子啊。」你問我：「不重嗎？」我也只能回答：「當然很重啊。」我可是揹著房子走路呢。難道有人沒用過公廁或超商廁所嗎？難道有人沒去超市買過便當嗎？難道有人沒去過澡堂，沒借過朋友的浴室嗎？

一個人的問題，表現出了這人的生活與社會的樣貌，荒川修作稱之爲「建築化身體」。荒川很偉大，他說「人的生活錯得徹底」眞是百分百正確，我不接受他已經死了。

十一月二十五日

一早就下雨，日出的時候雨勢還很大，但是上午就轉小然後停了。氣溫跟昨天差不多。

今天要見攝影師越智一家人，所以我把房子從大和郡山市搬到櫻井市，我們是三年前在飛鳥藝術企畫上認識的。他們家有正輝跟大輝兩個男生，記得三年前我們一起玩戰鬥陀螺，他們還請我吃加了很多山藥的什錦燒。難得再次來到越智家，他們把矮圓桌換成了高方桌，但是兩個孩子一樣在玩戰鬥陀螺，晚餐一樣是如意燒餅。大輝很有精神，一樣是開心果，大輝今天第一次拿他畫的圖給我看，畫得眞好。

十一月二十六日

一早就下小雨，感覺隨時都會停，氣溫也不是很低。

大輝還記得三年前跟我玩過戰鬥陀螺，還想跟我一起玩，我們就玩一下，我覺得像是他們家的叔叔。然後越智也加入，我們三人對戰，對戰結果是大輝第一名，我第二名，越智第三名。

今天把房子搬到奈良市西大寺附近的松村家，松村傳訊給我說：「可以用我家的地方喔。」出發前，TBS的人從東京來採訪我，好像是早上的新聞節目要播。這次的導播很懂我的心情，比較好聊，但是他感冒了，貼著退熱貼還要指示怎麼拍攝。都已經發燒了還要不動聲色做事情，了不起，但是別傳染給我喔。

松村家有太太跟三個小男生，太太要同時應付七嘴八舌的三個兒子，還要做飯，忙東忙西。聽說之前有泰國學生在這裡寄宿，幾天前才搬走，眞厲害，我的腦袋結構好像要變了。

松村夫妻說：「方便的話就多住一晚吧，可以去看平城宮遺跡跟東大寺喔。」所以我決定明天也住在這裡。

11280939

松村家的伯母抱著九個月大的小嬰兒，上下輕輕晃，聽說這樣嬰兒就會安靜，可見安撫嬰兒也需要律動的，就好像搖籃一樣。我想這些動作也都連結到荒川修作跟薩滿教吧。

十一月二十八日

今天晴時多雲，早上就很溫暖，但是我走過暗峠進入大阪的時候，氣溫又高了幾度。

十一月二十九日

熱到穿長袖都會熱，晴時多雲。

十一月三十日

白天都是好天氣，晚上下雨，還是挺暖的。

冬

二〇一四年十二月一日～二〇一五年四月八日

十二月一日

陰天，偶爾下小雨，聽說下午開始的氣溫會變得像二月，但是其實沒有。

十二月二日

晴朗，很冷，昨天都還太溫暖了。

十二月三日

今天也很冷，天上有點雲，不過算晴天。傍晚突然整個陰起來，晚上就下雨了。

十二月四日

今天一早就開始下雨，跟昨天差不多冷，晚上雨停了，看到滿月。附近有機場，所以常常有飛機低空掠過。

最近這七天不是被臭小孩欺負，就是好像鬼附身一樣神經衰弱，有時候見個人，有時候發燒病倒，勉強畫點圖，但是完全沒心情寫日記。好不容易振作起來，全部補寫吧。感覺出了很多事，一旦身體不健康就沒辦法俯瞰自己，只會消沉得要命。就算腦袋空空還是可以畫圖，但是寫日記就不行。

上個月二十八號，從松村家前往大阪市浪速區某個朋友的公寓。

奈良跟大阪之間隔了幾座山，紅葉非常漂亮，有很多觀光客，但是我覺得自己跟賞紅葉的人有不一樣的感動。因爲我正在南下，準備過冬。我記得在茨城縣那邊想過「葉子綠得好漂亮」，當時我正在北上準備避暑。當時的葉子，現在應該已經完成任務，變紅準備過冬了。

我第一次感覺到「過冬」是這麼重大的事情，開始想說要去優衣庫買幾件發熱衣，搜尋各地的平均氣溫跟降雪量，一切都是爲了要平安過冬。紅葉之所以美，不只是因爲顏色鮮豔，還能夠從中窺見生命的結束與時間的流逝。紅葉讓我感覺到樹木的生命活動，所以才美。

但是我馬上就沒心情賞紅葉了，我原以爲奈良跟大阪很近，結果眞是天大的誤會，直線距離可能很近，但是沿路全都超陡，陡到我都笑了。我走沒多久就滿頭大汗，腳起水泡，連汽車都開得很吃力。除了我之外沒有別的行人，當我走完暗峠的山路才總算抵達大阪府。接下來是超陡的下坡，陡到要是跌倒應該就死了。

我累到不行，半路在公園睡午覺，然後勉強走完山路，抵達東大阪市的市區，發現有一群騎腳踏車的小朋友，好像小學五年級左右，他們從後面過來，突然對我丟五十公分長、頗粗的樹枝。我嚇得回頭看，他們罵我說：「死禿子噁心啦！」我很生氣，但是當時好累，又怕房子被打壞，所以心裡詛咒他們子孫十八代就快快離開了。

十分鐘之後又有一群小鬼騎腳踏車過來，打我的房子，打完就跑眞是惡劣。大阪好可怕，在路邊看到選舉海報說「讓大阪充滿活力」，但我眞心覺得不要再更有活力了。

我就這樣昏昏沉沉地抵達朋友家，拜託他晚上讓我睡這裡，結果聽說這間公寓以前出過命案，而且我放房子的腳踏車停車場就是命案現場，我心想眞的夠了喔。

可能就是這樣吧，隔天早上突然很不舒服，一直在大衆餐廳發呆。本來希望再借放一天，但是又覺得就是睡在這裡才會很不舒服，所以臨時決定搬家。

有個住在淀川區的藤卷在推特上說「可以放我這邊」，我就聯絡藤卷說要過去。路程大約九公里，走得我精疲力盡，尤其半路有個阿伯用打草機打草，彈出一顆小石頭打中我的脖子，也打傷我的心。我覺得一定被什麼東西附身了，記得在岩手的隧道裡，也是一樣這麼不舒服。

藤卷家是淀川區的一座大樓，藤卷說：「一樓是沒人租的店面，你可以隨便用。」我已經太累了，所以吃完晚餐，藤卷還借我電熱毯睡覺，這眞是救了我一命。晚上發燒到三十七點九度，但是睡到天亮就退燒了。

三十號退燒，下午有一位住在大阪的藝術家大歲芽里，帶我逛此花地區。「ASYL」（原名梅香堂）藝廊正在辦下道基行的展覽，我跟下道聊了幾句，他是我武藏美的學長。聽下道說得多了，就覺得他的興趣跟我差不多。

下道表面上說是「攝影師」，其實應該算是用照片創作作品。他有一部知名的鳥居作品集，他說：「其實我跑了好長一段路在找鳥居，當我把照片擺出來，觀衆就能跳過這段路。展示張數以三到五張的吸引力道最強，要是張數太多，解釋的方法反而太雜。」透過展示照片的張數去展現更深層的含意，跟我所想的展示計畫有共同點。我覺得下道的活動少不了「生活」這個關鍵字，我也擅自跟他有同感。我又去了「the three konohana」這間藝廊，氣氛跟ASYL差很多。

看看展，聽聽講，感覺有點累。晚上跟芽里去喝酒，因爲她感覺是個「好女人」，所以坐隔壁的兩個阿伯請她喝日本酒。後來我們去芽里的朋友開的舊書店「眼鏡行」，借住在那裡。這間書店是用普通大樓的一戶改裝而成，所以從外面根本認不出來。老闆市川、芽里跟我三個聊得很開心，眞想聊到天亮，但是我的身體又變差了，只好早點睡。

十二月一日的白天回到藤卷家，晚上有個小學二年級的男生跟他爸媽一起來找我，聽說在電視上看到我，深受感動，所以學校的自由研究要做自己的房子，小男生的房子上有隻鳥。

隔天早上，藤卷上班忘記帶東西，我幫忙送去，然後去「de sign de」美術館看建築展。這場展覽很不錯，我回想起以前思考建築空間規畫的趣味時光。念書的時候，趣味就是我做設計的動力。看展消耗我的精神，我昏沉沉地回家去睡覺。

三號早上，喉嚨痛惡化了，去醫院領藥。吃藥馬上見效，晚上跟藤卷還有藤卷朋友一起去大阪頭號私房點「味園大樓」喝酒。

今天眞的什麼都沒做，一直在睡覺，目前正窩在自己房子裡寫日記。身體已經復原不少，明天要去找椿昇大哥，突然決定要去一趟京都造形藝術大學。

十二月五日

天氣晴朗，還是很冷，喉嚨好痛。感冒一旦復發就會拖很久，但是除了喉嚨之外都痊癒了。

下午去京都造形藝術大學，要見椿昇大哥。美術工藝系的研究室裡面有很多書，例如探討雷姆．庫哈斯（Rem Koolhaas）的書，還有建築和城市相關的書。我在看書櫃的時候，椿大哥說：「我們這裡教的是系統工程，所以很多探討建築的書啦。」當代藝術只要系統成立，就能順利運轉；要是系統轉不起來，不管怎麼衝撞都做不好。就像宮島達男發現了電子計數器，名和晃平發現了像素一樣。只要系統能運作，就能過生活，所以才要放很多建築系的書。這跟我生長的環境完全不同，我最近稍微能體會什麼叫做系統運作，但是拿O.M.A.的《S，M，L，XL》來參考眞是醍醐灌頂。所以大學教當代藝術就是這樣教的嗎？短短幾分鐘的對話就有強大刺激，不禁要想我眞是輸慘了。

研究室舉辦某個企畫的會議，學生也來參加，椿大哥說要讓學生徹底實習才行。看他們聊得很開心，我也加入，然後決定參加這個企畫。

最後椿大哥帶我去了「超強工廠」這個工作室是名和晃平、矢延憲司、柳美和跟學生們一起做企畫的地方，同時在進行好幾個企畫，光是待在裡面就被熱氣逼到頭暈。在大學裡接受一兩個小時的刺激，堅定了自己的信心，就離開了。

回到大阪，在中津的藝廊「四角」看原田千秋的展覽，原田邀請了推特上的漫畫家跟插畫家，在T恤跟托特包上畫圖，展示銷售，好像賣了不少。

原田說：「我想找人跟我一起死。」好嚇人的說詞啊。我想她是說要努力找到自己的支持者，跟顧客一起成長吧。但是在大學專修美術的人（好吧我也不是很確定）都只想著怎麼在藝術世界裡嶄露頭角，並且潛意識都認爲要是搞砸了，就不能靠畫圖混飯吃，不是一百就是零。我想這樣會忽略更大的潛在市場吧？

椿大哥爲了開拓藝術市場而製作目錄，讓民眾可以購買畢展作品，並且舉辦藝術作品租借計畫，同時邀請產業界投資藝術，或許跟原田做的事情很接近喔。

兩個地方的對比太強，我頭暈腦脹地回家，明天藤卷說要找幾個朋友來開「章魚燒派對」，我一早就要幫忙。

十二月六日

今天也是晴天，還是很冷。

剛起床立刻開始幫忙籌備章魚燒派對，二樓的廚房有餐桌跟餐具，可以找朋友來開趴。白天總共來了四個人，大家喝酒，除了我之外都是三十多歲的小姐，有孕婦，有韓國偶像鐵粉，大家都是很愛講話的關西人。我專心聽大家講話，大家邊喝邊聊，話題換個不停。

長井是東方神起鐵粉，爲允浩花的錢眞是驚人，聽她講話好像看到新世界的居民一樣。她有七個粉絲俱樂部會籍來訂票，喜歡聽東方神起在韓國的韓文演唱，多過在日本的日文演唱。

其他人聊著跟年紀大的人談戀愛，生小孩要取什麼名字，章魚燒模可以做蒜油燉菜（ajillo），公司裡二十幾歲的男生根本沒用，話題有夠多。章魚燒趴從白天開到晚上，我中途就精神渙散，躺下睡著了。

十二月七日

今天也是晴天，幾乎沒有雲，氣溫好像比昨天高一點，散步感覺很舒服。

身體已經恢復不少，白天去了京都，要畫「堀川社區」的房屋圖。

我因爲感冒，在藤卷的大樓住了八天，明天要把房子搬過去神戶。藤卷請我吃火鍋，說是「最後的晚餐」。我說我頭髮太長想理頭，藤卷理頭還挺厲害的。在這裡待這麼久，要出發有點難過。藤卷跟昨天的章魚燒趴成員建立 Line 群組，我也加入了。立刻有人傳訊說大家的戀愛進度，還有對人家的鼓勵與建議，我也會說些「別擔心！」藤卷說我要出發了，有人傳訊說「保重喔」。這個群組的關聯眞有趣，我笑了。

十二月八日

晴朗，氣溫跟昨天一樣，中午離開藤卷大樓，好久沒有帶著房子走路，感覺行李很重。

走了十五公里，下午四點天色開始變暗，我在西宮站附近開始找土地，但是完全找不到。第一座寺廟沒人在，第二座神社拒絕說：「氏子們早上來會嚇到。」第三座寺廟說：「目前住持不在，幫不上忙。」第四座寺廟直接說：「這不行啦。」我在推特跟臉書上求救，但是找不到好地方，眼看太陽慢慢下山，終於第五座寺廟答應了。

久違的移動，找不到土地還挺著急的，但是晚上泡在澡堂浴池裡回想起來，不禁覺得「這搞不好還挺開心的」。如果經過一定天數沒有移動，就會不想移動，這麼一來我的思考就容易轉爲負面，移動很好，可以不讓我的腦袋有時間絕望。

神清氣爽地離開澡堂，想打開更衣室的置物櫃，結果行李太大打不開，最後只好破壞置物櫃，繳了一千圓。

十二月九日

昨天晚上不太冷，我就粗心睡著了，結果早上被冷醒。看看 iPhone，顯示體感溫度一度，是挺冷的，不過一度就只有這樣嗎？如果只有這樣，我只要再多準備點防寒裝備應該就撐得過去。過冬是很辛苦的，看很多動物會冬眠就知道了。最近不知道是身體差還是季節變化，激不起「積極移動」的慾望，只想靜靜待著。

動畫嚕嚕米的第一集，故事就是從冬眠中醒來開始，嚕嚕米對小不點說：「睡了四個月，我應該把大家都忘記了。」好羨慕啊，如果人類也可以冬眠四個月，期間凍結所有經濟跟政治活動，等春天再重新啓動，應該會很不錯。可以忘記不開心的事情，也會減少紛爭。這個國家的速度太快，我羨慕姆米谷那種悠哉的氣氛。

今天也很晴朗，出發之前，借我土地的廟裡的人送我橘子跟柿子各十二顆，我沒辦法帶那麼多，所以各少拿四顆才出發。三十分鐘後吃完了橘子，橘子好吃又方便，眞是一流的食物。

走了幾公里進入神戶市，這一帶不管怎麼走，都是北邊有山南邊有海，所以東西南北很清楚，隨時都能感覺到這個城市「建立在山海之間的狹長平地上」。

陌生阿姨對我說「加油」還給了我一千圓，我思考該怎麼用這一千圓，看看推特，發現昨天我發文說在找土地，有家咖啡廳「點心與茶　以呂波」幫我宣傳消息，就坐落在我經過的六甲站附近，我就去看看。

「以呂波」是只有八個座位的小咖啡廳，由一個可愛小姐獨自經營。她說她從六月開始看我的日記，我們馬上就聊開。這位小姐基本上是個悠哉的人，但是偶爾會做出奇妙反應，這種跳躍的節奏感很舒服。而且咖啡廳經營得很好，真強，開業已經第三年了。我想說要是能在這裡打聽到土地就很幸運，商量之後小姐竟然說：「放我這裡就好啦。」

十二月十日

今天也是一早就晴天，大概睡到十點。

我在「以呂波」開門之前幫忙打掃跟擦桌子，回想起打工時代的感覺。

「方桌要沿著桌邊擦喔。」教我擦桌子的職員，疑似從店裡收銀機偷錢，結果辭職了。

大概下午一點離開「以呂波」，往須磨區方向走。有個住須磨的人看了《大阪和樂電視》就邀我過去，我說好今天去拜訪。神戶到處都有寬廣的人行道，很好走，感覺住起來很舒適。但是半路碰到一群放學的小學生，他們亂弄我的房子，一群小學生真討厭，完全不可愛。我說「不准碰」他們反而更愛碰，把房子弄壞幾個地方也完全不管。他們不會控制力道，也不會區分自己的東西跟別人的東西，或者什麼可以弄壞而什麼不行。單獨一個人沒膽子做壞事，但是聚在一起就愛鬧，真討厭。我好想報警，這群人怎麼講都講不聽，有股衝動想打他們的腦袋，或者把他們書包裡的東西全扔在馬路上，但是他們的瘋爸媽可能就在附近，爸媽火大砸爛我的房子就慘了，所以我想像把他們的腦袋瓜一個個塞進樹叢裡，忍著度過難關。

快下午五點鐘，抵達須磨區的一戶人家。這戶人家有可愛的四歲女兒跟十個月大的兒子，兒子已經會走路了。吃完晚餐，我跟這戶的爸爸、岳父一起去附近的澡堂。

我在車上說到：「我的居民證登記在高松，所以打算從神戶搭渡輪到高松去投票。」岳父說：「請務必考慮我們家支持的政黨啊。」聽著聽著，覺得有些懷念。「選舉跟平常生活是不同世界的話題，所以家人之間不該談政治。」其他家庭也有這種氣氛嗎？記得有人對我說過：「朋友之間不談政治。」有個音樂家朋友在推特上發文說「我去參加反核遊行」也被人回文說「藝術家不要講這種話」。怎麼會有這種噁心的空氣呢？

天氣一直好到傍晚，到晚上就開始下雨，氣溫沒有下降得很多，最近我的房子漏水很嚴重，我借了一塊塑膠布來蓋上。

十二月十一日

上午雨就停了，有時候還放晴，氣溫跟昨天差不多。

今天開始我要把房子放在須磨幾天，前往高松。開始移動生活之前我住在高松，我要去老房子裡回收剩下的行李，並且把居民證登記回老家地址。高松的房子已經不是我的歸宿，我這八個月改變了很多，眞的經歷了很多事，但是沒辦法全寫下來，然後我要去投票。

神戶到高松的渡輪一天有四班，我在晚上搭船之前去了「神戶燈節（Luminarie）」，之前我只認爲這是個「用七彩霓虹燈裝飾街道」的活動，實際看了才被它的範圍和規模之廣嚇到。元町站到三宮站之間的大馬路封起來當成行人專用道，想看燈節的人得走十五分鐘的臨時走道。我覺得保全跟警察用擴音器大喊「請不要停在原地」的聲音，比活動的背景音樂還吵。聽說神戶燈節的起源，是要超度阪神淡路大地震的亡魂，那不是應該辦在一月嗎？

後來到附近的「薩莉亞」去寫這篇日記，店裡面人很多，有情侶在玩男生女生配，還有情侶貼超近，邊摸對方的臉邊盯著對方看。有一群男女五人，應該是國中生。店員忙翻天了。

12131541

有些人認爲世界沒有過去也沒有未來，只有當下才存在，所以努力過生活。他們不答應做不到的事情，不會爲過去感傷，也不會過度擔憂未來。他們正面看待所有相遇的緣分，勇敢地融入自己的生命中。不管人生因此發生什麼變化，也不會想說早知道就不該相遇，只會努力活在每一個當下，只會說「好開心」。我光是知道自己跟這些人活在同一個時代，就感到深深的喜悅。

好久沒見到高松的人們，他們在我開始移動生活之前，從我們上次見到面之後，就一直過著一樣的日子到今天。環境當然是慢慢變化，但是這裡過日子的節奏，跟我離開高松之前並沒有不同。我放心了，我能在這裡扮演過一個角色，感覺很光榮。

十二月十五日

晴天，有點雲，神戶跟高松的氣溫差不了多少。我搭早上六點十五分開出的渡輪，從高松回到神戶。

須磨的朋友幫我把塑膠布綁在我的房子上，我跟這家人重逢，他們請我吃午飯。他們說：「來關西就是要吃什錦燒跟章魚燒。」就替我煎了什錦燒。

這家人有自創的什錦燒鐵板，把鐵板放在瓦斯爐上煎燒餅，然後把整塊鐵板搬到桌上吃。鐵板底下有木框，避免直接碰到桌子，嚇到我，原來爸爸的職場工夫也用到家裡了。

今天預計要帶著房子搭渡輪前往大分，但是發現前往大分的渡輪「向日葵號」不是從三宮出發，而是從六甲出發。所以我又聯絡了六甲咖啡廳以呂波的老闆娘，希望今天能再去睡一晚。

我一口氣從須磨走到六甲，又想到今天是燈節最後一天，如果不趕在點燈之前抵達就會人擠人，所以一口氣走了十二公里。抵達以呂波，老闆娘由里還是一樣飄飄然地歡迎我，我也放鬆了起來。

明天要把房子搬去大分，從來沒有帶著房子搭過渡輪，不知道會收多少錢，是跟機車一樣算特殊行李嗎？應該要看我怎麼談吧。

十二月十六日

下雨好冷，天氣一冷，什麼都不做還是會消耗能量，所以很快就想睡，也容易肚子餓。完全沒心情移動，眞是想冬眠，好想整天窩在暖桌裡，喝著日本酒打電動看電影，就這樣冬眠。但是我知道就算眞的這樣冬眠下去，不要兩天就會覺得「我得做點事」，身體自己活動起來，人不可能永遠滿足於現狀的。

根據天氣預報，北海道有個史上罕見的大規模低氣壓，造成全國從今天傍晚開始急遽降溫，風也變得很強，下午五點的估計風速達到每秒十二公尺。

以呂波來了有趣的客人，我跟老闆娘加客人一起聊天，本來想多聊一下，但是下午風開始變強，所以我決定趁走不了之前先出發。

能在神戶發現以呂波眞是太好了，我覺得由里老闆娘就像我的同志，眞想再來。

六甲島有「向日葵」的碼頭，我原本以爲風會很強，但是海邊的風不怎麼強。

我把房子放在渡輪碼頭旁邊，問櫃檯說：「我有件大行李，請問費用怎麼算？」

「喔——今天人不多，只要搬進客房裡應該就行了，你的行李是行李箱嗎？」

「不是啦，就是外面那個。」我指著窗外的房子，櫃檯人員笑得很開心。

「哇咧——就是那間房子啊？」

「對，就是那間房子。」

「是沒有先例啦……請稍等喔。」

櫃檯人員先到裡面去，然後帶了主管回來，主管看了我的房子先訝異後大笑，結果我跟櫃檯裡所有人都笑了。

「我得跟船上的人討論這算什麼，可以請你稍等嗎？」主管又進去，不久之後回來說：「這次破例算手提行李，不收特別費用就能上船喔。」而且還有兩個員工幫我想該怎麼順利把房子搬上船，員工說：「請等其他乘客上船之後，再把房子搬上船，船上的服務人員會帶你到定點放房子。」渡輪明天早上才會到大分，今天的土地就在船上。

向日葵號渡輪上有浴室，有餐廳，還有電玩遊戲場。

12171020

抵達大分之後，天上開始飄雪，有夠冷，氣溫應該只有兩三度吧。

我正在大衆餐廳Gusto，因爲坐船搖晃了很久，站起來就頭暈，感覺地面還在搖，甚至比在渡輪上更晃。如果現在睡午覺，搖搖晃晃地應該很好睡。

十二月十七日

早上抵達大分。去年在大分展覽的時候，咖啡藝廊「the bridge」幫我不少忙，我先去這裡拜訪。這間時髦的咖啡廳，是由醬油廠商「分銅金」的倉庫改裝而成，經常高朋滿座。老闆姓裏，在大分參與許多活動，所以常常不在店裡。沒人知道他到底手上有幾個企畫在跑，或者目前住在哪裡，怎麼聯絡上他，感覺他總是在東奔西跑找錢來實現有趣的點子。我本來想來找裏老闆，結果還是聯絡不上，所以把房子放在店門口就去散步。

大分在下雪，比神戶還冷，我回到the bridge，碰到一年沒見的店員本田。本田說：「裏老闆今天也沒來店裡，眞是難捉摸啊。」我在店裡點了咖啡，邊喝邊畫圖，本田請我吃午餐。

我的臉書朋友池邊住在大分，帶著雕刻家森一起過來，於是順理成章，我們三個就搭著池邊的車逛大分。

兩人帶我去八十歲畫家兒玉的家裡，兒玉畫家是個很跳躍的人，光聽他說話就很刺激大腦。他一看到我就說：「聯絡方式寫給我。」我說：「我沒地址，只能寫電話號碼。」他就說：「對喔，你四海爲家啊。附近的倉庫空著，你可以住進去喔。」我什麼都還沒解釋呢，他眞是個滔滔不絕的人。他可以手拿鉛筆在紙上寫字畫圖畫圈圈，嘴裡講個沒完，話題左跳右跳，但都不是在吹牛。他說話就像玩文字接龍，接來接去又換了新話題。

「活著就是藝術啊，不練功可不行。練功倒不是去瀑布底下沖水，而是每天過生活啊。工作也是在練功，不工作就能活也是在練功。」

兒玉畫家的太太就在旁邊，動也不動地聽先生講話，這位太太也很強。

晚上回到 the bridge，總算見到裏老闆。我解釋自己在做什麼，然後說：「我的身體已經進入年底模式了，沒有力氣繼續移動，所以請讓我把房子放在這裡過年。」老闆一口就答應，而且還建議：「你要不要在 the bridge 打工洗碗啊？」我覺得這也挺好玩的，於是決定這陣子晚上都在 the bridge 打工，直到年底回老家團圓爲止。我立刻開始在店裡整理打掃，工作到晚上十點半。工作結束之後，見到一年半沒見的人，整天忙東忙西，很難想像今天早上我才抵達大分。

漫長的一天結束了，回到房子裡發現有封信寫著「請你要加油，要是涼了請見諒。」附上一杯已經涼掉的可可。

12182010

住大分的咖啡館老闆阿櫻帶我來到「羚羊書店」。

這間書店放著舊書和新書，還有喝茶的地方，待起來超舒服。老闆認識我，所以接下來是做筆記，寫我在這裡看的荒川修作與藤井博巳的對話集《生命的建築》。

荒川認爲，日本人傳統上是個「像鬼怪一樣遷居的民族」，所以對生活的看法是「暫時」，對住宅的看法是「終究會消逝的臨時住處」。大多日本人心中，認爲「建築」和「搭建住宅」不怎麼重要。遷居民族不會培養出體制化的思想，甚至會刻意壓抑體制化思想，所以往後必須徹底重新檢討什麼才是「居住」。

荒川認爲人類最大的誤解，就是「時間與空間」。如果把時間看得跟空間一樣呢？如果身體的行爲可以創造或殺死時間呢？這眞是太有趣了，這不就可以解釋我目前處於一個「沒有過去或未來，沒有遠或近，一切都胡亂塞在同一個箱子裡，搞不懂什麼是什麼的狀態」嗎？不就可以解釋各種資訊都記憶在我這個身體裡，「事情」與「場所」都在我體內的奇妙感覺嗎？

十二月十八日

還是很冷，不過天氣晴，上午在市內散步。

有條路兩邊的建築都像小模型一樣可愛，卻突然出現一棵參天巨樹，嚇我一跳。要是沒有這種樹，我就會忘記這塊土地也有歷史。如果只有漂亮的建築物，就會誤以爲這塊土地才剛形成。但是無論哪塊土地，其實都有悠久的歷史。

白天都待在the bridge，傍晚到晚上則待在羚羊書店，跟夜人喝酒。

生活被限縮在職場上的人，就會在自己的職場上樹敵，會在小小的世界裡互相仇視。電影《ID4星際終結者》（*Independence Day*）裡面，地球被外星人攻擊的時候，世界各國就停止鬥爭，團結起來對抗外星人，但世界太小就跟這個狀況相反。

我很喜歡漫畫家水木茂的故事，有客人拜訪水木老師辦公室的時候，老師問員工說：「這位是哪位？」員工努力解釋說：「是我們請來掃描原稿的製版公司的人啦。」水木老師笑著說：「沒關係，是人就好啦。」夏天，蟲子會一直鑽進我房屋裡，我得認爲是我打擾了蟲子的住處，才能安心睡覺。當時我能夠分辨自己遇到的「是人還是蟲」，所以很能體會水木老師那種「是人還是妖怪」的感覺。

十二月十九日

天氣晴朗，而且不像昨天那麼冷，寒流好像已經走了。

昨天待在羚羊書店的時候，那個兒玉畫家很嗨地打電話來說：「明天池邊會來喔！村上你也來吧！我們開個宴會，快帶個誰來啊！」我問池邊，聽說這不是宴會，而是兒玉老師的太太要去染髮。「每次有人要去兒玉老師家，老師就會呼朋引伴，變成宴會啦！」

我想說帶個完全沒關聯的朋友應該很好玩，就把住大分的創作朋友小野愛妹妹帶去，結果有其他人帶了一大堆飯菜來，簡直像是猜到我們會去一樣。

晚上去別府找作家朋友阿勝，碰巧阿勝在聚餐，藝術家淺井裕介也在，我們聊聊天。

整天接收刺激眞的很累，所以我去泡溫泉，然後在清島公寓裡的阿勝家睡覺。

十二月二十日

早上起來就下雨，但是沒那麼冷，還算好過。我在別府站趕著搭電車，結果把愛用的擦手巾忘在長凳上，這擦手巾是秋田縣做彩玻璃的阿伯送我的，想不到會在別府搞丟。

今天是周末，我在 the bridge 工作八小時，洗碗打掃整理濕毛巾。這裡實在很缺人，我都笑了。

好久沒有做領時薪的打工，眞的很不習慣，世界在打工前後沒有任何改變，讓我火大。時薪打工就是賤賣自己的時間，耗費死前的時間，賺點小錢度過難關。打工只會稍微增加一點錢，其他什麼都不會變。我好難忍受，感覺時薪制甚至有道德面的問題。打工會改變我對音樂的喜好，會想聽比較消沉的音樂。

十二月二十一日

只要一個不小心，就會忘記跟身邊的人學到的事情。我會以爲自己該學的事情，只在書本、電視、網路和名人的發言之中，那就無法從親人和朋友身上學習了。我想這是這個社會的洗腦，到處充滿二手三手的資訊，讓我們誤以爲這些資訊才有價值，好危險啊。我希望跟別人說話的時候，總是保持一個在聽課的心情去說。

今天也很晴朗，比昨天冷一點，晚上參加 the bridge 學辦的耶誕派對兼尾牙。我們好厲害，耶誕派對跟尾牙一起辦。我們聽著五人聖歌團唱聖歌，大口喝酒，還挺開心的，但是半途猛然清醒過來，冷眼看著這一切。曾經我不去思考深奧的事情，爲了避免打壞氣氛，每天耗費所有心力去過個沒自覺又沒思想的人生，這段時光讓我很膽怯，結果現在被人邀請，我又回到這段時光裡了。

十二月二十二日

晴朗，比昨天溫暖一點。

去年展覽認識的導播 Rea 小姐帶我去壽司店，我們聊了四個小時，有關震災、移動生活以及電視的將來。

在戰後的復興期，電視負責展現「共同的幸福願景」來引導觀眾，促進經濟成長。即使現在這些幻想已經破滅，電視還是沒有脫離這個體質，所以變得很怪。每次碰到電視圈的人就想告訴他們：「只要同時有多數人交談，必定會發生誤會、歧視跟無謂的紛爭。只要有兩個以上的人交談，就完蛋了。」她好像也擔心這個問題，聽我這麼說就很開心。

最近尤其搞不懂這個國家到底怎麼了，往後又會怎麼樣。有人跟我有同感，眞是開心。因爲我根本不知道怎麼了，所以只好走路，只好努力過生活，希望能稍微好轉。不管哪一行，都是這個道理。

十二月二十三日

今天也晴朗，甚至有點熱。

我一直在想昨天在壽司店聊的話題，我不喜歡人家胡亂去「理解」我的活動，不喜歡別人想說「喔，原來是這樣啦。」所以當我揹著房子走在路上，有人問我「你是在〇〇嗎？」我都很想用「並不是喔。」「也不是這樣啦。」「沒有那麼單純啦，那我先告辭了。」來結束對話。

如果對方覺得「不上不下不太懂」而離開那就好，但這可不容易。我會忍不住敷衍回答，讓對方覺得「原來是這樣」，來保持氣氛和樂，場面圓滑。

但是「接受事實」其實很危險，等於把對方限制在自己的想像力範圍內，這絕對會產生某些誤會的。所以當我們覺得「原來如此」就是對人家不誠實，最好還是永遠保持「搞不懂」保持思考，但是思考需要能量，所以我們很快就會接受事實。電視跟報紙介紹我的時候會有落差，就是因爲這樣。媒體是對大眾進行宣傳，編輯的前提就是「淺顯易懂」。現在的電視和報紙都要先對採訪對象有某些誤會，才能夠發送情報。

1224 1630

天上有薄薄的雲，比昨天冷一點。昨天把房子從the bridge搬到對面的分銅金大廈，大概二十公尺遠。咖啡廳直到打烊都是熱熱鬧鬧的，人來人往，我不好進出自己的房子，結果我昨天才發現「對喔，搬走就好啦，我的房子可以搬啊。」

最近我愈來愈搞不懂怎麼回事，愈去鑽研這個世界出了什麼問題，就愈不清楚什麼才是好的，感覺都快發瘋了，結果就放棄鑽研，靠創作、酒精、睡眠跟音樂來中和。我想遲早，我就只能信任音樂了。我只能相信自己看見的東西，而且腦袋亂七八糟，還是只能走路，甚至要懷疑地球是不是圓的。

老實說我也很懷疑自己現在是否正常，當我仔細思考，覺得懂了的那一刻，我應該就是發狂了。還是什麼都搞不懂的狀態，才算勉強安全。

當我們碰到見解跟自己不同的人，千萬不能說對方是「瘋子」然後堵住耳朵說「聽瘋子講話也是浪費時間」。不要管哪一派，名氣大小，把所有人都養在自己心裡，變得像精神分裂一樣，勉強找到一個「唯一的想法」這樣才能慢慢開拓一條路來。

十二月二十五日

今天也是晴朗又舒爽。

遠藤一郎突然出現，感覺就是「我人在附近就來拜訪」。我們在咖啡廳吃早餐聊天，他一直過著移動生活，所以我們聊得來，很開心，他推薦了不錯的睡袋跟內衣給我。「我們的時光在流動，人家的時光也在流動，兩者只是偶爾交錯在一個點上，所以最好不要靠那個點就去判定對方。朦朧地看一個人，最輕鬆了。」聽他這麼說，我真的輕鬆很多。我跟一郎就像這樣碰巧在相同的時間與地點相會，一起吃飯，這樣的交錯是很簡單好懂的，但是仔細想想，所有活著的人相會不都是一樣嗎。

像我這樣寫日記，也只是一種自衛手段，避免我太在乎每天發生的事情。如果我把每天發生的事情都記在腦袋裡，就沒把握不發瘋。寫日記可以確認當下每一刻都是「一個交錯點」。這樣我才能消化自己碰到的事情，接受並放下。

今天搭飛機回東京老家，房子就放在分銅金大廈裡。

十二月二十六日

東京天氣晴，有陽光的地方還可以撐得過去，但是在陰影下有點冷。

昨天晚上看著東京車站周圍的摩天大樓，就感到沒來由的憤怒，也有點像是想開打的鬥氣。

十二月二十七日

今天也是晴朗，氣溫可能比昨天還低。我在東京國立近代美術館看高松次郎展，有件作品是在鐵板後面放盞燈，看得我潸然淚下。另外還有「就只有這七個字」，在一本書的封面上全部畫滿刪改線，這些作品太棒了。展覽將高松次郎的作品分為三個時期，用隔板跟長凳親切地分開，最後有個高台可以俯瞰所有作品，作家應該很高興有這樣的展覽吧。

十二月二十八日

晴朗，風很冷，太陽暖呼呼，舒服。

十二月二十九日

雨從早上下到中午，下午就停了，好冷。

十二月三十日

晴空萬里，突然變溫暖了。

碰到一個高中同學，他有研究量子力學。

「有人說這個世界有三十二個次元或三十三個次元，我是三十二次元派的。」

我完全聽不懂他的意思，問我同學的朋友，朋友大笑。朋友幫我同學拍了照片，看起來像是仙人下凡。

十二月三十一日

今天也很晴朗，一點都不冷，像是春天。

二〇一五年

一月一日

今天突然轉成陰天，天氣好冷，聽說都內有些地方下雪了。

元旦，我回家團圓，好像沒人會懷疑「過年回家團圓」這件事，我也覺得這樣不錯。推特上很多人說「就算不爽還是會回老家」，眞有趣。

長褲沒皮帶，但是又不能不出門，不經意就抓了塑膠繩來綁褲子，我媽說：「不要用這個啦，你在想什麼啊？」只要我缺什麼東西，就會不經意抓手邊有的來代替，這下又不小心動手了。所以我從來不記得自己因爲缺什麼，就不能做什麼。

沒有皮帶就拿塑膠繩，沒有指甲刀就用美工刀，沒有筆記本就拿木棒畫在地上，然後用 iPhone 拍照。感覺就像小時候，睡前把房間的燈關掉，把棉被圍在自己身邊當成飛機駕駛艙，然後想像「我從房間起飛，打倒敵軍之後又回來」。爲了某個目的而製造的東西，用在不同的用途上總是比原本的用途更好玩，畢竟當時沒有別的途徑運用想像力了。

想要什麼就有什麼，其實不好，這樣會扼殺想像力，也無法培養生存意志。爲了保持這樣的心態，不管過年還是怎樣，我都得繼續畫房子的圖。

01012247

聽說朋友的媽媽快死了，我頭暈腦脹。

我朋友的媽媽是再婚，家裡有爸爸媽媽跟爺爺，爸爸忙工作不常回家，媽媽長年以來就是獨守空閨，沒什麼朋友，沒什麼興趣，也不怎麼做飯，每天就是看電視跟遛狗。結果發現自己得了憂鬱症，到醫院檢查發現是重症，又更惡化了。但是爸爸不僅不關心自己的老婆，還表示「我這麼努力工作，妳怎麼搞成這樣？」結果還是不回家。朋友擔心媽媽危險，所以送她去住院，但是住院之前狗就死了。

朋友知道媽媽快死了，但是過年還是不想回家。他多少算是放棄了自己的家人，但並不是冷血無情，袖手旁觀。我曾經看過朋友跟自己的爸媽和爺爺聊天，他不可能不想見家人的。

一想到朋友的媽媽在醫院等死，心裡就有千頭萬緒。這不是「好可憐」那麼簡單的感覺，全都是媽媽一個人的錯嗎？還是爸爸的錯呢？還是我朋友沒發現症狀有錯？或者是爺爺、鄰居、媽媽的朋友們有錯？沒有人能肯定「是誰的錯」，只能說「落到這個地步」了。

我看到朋友的煩躁，還有想到朋友媽媽的痛苦而感覺到的憤怒，無法忘懷。

我們活在世上，總是纏著一身無法解釋的事情，還有錯綜複雜的人際關係。有些人會因此自殺，但不能乾脆地說「因爲這個人軟弱才會自殺」。千萬要抱持「我搞不懂但是絕對不能原諒這種事」的心情。

這就好像小時候不小心踩死了蝸牛，低頭一看就想哭。並不是氣自己踩到蝸牛，而是無法原諒「蝸牛死去」的事實，這是對死亡的抵抗。

一月二日

晴朗，沒有昨天那麼冷。

一月三日

晴朗，很舒服。

一月四日

陰天偶爾放晴，氣溫跟昨天差不多，很舒服。
上野公園的不忍池結冰了，鳥飛起來了。

一月五日

天氣超晴朗，溫暖！

一月六日

從東京回到大分，大分跟東京一樣是陰天，比昨天溫暖，地面濕濕的。

大分市大馬路邊有座大樓叫「綠洲塔」，我在一樓的廣場。裡面暖氣很暖，而且可以自由進出，有桌有椅還有超商，還放著古典樂，眞是美妙的空間。這個廣場很珍貴，人們在這裡聚集交流。我經過許多城鎮，總是會想說「這個城鎮都沒有地方可以坐」，只要城鎮有個地方可以坐下來休息，我就會想再次來訪。

年節期間跟東京的朋友聊了很多，覺得人眞的會變。我在空鼠工作室住過兩年，裡面的成員都學了很多經驗，每天都在一點一點蛻變。空鼠好像還沒決定新年度要不要續約，就算空鼠不見了，成員最近還是會有新活動，阿部接下來好像要認眞當個美術總監。有人辭掉了十年以上的工作，要邁向新的人生。有高中同學已經結婚了，還有人在煩惱這個世界究竟是三十二次元還是三十三次元。

我不會對別人說「你這樣不行」，我非常害怕吹捧自己來講大話，但是有人對我說：「你就講啊，對方自己決定要不要聽就好。」我突然就輕鬆多了。對啊，對方決定就好，我只要說自己想說的就好，往後我就這麼辦。

三輪開了個藝廊叫做「undo」，我昨天去那裡找人聊天，想起大學時代的往事。當時我對自己所處的環境感到焦慮與憤怒，看到自己同屆的同學在相同環境下卻無憂無慮，氣死我了。不只是大學，現在還是有人對自己人生沒自覺，擅自決定別人的幸福並出手干預，把自己的不快樂當成社會的不快樂，用偏差妄想去理解事物再到處高談闊論，連自己在胡說八道都沒自覺。有太多莫名其妙的事情，多到我覺得自己才有問題，勉強只能把想說的衝動吞回去。總之世界上的人大多缺乏對他人的想像力，我好想大喊「你們振作點啊！」

年節已經結束，時間過得好快，一回神，什麼事情都變成往事了，我只能追著現在跑。

房子依然放在分銅金大廈裡，我在房子裡睡覺。

一月七日

今天也是晴天，比昨天還冷，但是還算舒適。晚上有風，好冷。

在路邊碰見佐藤（資訊業的自由職業仲介），他帶我參加一場「咖啡會議」，佐藤每星期三的晚上七點到九點會前往一間咖啡廳，找一群人來聊天。大家可以隨時來隨時走，也沒有決定議題。只有特定的時間跟地點，就是一個讓人聚集的機會。

今天包括我跟佐藤在內共有七人參加，全都是男的，年齡層有大有小，我想大家都比我年長。職業方面呢，我只知道有一個是設計師，但是沒人問我什麼職業。

剛開始聊《虛擬入口 Ingress》這個地圖遊戲，這個遊戲連結現實地圖跟網路地圖，透過實際移動在網路上搶地盤。另外還聊了「爲什麼 Line 會突然普及」「臉書最近開始打電視廣告」等話題。

坐在我旁邊的阿伯，講的話很有趣。

阿伯是參加了佐藤的「臉書講座」才開始玩臉書，去韓國釜山的時候碰巧認識當地阿姨，後來用臉書聯繫上，一年之後阿伯又前往釜山旅行，跟阿姨一起安排旅遊行程，阿姨當地陪。兩人不會說對方的語言，所以用智慧手機的翻譯功能來交談。好厲害，阿伯講起來很開心，臉書幹得好喔。

後半談到「2ch 的酸民爲什麼要酸」，也就是現代人大多不會善待自己不理解的事物，這樣不太好。有個成員不斷提到「大家都怕受傷」，讓我印象深刻。

就在話題聊得火熱的時候，時間到了，咖啡會議立刻結束。

01081430

昨天晚上也一樣，睡在分銅金大廈裡，但是天快亮的時候突然醒來，聽到有門打開的嘰嘎聲，然後是乒乒乓乓的金屬碰撞聲，大概十分鐘左右才安靜下來。這座大廈並沒有人住，公司的人應該也不會趁半夜過來，可怕的是我完全沒聽到任何腳步聲。所以我盡量保持安靜，睡了回籠覺。

一月八日

比昨天冷一點，但是天氣不錯。我好像聽到有個聲音說「你打算把房子擺到什麼時候？」房子放在這一帶沒搬走，差不多要二十天，已經是半定居狀態了。這裡住起來很舒服，有網路又有電源，還有我想做的事。

但是差不多了吧，在同一個地方待太久就會渾身發癢，文化人類學家關野吉晴說過：「我認爲人類會離開自己的誕生地，是因爲好奇。」好奇心就是「渾身發癢」所以我認爲應該好好癢個夠，當我癢到爆炸，癢到滿出來，就會有移動。

晚上我開始編輯日記，回頭看大概一年前的日記跟圖畫，驚覺自己的文章竟然有夠單純又尖銳。過去那些猛畫一通的生澀圖畫，讓我深深感受到「畫畫的人眞的被逼到走投無路」。文章則老是用些相同的句子，看不太懂，而且老是在講一樣的事情，不過我能回想起初衷，挺好玩的。

回過神已經凌晨一點，昨天被奇怪的聲音嚇得提心吊膽，今天在同樣的大廈大廳裡默默處理事情，四周一片漆黑，想到就好笑。

但是睡覺的時候，我把房子搬到大廈外面去了。

一月九日

幾天前我在街坊裡（在大分市中央町待太久了，所以脫口就說了「街坊」）認識一個小哥，穿得五顏六色，小哥發了很厲害的傳單給我說「我在別府開店啦」所以我今天就過去。

這家店棒透啦！老闆是個旅人，年紀跟我差一歲，說他一直很想要一座「基地」。後來在別府找到好的店面，元旦就開張。

店裡一直放著 THE CRO-MAGNONS、綠洲樂團、友部正人等音樂，展示著老闆的圖畫、紙黏土作品，還有各種小東西。甜酒眞的超好喝，豬肉湯風格的「朝見汁」完全解決了我平時的營養不均問題。我在這裡一直看雜誌跟《獵人》漫畫直到天黑。

一月十日

有人委託工作，我連忙趕到京都，大概要停留一個星期。房子留在大分，所以我應該算出差吧。像這樣的移動生活，能做的還是要做，我希望保持一個「這是旅行，村上的身體永遠與房子同在」的觀念，我只是一個「搬動房子的人」。

一月十一日

京都有夠冷。

一月十三日

昨天晚上，難得在京都碰到武藏美時代的師父橫山先生，我們聊天，他提到不錯的工坊。

神戶大地震之後就成立了這間工坊，二十年來與美術大學生、震災體驗者、神戶兒童們一起談論震災當時的經過，分享經驗，創作布畫。重點並不是作品水準高低，而是讓參加者能夠邊聊邊創作，把經驗留在心中。

01151226

在京都畫圖、工作的時候，我對畫圖有些想法，「畫一條線」是非常單純的動作，很快就會結束，而畫線的時候也不會去想說「我在畫整體中的某個部分」，就只是專注於這條線。但是畫了一條又一條的線，整個輪廓就會跑出來，這跟我的移動很相近。

我曾經帶著房子從東京走到青森，接著又走到大分來，寫成文章來看眞的是很長一段路，但是每一次的移動都只是「長途散步」，我沒有想過「今天的移動是環遊日本的一部分」。但是走久了就創造出龐大的移動距離，孕育出「環繞日本」的行爲。

一月二十二日

十九日從京都回到大分，爲了趕上「PARASO-

PHIA京都國際現代藝術節」的開幕，三月又要前往京都。

每次我在自己畫的圖上簽名，都會感覺哪裡怪怪，總覺得簽名就散發一種「我在表現自我」的訊息。「創作」並不是「表現自我」，早在市場開始交易藝術品之前，甚至早在人類開始區分你我之前，應該就在創作了。

01241452

新聞報導說兩個日本人被恐怖份子綁架，這震撼的事實讓我發現「中東問題原來是切身問題啊」。我們通常以爲中東是遠在地球另一端的事情，但是看到敍利亞、以色列、巴勒斯坦、伊拉克都有筆直的國界線，再想想日本曾經是戰敗國，就會立刻發現這也是自己的問題。如果出了這麼大的事情，還不認爲是自己的問題，那應該也沒救了吧？

01251035

不是行不行，是一定要動手，動啊，你要動手做啊。

用絕對的強大與誠懇去做啊。

我已經爲此累積了好多日子，感覺像是搭電扶梯那種微微的恐懼，搭上了就一點也不怕，但是看到大家半途離開電扶梯，就不敢再搭一次。

面對這段時光，要下定決心。那場對話，那頓午餐，那場酒會，那個早上，那個下午，負責面對每一個日子。要燃燒生命啊，沒問題的。

一月二十五日

眞是隔了一個月才重新移動，上午十一點左右離開分銅金大廈。之前把房子放在這裡，在對面的咖啡廳打工，回東京團員，去京都出差，幾乎是半定居狀態了。結果讓我在這塊土地上扎根，出發之前得再次確認決心了。不過只要邁開腳步，很快又找回之前的感覺。

我將自己的生活題名爲「移居生活」，提醒自己正在「打造生活」。打造自己的生活形態，可以有效保持每天過得有自覺，只有人類才能這麼做。每個人可以題自己喜歡的名字，也可以把村上喊成佐佐木。

出發的時候錢包裡只有三百圓，但是星期天去超商領錢會扣手續費，所以不領錢就出發，結果才一下就後悔了。

從大分出發，沿海邊往東走到臼杵，半路上有三位小姐對我說：「可以拍張照嗎？」然後有位先生給了我七顆橘子。

走過坂之市，就看不到什麼房舍，也沒有超商，我心想「這些橘子可能就是我的晚餐了」。

走了二十三公里，下午四點半左右發現海岸邊有個小小休憩站「佐賀關」，要是商借土地被拒絕就走投無路，所以我擅自住下了。商家正在用力推銷「黑布」這種海菜，客人都在吃「黑布霜淇淋」。

這座休憩站突然就從路邊冒出來，根本沒有人行道，所以在這裡走夜路很危險。這裡離最近的商店也有好一段距離，我看海看膩了，所以下午七點左右就睡覺。

我剛進房子裡打滾，立刻就聽到腳步聲往我走過來，我提心吊膽。有人拿手電筒照我的房子，對我說「晚安啊——」。我想說怎麼了？開門一看，有兩個人在外面說「送吃的喝的來給你」。兩人都大笑。

這兩位是附近大衆餐廳Joyful的店員，渡邊跟大海。他們在路上看見有房子走路，又看到我在推特上發文說「今天的土地是休憩站」，就開車跑來了。渡邊是個有趣的嗨咖，她說要送吃的喝的來給我，結果她先生阻止說：「這種人都是有自己的想法才會做這些事，別人不要插手。」這話說得眞好。渡邊送了我兩個飯糰、茶，還有泡好的泡麵。當時我的錢包只剩下六十一圓，眞的會有奇蹟啊。

這兩個人都很大方，我們很快就混熟，他們還說：「早上到我們餐廳來！請你吃早餐！」

一月二十六日

早上快九點，Joyful的渡邊打電話來說：「來店裡玩啊——」所以我立刻帶著房子前進，店經理請我吃早餐。我的錢包只剩六十一圓，幸好從昨天晚上開始就不愁吃的。

今天氣象預報說會下雨下到晚上，渡邊說「別走了，待在這裡吧」，所以我就決定留下。今天的土地就決定是Joyful的停車場，我第一次睡在大眾餐廳的停車場。

從早上九點多到晚上十點半左右，我一直都在同一個座位上，員工都已經輪兩班了。我想說整天泡在大眾餐廳好奢華喔——要做啥都行喔——但是畫圖畫一下就突然天黑了。

傍晚，渡邊、大海跟兩三個同事，還有店經理的太太跟小孩，都來看我的房子跟圖畫。大家還輪流扛著我的房子走幾步路，然後又有兩個員工跟三個毫無關聯的客人加入，大家互相拍照，互相說「你扛得不錯喔——」感覺像在過節。

回去之前，大海送我吃的，渡邊送我襪子、牙刷跟毛巾，我婉拒了牙刷跟毛巾。很感謝渡邊他們又請我吃晚餐，我今天一塊錢都沒花。

0127 2117

我在網路上看到伊斯蘭國戰士跟日本人在推特上交談的內容，都要哭了。我眞的不清楚太多事情，好不甘心。即使是剛出生的嬰兒，也不算純潔無辜，嬰兒出生的國家、時代與家庭環境，就已經決定了一切。從出生的那一刻起，就逃不了一身的罪孽。這個世界只有正義對抗正義的局面，既然生爲日本人，無論有什麼苦衷，就是不該敵視某些人。這段推特交談讓我心有戚戚焉，打穿了我的心。又或許這只是對方的策略，而我完全中了圈套吧。

一月二十七日

早上，渡邊做了飯糰跟便當來送我。

我在餐廳裡面畫圖寫日記，沒點餐光喝水，餐廳裡沒有其他客人，所以我會聽到店員聊天。有人討論該怎麼安排菜單，有人閒聊，聽這些對話眞的很舒服。

我只要聽到在地的故事就會很開心，聽人說故事比聊自己更開心。碰巧走進大衆餐廳，看餐廳面試兼職人員，或者看一群高中生廢話，就是開心。這一切的交談，聽起來都像在讚頌人生，我想是因爲我在移動的關係吧。

十一點半左右離開Joyful，往臼杵方向去。路上碰到很長的隧道，我挺緊張的，幸好唱著歌走完了。我總是沒辦法習慣隧道，裡面的回音感覺很詭異，空氣又混濁，如果單獨在隧道裡待個一小時，我應該會瘋掉。

今天路上有三個不認識的人，分別送我「維他命C飲料」「運動飲料」還有四片「奶奶的仙貝」。

下午四點前抵達臼杵市的熊崎站一帶，用谷歌地圖搜尋「寺廟」，前往最近的一座去商借土地，廟方一口答應。我跟住持的交談就是「應該吧，要住幾天？」「就一天。」「那沒問題，明天兩點就會有很多人來，兩點之前要離開喔。」

這個住宅區很多坡道，走起來很開心，而且很安靜，應該很好睡。寺廟在小山丘上，視野很好，大殿氣派又嶄新，住持也是個大好人。

晚上搭電車去下一站的澡堂，洗完澡去麥當勞，然後回家。晚餐是漢堡，Joyful 大海給我的「卡路里好朋友」「黃豆棒」，還有仙貝。

一月二十八日

九點半左右，住持請我吃早餐。

這裡是臨濟宗的廟，住持的兒子好像在神戶修行中。臨濟宗是禪宗，所以當和尚要先學坐禪。通常修行要花個三四年，但是住持的兒子已經修了八年，幾乎整個二字頭的歲月都在修行，好強。

而修行的故事又更強了，每個月裡面有一整個星期七天都在坐禪，而且幾乎要坐一整天，坐禪期間會有別人幫忙送飯。每天坐禪坐到晚上十一點，早上三點起來繼續坐。十二月八日是釋迦牟尼開悟的日子，所以一號到八號之間連棉被都沒得蓋，整天都在坐禪。修行期間只有托缽化緣或者採買，才可以外出幾小時，看來跟外界資訊都是隔絕的。

我們每天都在大量消費資訊，而且是由別人彙整過，簡單明瞭的資訊。資訊是暴力，會剝奪我

2015 年 1 月 28 日
大分縣津久見市下青江
某間寺廟的停車場

們判斷善惡的感性。住持的兒子把八年的青春花在修行上面，我覺得眞是厲害。

中午過後離開寺廟，師父跟她太太來送我。今天前往南邊十公里的津久見市，有兩種路線可以走，一種是蜿蜒的山路舊線，一種是有兩公里隧道的新線。舊線的距離是新線的兩倍，我討厭走遠路，但也很討厭隧道，所以就問師父怎麼看，師父說：「走新線比較好吧，舊線要多花一倍時間，不過隧道很長也是挺辛苦的。」所以我決定走新線。這位師父想必有長距離步行出遊或是化緣的經驗，只有經歷過的人才知道距離長一倍，或者走隧道很辛苦。

這條隧道有著敷衍用的人行道，而且又是幹線，常常有大貨車跟槽車從我旁邊經過，轟轟作響。我一路走得好緊張，心想快點放過我吧，但是看到人行道上有腳印跟腳踏車的輪胎痕，就鼓勵自己說：「有前人活著通過這裡呢。」然後繼續走。走出隧道，就有種脫胎換骨的感覺，有點像出生時通過陰道的感覺。

才剛走出隧道，就有警車把我攔下來，照例盤查過一輪之後，警察說：「你這樣會被車撞。」然後給了我兩條反光條。

一到津久見市就發現一座很酷的寺叫做「解脫寺」，馬上去借土地，廟方又一口答應了。這裡的住持也問我：「要待幾天？」我說：「就一天。」他說：「啊，就今天晚上？可以。」

一月二十九日

早上在房子裡面畫圖，聽見開車門的聲音，然後有人的腳步聲接近，對我說：「不好意思。」我想說這下又有事了，開門一看，站著一位小姐提著一袋橘子對我說：「我是附近一家花小孩育幼院的人，看到推特就過來了。」

小姐問：「如果你有空，可以到我們那邊一趟嗎？」我說：「我去。」後來我才聽說，她有先打電話問過廟方：「請問白色的房子還在嗎？」廟方的人說：「白宮喔？還在啊。」眞好玩。

我覺得應該會有趣事，所以興奮地去了。

「兒童交流中心　花小孩」是非營利組織所經營

的育幼院，有開班上課，同時也照顧發展遲緩的孩子。我去的時候還沒到午餐時間，好多孩子看了就很開心。有些孩子突然暴衝亂跑，有些孩子問我奇妙的問題，而我這個帶著房子的人似乎也成了其中一員，輕鬆地面對孩子們。員工們已經看遍各種小孩，都很堅強，不管發生什麼事情都能寬心接受，宰相肚裡能撐船。

我上午就跟小朋友玩，下午出門去畫圖。下午開始下雨，今天大概要在這裡借土地了。

中午，園長替我準備便當，我跟員工和孩子們一起吃飯，阿廣跟阿金兩個小男生邀我一起吃飯。

晚上我見到理事長，這位先生看起來經驗值很高。我說「我要找地方洗澡」，理事長就開車送我去，免住宿的「鹽湯」溫泉館眞的很棒，海鮮便宜又好吃。

睡覺之前，同一個非營利組織在附近經營的另一座社福機構「地區活動支援中心　棧板」有人來找我，這人說：「我看了你的日記，你常常提到寺廟跟佛教的事情，所以我想來拜訪一下。」然後給了我一張紙條，上面寫說這星期六大分寺的寺廟會舉辦「初期佛教」讀書會，而且住持還是武藏美雕刻系畢業，這不去不行啊。

於是我決定在津久見留到星期六。

一月三十日

早上，花小孩的員工村上帶了飯糰來送我吃，還說：「如果今天房子沒地方放，可以來我家喔！」基本上我希望能睡過各種地方，所以今天決定去睡村上家。

上午，《大分合同報》的人來採訪，是個很親切的阿姨，聽我說話就回說：「我也是喔。」眞好玩。

「我覺得開車或搭電車，一口氣抵達目的地，實在太可惜了。」

「我也是喔，我不會開車，常常騎腳踏車呢。然後我發現路邊有開油菜花，跟老公講，老公說他平常開車都沒發現呢。」

我在津久見鎮上從中午散步到傍晚，這裡的山脈有石灰岩礦（當地人稱爲「石山」），海邊有水泥工廠。礦坑有架設巨大的管線，把砂石運到海邊。

我走在路上，發現有個地址叫做「水泥町」，住宅區裡面有巨大工廠，眞好玩。

天黑之前，我把房子搬到村上家的車庫。

村上家裡有女兒跟伯母，我們四個邊吃火鍋邊聊天，但是我也姓村上，容易搞混。聽說這家三口在兩三個月前從電視上看到我，伯母說：「我深深發現自己家裡有好多用不到的東西，其實只要一點點就能過活啦。」

一月三十一日

早上，村上開車載我去逛津久見市區，津久見是個產水泥跟橘子的城鎮，太平洋水泥工廠好酷。

下午，去參加前天人家請我去的初期佛教讀書會。

前半場在學習佛教的歷史，後半場研讀經典的解釋，我這個沒有基本知識的人聽不太懂前半場，但是後半場聽得很開心。

我印象最深的一段是，在日本流傳的佛教幾乎都是大乘佛教，歷史課本說：「小乘佛教不好，所以大乘佛教當道。」但是其實並非如此。講師是日本少見的初期佛教（上座部佛教）師父，批評日本的佛教學會，他說：「任何拉低大乘佛教地位的研究，在日本都不受歡迎。」原來佛教世界也有這種狀況啊。

我在參加讀書會的時候感冒，在車上突然喉嚨痛，回到村上家的時候已經全身無力，感覺很像流感。

跟村上他們一起吃完晚餐，我就睡了。

02061900

我突然想到某人曾經說過「我不會去投票」，他說：「就看我們怎麼取決自己跟社會的距離啦。」

有些人面對政治或社會問題，會說「我不懂啦」但接著就是「講得好像自己很懂」然後嘲笑別人。

我認爲人就是有很多事情不願意去想，不願意想的時候別去想就好，但是必須先有國家，我們才能做生意，才能走在柏油路上，所以不可能跟國家保持距離。眞的要跟國家保持距離，你得先找到不屬於任何國家的土地，而且靠自己張羅所有水電，過著自給自足的生活，難道不是嗎？

我不知道什麼叫做「跟社會保持距離」，下次碰到社會學家要問問看。

0207 0828

我躺了一星期，三十七點一度，低燒，醫院說：「體溫這麼低，不可能是流感。」總之我一直躺著，期間發生伊斯蘭國殺死日本人質的的事件，我很震驚，原來日本也是中東紛爭的當事人啊。震災都已經把大家害得夠慘了，竟然還碰到這種事，我大受打擊。睡前還是會心跳加速，不舒服，但總算比較健康了。

我基本上只會思考自己身邊的事情，所以碰到什麼大事，都要拉回自己身邊來思考。但是這種思考太深入會掉進黑暗深淵，有時候我不該看新聞。

0207 2155

我愈是孤獨，心裡的音樂就愈響亮。

二月七日

花小孩的理事長開小貨車載我，於是相隔一星期，我的房子又要搬到花小孩，接著開兩個小時的車到宮崎縣日向市。

我在車上聽理事長說了，他以前工作壓力大開始掉髮，很多人都來關心他，但是最讓他寬心的，是一個輕度智能障礙的人說：「咦，你換髮形了，之前的比較好喔。」我聽了差點哭出來，對啊，這是最合理的反應啊。我們學了太多無謂的知識，只想著「壓力害人禿頭」結果只能做出扭曲的反應。我們沒辦法做出「髮形變了」這個非常普通的反應，要小心點。

另外一個有趣的話題，就是理事長自己成爲照顧者之後，才開始對障礙人士嚴格，才敢說：「因爲你努力，我才能努力幫你，如果你不努力，我就不能幫你。」很厲害，但也很正常，不想努力的人誰會去幫？就因爲某人有障礙，大家便不得不幫忙，我想也是某種歧視吧。

傍晚，我在天黑之前下車，開始找土地。找了兩座寺廟，都不行，第一座的住持說：「以前有旅行的學生來住宿，把廟裡搞得亂七八糟，之後我就謝絕旅人住宿了。」然後送我離開的樣子眞的很愧疚。第二座寺廟的住持說：「我們是法人管理的，必須有董事同意才行，對不起喔。」第三座來到五十猛神社，人家一口答應說：「完全沒問題！」難得又要住神社了。

二月八日

早上出發之前，宮司帶著小孩來了。

「沿著十號線往南走有個『舟出湯』溫泉，但是再過去就沒澡堂啦。」

不知道是因爲到了宮崎縣，還是因爲今天就是這樣，感覺很溫暖，我可以感覺到春天近了。走在十號線上，分別有一家三口，六七個人的集團，以及一個小學年紀的男生問我「可以拍照嗎？」

走了十公里左右終於看到「舟出湯」，這整個地方叫做「太陽公園」，由休憩站、公園、餐廳、露營場組合而成。可以看到漂亮的海，遠方有個小島，島上有燈塔。附近的岩灘有很多奇形怪狀的岩石，看都看不膩。我想「舟出湯」肯定有可以看海的露天浴池，要是能住下來就太棒了。

我跟休憩站的站長商借土地，站長一口就答應。現在還不過下午兩點，找到土地之後就照想畫的房子，然後馬上開始畫圖。

傍晚前往「舟出湯」，果然有露天浴池，可以欣賞海景。室內的大澡堂也有大落地窗，今天星期天，客人很多。

晚上泡完溫泉起來，冷得好像看到鬼，休憩站的商店也都關了，所以我打算前往三十分鐘腳程外的超商買晚餐，但是實在太冷只好放棄，前往休憩站附設的餐廳。

餐廳快關門了，客人只有我一個，我點了「特製咖哩」。店裡的人已經準備打烊，穿圍裙的阿姨們忙著搬大箱子，整理收銀機。晚上八點五十八分擺出打烊的牌子，我還會再來這裡嗎？

或許是移動的關係，我看到「整理收銀機」「明天應該還會做的事情」都覺得很有趣，但是就算我不移動，看到這些應該也要覺得有趣。如果我能夠獲得這樣的觀點，應該就不需要實際移動，而我現在移動，就只是爲了保持這個觀點。

0209939

轉換成這種生活之後，碰過兩次發燒生病的狀況，我想原因都是「住在別人的房子裡」或者「住在有很多人的建築物裡」。目前爲止，只要我睡在自己的房子裡就沒有生過病，看來我過這種生活，只要睡在房屋裡就會生病，跟正常人相反——其實我的房子也是房子，但是這裡暫時不說是房子。同樣地，我移動起來就會有人送我東西吃，給我工作做，比較不花錢。如果停留在同一個地方，錢就會不斷減少。但是大家認爲「正常來說移動比較花錢」這也是相反。

二月九日

公告：

我從二〇一四年四月起開始創作的「移居生活」展覽，已經決定展覽細節。

這項展覽要嘗試展出大約一年期間的生活，我先規畫了這樣的展覽，才過一年這樣的生活。

請各位務必光臨，由於第一間房子已經破舊，展覽期間我將公開製作第二間房子。

村上慧「移居生活 1～182」

展期：二〇一五年四月十七日（星期五）至四月二十九日（星期三）

※僅於二十二日（星期三）休展一天 每天中午十二時至下午七時開展。

開展派對：四月十八日（星期六）下午五點半開始

藝術家對談：四月二十五日（星期六） 下午五點至六點半

嘉賓：岸井大輔（劇作家）

會場：Gallery Barco
東京都葛飾區龜有三之二十七之二十七 LA CAMERIA 一樓
免費進場

0210 2224

早上睡醒，從房子裡出來，嘴裡嘀咕著「好冷好冷」前往休憩站的洗手間想洗臉，結果水龍頭竟然有熱水。我感動到脫口說：「哇！有熱水喔！」突然想到之前去過很多地方，碰到很多染上流感的病人跟家人，才覺得：「日本全國受到流感威脅的新聞原來是眞的啊。」又想說：「今天晚上會很冷，如果晚餐沒有吃個飽就慘了。」所以去溫泉附設的餐廳吃特製咖哩（這個「天氣冷就得多吃點」的想法，平常可是很少見的）。今天的報紙就放在收銀檯旁邊，我想說：「把報紙揉一揉放進衣服裡應該很保暖吧？」就問收銀檯說：「報紙可以給我嗎？」店員說：「可以啊，已經打烊了。」我很感動地想說：「這是我第一次拿到舊報紙這麼感動啊！」我吃過很多苦，但是關關難過關關過，晚上安心睡覺就是最棒的獎賞。一切都是透過我自己去體會，所以我能夠完全信任每一個日子。

我們常常因爲看電視、網路或報紙而不知所措，有些人就老是被這樣的資訊給搞得糊里糊塗，但是自己體會過的事情，全都可信。親自經歷過的日子，就是有信心。

我所堆疊的日子，不是假的，也不是聽人講的，感覺只要這樣堅持下去，我就能肯定整個人生。

二月十日

走路的時候有人送我「宮崎最有名的起司蛋糕」，超好吃。

上午離開日向休憩站，往南走了約二十公里，在川南町被加油站的員工搭話。

「你在推特跟臉書上超紅的喔！」

這我還眞不知道。

加油站老闆說：「你可以用那邊。」一下就敲定土地了。

我在加油站休息室畫圖畫到晚上，休息室裡面有員工在聊天，感覺往九州走，方言的腔調就愈來愈重，整個聽不懂，感覺像背景音樂。

我的注意力有點渙散，看來我的注意力只能撐十個月，我的心思已經慢慢轉向四月的展覽了。然後晚上眞的好冷，該買新睡袋了，冬天眞的不太想移動。明年的冬天我不打算移動，就停留在某處做點別的事情吧。

二月十三日

我在宮崎市佐土原的商務旅館裡。

前天離開川南町（這個名字現在已經有點懷念了）的加油站，揹著房子前往宮崎縣出身的朋友所介紹的「彭彭繪畫教室」。

晚上，繪畫教室的島嵜老師找了幾個人一起喝酒，吃炭烤雞肉。聽說這群人的陣容，會讓宮崎市的創作圈很羨慕。有漆藝家、雕刻家、還有用瓦楞紙創作的有趣小哥，我們聊到半夜。我也說了很多，漆藝家要回去之前對我說：「要在人前說話得有那個膽子，我隨時這樣提醒自己，你得多加油啊。」聽得我都緊張了。

這場聚會很開心，但是我的身體就是不太舒服。我寫下來整理整理。

- 起床的時候身體很沉重，走路就會有點眼花。
- 一睡醒，腦袋就亢奮到就寢，躺著也沒辦法休息。
- 發著三十七度左右的低燒。
- 偶爾跟別人一起靜靜坐著，突然就很想死。

但是喝酒聊天就會有精神，這是心理上的問題嗎？

我覺得我該獨處休息一下，所以訂了旅館的房間。我第一次在移居生活裡訂旅館房間，今天晚上是第二晚。現在是職棒的賽季，所有旅館都客滿，我好不容易才在佐土原找到一間房間。

今天在宮崎市內的綜合醫院接受內科的血液檢查，所有數值都正常，醫生說「沒有內科上的問題」我就放心了。看來就算過這種生活，還是可以保持血液檢查沒問題的健康狀態。

血液檢查的報告看起來很有趣，看不膩。

我的血液每一微升裡面有四千八百一十個白血球，四百九十九萬個紅血球。聽說血液的總量是體重的百分之八，所以我的體內大約有四點七公升的血液。一公升等於一百萬微升，所以我全身有兩百億以上的白血球，每天在排除入侵身體的威脅跟廢棄的物質。竟然在我沒注意的時候進行這些活動，有點瘋狂。

當我覺得要掉進黑暗深淵了，就來看中島Ramo師傅的落語。

二月十五日

我昨天把房子留在彭彭繪畫教室，人前往宮崎市的湯淺老家，應該不是說「來了」而是被「送來」的。湯淺的爸爸開車來接我，繪畫教室的島寄老師指著我說「他就麻煩你啦」，我覺得自己成了接力賽的棒子。

就是有這麼好玩的事情。湯淺是我大學的同學，記得大三的時候上設計課，我跟她一起做設計，但是我們都太自我，做得不是很順利，在交作業之前兩星期就鬧翻了，眞是一段刻骨銘心的往事啊。

我們畢業之後就沒有再聯絡，但是她看了我這段日記，我聽說這件事情很開心。目前她住在德國，不在日本，所以這裡只有湯淺的爸媽跟我。

伯父擔心我的身體，所以過來接我，伯母幫我做宮崎名菜「南蠻雞」「涼湯」跟「炸餅」，伯父還請我喝燒酒。在我糊里糊塗的時候，大家都對我很好。我由衷感謝，不去想太多，就這麼順水推舟。有時候我就會覺得「這樣眞好玩」。

二月十七日

湯淺家有一本《夜與霧》，我正在看，能在這時候碰到這本書眞好。

書裡面有寫到強制收容所生活的幽默、藝術、自然以及愛。「幽默」就是與周遭保持距離，維護自我靈魂的力量。「藝術」在書中指的是在收容所生活中的戲劇，可以讓人暫時忘記某些事情。在極限狀態下看到夕陽很漂亮，爲了凝視夕陽西沉，拖著疲倦的身體走到戶外。拖著疲憊不堪的身子前往勞動現場，用強大的想像力讓心愛的人出現在面前。只要感受到愛，不管那人在不在身邊，是生是死，都不是問題。維克多．富蘭克（Viktor Emil Frankl）不斷寫著這樣的文章。

「我的妻子是生是死，完全不是問題。」

人類爲了逃避眼前的痛苦，可以讓心靈飛到天涯海角。我想藝術的本質，果然就是所謂的技術，當人處在瘋狂的環境中，爲了讓心靈保持穩定，所進行的活動就是文化活動。

我想起血液檢查報告，我體內充滿了「想活著」的意志力，卻毫無自覺，有點瘋狂。如果過度追求「健康」，就會破壞身體的可能性，我希望能夠好好傳承藝術的技術面。二〇〇八年，磯崎新在〈新建築〉中說過：「我說了『商品化的藝術』結果受到國內的美術館人士責罵。我只是根據國際上的藝術現狀，說出一個常識啊。」

二月十八日

今天天氣晴朗，白天把房子放在湯淺家，散步走到宮崎站。我問宮崎市內有沒有漫咖，湯淺伯父就翻起電話簿，這讓我想起小時候的事情。電話簿裡面寫著在地所有資訊，想找什麼就會翻來看。

散散步，在星巴克看書，畫工作要的圖。有住宮崎的人在推特上聯絡說要來見我，見了面才發現是當地電台的記者。記者正在找星期二直播的哏，如果我星期二還在宮崎縣內，記者就會來採訪。

晚上在大眾餐廳吃飯，橋口打電話來，橋口是我讀大學認識的朋友，「喜歡用竹子做些大東西」。橋口目前住在鹿兒島，這周末好像要到宮崎大學來辦工坊，我們說好碰面。

我在大眾餐廳的座位上看書，突然心頭一片黑暗，我連忙離開大眾餐廳，轉大音量聽音樂，稍微恢復了一點。

晚上十點半左右，回到自己放在湯淺家院子裡的房子，湯淺伯父把自己的厚睡袋送我，那是他幾十年前買的，一直沒什麼用，眞是來得巧啊。

二月十九日

白天從湯淺家出發前往宮崎港，沒什麼風。大概三個月之前，有個一之瀨傳訊跟我說「如果到宮崎的話就請你來我家吧」，一之瀨住在宮崎港附近，所以我就過去，離湯淺家差不多一小時腳程。

走在路上突然被汽車按喇叭，好久沒被按了，好生氣。汽車對行人按喇叭，就像強者單方面欺負弱者，我認爲這樣不行。仔細想想也很奇怪，明明有叫人家滾開的喇叭，爲什麼沒有一種警告人家太危險的喇叭，讓慢的人對快的人按？應該做個行人對汽車用的喇叭，而且音量愈大愈好。

吉村町好像是新開發的土地，到處都是嶄新的民房，巨大的小鋼珠店跟藥妝店。我跟一之瀨會合，把房子放在人家的停車場裡，這戶人家有四口人加兩隻狗。

一之瀨家的伯父好像看了我很多日記，替我說了一大堆，我幾乎什麼都不用說，這個經驗既新奇又開心，讓我在這裡待得很輕鬆。

伯父碰到來見我的其他人或其他家庭，就會一直說：「拜託，村上先生已經被問過好幾百次『你從哪裡來的』啦，問點沒問過的吧？」「全都寫在日記上啊，先把日記看完，還有問題再發問吧。」眞感動，原來我可以對別人說：「請自己先查過再發問」啊，看來我之前回答得太用心了。

二月二十日

完成一張畫就累了，不時會發生一種「不知道爲什麼就是很想死的狀態」，如果不笑眞的撐不下去。我希望這是一種病，最後我放棄前往志布志，決定從宮崎搭渡輪前往神戶，採訪也跟人家取消了。我應該去以呂波找由里，然後先回東京休息，或者去醫院看個病。然後三月，再前往京都。

今天，鹿兒島的橋口到宮崎來，我猶豫很久，但是感覺見到橋口可以獲得活力，就去了。有個開工坊的超酷阿伯戶田，在小豆島開了一間「愚放塾」，我一見到他就完全不緊張了。我看到他一眼就知道「不需要在這個人面前裝模作樣」。我說：「只要我知道晚上會很冷，報紙看起來就像隔熱材。」「超商對我來說不是買東西的地方，是個有廁所跟無線網路的地方。」戶田阿伯就引用海德格的話跟我說：「人生就是像這樣重整世界的過程啊。」橋口喜歡宮本常一，認爲可以用民俗學的的觀點說我是個「走遍各地，畫遍各地民房的人」聽了眞是開心。

二月二十三日

昨天傍晚從一之瀨家前往宮崎港，搭渡輪要去神戶。我要先把房子放在神戶，回到東京，看醫生調養身體。

我覺得自己睡覺的時候幾乎不會翻身，因爲房子很狹窄，沒辦法翻身，所以身體也逐漸發生變化。再加上這個冬天，我常常蓋著厚重的棉被睡覺。這只是我的直覺，不過我會有這樣異常的倦怠感，應該跟睡覺沒翻身脫不了關係。如果軀幹總是歪的，就會造成生理跟心理的不舒服。下次做房子，要做到可以翻身才行。沒有人教過我什麼，但我知道睡覺翻身很重要。我要懷抱希望，放鬆心情，想著怎麼幫上別人的忙，不要往壞的地方想。愚放塾的戶田阿伯告訴我：「放輕鬆最好。」

離開一之瀨家之前，大家玩了生日算命，用一之瀨夫妻的生日來算，發現彼此都是命中註定的伴，大家都很開心，這個感覺眞好。新之助昨天離開，準備去別的地方住宿，可惜沒能趁他出發之前打個招呼。不過我們應該能再見，沒問題。但是我所感覺的一年，跟他所感覺的一年，長度應該完全不同。

我順利搭上了渡輪，船公司沒有收我行李費，剛開始要上船，我只能勉強擠過乘客用通道，結果船員擔心說：「神戶那邊的通道比宮崎這邊要窄，你可能下不了船喔。」於是我改從車輛用的大入口上船。

今天早上抵達神戶，先去六甲的以呂波咖啡廳找由里，然後去以呂波對面的大神社，希望能借放房子一個星期，讓我回東京去。宮司問我很多問題，比方說「房子？不能用帳篷嗎？」最後才說：「原本是絕對不准的，不過既然你把原因都說給我聽了，就借你放吧。」於是宮司借了我一個有鐵門的月租車庫，我寫了一張切結書說：「將於三月一日之前取回，若聯絡不上本人，可自行處分此屋」。

0228

我完全搞不懂自己在對抗什麼，總之回老家休息了。在老家很幸運，吃到了螃蟹，爸爸說昨天是千圓折扣券到期的日子，所以一時興起帶我們去吃燒肉。

1628

我對很多人提起自己的症狀，聽了很多建議，然後一一實踐。照田谷說的，睡前吃蛋白質、維他命或者蔬菜酵素，今天感覺比較好了。田谷說我正在關鍵時刻，再來不是恢復健康就是掉入黑暗面了。

爸爸稍微幫我作法驅個邪，他已經六十歲，做到今年底就退休，我想說要送他個什麼東西。要不要帶全家人去「大江戶溫泉物語」呢？那裡眞的很好玩，泡完澡喝杯酒眞是好，讓我想起水上。

明天開始前往京都，請人家開小貨車到六甲，把我跟房子一起載去京都。我希望能夠看到京都造形藝術大學的畢業展，想看下野用虎伯（トラやん，矢部憲司所設計的奇怪角色）做的畢製作品。五號，參加經濟同友會的座談會。六號，配合「PARASOPHIA」開幕擅自搞起《清潔員村上3》。八號，參加談話活動「討論停不住的人的座談會兼轟趴」活動的空檔就畫案子的圖。九號，直子租了小貨車，載我跟房子回東京。

目前我盡量不要想太遠，我正在看橫井庄一寫的《沒事最好》，宮城音彌寫的《精神分析入門》，還有小時候補習班老師大竹稽寫的《尼采的喜悅》。橫井庄一的故事好強，他竟然沒發現大戰已經結束，就在關島上逃亡了快三十年。他走路會消除腳印，還用蝸牛、毒青蛙、老鼠等等來補充蛋白質。「經濟不景氣也別擔心」這句話的說服力超強。

三月七日

記錄今天之前的經過，三月一日，椿昇大哥親自開貨車到神戶，把我跟房子載到京都。我們在路上聊了一個半小時左右，椿大哥聊天會自然而然地提到伊斯蘭國的事情，還有俄羅斯的政治人物暗殺案，這我眞的學不來。我問：「你怎麼有辦法把國際問題拉到自己身邊來思考呢？」椿大哥說：「我是個世界史宅啊。以前就是有過這樣的時代，就像我以前很迷赤軍派，差不多就是現在年輕人的興趣這樣吧。」聽說椿大哥年輕的時候正値全共鬥（全學共鬥會議，日本各地學生暴動，主張共產革命）年代，周遭的人都在看毛語錄。

到了京都之後，產業界人士八木哥全面提供協助，讓我把房子放在他名下大樓裡的停車場，還讓我住在空房間裡。

一號到四號之間，八木哥跟「藝術圖書館（ARTOTHÈQUE）」的柳生哥帶我去見京都的產業界人士與文化人士，大家介紹我畫圖的工作，擔心我的健康請我吃飯，送我大概七十瓶從來沒看過的營養飲料，帶我去很好的針灸院，醫師大概幫我扎了一百八十針。總之椿大哥跟他帶領的藝術圖書館柳生哥，與京都經濟同友會互相信任，所以我才能認識八木哥這些京都的產業界人士。我的任務只有一個，就是全心執行我的工作。

我的健康還算穩定，但是四號晚上彷彿中了邪，突然好想吐而驚醒過來，立刻趴在廁所裡要吐，但是吐不出來，結果就坐在馬桶上呻吟。我好難過，甚至想叫救護車，但是蹲馬桶蹲了一陣子，拉了好稀的水便，稍微好了一點。一個半小時之後，又因爲想吐而驚醒，結果趴倒在馬桶上。我垂死掙扎，直到早上，直子從東京抵達，買了運動飲料之類的給我。光是從一個人變成兩個人，就完全不一樣了。

我一直躺著休息到五號傍晚，傍晚有經濟同友會舉辦的座談會，眞的很勉強才能出席。奇妙的是只要參加這種活動，心靈就會凌駕肉體。還覺得沒講夠，時間就到了，但是我沒參加後續的同樂會，而是去了醫院。

醫生診斷我罹患傳染性腸胃炎，給了我胃炎藥跟整腸藥，後來電解質補充飲料「Aqua support」發揮效果了。

六號，我混進「PARASOPHIA」的開幕典禮，典禮很盛大，有很多好吃的餐點，還有好多賓客。大家在致詞的時候都會說「要打造全新京都」，我覺得「打造全新〇〇」不能算是目標。茫然地追尋新的東西不會形成什麼，只有對眼前問題感到危險，發起行動，才會形成什麼。我認爲只有這樣先形成什麼，才會像什麼。

「爲了想發瘋而發瘋，是不行的。得要正常地過，不知不覺搞到發瘋才行。」我在貨車上對椿大哥這麼說，他大笑同意了。

今天是公開展覽第一天，我逛了京都市美術館，看了鴨川Delta的蘇珊·菲利浦（Susan Mary Philipsz）作品展。身體好了不少，倦怠感已經少很多，或許比罹患腸胃炎之前還健康。或許我已經連續脫水了快一個月，一旦腹瀉、嘔吐、流汗，身體除了喪失水分，還會喪失很多重要的東西，這就讓我倦怠了。而且一旦脫水，光喝水是好不了的。

PARASOPHIA裡面有個荷蘭作家叫做喬斯特·科尼恩（Joost Conjin），棒透了。

三月十日

昨天晚上，把房子從京都搬回東京老家，全程都是直子開小貨車載我。

從今天開始，我得動手來準備展覽。

自從停留在京都之後，我的意識改變了。我需要更具體地把宮本常一找回自己心中，在心中眷養PARASOPHIA的意志，然後往前推進。世界上零星分布著小民眾的智慧，彼此的危機感互不交集，我必須蒐集並統一這些智慧，內化到自己心中，然後訴說出來。我要把別人的經驗當成自己的故事來說，所以我認爲民俗學的觀點很重要，原廣司那種態度也很重要。我要更具體地懷抱問題，盡量用「舉例」來訴說。要做到這些工夫，需要往外看的觀點，但必須是從「往內看的觀點」反轉而來。往內看的觀點反轉往外，將自省反轉爲對社會的行動。

0320256

為了辦展覽，我整理過去的照片，回顧之前的日記。我知道自己有個強烈的念頭，覺得一定要寫些反省的事情。下次我要環繞日本，希望能多蒐集各地朋友的說話內容，希望把這些話跟風景寫生一樣記錄下來。世界變得愈來愈扁平，但還是有些偏僻的鄉村聚落，有獨自的資訊與智慧。每塊土地上的居民，都是絞盡腦汁費盡工夫，生存在複雜的人際關係裡。我想多聽聽他們說的話，聽取民衆的智慧，來經營自己的生活。我要把常一跟折口養在心裡。

0408l924

我就是很興奮，興奮到都要發瘋了。探討我興奮的原因，就發現我必須經常保持新鮮的眼光，去看待自己的生活。所以我想，我得打造生活。畢竟核災發生之後，我才稍微理解我們所製造出來的輻射能是什麼東西。輻射線會存在十萬年，而我們頂多只能活一百年，很容易就會膩，就會安於現狀，就會忘記過去。這樣的我們，竟然創造出遠比我們活得更久的敵手，而且還沒辦法控制。核災讓我發現，輻射能與生物已經展開一場永無止境的戰鬥。當我去思考該怎麼對抗輻射能，發生核災的時候該怎麼應變，就只有「打造自己的生活」這個答案了。

打造生活能讓我們獲得一個俯瞰的觀點，了解自己每天所有的行為都是「自己打造的」。而我們有如變形蟲一樣軟爛的生活，將會出現輪廓。

移居生活1～182

二〇一五年四月十七日～四月二十九日
@Gallery Barco
攝影＝斧澤未知子

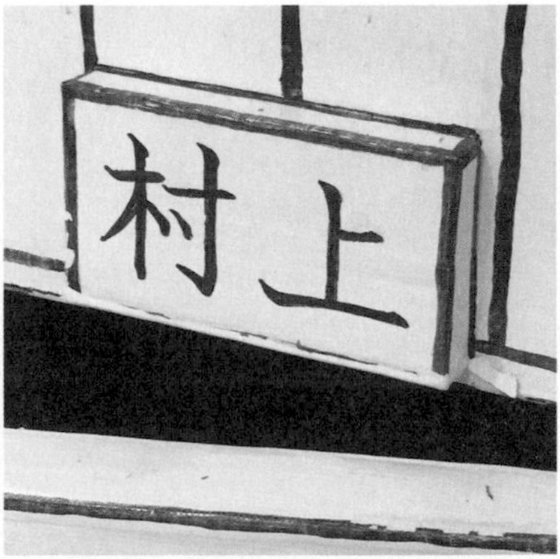

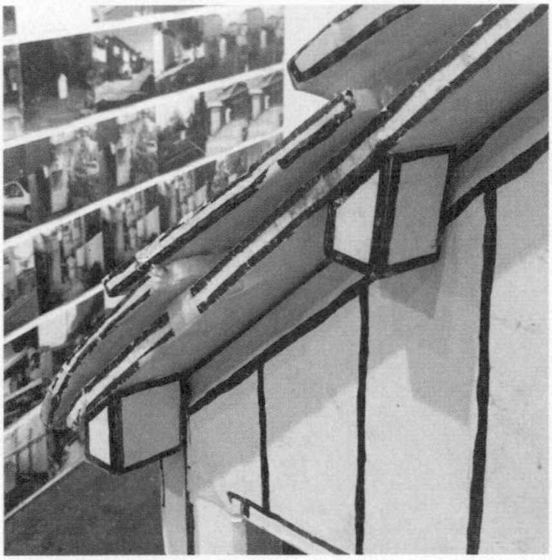
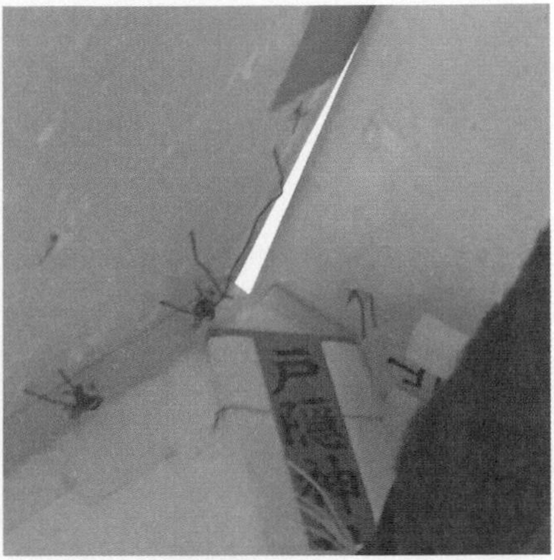

規格

材料

保麗龍板（厚30mm）／大力膠帶（白）／木工黏膠／方木棒（杉木）／木板（厚2.5mm）／平鉸鍊／螺絲釘／角鐵片／門閂鎖／掛勾／水性漆（白）／油性奇異筆（黑）／鐵絲

附件

隔熱墊／隨身太陽能充電器／睡袋

重量

15kg（估計值）

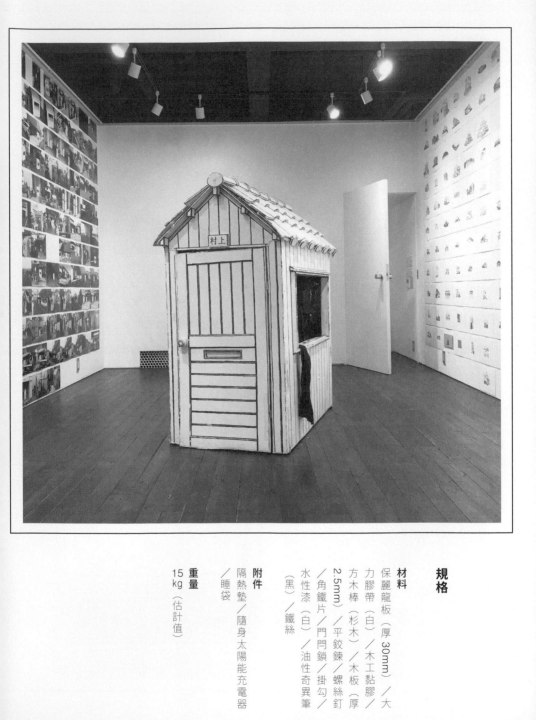

後記

這份日記是從二〇一四年四月五日開始，到二〇一五年四月八日結束，這一年內我搬家搬了一百八十二次。之後我在東京舉辦個展，做了一間新的保麗龍房子，再次走路環遊日本。這次我又改良了房子，加長屋簷，大幅改善雨天漏水的狀況，算是用第三間房子在移動，但是房子目前不在我身邊。八月十三號日記裡面提到的「直子」去年跟我登記結婚，今年四月辦了婚禮。我爲了籌錢辦婚禮，正待在東京老家打工賺錢，每天跳著「職場規定的舞步」。除了賺錢之外，偶爾跳些不喜歡的「舞步」也有好處。我的房子正放在熊本，等婚禮辦完，時機成熟，我會回到房子裡繼續走路，最近好像常常這樣離開房子。

「你是從哪裡來的？」我現在更沒辦法回答這種問題，到底要在一個地方待幾天才算定居，待不到幾天才算移動？搬著房子過生活，跟沒有搬動房子過的生活，慢慢融合在一起，感覺已經沒什麼差別了。但是社會基本上有定居的傾向，既然我也在這個社會裡生存，就不會逃避自己的定居身分。

目前我在餐飲服務業打工，感覺文明眞是有夠發達的。到處都有完善的系統，人員隨時可以替換，每個人都在跳相同的舞步。但是我只要想起自己還有那間保麗龍房子，就能跟眼前的事情保持距離。當我打工打到精疲力盡，腦子裡只剩明天的班表，也還能回想起來「人類眞的需要餐廳嗎？」這是一項成果，但也只是一個起點。我還沒有看膩，還有很多事情必須要去觀察，有很多事情要想，有很多事情能做。

這份日記有在我的網站上公開，二〇一四年夏天，聽了朋友的建議打算把日記整理出書，但是才動手就受挫了。

這時候，成立個人出版社「夕書房」的高松編輯，是第一個願意將日記出成書的人，盡全力安排出版事宜。我們兩個人討論該怎麼打造這本書的時光，是我疲倦打工人生中，唯一能找到自信的救贖。然後是碰到面就會聊上快四個小時的設計師佐佐木，百忙之中還是替我接下裝幀設計的任務。我要特別感謝這兩位朋友。

在我揹著房子走路的過程中，見過數不清的優秀朋友，例如越喜來的和一哥，新座的田谷，陸前高田的佐藤，滋賀的青谷，勿來的阿姨們，三條的八哥，六戶森林園的山田，取手的德澤，筑波的成島，常陸太田的菊池，磐城的志賀，十和田的西塚，京都的椿大哥跟八木哥、柳生哥，金澤的黑澤，津久見的村上，花小孩的朋友們，能代的能登跟平山，奈良的松村跟越智，宮崎的島嵜老師、湯淺跟一之瀨。盡力幫助我舉辦個展的新藤，福音書店的北森，提供照片的斧澤，還有目前讓我把房子借放在熊本的池澤，我要由衷感謝大家。

二〇一七年三月八日　村上慧

Originally published in Japan in 2017 by Seki Shobo
Traditional Chinese translation rights arranged with Seki Shobo through AMANN CO., LTD.

藝術叢書 FI1052

揹著家上路
家をせおって歩いた

作　　者　村上慧
譯　　者　林欣儀
編輯總監　劉麗真
編　　輯　陳雨柔
行銷企畫　陳彩玉、陳紫晴、楊凱雯
裝幀設計　陳瑞秋

發 行 人　凃玉雲
總 經 理　陳逸瑛
出　　版　臉譜出版
城邦文化事業股份有限公司
台北市民生東路二段141號5樓
電話：886-2-25007696 傳真：886-2-25001952
發　　行　英屬蓋曼群島商家庭傳媒股份有限公司城邦分公司
台北市中山區民生東路141號11樓
客服專線：02-25007718；25007719
24小時傳真專線：02-25001990；25001991
服務時間：週一至週五上午09:30-12:00；下午13:30-17:00
劃撥帳號：19863813 戶名：書虫股份有限公司
讀者服務信箱：service@readingclub.com.tw
城邦網址：http://www.cite.com.tw
香港發行所　城邦（香港）出版集團有限公司
香港灣仔駱克道193號東超商業中心1樓
電話：852-25086231　傳真：852-25789337
新馬發行所　城邦（新、馬）出版集團
Cite（M）Sdn. Bhd.（458372U）
41-3, Jalan Radin Anum, Bandar Baru Sri Petaling,
57000 Kuala Lumpur, Malaysia.
電話：+6(03)-90563833　傳真：+6(03)-90576622
電子信箱：services@cite.my

一版一刷　2020年10月

城邦讀書花園
www.cite.com.tw

ISBN 978-986-235-870-2
售價　NT$ 450

國家圖書館出版品預行編目資料

揹著家上路／村上慧著；林欣儀譯．一版．臺北市：
臉譜，城邦文化出版；家庭傳媒城邦分公司發行，
2020.10
　面；　公分. --（藝術叢書；FI1052）
譯自：家をせおって歩いた

ISBN 978-986-235-870-2（平裝）

861.67　　109012444